北京知青与延安丛书

苦乐年华

我的知青岁月

北京知青与延安丛书编委会 主编

北京知青与延安丛书编委会

主　　　任：姚引良
副　主　任：梁宏贤
委　　　员：薛占海　薛义忠　姚靖江　杨军宪　刘小军
　　　　　　李慎健　方勇平　张春阳　樊晓霞　杨葆铭
　　　　　　谢文治　同刚
主　　　编：姚靖江
执 行 主 编：杨军宪
执行副主编：杨葆铭　樊晓霞　同刚
核　　　稿：谢文治

总　序
宝塔山下倾听历史的回声

圣地延安，三山鼎峙、二水交融。宝塔山、延河水相映生辉，构成了共产党人精神家园的红色符号，成为圣地延安绝佳的形象标志。

这套散发着陕北黄土气息的丛书，用以情纪史的笔法，向人们展示了近28000名北京知青，在延安黄土地上度过的峥嵘岁月和苦乐年华。丛书中所收录的每一个人，或作为插队岁月的亲历者、见证者，或作为对青春往事的追忆者，他们每个人的内心深处，都深藏着一个与自己相伴终生的"圣地情结"，他们对延安的宝塔山和延河水，对这片曾养育了中国革命的黄土地，始终怀着一种深深的眷恋。正是因为有了这样一种深植于灵魂深处的红色革命情结，在那场声势浩大的知识青年上山下乡运动中，这批满怀革命豪情的青年学子，告别了繁华的首都，开始了人生最初的"朝觐"。他们从金水桥头集结，向着一个越走情思越浓的熟悉而又陌生的圣地进发。他们每个人的心中，都怀着类似贺敬之在《回延安》中所表达出的那种真挚的感情，并在赶赴延安的征途中，就产生了一个朴素而又简单的意念——以延安的宝塔山和延河水为背景，照一张留驻青春倩影的照片，寄回北京，告慰父母及家人。这样的情感与意念，都出自对圣地延安的一种向往与景仰。从知青们当时所接受的教育来看，充满红色革命传奇的圣地延安，无疑成了他们最向往的地方。延安的宝塔山、延河水，以及山崖上错落有致的土窑洞所构建起的红色革命历史长廊，是最能表达革命豪情、展示英雄主义情怀、放飞青春梦想的绝佳之地。能在圣地延安的宝塔山下，倾听历史的回声，解读革命之所以能在穷乡僻壤取得胜利的历史逻辑，能在革命圣地接受延安精神的熏陶和滋养，对人生的成长，定会聚集起更加强大的精神力量。

　　浑雄苍茫的陕北高原，像被群山环绕成的一个巨大的聚宝盆，她以海纳百川的胸襟，在79年前，接纳过一支在枪林弹雨中转战大半个中国、用坚定的理想信念来传播共产党人改天换地革命理想的红军队伍。长征，是对人类历史进程产生过巨大影响的一个大事件。延安，作为红军长征的落脚点和中国共产党人演绎红色革命传奇的大舞台，已被载入中国革命的辉煌史册。近28000名北京知青来延安插队，堪称是一次规模巨大的社会群体实践活动，是继红军长征到达陕北后又一个庞大的外来群体，也是对延安产生了深远影响的一个重大历史事件。1969年那个多雪的冬天，充满红色革命印记的圣地延安，在接纳这批胸怀革命理想的青年学子的同时，也将这方地域严酷的自然环境和贫穷落后的面貌，以猝不及防的方式展示在他们的面前。在理想与现实的巨大反差中，知青们开始用一种平民的视角来观察体验生活，他们看到了生息在这方土地上的父老乡亲，面朝黄土背朝天，终年劳作却难以温饱的生存现状；看到了牛踩场、驴拉磨，传话隔山吼，点灯靠麻油的原生态的生活场景。在经历了痛苦的磨炼和深刻的思索之后，知青们很快就从浪漫、狂热和困惑中平静了下来，以一种平民意识和平民情怀来融入生活，用青春的激情，在贫瘠荒凉的黄土地上燃起了理想的火焰，以革命英雄主义的精神风貌，面对严酷的现实开始书写自己的人生。他们与延安人民一道，发扬自力更生、艰苦奋斗的延安精神，战天斗地，改造山河，搏击贫困，演绎出一幕幕"苦其心志、劳其筋骨、饿其体肤、空乏其身"的青春活剧。

从文化史、思想史和自我认知的结合上来看，陕北这块厚重的黄土地里，蕴涵着一种豁达、包容、互助、亲善的文化基因。知青们少小离家，来到这块被群山阻隔、举目无亲、多风少雨的荒僻之地后，很快就从这块厚重的土地上感受到了人生的艰辛，同时也感受到人性的温暖。这里淳朴的民风，古老、甚至近乎愚昧的乡俗，就像蹲在土窑洞里的粮食囤和酸菜缸，在不紧不慢地散发着一种湿润温和的气息，让远离父母的知青们有了一种归属感和家园感。

知识青年上山下乡，是为了接受一种"再教育"，而这种"教育"，实际上是让这些来自城市的年轻学子，通过自我认知的方式来阅读社会这部无字的大书；通过上山下乡的磨砺，来接受人生观和世界观的教育。知青们在延安插队的岁月里，看到了当时中国社会最真实、最基层的一面。他们在接受艰苦生活的考验中，懂得了人生的衣食之难，体会到了稼穑之苦，并在与延安人民朝夕相处、共同生活中，学会了坚忍、顽强与拼搏。艰难困苦，玉汝于成。正是因为有了这样的人生经历，才"玉成"了知青健康的人格、志存高远的情怀和坚忍不拔的精神气质；正是因为有了上山下乡"这碗酒垫底"，他们才会在日后漫长的人生岁月中，对遇到的各种人生风浪总能等闲视之。在圣地延安的土地上接受了精神洗礼的知青们，学到了在书本中根本就无法学到的东西，收获到一部不着一字、但却可以受用终生的人生宝典。作为一种回馈和反哺，知青们将大好的青春年华、将单纯而又质朴的青春热情挥洒在延安的土地上。

在那个困苦的年代，曾作为革命中心的延安，战争的创伤早已恢复，但经济建设和文化建设还十分落后，知青们的到来，为这两大建设注入了活力。他们将书本知识与生产劳动相结合，将聪明才智运用到生产实践中，对提高农村落后的生产力，改变延安贫穷落后面貌可谓勋业卓著、功莫大焉。尤其是在文化建设上，知青们更是领文明之首，开风气之先。他们每一个人，都成了文明的信使，成了乡村中一道亮眼的风景。他们将京城的先进文化、生活方式，将文明的种子和知识的甘霖，播撒在延安贫瘠的土地上；他们用自己的思维方式、行为方式和全新的生活理念深刻地影响着当地的乡俗和民风，给生活在这方闭塞土地上的群众进行了一次现代文明的启蒙。从历史的角度来重新看待和审视北京知青到延安插队落户，就能让人发现：闭塞的黄土地在党的十一届三中全会之后，能够很快顺应改革开放的时代大潮，这与知青在延安插队期间，对这块土地在思想和文化建设上所做出的贡献有着密切的关联。因此，从这个意义上来讲，对于这片远离现代文明的土地，对于生息在这方土地上的人民，知青们在插队岁月中，对这方土地所付出的热情，所洒下的每一滴汗水，都具有弥足珍贵的历史价值，并将会被这片土地和生息在这片土地上的延安父老乡亲所铭记。

宝塔山高延水长。感谢造化的恩赐，将这样一方圣洁的山水景象馈赠给了延安；感谢历史的垂青，将这道亮丽的风景演化成中国革命的一种象征。尽管岁月不居、时光荏苒，但宝塔山和延河水所激荡起的历史回声总在一代又一代人的心中回响。"羊羔羔吃奶眼望着妈/小米饭养活我长大"，这是从延安土窑洞中走出来的一代"老延安"对这块土地的深深眷恋；"踏遍了黄土吃遍了草/我也是你怀里的羊羔羔"，这是在延安度过青春岁月的插队知青的真诚吟唱。这种眷恋、这种吟唱，是跨越时空的心灵对心灵的回应，更是一种历史的链接。知青来延安插队的火红岁月，已成为延安红色革命历史的一部分，并丰富和拓展了延安红色革命文化的内涵。而今，英雄的延安人民可以引以为豪的是：这块浸润着英烈的鲜血、洒满了知青青春汗水的沧桑土地已发生了翻天覆地的历史性巨变。涌动着现代潮的延安城乡，蔚然深秀、满目苍翠的山川大地，以及洋溢在延安人民脸上的幸福笑容，这一切的一切，不正是曾在这块土地上生活和战斗过的革命前辈，不正是近28000名北京知青所希望看到的美好景象吗？

"对照过去我认不出了你，母亲延安换新衣。"延安变了，变得山绿了、水清了，变得文明了、富裕了，而唯一没有变的是延安人身上所具有的那种淳朴、厚道、善良的精神品质。寸

◈ 苦乐年华——我的知青岁月

草常念三春晖，涌泉永记滴水恩。40多年来，延安人民与知青结下的这种亲情，在岁月的流逝中愈加显得弥足珍贵。曾在延安黄土地上插过队的知青，将对圣地延安的眷恋化成了一条条红色的感情纽带，将北京与延安紧紧地联结在一起。他们每个人的心中，都怀着一种"惜身亦家惜土地，终怀父母之心"的情愫。他们在这40多年间，时刻关注着延安的发展。让延安人民能过上幸福美满的好日子，是他们由衷的期盼。他们以游子感念慈母的情怀，发挥自身所长，整合知青们所拥有的各种资源，通过不同渠道，不遗余力地给延安经济社会的发展以无私的帮助，其情其意，令人感佩。为了铭记这段难忘的历史，珍藏这份亲情，我们觉得趁这段历史还不算久远，趁知青们当年在延安插队留下的珍贵史料还没有被岁月所尘封，我们有责任通过开展搜集、抢救和挖掘这批弥足珍贵的史料来以情修史、以诗纪史，这不仅是一种责任，也是一种使命所在。延安的历届领导，对知青来延安插队的这段历史向来十分珍视，延安曾在不同时期，编辑出版了北京知青在延安的画册、图书，拍摄了电视专题片以及举办图片展览，旨在通过各种形式，来真实地展示知青在延安度过的青春岁月和苦乐年华。为了更加完整地记录这段历史，让这段历史在建设"圣地延安、生态延安、幸福延安"，实现"中国梦"的历史进程中发挥"资治、存史、育人"的作用，延安市委决定开展广泛的史料征集活动，通过对那段峥嵘岁月的悉心梳理与钩沉，编辑出版这套从思想和文化视野上都具有经典和史实意义的大型系列丛书。丛书共分为六卷本，依照编著的内容和体例，第一卷以知青追忆插队生活为主，用第一人称的手法，真实地讲述了插队岁月所经历的思想感情的变化和人生成长的过程。文中所展示出的原生态的乡土场景，所散发出的青春气息，在朴素真诚的表达中，让人感到一种温馨。第二卷有一种浓得化不开的未了之情。卷中着重记述了知青返城之后，对当地经济社会的发展所给予的关注和所浸注的心血，让人在感受这份亲情中，看到在艰苦岁月中所结下的深情厚谊，历时愈久，愈加显得珍贵。第三卷和第四卷所展示出的是知青在插队时所经历的心路历程，展示出的是谱写在他们心田里的人生华章。其中所收录的许多篇什，在知青插队的年代曾被传诵一时。尤其是第三卷中所收录的知青日记和书信，填补了记述知青史的一个空白。这些带有私密性质的日记和书信，像一幅幅清晰的心理图谱，照彻出知青们所经历的心路历程。第五卷则以更加直观的读图手法，来展示知青们来延安插队时的花样年华。尽管岁月流逝，青春不再，但面对这一幅幅泛黄的照片，犹如在时间的遗址前流连。第六卷按编年体的形式，将知青在延安插队期间大的历史事件给予了准确的记录，为后人勾勒出了一个清晰的历史脉络。在对这六卷本丛书的编撰中，力求全方位、多角度来再现知青插队岁月的历史场景，让原生态的乡土风景在追忆中复活起来，让结缘于黄土地上的这份亲情，像陈年的老酒，散发出更加浓郁的芳香，让昔日高唱的理想之歌不要成为绝响，让每一幅老照片都留驻着知青们的青春梦想。对于已经走入人生秋天的知青来说，这套丛书不仅仅是他们对插队岁月的一种追忆和记录，而更多的是，表达了知青们的一种人生态度和人生情怀。在一年四季的轮回中，秋天是一个收获的季节；在生命的流程中，人生之秋是思想凯旋的岁月。这套丛书中所展示出插队岁月的乡土场景，所表达出知青与延安父老的那份真挚的感情，既能勾起知青们对青春岁月的怀想，又能让人感悟到：历史就是由一代又一代人的青春链接而成。这套丛书更像是一幅纷繁万状的历史画卷，那一幅幅熟悉的乡村景象，包含着一代人的集体记忆。飘着炊烟的村庄，朴素的窑洞，包括碾畔前的那盘石磨，窑壁上挂的那顶草帽，都在知青的心中成为一个有价值的景象和器物，并让人在阅读这些饱含真情的文字时，似乎看到陕北高高的山峁上，黄牛正在缓缓行走。犁尖像唱针，在嵌入土层的那一刻，一首无言的黄土之歌在心中骤然响起，那感人的旋律舒缓深沉，令人回味无穷。

宝塔山依然屹立在延河之滨，那高耸的塔尖上曾悬挂过当年来延安插队的北京知青的理想风帆。尽管岁月像延河水一样一去不复返，但历史已经将那段难忘的岁月，将曾在延安插过队的每一个知青的光荣的名字镌刻在延安的大地上。

　　宝塔含笑遥祝赤子幸福安康，
　　延河欢歌颂唱神州筑梦时代。

是为序。

中共陕西省委常委、延安市委书记

目录
Contents

一个伟人的期待 …………………………… 李华松 / 3

启程 ……………………………………… 朱学夫 / 13

岁月白描 ………………………………… 张东红 / 20

魂牵梦绕黄龙山 ………………………… 王海珠 / 37

那年"拉练"去延安 ……………… 许　卫　张小建 / 43

当了回"五·七"连长 …………………… 田凤祥 / 47

我们村的北京知青 ……………………… 田志荣 / 55

插队在枣园 ……………………………… 王嘉俊 / 66

插队轶事 ………………………………… 李连元 / 72

星星沟 …………………………………… 叶咏梅 / 80

那些人、那些事 ………………………… 张克利 / 86

热炕于今有余温 ………………………… 念　远 / 99

家在柴窑 ………………………………… 乔新生 / 104

赤脚砍柴 ………………………………… 马　忠 / 115

炭窑纪事	张大雄/118
掏井	白家村夫/123
编囤	陈立胜/128
我的小土窑	赵廊州/133
历练	赵志敏/137
插队小故事	安乐山/144
窑洞读书记趣	王晓建/151
我的手风琴	范　建/158
借书	鲁丽娜/162
书之风波	张圣地/168
窑洞小学	姚　丹/175
画前常忆殷切语	刘永耀/181
用生命之根铸起的丰碑	宜志农/189
我们村的科学种田队	朱果利/197
银线连山外	张兴祥/203
试制"九二〇"的日日夜夜	孙安民/208
知识甘霖润沃土	井知科/212
身在"槽头"	阮忠键/216
延河畔上的女石匠	何知晓/221
锤炼	天　舒/226
丁牛	冯　军/235
塬上的雪	王　晨/243
窑洞里的岁月	薛鑫良/252
深情与遗憾	陈　忠/257
能不忆茶坊	张树人/263

目 录

我在"鼓乡"度过的青春岁月	陈　红	278
人生的收获	杨伯显	289
人物记存	聂新元	295
人物三记	关佩珍	300
来婵儿	王小强	304
插队生活拾趣	中　平	313
五谷杂粮细分说	吴皓明	321
深情忆往感怀多	孙仲荷	333
特殊的邀请	荞　麦	339
插队岁月堪追忆	郎小华	343
插队时的赶会与串队	二　河	347
断黑户	刘道民	352
进城卖瓜	黄　风	357
我办代销店	陈平俊	362
山野放牛有其乐	直罗老赵	370
过年的"扁食"山野的杏	王　侠	375
洪水中的经历	张兆英	380
那条遥远的山沟沟	宋丽红	385

后　记 …………… 北京知青与延安丛书编委会 / 391

从金水桥畔出发
来到了宝塔山下
那年的冬天特别冷
漫天飘飞着晶莹的雪花

不懂得离愁与别绪
只记下妈妈叮嘱的话
就这样,我们上路了
不问归期,只愿将理想的风帆高挂

一个伟人的期待

李华松

1970年3月,陕北大地春草浅发,杨柳依依。来延安插队的北京知青已在这块土地上度过了一年多的插队岁月。不知是思乡的缘故,还是陕北春寒料峭的季节特点,这一年的春天让许多知青都感到有些"冷"。他们刚来到延安时的那种新鲜感已经丧失,心中的远大理想与现实的碰撞令他们感到困惑。

在一个晴朗的早晨,我顶着冷风去出工,忽然听到了广播里传来"特大喜讯":3月10日至26日,国务院在北京召开了"延安地区插队青年工作座谈会",并重新发表了毛主席在中华人民共和国成立之初给延安人民的《复电》。一听到这个消息,我很是兴奋。座谈会精神的传达和毛主席《复电》的重新发表,像春风一样温暖了我的心。

23年后的一天,一次偶然的机会,我见到与我一起在延安插队的北京知青周秉和,他是周总理的侄子,是我插队时的朋友。我们在这次偶然相遇的谈话中,自然而然地说起那段令人难忘的插队岁月。这次谈话,不仅让我了解到总理和他侄子在情感上的交流，更使我感动的是：当年召开那个座谈会，是在总理的亲自过问下召开的。出于职业习惯，我想把这段鲜为人知的史实记录下来，于是，翻阅了当时的一些资料，写下这篇文章。

一

1968年12月23日，是我们这代知青难以忘却的日子。

那一天，《人民日报》发表了毛主席的最新指示："知识青年到农村去，接受贫下中农的再教育，很有必要"。也就从这一天起，一场浩大的知识青年上山下乡运动拉开了帷幕。

在来延安插队的知青队伍中，有一位与共和国总理有着近亲血缘关系的人，他就是周秉和。周秉和是北京35中67届初中毕业生，是周恩来总理的亲侄子。秉和在家排行老五，老六是周秉建。不知因为秉建是个女孩，还是因为她是家中最小的一个孩子的缘故，她得到总理和邓大姐的"偏爱"。在我们所看到的一些文学和影视作品中，也记述和表现了周总理关心支持侄女插队的事。事实上，在对待他们兄妹上山下乡问题上，总理的态度是一致的。总理出于对延安的特殊感情，从某种意义上来讲，对周秉和赴延安插队更是给予大力的支持。

周秉和在回忆赴延安插队之前，与总理见面的情景时说："'文革'开始之后，伯伯一般不会客，与我们见面的机会也很少。当伯伯得知我报名去延安插队的消息后，破例约我去他那里，并和我共进晚餐，可见他很重视这件事。吃完饭，我提起去延安插队的事情时，心情还有点紧张，因为父亲当时还在受审期间，家里没有生活来源。我急切地想听听伯伯的意见。只见伯伯沉思片刻之后，抬起头，直视着我。他的眼神里有几分赞许——想不到这个孩子居然能作出这样正确的决定，他会意地和伯母点了点头，一字一句地说：'好！我们支持你去延安。'"秉和还告诉我，总理一说到延安时，就情不自禁地流露出怀念之情。接下来，总理又勉励秉和要有吃苦耐劳的思想准备，还要求他到了农村之后，要向贫下中农学习。最后，总理和邓大姐还拿出一些钱，让秉和买一个半导体收音机，要他不论在任何时候都不要放松政治学习，要关心国家大事。带着伯伯和伯母的殷切叮嘱，时年16岁的周秉和踏上了到延安插队的人生征途。

秉和来到了延安县冯庄公社新庄科大队插队。这是一条山沟，生产和生活条件都比较落后。十几个知青，刚到村里时，分别住在老乡家里，后来，生产队为知青建了新窑。由于新修的窑洞潮气很大，不少知青住进去之后，身上长了疮，后来经过烧火做饭，窑洞里的潮气才渐渐散去，身上的疮也自愈了。最让知青们感到为难的是，供应的粮食不够吃。当时，分配给知青的粮食中有许多是黄豆。他们在北京吃惯了大米、白面，一时不能适应陕北农村的饮食。连住吃黄豆，使许多知青闹肚子，引起消化不良。陕北农村的劳动强度特别大，拉石头、送粪、背庄稼、起羊圈等重体力活，对于当时只有十六七岁的知青来说是一个考验。但面对这些困难，知青们都坦然面对。秉和也同其他知青一样，在生产和生活中，他时刻牢记总理的嘱托，有了吃苦的思想准备。在经过一个时期的艰苦磨炼之后，秉和不仅过了劳动关、生活关，还与村民们结下了深厚的感情。

　　1970年初，秉和从延安回京探亲，抽空到中南海西花厅，利用吃晚饭的机会向总理畅谈了自己在延安农村插队的感受。总理非常关心在延安插队的北京知青，也很想从多方面来了解延安的情况。于是，他希望秉和能否再找一两个和他一起插队的知青来谈一谈。这时，秉和想起过去曾在总理身边工作过的一位老同志的女儿，她的名字叫何立群，她也在延安县李渠公社插队，总理对她也很熟悉，于是，秉和把她也找来。他们俩一起向总理和邓大姐汇报了插队知青在延安的情况以及他们的所见所闻。

　　首先，他们向总理谈到延安人民的生活。当时的真实情况是：延安的广大农村还很贫穷，有的老乡家里吃糠、吃菜团子，有的人家里几口人盖一条被子。尤其是在闹春荒时，还有人外出要饭。延安当地的老红军、老干部常常回忆起党中央、毛主席当年在延安时的生活，他们说：现在的生活还不如党中央、毛主席在延安时那样好。总理听到这里，心情十分沉重，尤其是听到延安现在还有要饭的，吃糠的，脸上显出十分惊讶的神色。之后，秉和又谈到延安买卖婚姻的现象在农村很普遍，谈到知青在安置中存在的一些问题，如：口粮不够吃，常常饿肚子；不能同当地老乡同工同酬；对知青管理不好，学习、住房等问题无人过问；知青之间相互闹矛盾；有的知青受到体罚等现象。他们还谈到北京八中一名女知青在一次洪灾中不幸遇难的事情，总理听了之后连连感叹说："太可惜了！太可惜了！"听完秉和与立群所讲述的知青在延安插队的种种处境后，总理说："你们谈的情况还需要了解，但是，你们反映的有些问题中央会重视的。"谈话结束时，总理神情严肃而又慈祥地问周秉和："你能不能表个态，到底回不回延安去？"秉和虽然不知道伯伯的神态为什么会变得严肃起来，但仍然不假思索地表了态："我当然还要回延安！"总理好像还要再试探一下他的决心，又问秉和："那你能不能向我作保证。"周秉和以发誓的口吻一字一板地答道："我向您保证，我还要回延安。"这时，总理才露出了欣慰的笑容。就这样，过了春节没多久，秉和带着伯伯的嘱托又返回延安。

那年，在总理的鼓励下，周秉和积极参加劳动，刻苦接受锻炼，拜农民为师，受到当地农民的赞扬，并担任了村团支部书记和民兵连长，还入了党。1972年4月，周秉和被当地贫下中农推荐为"工农兵学员"，跨入了清华大学的校门。

二

在与周秉和、何立群谈话不久，在周总理的关怀下，北京市的几个城区，也分别找来回京探亲的知青开了几次座谈会，了解到延安插队知青的一些情况，并征求了他们的意见和要求。这些意见和要求主要反映在三个方面：第一，生产条件和生活条件较好的生产队，知青的思想比较稳定；生产条件和生活条件差的生产队，存在的问题比较大。第二，在管理工作上，知青普遍要求对他们在政治上、生产生活上要有人管。有的生产队把口粮交给知青自己保管，由于无处存放，或不会保管，浪费很大；知青们还要求解决住房问题，安置费要做到专款专用；希望加强农村建设，加强管理工作，抽调一些干部同他们一起插队。第三，对延安农村出现的早婚和变相买卖婚姻问题，知青们反映强烈。有些队干部、社员给女知青"作媒"，使女知青精神压力很大。知青们提出的这些要求，后来作为"延安地区插队青年工作座谈会"的文件，在会上进行了研究。

1970年3月，国务院在京召开了"延安地区插队青年工作座谈会"。有两位副总理和北京市委的负责人参加了会议。陕西省革委会、延安地区所管辖的十三个县革委会的负责同志，北京市七个区有关部门的负责同志也参加了会议。就一个地区插队知青工作，专门召开如此高规格的会议，在全国尚属首次。

这次会议通过了《延安地区插队青年工作座谈会纪要》。《纪要》分为三部分，第一部分，以学习毛主席在新中国成立初期给延安人民的《复电》为指导思想，要发扬延安精神，焕发起革命战争时期"那么一股劲，那么一股革命热情，那么一种拼命精神，搞好老区建设，打几个生产建设的硬仗，搞好130万亩农田基本建设，达到全区每人一亩高产田，尽快实现农业上纲要。"《纪要》同时强调，插队知青是"三大革命"运动的一支生力军，要充分发挥他们的积极性和创造性，教育他们立志在农村干一辈子革命，为延安地区的革命和建设贡献力量。《纪要》的第二部分指出，要认真总结经验，在九个方面加强领导，做好知青管理工作。《纪要》第三部分，强调了知青到延安插队的意义，并指出：北京知青到延安插队，把首都人民和延安人民更紧密地联系起来，为首都干部和群众学习延安精神创造了更好的条件。《纪要》还做出了北京市要有计划地支援延安地区经济建设和文化建设的决定。要抽调一批干部到延安去，一面参加劳动，一面协调做好插队知青的工作。北京市决定：每年组织学习慰问团到延安去，通过学习交流，协调解决知青插队中存在的问题。

1970年3月26日，在座谈会结束的这一天，周总理在中南海接见了参加会议的全体同志，并作了重要讲话。总理在讲话中说："毛主席在全国解放初期给延安人民发了一个《复电》。《复电》的电文虽不长，但表达了主席对延安所寄托的希望。"接着，总理说："从1935年到现在35年了，全世界都知道延安，可现在的延安呢？我一听插队青年谈起延安的情况，心里就非常难过。"总理在讲话中还回顾了战争年代的历史，他说："1947年胡宗南进攻延安时，主席是最后离开延安的。敌人到了宝塔山以南，离我们不到20公里，我们走的时候，人很少，只有一百多人，主席一直是同延安人民同患难的。"总理接着说："我说这段历史，也算是忆苦思甜吧！全国解放都20多年啦，北京这样好，延安那样穷，这怎么行呢？我们怎么对得起延安人民呢？"

总理接下来谈到延安的工作时说："我们这次座谈会形成的这些文件都很好，关键是要落实兑现。你们把主席给延安人民的《复电》印一下，给一个生产队一份，组织大家好好学习。全国胜利后，主席进了城没有忘记延安，你们光是把主席和我们其他同志住过的窑洞搞得那样漂亮，这样，不能使人家回忆起当时的情景。建国20多年，国务院就是不盖大楼，现在会议室有了地毯，借口我们年龄大了，怕摔倒，其实，有块塑料布就可以了。还是要艰苦朴素，延安窑洞不要再锦上添花，要雪中送炭。老百姓的生活还要改善嘛！"接着，总理又说:"陕北是个好的地方。我们一定要把延安搞得繁荣昌盛。"

接着,总理又着重谈到插队知青的问题。他说:"要把知识青年教育好,发挥他们的作用。要把粮食搞上去,否则老百姓不满意,吃粮还要从外面调。"总理说到这里时,问参加会议的延安地区的领导同志:"你们劳动吗?你们要首先带头参加劳动,移风易俗,发扬延安精神,自力更生,艰苦奋斗。陈永贵开会回去就参加劳动,劳动成了习惯。"总理又说:"北京派干部去,挑选一些身体好的干部,要参加劳动,同甘共苦。给一个大队派一个干部,这是上海的经验。知青有人带就好了。过去你们派的慰问团,是走马观花,有的叫工宣队,名字好听,但关键是要解决实际问题。"

总理最后说:"陕西的问题,农业要帮陕北,工业要帮关中,基建要帮汉中,这要成为国务院各部门和北京市支援陕西的工作重点。要把陕西搞上去。20多年来,我们对不起陕北人民。我当总理,陕北没有改变,心里很不好受。"总理接着又对北京市的领导同志说:"我看你们派1600名干部,一个大队一个。要把知青的管理工作搞好。无论如何不能搞强迫婚姻,不能搞买卖婚姻。有那么一些干部,老是不像话。"总理接着又说:"你们开座谈会,就是不让孩子们见我,这就是脱离群众。"这时,在座的陕西省和延安地区的领导同志说:"我们工作没有做好,我们要作检讨。"总理说:"首先我要负责,我是做总理的,我也是从陕北出来的嘛!"这时,延安的同志又谈到关于纪念馆的问题,总理说:"先不急于搞陈列馆,晚个十年二十年也不要紧。这是表面的,真正的纪念是先把建设搞上去。"

在这次座谈会后，延安地区的各项工作和知青管理工作都有了明显的好转。从总理的讲话，到《纪要》的传达，有关部门及陕西省和延安地区，对知青中存在的同工同酬、住房、吃饭、保护女青年、反对旧风俗等，都作出了符合延安经济发展和知青利益的规定。

据当时在总理身边工作的同志讲，1970年初，自从与周秉和、何立群谈过话后，总理的心情很沉重，好多天都吃不好饭。后来，在一次大会上总理还提到："你们大人都不向我反映延安的情况，还是孩子们向我做了反映。延安的问题引起我注意的是几个青年人。"从引起总理对延安问题的注意，到总理过问延安知青的情况；从座谈会的召开和各项政策的制定，到派北京干部到延安，前后不过几个月，在延安插队知青的情况有了明显的好转，这在当时中国政治动荡的情况下，这样的效率是令人赞叹的。《纪要》的传达，倾注着总理对延安人民的深厚情意，表达出一个老革命家对插队知青的关怀，闪烁着总理廉洁奉公、严于律己、密切联系群众、虚心听取群众意见的人格魅力。

延安青年工作座谈会召开以后，北京市派了1250多名干部到延安的知青点插队，协助做好知青的安置管理工作。插队干部的任务是协助延安当地发展经济，同时，每个驻队干部也兼有接受再教育、进行劳动锻炼的使命。在总理的关怀下，尤其是座谈会精神得到落实后，知青的住房、吃饭、同工同酬、婚姻等方面的问题很快得到了改善和解决；同时，对某些地区出现的迫害、欺辱知青的现象也进行了严肃处理。尽管我当时作为一名普通知青，并不知道这一重大举措出台的原委，但在当时那样一个年代，在远离首都的偏僻山沟里，都能感受到来自首都的关怀。那是一束多么温暖的阳光，在我们最困难的时候，温暖了我们的心，使我们更加坚定了人生的信念。

1992年，我又回到延安。我在吮吸着那散发着泥土芳香的清新空气时，对这块土地的情思油然而生。村里的那些老红军依然健在，他们的脸上还洋溢着昨日的风采；昔日那穿着红肚兜、常跟在我们出工队伍中的娃娃们，如今已出息成人；我们当年住过的窑洞仍依稀可见，而窑洞的主人——当年的那些"插友"们，而今又在更广阔的舞台上演绎各自精彩的人生。

当我走近延安城，走在延安大桥时，眼前仿佛看到1973年，周总理回延安受到延安人民热情欢迎的情景。今天的延安已旧貌换新颜。改革的春风吹绿了延安的山川大地，现代潮在这座历史文化名城中涌动。延安富裕了，山绿了、水清了，这种翻天覆地的巨大变化，正是我们这些知青所希望看到的，也是一代伟人周总理所期待的。

启 程

朱学夫

1969年1月19日,一个平凡得不能再平凡的日子,而对我和我的同学们来讲,这一天却是我们走向社会的开始。

早上八点半,我们在学校操场上集合,按已排好的下乡村队序列,分乘大客车去北京站,搭乘知青专列去延安插队。

此时的北京站已是人山人海。广播喇叭里,在革命歌曲的伴奏下,反复播放着毛主席的"最新指示"。在这种气氛的烘托下,从未离开过北京的同学们,怀着对革命圣地延安的向往,对新生活的憧憬、好奇及疑惑,准备迈上人生的新征程。

知青专列停在第一站台上,车窗前站满了送行的人群。火车开动了,人们挥动着双手,依依不舍地告别。此时的火车站台上和车厢里,哭泣声和呼喊声汇成一片。我在窗前看见前来为我送行的妈妈和已在内蒙古插队回家来探亲的姐姐,她们伫立在站台旁,看着渐行渐远的列车,不断地在向我挥手。就这样,我和同学们告别了亲人,那天,恰好是我过完17岁生日后的第10天。

列车徐徐出站，车窗外掠过北京城的街区，车厢内出现短暂的沉寂。此时的同学们仍沉浸在与亲人和北京告别的回忆中。保定、石家庄逐一经过，窗外的华北平原一派冬色。列车员沿着过道推来送饭车，将一只只装着"盖浇饭"的铝饭盒送到每位同学手上。在建平的小桌上，众人慷慨解囊，纷纷把带来的吃物拿出来"入伙"：香肠、小肚、广柑、苹果、梨，这些平时难得一见的美食堆起一大堆。

车过郑州，天色已晚，火车驶入陇海线，沿途景色隐在黑暗中。入夜，列车发出有节奏的声响，昏暗的灯光映照在同学们的脸上。忽然，车厢里传来《山楂树》的口琴声和低声的吟唱，空灵清澈的《山楂树》令人感动，使人不知此时身在何处。

天快亮时，火车终于进陕西啦！我下车花了六毛钱买了一罐标着"潼关酱菜"字样的竹篾子外包装的酱菜，准备带回村里享用。此时，车厢中活跃了起来。车窗的左边是秦岭，右边是关中平原，而引起大家关注和议论最多的则是山上的窑洞和半边盖的"厦子"。

中午时分，火车开进西安站，凭窗望去，站台上有欢迎知青的横幅。列车尚未停稳，忽然音乐声起，火车在停稳之后，音乐声又戛然而止。这时，只见人们簇拥着一位身穿中山装的中年人走上前来，他代表陕西省革委会，对来自毛主席身边的北京知青表示欢迎，并讲了一些热情鼓励的话。

火车停站15分钟后又开始西行，不久到了咸阳后再次停车。停留了大概几分钟之后，火车又开始北进。从车窗向外看，只见黄土高原特有的"塬"连绵不断，望不到尽头。窗外

◈ 启　程

景色越发单调、凝重，山洼里存留的残雪泛着白光，偶尔可见一缕炊烟从散落在崖畔上的窑洞顶上升起。经过庄里、富平、三原、耀县，这些后来被我们所熟悉的地名之后，于傍晚时分，火车到达终点。这里虽然也有欢迎的人群，但显然比西安少了许多。我们正准备下车，忽然听到有人操着北京腔在问："哥们儿！你们是哪个学校的？"同学们循声望去，只见两个学生模样的青年仰着头在和车上的同学搭讪。这两位果然是前几天就到达这里的知青，众人迫不及待地向这两位"先到者"打听当地的情况，那男生抬手向山顶一指说："打个比方说，你住在这里"，然后，他又向沟底一指说："而吃水要从这儿去挑"。他的一席话说得众人面面相觑。嗨！敢情这两位是要搭便车打道回府的。

　　排队完毕，开步走。在欢迎的锣鼓声和口号声的伴随下，我们列队走进知青中转站——铜川市二中。大家按村队，被分配到铺有麦草的教室里。大伙铺开行李，取出碗筷，到学校搭建的临时食堂去吃饭。当天晚饭是凭票领取的大肉、羊肉和全素的烩菜，外加四两一个的杠子白馍。

　　1月20日，天还未亮，催着起床的吆喝声响了起来，我一骨碌爬起，赶紧收拾行李，准备开路。外边黑沉沉的，院内十几辆蒙着帆布篷的军用解放卡车已被发动，车轮上挂着防滑链，解放军司机在灯影中进进出出地忙碌着。伙房那边灯火通明，鼓风机伴随着人声发出巨大噪音。简单地吃过早饭后，同学们按照编号，依次上了车。车队缓慢地行驶着。两天没睡好觉的同学们偎依在行李上，随着车厢的摇晃渐入梦乡。这时，天已渐明，黑色的柏油路不知何时变成土黄色的砂石路。走了好长时间，大伙似乎感到了旅途的寂寞，不由探着头向车窗外眺望，突然，"纸坊"两个大字出现在我的眼前。我们想：纸坊到了，离茶坊也该不远了。

这时，有人用力拍着驾驶室，副驾驶探身一问，原来，大伙提出要解手。车队便临时停在两边都很陡的一个山脊上。"男生向左走，女生向右走，解决完就上车。"解放军一声令下，同学们赶快下车解决内急。这时，我抽出空闲在宜君梁上眺望，只见山河大地、千山万壑，尽收眼底。

又上路了，许多同学嫌车篷太憋闷，执意要把车蓬拆掉，大家站在车厢中，刺骨的寒风裹携着车轮卷起的尘土，迎面袭来。车队驶进一个镇子，空气中迷漫着烧柴火的气味，欢迎知青的横幅横挂在公路的上方。公路两旁土坯垒成的"厦子"、房舍和远处的窑洞连成一片；早起拾粪的黑衣老汉和几个揣着手、背书包的小孩，在路旁愣愣地望着过往的车队。转弯处，一处上着门板的店铺上写着"宜君县哭泉"的字样。哭泉！这就是传说中"孟姜女哭长城"的那个"哭泉"吗？

行进中的车队卷起巨大的黄尘，远远望去像一条蠕动在崎岖山路上的"黄龙"。人群、街道、房舍、窑洞，逐一在我们的眼前呈现，瞬间又被抛在身后。

车队开始下坡，急转弯使人感到眩晕。这时，眼前呈现出一片绿色。这长满翠柏的地方就是著名的桥山，人文始祖轩辕黄帝的陵寝之地就在这里。黄陵到了，富县应该不远了！

车队绕过黄陵县城后，公路沿着一条名为沮水的小河转向东北，路的右侧是水塘和稻田，左侧的崖畔上，零散稀疏的茅草和酸枣枝在寒风中摇晃。车到龙首再次停车休息，众人下车

启 程

之后，蜂拥奔进厕所方便。这里的景色吸引了我：小河从一片树林中穿过，阳光下的冰面上泛着金光，这使我不禁联想起臆想中的苏联歌曲所表现出的场景。

近午时，车队经过洛川县城。那一天正好逢集。集市上，人声鼎沸，热闹异常。但当我们的车队驶达时，引得人们驻足观望。

汽车驶进洛川中学，这里是迎接北京知青的临时接待站。除停车、喝水、方便之外，当地也备有烩菜和蒸馍，但这些是给后面来的同学们准备的，与我们无缘。没篷的卡车实在太脏、太冷，再次开车时，建平、和平、张淮、玉林、力群和我，又爬上一辆有篷的卡车。

车队行进在洛川塬上，下一站该是富县了。这时，我看到塬上的景色完全不同于川道，近似平原。很快，车队通过"界子河"桥后，再次爬坡上山。爬上交道塬之后，太阳明显的暖和了。

"哥们，让让，我憋不住啦！"回头一看，高一的一位名叫守贵的同学正向后车厢移去，他一手扶着后车厢，一边企图探身车外，但车辆的左右摇摆和上下颠簸，严重地阻碍了他想要解小手的企图，再加上他在众人的呵斥与讥讽中惊慌失措，使他的正常操作更是难上加难。慌乱中，守贵不知从谁的行李中翻出口"钢精锅"，情急之下，竟以此为容器解决了一个大问题。随着"秽水"从后厢泼出，一切又都归于平静。

车队下坡进川，经过一座小石桥后，左转向西。"嘿！史家坪！"不知谁看到车外村子墙上写的大字，直觉告诉我：茶坊快到了。

"277"公里碑斜埋在公路左前方,车队临时停车。挑开车帘一看,只见远处黑色的山崖间,一群灰白相间的野鸽子在翱翔,近处的山崖上有"抓革命、促生产"的标语。到了,我们终于到了!

车队开进了富县茶坊镇,街道两旁站立着欢迎我们到来的小学生。他们在老师的带领下,挥舞小旗、喊着欢迎的口号。最显眼的是,路南有一长溜房子,房子的两边写着"茶"和"坊"两个大字,合在一起就是"茶坊"。

下车后,我们被领到茶坊粮站,茶坊公社的领导在这儿等候着知青,并举行了简短的欢迎仪式。仪式完后,我们分别被安排休息、洗脸,等待开饭、取行李及与各村来接我们的人见面。

"嘿,这地方真不错,哥们儿就在这儿了。"和平抽着烟,悠然地躺在印有"茶坊旅社"四个红色小字的白色床铺上。

"走!到对面公社大院吃饭,领行李!"有一位同学闯进院子里大声招呼着我们。我们来到大街上,只见公社大院门口,聚集着看热闹的人群和来接我们的各村"乡党"。"乡党"们基本都是身穿黑棉袄,腰束一条棕色线织的腰带,也有穿自家做的方口黑布鞋或旧解放鞋的。他们大多都揣着手,默不做声,面无表情地望着你。而当"乡党"发现你在看他时,他就会腼腆地龇牙向你一笑,算是和你打过招呼了。

"娃儿,多吃些!以后就没得吃啦!"看热闹的人群中一位穿黑棉袄的老大娘热情地对我们说。看着大盆里的烩菜和杠子白馍,许多同学经历了长途颠簸,已没胃口。高中同学毕竟比我们年纪大。其中一个名叫章重的同学从行李中掏出"钢精锅",在众目睽睽之下,他竟满满装了一锅馍。

一阵忙乱后,川口村的"乡党"们终于找到了我们,他们手脚麻利地帮我们把行李绑上驴车上。众同学相互告别之后,我们川口村一行六人,跟着拉行李的驴车,背着夕阳,沿着来时的公路向川口村走去。

1969 年 1 月 21 日,我踏上了新的人生起点,我在富县茶坊一个名叫川口的村子开始了我的插队生活。

岁月白描

张东红

选择宜君

1968年12月21日,中央人民广播电台广播了毛主席发出的动员令:"知识青年到农村去,接受贫下中农再教育,很有必要。要说服城里的干部和其他人,把自己初中、高中、大学毕业的子女送到乡下去,来一个动员,各地农村的同志应当欢迎他们去。"

以毛主席的崇高威望,几乎是在一夜之间,全国就掀起了上山下乡的高潮。不久,上面就有了安排:北京知青到延安插队。

革命圣地延安是多么令我们神往啊!我朋友柴国防的父亲给我们分析:"你们应该到延安去!国家建设需要的时候,首先会想到你们!"一位睿智老人的话更坚定了我们的去向。经过一番谋划,我们自己组合了一个由姐弟、姐妹和同学集合的知青小组。小组由柴均、柴国防、柴瑞敏、李丹霞、李烟霞、刘建国、谭左亭、杨扬和我共三男六女组成。

当时按计划，北京西城区的中学生被安排到延长县插队。但我们既然是自己组合的，就不太愿意跟学校走。特别是我们几个人的父母在"文化大革命"期间，被批斗、甚至被关押，所以，我们自然希望到一个完全没人认识我们的地方去。柴瑞敏的学校在崇文区108中，按计划被安排到宜君县插队落户。我们找来一张地图，看到宜君县在延安地区最南端。于是，到宜君去插队成为我们一致的意见。

再见，北京

1969年1月29日是我们确定启程的日子。那一天，我们到达北京火车站。只见月台上人头攒动、声音嘈杂。望不到头的车窗内，一张张未脱稚气的脸上，挂满了泪水。我看见父亲在向我招手，我的心头一哽，泪水夺眶而出。为避开同伴的目光，我拼命向车窗外探出身子，向在寒风中伫立的父亲和尚不太懂离别之意但也泪流满面的小妹妹挥手告别。

当年从北京到陕北，火车只能坐到铜川市，再往北就要坐汽车。但一场大雪使北上的公路中断了，铜川把我们分批安置到体育馆或大礼堂里。但每天的火车仍在源源不断地拉来北京知青，所以，铜川市感受到压力越来越大。

第二天，铜川市调来了军用大卡车，给车轮套上防滑链，连人带行李开始一车车地往陕北各县运送知青。

宜君县是延安地区最靠近铜川的县（现在已划归铜川市管辖了），当时的路况很差，车在雪路上摇晃，行驶了好几个小时才到达宜君县城。我们下了车，被分散安置在一些民房里，等待各大队的人来接我们。正在此时，崖尧大队派人来接我们，我们就好像当年到达陕北的中央红军一样。

这一伙20岁上下的陕北棒小伙是我们第一次见到的陕北人，虽然穿着破旧，但一看就给人朴实、憨厚、健康的好感。他们由大队书记和兴顺领着，还有二队队长和长仁及和邦牢、和满堂、和富贵等一伙人，光听这些名字，就让我们感到新奇。这时，天色已晚，我们提出能否连夜动身到村上去？兴顺书记想了想也就同意了。他们是刚走了五十多里山路赶来的，做出这个决定太不容易了。

雪夜进村

二十来人的队伍，踏着积雪，在河川冰面上行走。开始，大家很兴奋，但没多久，崎岖不平的路面就消耗完我们的体力。更要命的是，我们穿的是当年北京最时兴的白塑料底布棉鞋，不仅防不了雪水，而且极易滑倒。就这样，一路跌跌撞撞，好容易来到崖尧村的山脚下。仰头望去，黎明前的幽暗之中，我们看到，我们要去的村庄还在山巅之上，这时，大家几乎泄了气，但回头看看农民兄弟们，又觉得再苦再难也要坚持。出发前，他们已经把所有的大行李和重箱子都抢着背上，不好背的给小毛驴驮上。而且，他们这一天来回已走了100多里路，但却不露疲态。最令人感动的是：我的一个四五十厘米见方的小木箱，又硬又重，里面全是书，一直由张奎背着，真不知他是怎么背过来的。接下来，我们开始爬山。实在走不动的女生就拉着驴尾巴，我再在她后面顶着，爬三步、滑一步，一步一摇，终于在天亮的时候，走进了我们要在这里生活的小山村。

初识崖尧

知青的到来，是崖尧村的一件大事，因为我们是这个村庄有史以来第一批外来的居民。看得出，县上、公社和崖尧大队以及村民们都为迎接我们这些毛主席身边来的知青，尽其所能地做好一切布置和准备。听说我们进村了，妇女主任马上领着一群大嫂、媳妇和闺女们给我们蒸馍、擀面、烧开水。她们怯生生的表情和腼腆的笑容里有发自内心的热情。

我们三个男生被安置在小队会计岁牛家准备用来娶媳妇的新窑洞里，六名女生则被安置在一户有高墙大院护着的老中农家窑洞里。天放亮后，不少乡亲特地赶过来看新奇，我们也迫不及待地到处走动，打量着我们真的要在这里落户的山村。一位老农民一见我们就说："你们是上边派来的，早晚是要走的！"

崖尧村归属宜君县五里镇人民公社。几十户人家沿着叉状的山梁分成前崖尧和后崖尧两个村，共三个小队，我们落户在后崖尧的二队。位于宜君塬上的崖尧地形让我感到极为新奇，这儿全是平顶山。站在山顶放眼望去，几乎与平原一样，十分辽阔。走到沟边才能看出这是在山梁上构成的高地。水土流失竟能把广袤的陕北黄土高原改变成周边陡、顶上平的"塬"，真让人惊叹。

由于常年的干旱少雨，植被稀少，黄色几乎统治了这里的一切。想当初，我们在北京看地图看到宜君境内，有一抹绿色，还以为这儿是陕北的绿洲呢！这里尽管土地贫瘠，生活艰苦，却民风淳朴，历史悠远。崖尧村离桥山黄帝陵仅三十余里。高天厚土之间，连这里百姓们的日常口语还透着一股文言气息。比如称女人为"女子"，小女孩为"女子娃"，吃过饭绝不说"吃完了"，而说"吃毕了"等等。而这里所有的人居建筑几乎全是窑洞，简直可以直接上溯至远古人类的穴居时代。所以，这儿的一切又是那么的让人难以轻视。冥冥之中，我感到来此插队，莫非也是我们和远古之间的一种交流。

雨水、窖水、明矾水

水是生命之源。来崖尧之前，我们喝的是自来水，也曾喝过井水。但绝没想到，来到崖尧之后，却要和庄稼、牲畜一样，直接用原生态的雨水，准确地说，是要饮用经过地表二次污染的窖水。对于这里的农民来说，世代如此已安之若素，而我们这些北京娃却要努力去适应。即使如此，用雨水之难也是让人很难想象的。

记得到崖尧村的第二天，六个女生就开始用大盆小桶，到窖井旁洗衣服。头一两次，村民们不好意思说啥，第三次又去洗的时候，长仁队长就找到我这个知青组长说："东红啊，告诉那些女子娃，可不敢这样洗！到不了明年，全村人就没水吃咧！"原来，塬上的人就靠村上打下的几口窖井把地头巷道的雨水接存下来，供全村人吃到来年夏天下雨的时候。陕北本来就干旱缺雨，接满一窖水不容易。这里的塬下虽然有一条小溪样的河流，但下山路远不说，因上游受到地质的影响，长期饮用会导致柳拐病和克山病，所以不能吃。村上过去打过一眼井，但水不旺。所以，世代以来，都是靠喝窖水过日子。自此，我们也就只好下山去小溪边洗衣服，女生们要洗澡也只能等收工天黑之后，偷偷在溪水僻静之处去洗一洗。

窖井是村里人的金贵物，富裕些的人家院子里有自家的小窖，但也是先尽着用村里的公窖水。陕西有一怪，房子都是一边盖，就是为把屋顶的雨水都接到自家的院子里。积存的雨水根本不达卫生标准。巷道的泥土不用说，有时，鸡屎猪粪都会冲进去，甚至水里会有红线虫。夏季窖水来不及沉淀，打上来的水更是浑浊不堪。但就是这样的水，村民们也是无比珍爱。

为了解决用水卫生，我们要求村里派上劳力拉上板车，由三个男生跟着，跑到130里外的蒲城，买回来五口大水缸。用三口缸存水，在水里加上明矾，沉淀后轮流饮用。当时很觉得意，但现在想来，不知喝过这几年的明矾水，我们这几个知青将来会不会老年痴呆呢？

村上来了知青，增大了用水量，队上决定打口新窖。我参加了打窖全过程。先在选好的地点挖一个一人粗细的井口，然后在下面掏挖一个丈余深，圆罐状，一间屋大小的窖。窖壁挖满一个个小坑，然后从山下河滩挖来不透水的胶泥，糊在窖壁和底部。再经过好几遍密密的捶打，使胶泥泛出釉罐一样密实的光泽，才算大功告成。

没在缺水地区生活过的人，就很难了解用水的艰辛。崖尧人连洗脸的铜盆都是像草帽形状，有很宽的边，好接旁落的水。就这样,洗过脸的水还要集起来洗衣服,洗过衣服的水还要喂猪或浇菜。多年后,看到过一部描写陕北的电影《黄土地》,里面的一位父亲为给要出嫁的姑娘洗个澡,用毛驴驮上一麻袋玉米和一只木桶,到有水的人家,用一碗玉米换一碗水。那情那景,让我感同身受。

缺柴、愁柴、操心柴

在崖尧的第二大难处就是缺柴。到村上后,队里怕我们不会砍柴,还经常派工帮我们去砍。

而轮到我们自己砍柴才知道,这是件犯难的事。首先是长在沟沟畔畔的酸枣刺、椿树根这样耐烧的硬柴很少,即使找到,也多是在陡峭的土崖上,不敢去砍,所以,我们砍的柴多是些不耐烧的藤蔓茅草。在村里小伙子、小女子的热心相帮下,我很快就学会了用两根皮绳打扎出规矩结实,比我身体还要高的柴草捆。每日收工后,我肩扛背驮,把柴弄上山,但晾干后做不了两顿饭就烧光了。为了救急,队上曾专门派上壮劳力,拉上板车带我们三个男知青,走上百余里,去深山里砍些硬柴。但这些柴很快又被烧光了,又不得不把村前一棵枯死的空心老槐树以很低的价卖给我们当柴烧。

缺柴的问题不仅难为着我们,也是当地民生的最大难题。除了人种的庄稼作物,几乎所有的野生植被都被挖去当柴烧了,有时连根也不放过,人畜赖以生存的土地也就无可避免地陷入贫瘠。我们崖尧村窑背后曾有一棵标志性的大槐树,高大挺拔、傲视苍穹,塬上方圆几十里都可以看到。但最终,由于队上财力匮乏而难逃一劫，枝桠被卖了当柴烧，主干被破解开做成锹把卖。这虽然是在我们知青离开崖尧村后发生的事，但仍让我唏嘘不已。

我把国防的脚砍伤了

由于缺水和土地贫瘠，崖尧除了塬上平地以外，沟壑里的坡地也被耕种。有的坡度甚至达到四五十度。早春的一天，我们和社员们一起到离村最远的一条山沟里去开垦坡地，准备种玉米。沟深路远，到地头已很累了，大家照例学过几段毛主席语录之后，便一字排开由山下往上开始挖地。由于地块越往上越窄，挖地的人便越靠越近。就在队长要喊休息时，鬼使神差一般，我前面的国防突然挪了一下右脚，而此刻我的镢头又刚好落下，不偏不斜地砍在他的右脚背上。只听"啊"的一声惨叫，国防瘫坐在地上，脚背上皮开肉绽，露出了白骨。当时，我几乎傻了，一时不知如何是好。这时，有人说，赶快把他抬回窑里再说。但山高路陡谈何容易。此时，平日里不吭不哈、个子矮小但很壮实的农民兄弟邦劳挺身而出，背起国防就往山上平爬。越往上，路就越难走，我要换，他不肯，说我背不动。就这样，他一个人把国防背上山顶。看到他瘫软在土坎上，大口喘着粗气，我们心里都很感动。

幸亏人脚背上血管少，或许是国防人瘦血少，这么重的伤，出血倒不多。我们给他敷了一点从北京带来的云南白药，国防的脚伤竟慢慢痊愈了。只是当时建国说怕镢头上有土易感染，按说应再打一针破伤风，这叫我们着实提心吊胆了半个月之久。还好，老天有眼，国防只落下一块不影响结婚找对象的疤痕。农民张奎曾开玩笑说："国防，你应该买盒烟谢谢邦劳！"国防自然随口答应。但当时谁也没料想到，39年后，我们重返崖尧时，他才有机会当面递给邦劳一条好烟。

我们的伙房

　　崖尧村的插队生活尽管艰苦，但我们几个人和谐融洽地生活在一起，挚爱友情胜过了家人。后来，虽然陆续有人因病返城，有人当兵或招工离开崖尧，但在应考家那间女生宿舍兼做厨房和餐厅的窑洞伙房里，曾有着我们共同的记忆。在那里发生过那么多令人难忘的故事，像一幕幕情景喜剧一般。

　　柴均是我们的大内当家。插队时20岁出头，是我们当中年龄最大的。在她的安排下，我们没有饿过肚子。

　　那时，按规定，在半年时限里，给知青每人每月供给60斤原粮和40元钱的生活费，另外还给知青每人100元的安家费。半年后，知青所有的生活来源则要靠在队里劳动去挣。刚开始，我们觉得这钱和粮挺多的，但真正开销起来，才觉得这些粮和钱远远不够。

　　既然到了崖尧，我们就作长期打算，跟队里按每人一分地的标准，在塬上要了一亩自留地，柴均叫她在河北的亲戚寄来萝卜、白菜、大葱等良种，开春后种上，经过认真作劳，后来居然有了丰收。菜多的吃不了，柴均又买来大粗粒的海盐，用蒲城拉回来的大水缸，腌成咸菜，还送给村民们不少。

　　菜种得不错，但我们养猪却不是很成功。建国在集市上买回来一头半大的壳郎猪。谁知这猪光吃食不长肉。当地人养猪为了省料经常放养。我们男女生只要一到院外上厕所，准有猪一头拱进来。我们嫌太恶心，便把猪圈起来养。可养了没多时，柴均一生气，20多元钱又把它卖掉了。

我们还养过几只鸡，但也不怎么下蛋，也可能是把蛋下到外面去了。建国提出来把鸡杀了吃。我还以为他会杀鸡，谁知他杀鸡图省事，竟一刀把鸡头剁了下来，在我们的伙房里，我们真是尝到了各种吃食和生活百味。

"黑糜子"。初到宜君，尝到崖尧人常吃的一种用黑糜子蒸的馍，虽然像石头一样又黑又硬，但其味道是甜丝丝的，十分好吃。蒸出来放上个把月，依然不会变味。村民们说，他们出远门必带上一口袋糜子馍当干粮。我们觉得吃这东西省菜，空口也可以吃得下。柴均给我们蒸了一大锅，我们吃得很过瘾。但没想到，这东西好进不好出，吃了没两天，个个便秘，并且胃酸烧心。从此，便没人愿意多吃了。

"黄糜子"。陕北的黄糜子很好吃，蒸出来黏黏的，和糯米一样，用油炸了叫油坨坨。不过，其因产量低而且费油，村里人是过年时才舍得吃。房东家新过门不久的媳妇特地跑过来教我们如何做油坨坨，她对我们非常热情。

"羊尾巴炸辣椒"。陕北人好吃面条，认为面条是最好的吃食。在崖尧各家媳妇都是擀面高手。家里没什么菜时，男人用盐水拌点辣椒面，就可以蹲在门槛上，美美地吃上小脸盆那样大的一老碗。但没有荤油我们总觉得不香。我爸爸知道我们在农村缺荤，特意做了一大块花椒盐水煮白肉，托回京的谭左亭带回来。煮的肉简直成了我们的节日美餐，只可惜是太不经吃，一两天就吃光了。一次，村上来了一个羊贩子，我们鼓动柴均，买了一只绵羊，让贩子当场把羊杀了。我发明用羊尾巴炼油，泼了一大碗辣椒面，放在灶间架子上。吃面条时挖上一勺，吃了很长一段时间。

"牛粪蘑菇"。有一次到牛圈挑肥，惊奇地发现牛粪堆上长出脸盆那样大一簇灰颜色的蘑菇，十分新鲜。村民不知道这是否能吃，我们不忍舍弃，还是决定先把它挖回来再说。但建国懂得多，说蘑菇中毒是没有解的，使我们大家面面相觑了半响，但最终还是耐不住诱惑，怎么也不愿相信这是毒蘑菇，就冒死先试着吃了一点。最后，大家把它炒的吃了。这也是我平生第一次吃鲜蘑菇，其无肉自荤的味感令人难忘。

"糖精包子"。杨扬的妈妈在延安时期曾在《鲁艺》上过学，所以，她在我们当中算是比较有艺术气质的。她不会干家务，但会拉手风琴，还有一个针灸盒，看着让人眼晕的长针居然敢齐根扎进人的身体里。建国让她试过，我可没敢，但有村民认为很有效果，所以，把她当成赤脚医生，时常找她诊病。一天，她忽然来了情绪，自告奋勇留下来当值，说要给我们蒸菜包子吃。结果，当我们晚上下地干活回来，饥肠辘辘地围坐下来，嚷着要品尝杨氏包子时，她却面色尴尬地从灶上笼屉捡了一盘端上来，苦笑着说："抱歉！你们看还能不能吃？我把糖精当盐放了。"我们一听，顿时全傻了，试了一口，馅已经甜得发苦了。但事已至此，又有什么可抱怨的？凑合吃吧！那晚，怕杨扬心里不得劲，我们就着咸菜把糖精包子全吃光。

"抹布粥"。不仅杨扬露过怯，我也出过一次洋相。平常，我在伙房干的只是挑水、劈柴、拉风箱之类的活，干得挺欢，柴均她们挺满意。拉风箱是个有节奏的活，容易来情绪。有时看着灶膛里的红火苗随着鼓风上下起舞，我便边拉风箱边开唱。《长征组歌》、《红军不怕远征难》，我可以从头唱到尾，有好几次把锅烧干了都不知道。有一次，帮女生做晚饭熬玉米面粥，照例是负责拉风箱。陕北的锅是那种又大又深的桶子锅，昏暗的小油灯下什么也看不清，整个一个灯下黑。我拉几下风箱就要起身搅几下锅，不知是哪一次，袖口把灶台上一大块黑糊糊、油腻腻的抹布带进了锅里也没察觉。直到那天吃晚饭，大家都吃饱喝足之后，左亭去盛锅底里的玉米糊糊，一勺挖下去，舀起黑乎乎一大块，还以为是什么好东西，定睛看清后才大呼大叫起来。顿时，大家胃里像倒了五味瓶一般，上下翻腾起来。但已毫无办法。不过，事后大家承认那一晚的玉米面粥其实熬得相当有味。

柴均她们会过日子很令人佩服，但有时太会过了也让人起急，男生有时总觉得吃不尽兴。有一次，女生们一早赶集去了，我对国防提议，我们三个男生今儿个趁机把鸡蛋吃个够。这想法当然得到他们的支持。于是，我们就到村民家买了5斤多鸡蛋，商量着要蒸、炒、煎、炸、煮，把所有做鸡蛋的方法都用上，总归是要变着法把鸡蛋全吃了，不留痕迹，连鸡蛋皮也扔得远远的，以免被女生发现。最后是建国掌勺，我们仨真把鸡蛋全吃了。我还特意按听说来的歌唱家为了滋润嗓子，要往喉咙里滴蛋清的办法，喝了两个生鸡蛋。到了晚上，女生全回来了，还给我们带来集上买的好吃的东西。但我们仨谁也吃不进去。到了第二天，还是没胃口，打的嗝都是鸡蛋味。整整一周，积食难消。女生们觉得非常纳闷，但我们仨全都扛着，谁也没说，太丢人了！

天上的龙肉，地上的驴肉

　　队上有条拉磨的老驴，渐渐干不动活了，走路都有些摇晃，谁家也不愿借用，队长就找到我说："这驴给我们干了一辈子，我们也不忍心杀它，你们把它牵去杀了吃肉，把皮剥下来给队里打几条皮绳。"我一听自然高兴。天上的龙肉，地上的驴肉，有这等口福，自然不应放过。但那么大的一个牲口如何来杀，对我是一个考验。毕竟这是给家家户户都磨过面的驴，村里小伙谁也不出头帮忙，连平常最热心的富贵也只说了句："你们把驴牵到塬上荞麦地去杀，明年那儿还可以长一茬好荞麦。"说完，就不见他的人影。大晌午趁着人少，我和国防到饲养室把那条老驴牵到塬上荞麦地里。老驴不知死之将近，温良恭俭让得极其温顺。但像人一样高的大身架，怎么下手，真让人犯难。国防原想像杀猪那样，把刀从肩胛骨位置扎进去，刺到心脏，驴就死了。我担心如果一刀扎不死，惊了怎么办？最后，他可能是受了建国刀剁鸡头的启示，提出我俩先把驴绊倒压住，然后把驴头割下来。于是，我俩牵着驴在原地转了两圈，瞅准时机，用脚绊住驴的后腿，合力一推，驴便轰然倒下。开始吧！国防确实不含糊，骑坐在驴肩胛处，用刀将一尺多宽的驴脖子生生的割了下来。令我奇怪的是，驴并未像我想象的那样拼命挣扎，而是很平静。可能它像人一样，知天命之后会选择安静地离去吧。

　　驴杀死之后，叫来贫协主席黑丑教我们如何剥下整张驴皮。之后，他又从驴皮中间开一个小孔，从中心向外，转着圈地割成又细又长的皮绳，拧成可以驾辕用的驴皮绳。

我和国防把驴架子大卸八块，抬到饲养室。饲养员老汉帮助我们把驴肉放到像水缸那样大的桶子锅里。吃过晚饭后，柴均、建国他们也都过来了，指导着我们给桶子锅里放上水，加上盐和花椒大料，点着劈柴就开始炖。但因为是老驴肉，左炖右炖也不烂，还越煮越硬。刚开始，大家还有说有笑地说着闲话，可渐渐就蔫了。国防见状说："看这样子，得文火慢慢炖。你们先回去睡觉，我在这儿和饲养员看着，不信到明天早上它不烂。"于是，我们就先走了。

但万万没有想到的是，第二天天还没放亮，就听见国防急促的敲门声。我下地一开门，惨白的月光下，进了门的国防头大如斗，面色煞白，脸肿得眼睛只剩下一条缝。我和建国连忙把他扶在床上问："怎么啦？"国防说："不知道！就是痒得要命！"柴均也被叫了过来，也是一筹莫展。最后，还是建国建议去把后崖尧的振荣叫来看看，他比较有经验。振荣看了状况问明过程后说："你们昨晚炖驴肉烧的柴是不是有漆树？如果有的话，那肯定是大漆过敏。"结果，我跑去问饲养员，果不其然，就是有漆树。没想到这家伙一烧，气味有如此的厉害。

可怜的国防，一病一个多星期。村里老太太说是杀了不该杀的驴，遭报应了。而那锅老驴肉却炖得很烂、很香。国防劳苦功高，可我们给他留的驴肉，热了剩、剩了热，末了，他也没能吃上几块。不过事后很长时间，有一次又说起这个遗憾，他忽然问我驴肉好不好吃？我说："炖得挺烂、挺香，可惜你没那口福。"他坏坏地一笑，不言语了。我忽然想起那一天晚上，饲养员老汉曾经说过："老驴肉炖不烂的，应该加点尿碱。"

多年后，当看到张艺谋的电影《红高粱》，里面姜文演的"我爷爷"为了酿好当地有名的红高粱酒，最后一道工序是带领一帮爷们，解开裤裆往酒坛里撒尿的情景。我断定国防当年也这么干过！

挖窑历险

从到崖尧村插队的那天起，我们就憧憬能早日住上我们自己的窑洞。其实，国家给每个知青发了100元的住房安置费，但队里并不认为真的需要给我们建房，所以并不抓紧，在我们屡次向队里提出要求后，才决定准备给我们建房，这让我们非常高兴。

队里给我们选定的窑址，在村的最东头，面临着一个很陡的山沟。所以，要先开出一个足够大的院子，斩出窑面，才能挖窑洞，土方量是相当大的。因为给我们挖窑洞是在农闲时抽空干，工期也拖得很长。后来，队上把工程包给了几个专门在陕北打窑洞的河南窑子客，才打出像样的窑面。但不幸的是，由于土质的问题，一下雨窑面就塌方，这样几起几落，直到我们告别乡亲、离开崖尧村的那一天，我们的知青窑洞最终也没打成，这些都是后话。

开工的那天，我们三个男生和队上派的劳力一起，直接在陡坡上挖平台，掀土方，泥土块轰隆隆地滚下深沟，荡起阵阵回声。我和张奎两个人从两面对掏，挖了一个要三个人合抱、两米多高的柱状土方，准备将它整体放下山去。但下面挖通了，顶部却还连着，就是放不倒。我便从侧面陡坡爬上了土方柱的顶部，我连想也没想，就弯腰向土方柱底部挖下一镢头，巨大的土方柱开始倾倒，这时，我的重心已偏，不可能缩回脚来，向外跳会滚下山去，甚至被土方柱砸死。就在这情急之际，土方柱顶部已离开山体近一尺宽，我做出一个正确的决定，缩身跳入正在不断开裂的缝隙中，安然落地，只把脚扭了一下。现场的人一时全惊呆了。半晌，张奎才扶起惊魂未定的我说："哇，好险啊！"

估计这时的我脸色一定是煞白的。张奎说我的魂被吓跑了，于是，由他起头，一边继续挖土，一边大声喊："东红，回来呦！东红，回来呦！"邦劳、富贵、水牛和几个老汉也跟着他这样喊，说是这样喊能把我的魂召回来。

悠悠的喊声在山间久久回荡，村民的温情和可爱由此可见一斑。

别了，崖尧

光阴荏苒，随着岁月的流逝，终于到了村民们最早在我们进村时就给我们算准的"早晚要离开"的那一刻。先是瑞敏因患病回京，再是杨扬到青岛去当女兵，后是我们的内当家柴均被招到宜君县南塔煤矿，后又从那里到西安外语学院学西班牙语，毕业后分回北京，在中国国际广播电台工作，成为一名主任。

1970年10月，陕西汉中012基地大规模到陕北招收知青，我和国防、丹霞、烟霞被遴选通过，但在体检时，因我的视力没达到1.0的标准，招工的感到有些为难，我也想放弃这个机会，继续留在崖尧和剩下的人在一起。但建国和插队战友们一再劝我不要放弃，大家今后的前途难卜，天下没有不散的筵席；再好的知交地也有分手的时候。最后，他们找来视力表叫我背好再去复检。后来，我竟然也被招工了。这样，我在插队一年十个月、整20岁的时候离开了让我魂牵梦绕的宜君。离村时，兴顺书记领着生产队长和乡亲们都出村相送，张奎怪我们走得太早了，他还没娶媳妇，说将来一定叫她老婆做几双鞋寄给我。

　　这之后，建国、左亭俩又经过几次招工，但均因家庭政审不过关而未被招走。最后，崖尧村委会以全村人的名义担保，并拒绝另行推荐别的知青，这样，打动了招工的领导。建国被特批招到总后勤部陕西富县军马场当了干部，后来又辗转到了甘肃贺兰山军马场，他父亲在狱中病故后，大冤案才得到平反，公安部派专人把他接回北京，安排在科学院计算所，后到国家统计机关工作。左亭则因父亲是民主人士，一直留在崖尧村小学当乡村教师，三年后，直接上了西安交通大学，毕业后回北京，在海淀开发区工作，成为一名公司总经理。

魂牵梦绕黄龙山

王海珠

回想起插队的岁月,心情久久不能平静。延安那块贫瘠而又富有的黄土地,不仅养育了中国革命,也养育了从北京到延安来插队的知青。尽管回京已经多年,但每次当我翻开插队时写下的日记时,记忆的大门便悄然打开。

1968年12月21日,"知识青年到农村去"的指示已传遍校园。不少六六级和六七级的初中和高中毕业生都纷纷报名。当时,虽说还未动员到我们六八届,但我也不甘落后,趁妈妈到哥哥家照看小孩之际,我和班上的李玲等同学一块报了名,并独自去派出所办了户口迁移证,正式注销了在京的户口。

等妈妈回来时,我已办好了一切手续。为送我插队,爸爸给我买了一只大箱子,老师和同学也来为我送行。到了火车站,听见扩音喇叭里在慷慨激昂地播放着欢送词。当火车即将启动的那一刻,站台上和车厢内的喊声、哭声汇成一片。我不敢正视站台上人们的面容。只见父母苍老的面颊上已挂满泪水。妹妹还小，只是傻呆呆地望着我。就这样，时年19岁的我，和成千上万的北京知青一道，从北京出发，去广阔天地接受再教育。

我们七位女生被安排在延安地区洛川县黄龙山大队第三生产队。黄龙山大队坐落在沟塬相间的山冈上。我们刚去的时候，临近年关。这个时候，天气十分寒冷，山上和川道都是雪，白茫茫一片。假如你没有到过黄龙山，很难想象那蜡象横卧、白雪如毯的情景。但生活并非遐想，马上就要过春节，可我们知青窑里还是冰锅冷灶。七个女同学冻得不行，便取下来一床被子将腿盖住，围坐在冰凉的土炕上。大家你看着我，我瞧着你，大眼瞪小眼，谁也说不出是一种什么心情。就在这时，村上的社员来到我们窑里。他们有的拿来了猪肉，有的拿来了豆腐，有的还带来了自家生的豆芽。正当我们不知所措的时候，他们已开始动手为我们烧火做饭。没多大工夫，整个窑内暖烘烘的。从那一刻起，我们感受到一种家的温暖。

来到黄龙山，遇到的第一个考验就是砍柴。黄龙山没有煤，做饭取暖靠烧柴，柴要到几十里外才能砍回来。为砍柴，村里人经常是成群结队，半夜出动，因为要在天亮前赶回来去上早工。知青们当时都穿的是塑料底棉鞋，走平地都打滑，别说上山砍柴。因为我们都是砍柴生手，每次砍柴不是将绳索弄丢了、弄断了，就是将自己的手脚砍破了。砍柴回来后，两条腿疼得不想动。说实在的，尽管我从未在人前落过泪，但自从在村里开始参加劳动，尤其是经历过上山砍柴之后，我才知道什么叫苦、什么叫累。

将柴砍回来，可怎么来烧柴又是一门学问。起初，我们在做饭时，只会一个劲地往灶膛里填柴，结果，烧得满窑都是烟，熏得大伙直流泪。村上的老乡看到后，教我们如何烧火，并告诉我们："人要实心，火要空心。"当他们发现我们的灶膛口太窄时，又帮助我们将灶膛进行了改造，使我们烧起火来既省力又省柴。

春天活路多，队里派我们七个女知青到羊圈起粪。刚走进羊圈，一股呛人的味道熏得人喘不上气。但大家在"接受再教育"的信念促使下，干起活来还真卖力。没一会儿，一个个头上直冒热气，社员们不住地夸奖我们说："三队的这几个女知青一个顶一个。"同社员们接触的时间长了，彼此有了感情。有一天，社员们给我们讲了一段有趣的插曲：在我们刚分到队里时，社员们从行李的名字上，辨认和猜测哪个是男生，哪个是女生。唯独当看到"尚举力"这个名字时，他们猜想：这肯定是一个壮实的男知青。结果，一看到我们七人全是女的，他们便觉得这个名字就有些太男性化了。不过，当他们看到我们干活不比男的差，个个能吃苦，便打心眼里高兴。

黄龙山塬面宽阔。每次当我站在塬畔上俯视大地时，我就想起当初，有人为了让我们到这里来插队，便对这个地方作了许多不切合实际的介绍，使我们在一种遐想中，缺乏过艰苦生活的思想准备。然而，现实将幻想打得粉碎。但我们毕竟坚持了下来。没柴烧要自己上山去砍，没水吃要自己下沟去挑，没有面要自己去磨，没有菜要自己种。一切全靠自己，否则将无法生存。

麦收时节，塬上的"老白雨"说来就来，摊在场上的麦子随时有被洪水冲去的危险。因此，只要有雨，无论你在干什么，只要一听见钟声响，人们便会从四面八方赶来，奔到场上去抢场。抢场的活可不轻。要在最短的时间里，将麦子拾掇起来，垛齐、码好。这活费体力。男人干上一会都累得够呛，我们女知青为了不示弱，将草帽往场上一摔，也不怕灰尘、麦粒扬到脸上、头上，和汗水搅到一起。倒霉的是头发，一天下来，不洗梳都梳不开。

黄龙山缺水，吃水要到沟底去挑。村里有一口水井有20多丈深。要打上来一桶水，需要三个人一齐上手。一人摇辘轳，两人对着井口往起提绳。若操作不好，不是水桶掉到井里，就是打上来的水只有半桶。而到沟里去挑水，还得要排长队，若遇上雨雪天，吃水更是困难。后来，我们也试着积存天上的雨水，将雨水集在一个大缸里，然后在缸内放一些白矾或苦杏仁，让水沉淀。这样的水吃上几天，一掏缸底，缸底就是一层厚厚的淤泥，还有不少的红线虫在游来游去。

记得刚开始劳动时，每到收工，队里就要给我们记工分，我们表示不要。并反感地说："在学校，连资产阶级的分数线都打破了，还要啥工分？"于是，一开始我们连工分本也没有。社员们看到我们这样做，有些不理解。他们见了我们便悄悄地对我们说："傻娃哩！工分就是钱，到年底就凭工分来分红哩！"我们听了之后，似懂非懂。可看着社员们为评工分而斤斤计较，从中似乎又悟出些道理。记就记吧！于是，工分本也成了我们每天劳动成果的记录。然而，尽管人们起早摸黑地下地干活，可一天的工值才仅仅有五分钱。也许是对劳动投入和产出理解得太浅，也许是对收获不敢有太大的奢望，我们不论工分高低，每天坚持出工干活，把劳动看成向贫下中农学习和锻炼自己的好机会。当然，由于工分的差别和出工的多少，一些知青到了年底，为了买回自己的那份口粮，还伸手向家里要钱。现在想来，那时的生产方式，只强调"一大二公"，生产力得不到解放，导致农村普遍贫穷。就拿黄龙山来说，吃不上、喝不上、穿不上的村民不在少数。还有一些家户的窑里，除了一个火炕、一张旧炕席、几床破棉絮外，再没有任何东西。那年春节，村里有一个女孩子要出嫁，还是穿着知青借给的一件红条绒袄过的门呢！

后来，我被大队推荐到离村二里外的七年制学校任教，随后又调到县办中学，由民办教师转为公办教师。接着又去上大学，毕业之后，被分配到延安地委工作。1983年机构改革，担任了县级领导。

正是由于在黄龙山插队的那段经历，使我认识了人生，认识了社会，并促使和激励我在人生路上，不怕坎坷和挫折。几十年来，在不同的历史变革中，黄龙山像是一面镜子，镜子中映现出的是面朝黄土背朝天的父老乡亲，映现出的是山塬、山沟。那里的人和那里的山川地貌在时时激励着我。我觉得我有责任和义务把工作做好，把更多的精力用在有益于党和人民的事业上，做一个无愧于先辈、无愧于后人的黄龙山人。

1987年，我曾在日记中写过这样一段话："黄龙山的插队岁月令我终生难忘。可以说，黄龙山是我人生走向成熟的起点。起点很重要。我由一个当时只有19岁的女学生成长为国家干部，这与延安人民、与黄龙山的父老乡亲对我的培养和帮助是分不开的。我只有全心全意地为人民做好工作，才是对那片土地、对延安人民的最好报答。"

❖ 苦乐年华——我的知青岁月

　　魂牵梦绕黄龙山。昔日的插队生活，有欢乐，也有苦难，但在今天，这一切都变成了亲切而美好的回忆。这种回忆将牵动着我美好的情思，一直到永远。

那年"拉练"去延安

许 卫 张小建

1971年元月，正是周天搅寒的腊月时节，我们大队的知青，决定集体长途跋涉去延安，并将此次活动冠名为"拉练"。当时虽是农闲，可是家里要背柴，生产队要修水利，并非真有多"闲"。

动议去拉练，一方面缘于当时在全国范围内兴起的"野营大拉练"热潮，我们要学习解放军，也锻炼锻炼"生存能力、耐寒能力、适应能力、作战能力"；另一方面是，我们虽已到陕北插队两年，除了个别知青进过延安城，看了枣园、杨家岭外，大部分知青还只是匆匆路过，而未能好好看看延安"真面目"，对圣地延安那份心驰神往早已蕴藏在大家心底已久，这次，终于有个由头来共同实现。

出发那天是下午4点左右，已近黄昏。一大群年轻人背着简单的行李，揣着一点干粮，向着延安出发了。大家都很兴奋，那个时代，人人内心深处都有一种英雄情结，背上的背包都模仿着军人捆扎的形式，没有人在乎路有多长，也不去想夜会有多黑多冷，徒步行军到延安似乎就成了非做不可的大事。这确实让祖祖辈辈在黄土地上耕作的庄稼人看不懂了，当时有个老汉神秘地问我们："你们这一去，还回来吗？"未待他话音落地，欢笑声响成一片。

向阳沟对面就是一座高高的山，一条公路盘旋了四折才延伸出去，我们顺着盘山公路走了好几里，俯首看下去，向阳沟的窑洞还在视野里。一路上，大家笑啊、说啊，分散在三个小队的同学好不容易凑在一起，有说不完的话。

走到李家湾，天已黑了。路边有个羊圈。我们半夜里在公路上制造的喧闹，与山沟的寂静形成巨大的反差。一个拦羊人从睡梦中惊醒，冲着我们高声喊："哪搭的？"他的问话中充满了疑惑。这时，我们热闹的聊天被打断，一个顽皮的女生，反应敏捷，她立即拖腔而唱："我——们——是——"一群女生也附和着一起唱"工——农——子弟兵，来——到——深——山"，这是《智取威虎山》杨子荣初入林海雪原的唱段。好像配合着演戏似的，那拦羊人又大喊一声："来做甚？"我们有板有眼地接着唱："要——消灭反动派，改——地——换——天！"那人可能感觉是遇到了一群疯子，还没等我们唱完，他转身回窑洞了。

在夜行军中，大家把《长征组歌》、《新四军军歌》、陕北民歌轮着唱了个遍。就连平时总笑眯眯不爱说话的男生陶家平，也破天荒地教大家唱起了自己的保留节目，其中有一句歌词是"小毛驴，叮叮当……"真是憨态可掬！大家唱着、聊着、笑着，好不惬意，歌声笑声伴随着急促的脚步飘洒了一路。

夜越来越深了，陕北的冬夜冷得刺骨，水壶的水已经冻住，倒不出来了；连馒头也已经冻成了冰坨子，硬邦邦的，啃不动了。走到安塞的砖窑湾，已是午夜，大家实在走不动了，看到路边养路段的小屋里还亮着灯，上前叫开了房门，向老养路工说明情况后，我们被让进了门。大家围着炉火，烤着鞋面结成冰壳的解放鞋，啃着烘热的馒头，总算恢复了一点体力。

但不能久坐，目标还很远，谁让我们号称是"拉练"呢？随着"走"的一声吆喝，大家又迈开了步子。

寒冷，可以凭年轻的身体和满腔热情抗衡；饥饿，也可以忍一忍熬一熬，只是挡不住的困倦一阵阵袭来。进入下半夜，大家与上半夜的精神劲儿大不相同，在村里干农活时长期的缺觉与这次路途奔波的劳累汇在一起，很多人眼睛发黏，腿下发沉，有的人不由自主地揪着前面同学的背包，迷迷糊糊地半睡半走，有的人脚底下绊着蒜，却一直不敢停步……幸亏几个组织者还清醒，负责前导的张小建、郑钢、何新明走在队伍前面，像领头羊似的保持着行军的速度；负责断后的胡国成、方元平则像拦羊的，维护着队伍的整体性，帮助落下的伙伴赶上队伍。黑暗中，大家在坚忍地用脚步丈量着拉练之路……每个知青都咬紧牙关，不多说话，互相搀扶着，支撑着，坚持着，一步一步地向着目标延安行进。

……随着天边出现了曙光，大家清醒多了，都来了情绪，延安就要到了，胜利在望啦！

上午10点多我们到了延安，屈指一算，居然在19小时内走了140多里地！

已被招工到延安无线电厂的几个同学在兰家坪大桥迎接我

们。我们在厂里蹭了一顿午饭，然后和他们汇合在一起去了延河大桥，以宝塔山为背景，照了一张大合影。那天，延安是雾色天气，背景中的宝塔山隐隐约约，但照片中的每一张笑脸却很清晰，充满着走完征程的喜悦和激荡青春的活力。

到延安地区知青办时，已是下午。知青办同志招待我们吃了晚饭，将我们安置在一间小学教室休息。地上铺着谷草，男女生各占一边，大家打开行李，七倒八歪地睡了一地。那一夜，炉火正旺，一群为"理想"而"拉练"的年轻人睡得十分香甜。

第二天，我们去参观了神往已久的宝塔山、革命纪念馆、杨家岭、枣园等革命旧址，我们这一次是到实地接受革命传统教育，集体圆了一个新延安人的梦。

第三天我们坐上了汽车，返回向阳沟。

向阳沟到延安城，当时坐车三个多小时，我们却步行19个小时搞"拉练"，按老乡的说法是"无闲闲白走许多路"，换句话说就是很傻。但我们自己却认为，与其说是步行去了回延安，不如说是进行了一次精神的洗礼。那相隔40年仍触手可及的青春的热情和执著，是对美好精神生活的一种共同追求。这种追求，能使人积极进取，战胜艰难困苦；能使人接近天地自然，摆脱世俗纠缠；能使生活更简约、快乐，使人生道路更加宽广。

当了回"五·七"连长

田凤祥

1971年7月中旬,延安为了响应毛主席"在全党进行一次思想和政治路线方面的教育"的号召,决定于7月18日至8月24日,利用暑期,组织宜君、黄陵、洛川等南部七县的6000余名北京知青,徒步赴延安参观学习,开展革命传统教育。

宜君县计有515名知青参加了这次活动。我作为宜君县口公社的一名从北京来支援延安的干部,组织并参与了这次活动。我们公社由87名知青组成了一个徒步走延安的"五·七"连。我们将毛主席的"五·七"指示取为连队的番号。组织上让我担任连长,下设三个排、九个班。

组织知青徒步到延安参观学习,是一项复杂、细致、严肃而又艰苦的工作。此前,公社党委向各大队发出通知,要求各大队要做好知青的思想工作,要做好物资准备。连队除准备好锅灶、粮油外,个人要带铺盖、衣物以及碗筷、水壶、草帽、雨具、电筒、针线包、常用药物等日常用品。

万事齐备后，我们于8月1日在公社集中，下午4时召开誓师大会，我在会上讲了话，要求大家做到纪律第一，安全第一，高兴而去，满载而归。下午6时，我们准时出发。大家高唱着"红军不怕远征难"等歌曲，雄赳赳、气昂昂地踏上征途。当天，我们翻越庙山，经过哭泉，于第二天凌晨4时到达宜君，宿营在城关中学。

8月2日下午，我们又向黄陵进发，快到偏桥时，天下起了大雨，我们只好在偏桥住下。这时，为了鼓舞士气，我们还专门定了几条具体要求：一是每个队员对此次活动都要认识明确，态度端正，做到思想革命化，组织军事化，生活集体化；二是严格执行"三大纪律、八项注意"，要和所路经的村子里的群众、单位搞好关系；三是要发扬"红军不怕远征难，万水千山只等闲"、"不到长城非好汉"的革命乐观主义精神。一路上，我们为了保持旺盛的革命斗志，把徒步到延安参观学习当做"宣传队"、"播种机"，我们开展了"四个活动"：唱革命歌曲，写宣传标语，搞小型演出，办各种板报。力争做到住一地、红一片；走一路、红一线。每到宿营地后，坚持讲评比，开展读书学习，小结当天的工作和收获。

8月3日，雨停了，队伍又继续向黄陵、洛川进发。为了走捷径，我们在黄陵的龙首上了隆坊塬。上塬后，已是半夜，我们决定原地休息。不大一会儿，听见一声惊叫，经查看，才发现是一名眼睛近视的知青未向班长报告，到附近解手时，掉到路旁的水窖里。这口水窖是1958年搞水利时打的一口"路窖"。由于窖口周围长满了蒿草，难以看见窖口。幸亏这口窖不是很深，而且是一口干窖。这时，同学们将背包上的绳子接在一起，从窖中把落窖的同学吊了上来。在路经洛川冯家村时，我们参观了"洛川会议"旧址。

当时，正是三伏天，酷热难耐。于是，我们夜间行军，白天休息。又经过近九天的急行军，我们来到了甘泉与延安的交界地——崂山。我们在崂山休整了两天。在休整期间，我们做了两项工作：一是召开了民主生活会，对徒步拉练进行了小结。在会上，大家开展了批评与自我批评，对在路上无视纪律、行动随便者，进行了批评教育。二是要求大家做好进延安的思想准备；抵达延安后，要认真参观学习；要求每人备好"老三篇"以及钢笔、笔记本等；我们还对大家进行了简单的礼仪知识宣讲和外交政策教育。

8月11日，我们打着鲜艳的红旗，唱着嘹亮的歌曲，胜利到达革命圣地延安。当大家在老远就看见宝塔山时，都抑制不住激动的心情，情不自禁地齐声朗诵贺敬之的《回延安》。

我们被安排在延安招待所。当天晚上，大家好像有说不完的话，久久不能入睡。第二天，吃过早饭后，我们唱着嘹亮的歌曲，按照事先安排，先后登上宝塔山，到革命纪念馆和枣园、杨家岭、王家坪等革命旧址参观学习。

在宝塔山下，竖立着一块大牌子，牌子上写着毛主席1949年10月给延安和陕甘宁边区人民的《复电》。尽管我们曾组织知青反复学习过《复电》，但在延安再次学习《复电》，意味非同寻常。在王家坪旧址，我们看到毛主席当年与毛岸英谈话的照片，听了讲解员的介绍，大家深受鼓舞。毛岸英遵照毛主席"补上劳动大学这一课"的要求，在农村接受锻炼。事后，有位同学还写了一首打油诗："主席送子到农村，劳动大学炼红心；愿走工农结合路，甘洒热血为人民；光辉榜样记在心，胸怀朝阳向前进；虚心接受再教育，扎根农村干革命。"

我们还前往"四·八"烈士陵园，向先烈敬献了花圈。在毛主席发表《为人民服务》的讲话台前，重温了这篇光辉著作。

参观完革命旧址后，我们开展学习、讨论，写心得、谈感受，并走访当地老红军。在总结中，我们提出"三想三看"：想一想党经历的革命斗争史，看一看自己的思想觉悟高不高；想一想抗大的优良作风，看一看自己的组织纪律性强不强；想一想延安青年运动的光荣革命传统，看一看自己扎根农村干革命的思想牢不牢。在延安参观学习的日子里，我们以毛主席、党中央在延安的伟大革命实践为教材，以革命纪念地为课堂，以老红军、老干部、贫下中农为老师，进行了一次丰富、生动、深刻的革命传统教育。还自编自演了文艺节目，和兄弟县的插队知青举办了一次联欢晚会，并邀请延安地区革委会的领导参加。

七天的参观学习很快就结束了。8月19日，我们怀着依依不舍的心情告别了延安，踏上了返回的征途。顶着烈日，我们徒步前进。有一天，到了洛川县城，在驻地清点人数时，未见指导员王冠生，我急忙带了三名知青返回寻找。不远处，我们听见狗在狂吠，赶紧循声赶去，只见王冠生被三条狗围在中间，情况异常危险。我们上前将狗驱散，将老王又带了回来。

这次带领北京知青徒步赴延安参观学习，行程千余里。知青们吃苦耐劳、团结协作、互相帮助、乐观向上的精神使我难忘。时至今日，我依然会想起当年的"北京娃"。他们如今也已年届花甲，祝愿他们健康长寿，生活幸福！

千尺厚的黄土百丈高的山
经不住吆牛人的一声喊
要把太阳背到西
只能面朝黄土背朝天

连枷敲出的是秕谷
镢把磨出的是老茧
汗水未滴禾下土
怎能识得盘中餐

❖ 我们村的北京知青

我们村的北京知青

田志荣

我们康坪村是一个不足百户的小村庄。村子所在的这条川叫丰富川，名曰川，实则是连绵群山之间夹着的一条狭窄川道。这里平地很少，大都是山地。但为什么叫丰富川呢？后经考证，这道川属古西夏丰村城所在地。也许是我们的祖先期盼物阜民富，便起了这么一个寓意吉祥的地名。新中国成立后，康坪村与陕北的广大农村一样，村民们日出而作，日落而息，在这个闭塞荒凉的川道里聊度日月。直到有一天，这种闭塞、单调、沉静的生活被一群到这里来插队的北京知青打破。

那个瘦高个就是王岐山

1969年元月，康坪村的村民们都忙着做年茶饭准备过春节。有一天，生产队长韩志厚带着几个社员，吆着驴拉车去了公社。韩队长是个老八路，他听说公社要派知青来村里插队，心里有些不愿意。这是为什么呢？原因很简单：来了人就要张口吃饭，生产队的口粮有限，现在又是冬天没活干，等于要白吃白喝好几个月哩！到了公社之后，韩队长发现自己来迟了，因为别的生产队已经将身体好的知青领走了，只剩下几个身体看上去有些瘦弱的知青，韩队长自然不高兴。但不管高兴不高兴，公社的干部给他发话了："给康坪分来14个知青，你领回去。"韩队长看到这十几个娃娃站在公社院子里，个个冷得发抖，一下子心疼了。可当时他想：这些娃娃一个个穿得薄忽闪闪的，往后咋干活哩？韩队长让与他同来的几个人把大家的行李都装上驴车，这时候，一个瘦高个走过来说："我叫王岐山，您是韩队长吧？"韩队长"嗯"了一声，就再没了言语。这时，王岐山从接知青的社员手里要过拉驴的缰绳说：我来拉吧。走了一段路，韩队长看到王岐山把驴车拉得有模有样，心里一下子就高兴了。

　　知青们问韩队长，咱康坪村都有啥？韩队长觉得不好回答这句话。说啥都没有，是个穷村子，这样说，怕把知青们吓走了，还要挨公社干部的批评；说啥都有，这不是欺骗这些年轻娃娃。最后，韩队长不咸不淡地说了一句：到了村上你们就晓得了。一走进康坪村，知青们全傻了眼。眼前的康坪村，除了几根冒烟的烟囱和光秃秃的大山之外，什么都没有。知青们站在村边的大路上，面面相觑，感到有些失落。

　　刚进村，一些碎娃娃、后生和年轻女子们聚在硷畔上。一开始，村里的人都听不懂北京话，大家都来看热闹，有人还直白地说："是来看这些北京娃娃哭鼻子的。"事实上，当知青们看到村子是这样一种景象，还真的想哭。当天晚上，几个女知青真的哭了。她们说：到老乡家去吃饭，窑洞里黑乎乎的。吃饭的筷子是用柴火棍儿做的,屋子里散发着一股怪味儿。面对这样的环境,王岐山把知青们叫到一起开了一个会。会上,大家你一言我一语,说得没完没了。到最后,王岐山开讲了。他说:"既然我们千里迢迢来到这里,那就跟红军长征到达陕北一样,是一个胜利。今后,谁当了逃兵,就是给咱知青丢脸!"王岐山的一席话说得让所有的知青都不做声。接着,他又谈了自己的一些看法,他说:"我去韩队长家吃派饭,全家人拣最好吃的给我吃。人家从心里把咱当尊贵客人看,我心里很愧疚。我们知青到了村里,不能成为村里的负担,首先要在生活上融入康坪村,要成为康坪村的一个社员。从明天起,我们吃了谁家的派饭,就要帮谁家干活。首先要学会和社员进行交流,主动跟社员们学说陕北话。"

知青们在王岐山的鼓励下,第二天便主动到各家各户去帮忙。没过三天,大家基本熟悉了康坪村的情况。

这个时候,生产队的主要劳动是给地里送粪。王岐山到韩队长家提出知青也要去送粪,韩队长开始有些犹豫,觉得这里的山太高,路又是崎岖的羊肠小道,一脚踩不稳,就要滑到沟底,万一出个事,他还要承担责任。王岐山看出韩队长的心思,便对他说:"我们现在就是康坪村的一员,生产队的活就是大家的活。"韩队长一听王岐山这样说,便半开玩笑地说:"你娃娃要是真能送了粪,才算得上是康坪村的一员。"韩队长答应了王岐山的请求,还特意给他们派了两个帮手。于是,男知青们开始送粪,女知青跟着村里的妇女给生产队磨面。

送粪不是一个简单的体力活,需要几个人同时协作。捣粪、装粪、上驴、吆驴不仅要有体力,还要有技术。王岐山和其他知青都没干过这种活，尤其是上驴，一个人拉着驴，另外两个人要往驴脊背上抬粪。驴脊背光溜溜的，也没有鞍子，再说驴又不好好配合，将粪口袋抬上去，驴刚走两步，粪口袋就掉了下来，于是，不得不喊住驴，再抬，再赶，再掉……看着队里的社员腰一闪，一口袋粪就稳稳当当地搁在驴背上，驴走得再快也掉不下来。干了半天，知青们终于懂得，装粪、送粪，光用蛮力不行。王岐山经过观察发现，要想让粪口袋不从驴背上掉下来，必须要将粪口袋装瓷实，给驴压力，尤其是要把粪口袋放在驴背的正中间，这样就能保持平衡。下午的时候，男知青们在王岐山的带领下，已经能顺利地送粪了。

十几头毛驴由六七个男知青吆着，从村里出发，送到对面山上的地里。一路上，大家必须时刻看守着，以防毛驴抖掉粪口袋。知青们到了山上，把驴驮来的粪倒在地里，趁这个间隙，他们站在山顶上，放开声高唱革命歌曲。韩队长听到对面山上有知青在唱歌，心里一下子踏实了。在开社员会的时候，韩队长特意表扬了知青，而且不住地夸奖王岐山，说他看上去瘦精精的，但干起活来还满在行。

王岐山是知青组的组长。他能吃苦、肯钻研，善于团结群众，在康坪村很有威信。很快，他就被任命为大队革委会副主任。

康坪村自从来了知青之后，办养猪场、开采小煤窑。搞了这些副业之后，村上的集体经济有了发展。可在之后的一段时间里，村民们对村财务不公开、不透明有些意见，有人还跑到公社去反映此事。韩队长听到这些闲话很是生气，尤其是他老婆是个躁性子，听到这些闲言碎语就开口骂人，也不知道在骂谁。社员们听了之后互相猜忌，知青们的心里也不舒服。

一天，韩队长找到王岐山说："你是知青组组长，又是大队革委会副主任，见多识广，村里人猜忌我，我老婆又是这个松脾气，你看这事该咋办。"其实，王岐山也一直在琢磨村民的议论，他觉得这些议论主要是大家对村里的账务不清楚，所以才猜疑。于是，他就和韩队长把队干们叫在一起开了一个会，在会上，王岐山说："既然大家对村财务有不明白的地方，那咱就给大家一个明白，白纸黑字写出来，放明朗！"但是，这个提议也遭到一些队干的反对，他们说：社员们对生产队的账务有怀疑，那就换人算了。可王岐山说："换人不是解决问题的办法。关键是要把财务公开，让村里的每一个人对村财务要有知情权！"最后，通过举手表决，大家都觉得公开好。老支书尹治海还提议队务公开由王岐山做账务监督员，因为王岐山是知青，大家都信任他。王岐山觉得既然大家信任，那就试试。第二天，王岐山与当时来驻村的北京干部老肖、村支书尹治海、会计高志强一起，核查了康坪生产队农业、副业和知青安家费的开支情况。核查完毕后，立刻召开了全体社员大会，将每项开支都进行了张榜公布，核查结果是：并没有传说中的那些事情。在会上，王岐山对每一项开支都进行了解释，并当场进行核对，给了社员们一个明白，还了队干部一个清白。直到今日，这些开支项目的条据都有据可查。

当年，王岐山对村集体财务严格审核、监督，做到按时核查公开的做法，时至今日，我国的基层农村村级账务的监督依然沿用这套办法。

这些娃娃能过把好光景

　　知青们住的窑洞位于康坪村的正中。男知青多，占了两眼窑；女知青住一眼。知青们初来康坪的时候，每天干完活要洗手、洗脸，晚上睡觉前还要洗脚。但后来，这个讲究没有了。每天天刚麻麻亮，他们就要上地，上午10点多，做饭的才把饭送到地里，这时，刚刚抓过粪的手，又没地方去洗，不得不在衣服上擦几下就开始吃饭。晚饭要等到天黑的时候才能回去吃，这让长期吃惯三顿饭的知青饿得有些撑不住。知青中有两个人是低血糖，有几次饿得差点昏倒。后来，大家就把从北京带来的糖果攒起来，让低血糖的知青在干活时，兜里揣上几个糖果，饿的时候，吃上一个，还能起些作用。后来，韩队长知道这一情况后，便在上山劳动时，兜里揣上几把干枣，看到哪个知青饿得撑不住了，就拿出红枣让他们来填填肚子。

　　白天干活，晚上回到窑里，大家累得不想动弹。女知青还要做饭。晚上，他们经常吃的是高粱、黑豆、麸皮合在一起熬煮的稀饭，最好的饭是玉米面和白面掺在一起蒸的两面馍。当时，知青们一个月每人供给45斤粮，可这45斤粮根本不够知青们吃。为了能吃饱饭，大家就想办法把十几斤细粮兑换成粗粮。当时的换法是：一斤白面能换一斤半玉米面，若换小米，则能换一斤二两。这样交换下来，还凑合着能吃饱。

　　过了春节，知青们第一次去李渠集市赶集。在陕北农村，赶集是最红火的事，知青们一方面可以买一些日常用品，一方面还能和其他村的知青聊聊天。有一次，冯如珍在集市上打听到猪娃比较便宜,就打定主意买头小猪回去。韩队长知道此事后,有些不高兴。他说:"现在人吃饭都困难,还要养猪?要知道,猪光吃草不行,必须要添料,添料就得浪费粮食。"更让韩队长不高兴的是,冯如珍买回来的是一只小母猪。要是劁过的猪还能养膘,到年底大伙儿还能分点肉吃,可母猪养大了,下了猪崽,还得要吃要喝。可冯如珍却不这么认为,她说:"生产队如果不养这头母猪,就由知青来养。等母猪下了猪崽后,就卖猪崽。"最后,韩队长算是同意他们养猪了,可他从来不过问养猪的事。到了第二年,母猪产了一窝崽,知青把猪崽卖了,还收入了几十元钱,这在当时成了一笔不小的收入。从此后,康坪村的人都学会了养猪,养猪成了一项传统产业。直到改革开放以后,康坪村的村民仍然有很多人以养猪为副业。上下川里的人说起养猪,都夸赞说康坪人养猪养得好。后来,韩队长每次说起这件事就夸赞知青:"这些娃娃可活泛哩,以后不管走到哪里,准能过一把好光景!"

娃娃们可把罪受扎了

知青们刚来时,干活经验少。送粪上山崴了脚,掏地手上起了泡,但他们从来不叫苦。有时,韩队长得意地说:"上下川里的知青,都没有我们康坪村的知青皮实、能干。这是其他生产队选剩下的人,说明剩在锅里的都是稠的。"

康坪村左右的大山都光秃秃的。在黄土地里刨挖,辛苦一年,还分不到 20 块钱。因此,该村依托当地资源,把挖煤作为增加收入的一项副业。当时,下煤窑挖煤是一件既危险又累人的苦差事，没人愿意干。谁若敢下煤窑去挖煤，就被村民们视为是"英雄"。知青们知道挖煤能为村上增加收入，就派焦中平和徐雨晴在煤窑考察了一番，回来以后，他们对大家说："煤窑没有那么可怕。"于是，经过大家商量，决定让男知青也和村上的壮劳力一起去煤窑挖煤。男知青到了煤窑之后，每天吃住在煤窑上，女知青为他们送饭。当女知青们第一次将饭送到煤窑时，看到这些在煤窑里挖煤的男知青一个个黑不溜秋的，一张黑糊糊的脸上只露一双眼睛。当时，她们感到既心酸又心疼。直到今天，那些在看守煤窑的人说起当年男知青在煤窑挖煤时的情景，都感慨地说："那些娃娃们可把罪受扎了。"

男知青下煤窑挖煤，女知青们也不甘落后。姚明珊和几个女知青主动要求下煤窑慰问矿工，生产队一开始不同意，但又拗不过她们，便只好让她们也去了煤窑。

上一个世纪70年代初的陕北煤窑，挖煤主要靠人工。人进了煤窑巷道，开始还宽，但越到掌子面就越窄，只能跪着往前爬。头顶上是石头，巷道两边渗水。有一次，姚明珊正在掌子面给矿工发"棒棒糖"，突然，卷扬机上缠绕的钢丝绳断成两截，钢丝绳的一头不偏不倚地打在姚明珊的腿上，顿时，腿上鲜血直流。一名老矿工看到之后，"呲"的一下，把自己的上衣扯成几绺，迅速为姚明珊裹住腿上的伤口，紧接着，他又一把抱起小姚，快速向公社卫生院奔去。

知青救了咱娃娃的命

知青们到康坪没多久，很快就融入了当地的生活。在不知不觉、或是在无意识之间，知青们也用自己的生活方式和行为方式影响着村里的人。没过多久，村里的社员也学着知青，每天早晨起来刷牙；一些女社员还学会了用香皂、卫生纸和塑料布。知青们都非常有礼貌，见了村里的老乡，一口一个大叔大妈。他们一有空，就跟村里的年轻人在一起，教他们识字，给他们读报纸上的文章。当时，村上有很多社员听不懂广播，知青们就一句一句地用陕北话讲给他们听。在知青住的窑洞里，每天都聚集着许多年轻人，大家都喜欢听知青讲故事。在村里人的心中，这些知青知识渊博、见多识广，无所不知，连孩子有个头疼脑热，谁家里出现矛盾都去找知青咨询。

有一天晚上，村民孙明尚的大女子跑到知青窑里哭着说：她弟弟发烧头痛，大队赤脚医生看了没顶事，到了公社卫生院，医生说她弟弟可能患上了脑膜炎，公社卫生院不具备治疗这类疾病的条件，建议尽快转入大医院去救治。

知青们听了之后都慌了神。后来，经过打问才得知，孙明尚的小儿子得了这个病之后，老孙十分害怕。他患病的这个小儿子叫院生，家里人看到院生的病不见好转，便叫巫婆来"撩拨"，没想到越"撩拨"，小院生的病越严重。大家都说老孙是个糊涂虫。在贾延峰的安排下，知青们一边去叫拖拉机，准备将院生往医院送，一边又到了老孙家。进门一看，巫婆正在院生家，窑里乌烟瘴气，院生病恹恹地躺在炕上，已处于半昏迷状态。问清情况后，王小枫对老孙说："大叔，孩子现在病得这么厉害，明天再上延安会误事。咱不如连夜上延安，到地区医院去看，那里条件好、技术高，孩子的病很快就能治好。"听了知青们的劝说，老孙有点犹豫。这个时候，王小枫转身严厉地警告巫婆："你要是再给娃娃瞎糊弄，我让人把你送到公社去。"这时，巫婆也上前劝老孙赶紧把孩子往医院送。说走就走，众人手忙脚乱地把孩子放在拖拉机上，出了川道，到了医院，经过紧急救治，没出十天，小院生的病好了。王小枫、刘捷、焦中平几个知青都十分高兴。有一天晚上，孙明尚一家人来到知青窑里。活蹦乱跳的小院生满窑乱窜，孙明尚和他的婆姨、女儿，将自家做的醉枣挨个给大家散发，口中不住地千恩万谢。这时，老孙用亲昵的目光看了看每个知青，诚恳地说："娃娃们，你们可是我家院生的救命恩人呀！我们全家真不知该怎样来谢承你们。"老孙不善言辞，但这两句话是他掏心窝子的话。他说着，眼泪不住地往下流。

割舍不断的亲情

丰富川，这个富有诗意的川道，在改革开放之后，真正实现了物丰民富；康坪村，这个寓意康泰平安的村庄，开始迈上了幸福安康的康庄大道，而这一切，与当年知青到村上插队有着密切的关联。

40多年过去了，当年在康坪插队的知青在更为广阔的舞台上演绎出各自的精彩人生，但他们始终没有忘记康坪村，时刻在惦记着那里的父老乡亲。

一个人的青春记忆，是值得一生回味的美好记忆；人在年轻时形成的正确的人生观和价值观，可以受用一生。1997年，当知青们得知康坪村的父老乡亲吃水依然困难，村上发展产业受到水的制约，于是，知青们决定为康坪村兴建引水工程。在刘克的倡议下,知青们纷纷慷慨解囊,筹款2.9万元,为村上建了一口水井,从此,村民们吃上了干净卫生的自来水,养殖业和种植业也得到快速发展。出于对知青们的感激,村上人将这口水井亲切地称为"知青井"。紧接着,知青们又通过积极努力和多方争取,将农业综合开发项目落户到康坪村,从而拉开了康坪村走向富裕之路的序幕。

一段插队岁月,结下了割舍不断的永世亲情。多少年来,康坪村的旱涝丰歉无不让知青们牵挂在心,那里的一草一木都成了他们心中最亲切的景物,那里的父老乡亲被他们视为是自己的亲人。在知青们的亲切关怀下,在各级政府的大力支持下,近年来,康坪村以社会主义新农村建设为抓手,大力改善基础设施,积极发展主导产业,村上先后硬化了道路,修了排洪区、便民桥;新修了高标准党员活动室、计生服务室、医务室、文化站等多位一体的综合服务和活动场所;建成了蔬菜川地温室大棚和山地温室大棚,形成了蔬菜、养殖、劳务三大产业,2012年,全村人均纯收入达到1.2万元,村民们过上了富裕安康的幸福生活。

"东山上的糜子西山上的谷,肩膀上的红旗手中的书",这是贺敬之《回延安》诗中的典句。每每咏读到这样的诗句,唤起的是知青们对康坪村的记忆,是对青春岁月的记忆。但愿这种记忆、这份亲情能成为一束感情的纽带,将知青们与康坪村永远连接在一起。

插队在枣园

王嘉俊

第一课

"杨家岭的朝霞枣园的灯,毛主席在灯下写雄文"。这是我们在上学时就会背诵的两句诗,没想到,1969年初,我们来延安插队时,有幸被分配在延安县枣园公社枣园大队。

陕北的红枣很有名。枣园肯定是一个枣树连片的地方,没想到我们来了一看,发现枣园里并没有成片的枣林。毛主席曾住过的地方,准确来讲,是在枣园村里的一个叫延园的庄园里。园内有杏树、枣树、桃树和榆树。环境优美,曲径通幽。枣园大队党支部书记雷治富是一位老游击队员、"九大"代表。他见多识广,说起话来一套一套的。为欢迎我们的到来,雷书记和村上的其他干部决定给来插队的知青上好进村第一课。这一课怎么来上呢?大队党支部将我们来插队的30多名知青领到延园里,让我们分成三排席地而坐,社员们三人一群、五人一伙坐在后面。男人们手不闲地剥玉米豆,婆姨们做针线活,娃娃们则高兴地跑来跑去，对这些首都来的青年充满好奇。

雷书记给我们上了第一课，他给我们每人赠送了一本《毛主席语录》，讲述了"为人民利益而牺牲"的张思德的事迹，讲述了当年开展大生产运动的光辉历史。讲完之后，只见几个社员把蒸好的团子馍抬了进来，这是给知青上的第一课里的一个内容——吃忆苦饭。团子馍是用糠麸、野菜和豆渣做的。社员们给我们每人分了一个馍，他们还用疑惑的眼光看我们是否能将这又黑又粗的黑团子吃进嘴里。你甭说，大家还真不含糊，一大块团子馍，三下五除二地就吃进嘴里。

吃过忆苦饭后，我们又带着笔和本，走家串户进行家访。在访问期间，我们对枣园村有多少耕地、有多少户村民大致有了一个了解。之后，我们又到"五保户"家，给他们劈柴挑水。这"第一课"还真是起作用，没过几天，知青们便和乡亲们打成一片。

过革命化的春节

刚到枣园村，转眼又要过年了。

每逢佳节倍思亲。对于远离父母的知青来说，在这个时候思念家人也是情理中的事。为了让大家能安下心来，我作为知青排长，就如何在插队的第一年过一个革命化的春节，我们开了一个讨论会。会上，有人建议在春节搞一次文艺活动，有人建议去延安看一场电影。郜锦丽的意见是：春节不休息，继续在坝上干活，在劳动中过一个革命化的春节。她的建议得到知青们的一致赞同。大年初一清晨，知青们精神抖擞地出发了。后沟的大坝上彩旗飘扬，在凛冽的寒风中，知青们推着架子车在大坝上奔跑，有的用筐子往大坝上填土。看着知青们劳动的场面，雷书记和其他村干部一个劲地夸赞说："这些娃娃们真能吃苦。大年初一不休息。知青们用自己的行动为我们上了一课。"在这次劳动中，我们受到了锻炼。晚上，回到村里，乡亲们把年夜饭端进我们住的窑洞里，大家与乡亲们过了一个有意义的大年初一。

护　坝

经过整整一个冬天的苦心奋战，后沟的大坝终于建成了。这是知青和枣园村的村民用汗水和心血建成的大坝，也是我们插队之后创下的第一个成果。但天有不测风云，入夏之后，接连下了几场暴雨，大坝两侧的山体因洪水的冲刷，将淤泥带进坝内。随着淤泥越积越厚，坝内的水呈现出泛滥之势。这时，在雷书记的带领下，村上成立了一个护坝抢险队。村上的青壮劳力和知青每天守护在大坝上。大家冒着倾盆大雨，在两侧的山底下挖排洪渠。经过整整两天的苦战，排洪渠挖通了。趁雨停了之后，雷书记又带领十几个知青，在大坝的顶端扒开五条水渠，让坝内的水得到分流。快要秋收时，队上又组织人力，将在雨中挖成的排洪渠进行了拓宽，砌成两条坚固的石渠，这样，遇上再大的雨水，淤泥也不会流入坝内。当时，陕北地区打粮主要靠川地和坝地。坝地上的土壤肥沃，种上玉米和高粱等农作物，亩产都在千斤以上。直到今天，枣园村上了一点年纪的人，都知道知青为这座大坝出了不少力。

知青"外交官"

延安是革命圣地，每年都有许多国内外游人到枣园来参观学习。我作为在枣园插队的一名知青，曾多次充当过业余"外交官"。我在枣园和延安宾馆接待过来自阿尔巴尼亚、南斯拉夫、朝鲜、罗马尼亚、越南、莫桑比克等许多国家的代表团。我和这些外国政要、新闻记者交谈的内容十分广泛，有知青走与工农相结合道路的伟大意义，有关于民兵建设，有延安精神等方面的话题。记得当年在毛主席发表《为人民服务》的讲话台前，我与外国友人一起吃延安的小米饭、油馍馍、大红枣。外国友人听着我以现身说法来讲述延安精神的深刻内涵，他们听了之后，都十分感动。一位来自非洲的游击队战士，他对我说："我和我的战友们长期战斗在非洲丛林里，我们就是采用毛主席提出的运动战、游击战和持久战，与殖民主义者进行斗争。"他握住我的手说："等非洲大陆解放之后，我一定会再来看一看'红星照耀'的中国，一定再来延安参观学习。"

挑灯夜书

来枣园插队的知青中，有一位看上去很儒雅的知青，他叫周秉和，是敬爱的周总理的侄子。插队时，我与他住在一个窑洞里。一天晚上，我睡了好长时间，起夜时，看到周秉和还盘腿坐在炕上，在一张小炕桌上奋笔疾书。我问他这么晚了，为啥还不休息，他说睡不着。当时，我哪里知道，他正在写一封要寄往中南海西花厅的信。他在信中真实地反映了来延安插队知青的生产和生活情况，反映延安农村的真实现状。后来，他回京探亲时，还去了西花厅，见到了他的伯父周总理。他信中所反映的问题和他向总理所作的汇报，引起了敬爱的周总理和其他中央领导的高度重视。为此，北京专门派来了管理知青工作的北京干部，并对延安实行对口支援。此后，在中央的关怀下，来延安插队的北京知青的生活有了改变。在北京市的支援下，一大批工业项目在延安落成，使延安的各项建设有了一个长足的发展。

延安真是一个神奇之地。那里的黄土地不仅养育了中国革命，而且让我们这一代知青也在这块土地上得到成长。也许是得益于革命传统教育的结果，来枣园插队的30多名北京知青无论是在插队期间，还是后来在新的工作岗位，都创出了不俗的业绩。我想，这与我们插队的地方有关。

枣园知青谱

人生美好的年华莫过于青春岁月。我们的青春岁月是在哪里度过的呢？是在革命圣地延安，是在大名鼎鼎的枣园。现在回想起来，能在枣园插一回队，真是三生有幸。

亲爱的"插友"们，你们的音容笑貌和举手投足总在我眼前浮现。大家还都记得吗？枣园知青毛泽东思想文艺宣传队在当时的延安有着很高的知名度。宣传队活跃在延安的田间地头。侯书礼高亢的劳动号子在后沟大坝回响，女高音张振英的一曲《雁南飞》令人陶醉。酷爱书画的崔玉珍，能歌善舞的高玲、卢彩霞，毛主席秘书高智的儿子高波，颇有学者风度的李岚华，他们青春的倩影至今还留在我的脑海里。在枣园，我们如醉如痴地读马克思的《资本论》，谈论黑格尔和达尔文的进化论。当我们第一次听到俄罗斯民歌《山楂树》、《莫斯科郊外的晚上》时，那优美动听的旋律，令人心旷神怡。

　　曾在枣园插过队的知青朋友们，无论你们现在生活在什么地方，但请你们记住我们插队的岁月。一个人无法选择自己生命的开始，却可以选择自己生命发展的轨迹。但愿当年的"插友"们都幸福安康，勿忘延安。

插队轶事

李连元

1969年1月,我和周吉平、夏鹰、梁林、李长超、黄宇、林沈辉、郝竞七个同班同学,随着两万多北京知青一起来延安插队。经过几天的长途跋涉,我们来到了插队的小山村——延长县安沟公社阿青村。当时,这个村子只有百十来口人,村民们都姓谭。当时,村里还保留着几百米长的寨墙。就在这样一个封闭古老的小山村里,我和另外七名同学开始了人生的艰苦跋涉。我们八名知青,最短的在这里度过三年多时光,最长的五年。在这里,我们的精神得到了升华,身体得到了锻炼。这段岁月,不仅凝聚起我们八位同学四十多年割不断的情谊,而且还有许多至今令我们津津乐道的趣闻轶事。

夜 校

我们来延长插队的时候,正是"文革"时期,很多城里的"革命"习惯也被我们带进了这个偏僻的山村。比如,我们到了村子后的第二天一早，就排列整齐，面对毛主席像恭恭敬敬地进行"早请示"，先背诵一段《毛主席语录》，然后高唱《东方红》。晚上收工以后，我们还要站在毛主席像前"晚汇报"，再读一段《毛主席语录》，然后高唱一曲《大海航行靠舵手》。我们每次在"请示"或"汇报"时，村里的老乡都好奇地看着我们。到村不久，有一天晚上，从收音机中听到毛主席又发表了最新指示，而村里却毫无动静，我们马上找到队长，说要举行游行以示庆祝。因为在北京时，每逢毛主席发表最新指示，人们都要上街游行庆祝。队长一脸茫然：又不逢年过节，庆祝什么？我们再三讲，毛主席发表最新指示，这是政治大事，必须游行庆祝。队长非常不情愿地从库房中翻出一套锣鼓家什，于是，我们几个就敲敲打打起来，摸着黑，满村游行起来，一路高呼口号，后面跟着全村的老老少少，尽管他们有些莫名其妙，不知道毛主席发表的最新指示与他们有何相干，但还是陪着我们折腾了一个晚上。面对这种情况，我们开会进行讨论，觉得应该办一个政治夜校，要对村上的群众进行启蒙教育，一方面教老乡识字，一方面进行革命教育。我和夏鹰、郝竞编写了识字课本，拿到县文化馆油印成册，又借来一些革命教育的图片。就这样，夜校办起来了。老乡们踊跃参加。为了活跃夜校的学习气氛，我们还教老乡唱革命歌曲，当时，最时髦的是学唱革命样板戏。有一次，夏鹰教老乡唱《红灯记》中"穷人的孩子早当家"选段时，最后一句拖腔很长，比较难唱，老乡们怎么也学不会。这时，突然有一个后生站起来大声问："这到底要'嗷'几下？"我们一听，当场笑得弯了腰。

房　东

我们插队时住的院子在村子西面。院子里有三孔石窑，这在当时来说，算是最好的住所了。我们住在西边窑里，中间住的是房东老大娘，东边是老大娘的儿媳妇。我们住的窑洞虽然好，但只有一个炕，炕头就是灶台大锅。一个炕上，挤了八个小伙子，其拥挤程度可想而知。周吉平最靠灶台，我紧挨着他，夏鹰排第三。有一天夜里大家睡得正酣，忽然听见周吉平大叫起来。大家爬起来一看，原来把周吉平挤到大锅里了。后来，村里又给我们调了一个窑洞，这才把拥挤问题解决了。

房东老大娘是位非常和蔼的老太太，老头叫谭永昌，早年参加革命，后来在公社信用社工作。老两口对我们都非常好，我们在阿青村生活得十分愉快，很大程度应归功于房东老大娘的照顾。我们做饭、操持家务的本事大多是老大娘传授的。她很和善，也很慈祥，看我们的眼光总是充满爱怜。大娘没有孩子，他们过继了谭永青的儿子，大名叫谭志远，小名叫大毛，我们便直呼其小名。大毛是从事保密工作的军人，他每次回家探亲，总和我们打得火热。大毛非常和气，但他的婆姨比较厉害，大毛常年当兵在外，婆姨留在家中，经常惹老大娘生气，每次发生争吵，我们总是坚定地站在大娘一边。大毛回家探亲，我们就向他告状，说他婆姨欺负老大娘，大毛一听，就勃然大怒，回到窑里就把婆姨痛打一顿。因为我们的告状，大毛婆姨没少挨打。后来，房东老两口相继去世，大毛全家也搬到西安定居。许多年后，我也调到西安工作，有时还去看望大毛。每次到了他家，他婆姨总是热情地招呼我，十分亲切，全然不记当年我们告她的状，害得她挨打之事。为此，反而使我顿生歉意。

开 会

在农村插队期间，经常开会。每天收工天色已晚，回来吃过饭，再收拾一下就八九点了。这时，又听到敲钟声，便明白又要开会了。当时，由于村民住得分散，要将开会的人召集起来，需要一个小时，队长还不时要对没来的人去呐喊一番。每次的会议内容多有雷同，小到队里的牲口怎么处置、庄稼怎么种，大到传达公社的一些会议精神。会场一般都设在饲养员睡觉的窑洞，开会时，老乡们有的蹲在地上，有的靠在炕上，有的一锅一锅地抽烟，有的在低声闲聊，有的索性呼呼大睡。会场一般不会出现冷场，每个人的发言也不会因为文化程度不高而简短。有的老乡发言开场白是："我来说点不成熟的意见。"你不要以为这点意见大概三言两语就能表述完毕，而一讲就是半个小时，其内容可用一句话来概括。赶到春耕和夏天翻麦地时，会议常常开到凌晨两三点，会后，大家就直接吆牛去翻地了，这样，人也晒不着，牛也有精神，干到上午九十点钟收工，我们回来可以好好睡一觉，而老乡们则趁机去自留地里忙活。

会虽然很多，但真正重要的会每年也只有三四次，主要是公布夏季和年终分配方案。这样的会议不需要队长吆喝，大家早早就来了，竖着耳朵认真听。当时，陕北农村分配粮食的办法是：按"二八"开，80%按人口分配，工分占20%。然后再把粮食按官方价格折成钱，工分少而人口多的家户免不了还要交些粮钱，而我们知青户，人口少，工分多，所以，除了分到粮食外，还可以拿到些钱。大家都喜欢多分些粮食，因为粮食官方价格比黑市要低得多。村里的经济作物分配则是按工分分配。记得我们插队的那些年，除分到粮食外，每天10个工分还可以得到1毛钱，这在当时陕北农村已经是相当不错了。我常想：我们今天热议的社会分配制度改革，缩小社会贫富差异，何不借鉴一下当年陕北农村的"二八"分配制度呢！

养　猪

　　1969年，阿青村的夏粮、秋粮都获得大丰收，群众的生活开始好起来。这时，我们就想学着老乡养猪。养的第一头猪是当地的土猪，长得很慢，过春节时把它杀了。把猪杀了之后，我们将猪肉没有卖，而是由南方长大的林沈辉将它腌制起来，放在缸中，让我们足足享用了几个月。我们养的第二只猪是一个洋猪崽。所谓"洋猪崽"就是与外来种猪交配出来的。洋猪与土猪从外形上看，最大的区别在耳朵。洋猪的耳朵又小又尖，土猪是大扇风耳。自养了这只洋猪后，我们发现，洋猪比土猪聪明、活泼。对任何事情都喜欢琢磨和研究的黄宇开始拿这只猪做实验。黄宇的实验首先从猪饲料下手，他搞了一种"糖化饲料"，其实就是在喂猪之前，把猪饲料发酵，经过发酵，猪饲料内的养分更容易被吸收，收效比较明显，获得成功。后来，我们又发现这只猪太活泼了，院里没人时它一声不吭，只要听到我们收工回院子放声一唱歌，它就开始又吼又跳。一米五的围栏，它可以一跃而过。黄宇认为，这样太浪费猪的体力了，不利于长膘。怎样才能控制他不跳不叫呢？黄宇给猪的两个耳朵塞了棉球，让它听不见。第一天相安无事，第二天晚上收工回来，我们发现猪不见了。大家急得满村子找，又是唱歌又是呼唤，但是，还不见猪的踪影。直到晚上，我们才在果园一个角落里发现它正在呼呼大睡，真令人哭笑不得。

做　醋

　　我们在阿青村插队时，村里的经济作物也是按工分分配。当时，村里每个壮劳力平均要养活四五口人，而我们知青户全是壮劳力，没有负担。我记得以全村人每年工分总数计算，我们知青户约占四分之一。年终分配时，我们分的经济作物特别多。阿青村盛产水果。当时，村上有百亩大的果园，到了秋季，我们分的梨就能堆半个窑洞。这可让我们犯了愁，当时，政策不允许我们去市场上卖，所以，就动员周边村的知青来吃，甚至有的村同学赶着毛驴来驮梨。但还是吃不完，眼看着梨一天一天不新鲜了，黄宇大胆提出要自己酿造梨醋。他不知从哪儿找来了醋曲，之后，又让我们搬来一个大缸。他让我们把梨捣碎，放上醋曲后，将大缸密封起来。过了20多天，打开缸后，立即有一股清香味扑鼻而来。我们去掉梨渣后，只见梨醋已酿成，足足有半缸。从此后，我们吃饭时，总要洒上些香喷喷的梨醋。知青会做醋的消息在村里不胫而走，许多老乡前来讨醋吃。我们紧邻村有一户爱占便宜的老乡，他也来讨醋，第一次端了一只大碗，我们颇有些心疼的给他装满。过了几天，他又来讨醋，居然端着一个小盆，我们十分不情愿地给他装满拿走后，立即做出决定，如果他再来，就告诉他没醋了。这件事至今回忆起来仍让人觉得好笑。

拖拉机手

上一个世纪60年代，陕北的经济十分落后，农业生产的机械化程度十分低。当时，延长县只有几台7.5马力的柴油机。从1970年起，中央开始对延安进行大规模的援助，延长县有了第一台汽车，是分配给县医院的救护车。从此，大家经常可以看到这辆救护车奔驰在延长的城乡之间。但是，你不要以为那是在救援病人，而是县委书记下乡检查工作了。不久，我们村分到一台柴油机和一个钢磨，李长超便成为村里第一个会摆弄机器的人。这台柴油机质量不怎么样，一年里，它运转的时间和修理的时间几乎同样长。李长超不得不起早贪黑地琢磨它。李长超掌管磨房后，变成了浑身沾满面粉的"白人"。由于他认真细心，对前来加工面的老乡都十分和蔼，所以，村上的群众都十分喜欢他。

终于，我们公社也分到了两台55马力的"东方红"拖拉机了。公社开始招收第一批拖拉机手。非常荣幸的是，周吉平被公社选中，让他当拖拉机手。经过一段时间的培训，周吉平就在公社拖拉机站上班。当时，安沟公社几乎没有一块宽展的土地能让拖拉机来进行耕作，所以，拖拉机主要用于跑运输。当时，我们村没有通公路，周吉平也无法开着拖拉机回村抖风，我也从来没有见过他开拖拉机的英姿。但村里老乡都很自豪，他们认为阿青村能出了一个拖拉机手是件很了不起的事。如今，周吉平已是中国石油天然气集团的董事长、党组书记，正领导着世界最大的石油企业集团。不知他是否还记得40多年前，他驾驶着拖拉机飞奔在陕北的山间小路时的感觉。

星星沟

叶咏梅

我插队的那个小山沟叫星星沟。光听这个地名,还真有点诗情画意。其实,星星沟不过是陕北大山里极为普通的一条小山沟。

星星沟里看星星,星移斗转度光阴。我们刚插队时,正是隆冬时节。每天,当夜空的繁星才刚刚退去,一阵急促的闹钟声便将我们从睡梦中惊醒。钟声就是命令,大家有约在先,谁也不含糊,一骨碌从热乎乎的被窝里爬起,穿好衣服,扛上斧头,腰间系一根绳,开始进山打柴。从这身装束上来看,有一种壮士出征的架势。

这是我们插队后干的第一件事。要趁冬季农闲时节,将一年里做饭用的柴备好。我们摸黑进山,前面有本村青年为我们领路,我们跟着走就是了。

陕北冬日的清晨,寒风凛冽,四野寂静,天上稀疏的星星冲着我们无力地眨着眼。我们深一脚、浅一脚地走在崎岖的山路上。过了七里坡,走到沟底,再去攀登沟对面的那座大山,

◈ 星星沟

上到山上,这才算到达砍柴最理想的地方。

第一次上山砍柴,总以为干这个活计只要有力气就行,没想到,光有力气还不行,砍柴得有窍门。与我们一同砍柴的本村青年告诉我,砍柴时,不能把镢头把握死,要不然,砍上一会,手心就会淤起血泡。刚开始砍柴时,我们不懂得这些,一味地用傻劲、使蛮劲,心想,不管怎样,要砍下足够自己背的柴。柴好不容易砍够了,但捆柴却又遇上麻烦,捆不好就会把柴捆越捆越大,人无法背在身上,走到半路上还会散架。我望着自己砍好的柴,不知怎样才能把它捆好。这时,只见本村的张栓娃,他麻利地拿过我的绳子,一对折系在柴火的中部,用一只脚一蹬,左手拽住套好的绳子,右手用镢头顺势磕砸着,仅几下,柴火就缩成一团,体积一下子小了一半。张栓娃将镢把插进柴捆的下端,轻轻向上一挑,柴捆便形成一个"人"字,端端地立在地上。他俨然像师父教徒弟那样对我说:"柴火要砸实、捆牢才好背。咏梅姐,你看清了没有?这下你可以放心背回去了。"

这时,东方已经发白,星星也不知躲到哪儿去了。大家背起柴捆往回走。没想到上山容易返回难。砍了一早晨柴,人早已饥肠辘辘,气力殆尽。可是,谁又舍得丢下自己的柴捆空手往回走呢?背上一捆柴,行走的步履就艰难了。走在前头的张栓娃建议说:"咱不走七里坡了,路远;从门前沟上吧,路近。"说着,他竟走到最前面。人负重上路,是对意志力的一种考验。我咬紧牙关,背着一捆柴,一步一挪,总算回到村里。

我们的人生之路就这样开始了。经历了第一次砍柴,第一次担水,第一次磨面,第一次送粪,第一次耕地,生活的千般体验和万般感受也就由第一次开始,直到将筋骨练坚韧,把心志变坚强,这才算闯过了插队的第一关。

星星沟缺水,村里唯一的一口水井有二三十丈深,井上的辘轳要摇到5分钟之后才能绞上来一桶水。村民们用的水桶都是枣木板做成的,桶本身很重,再盛满水,足足有100多斤重,压到肩上沉甸甸的,走起路来双腿直打战。但我知道,这对我们是一种锤炼。

在流逝的岁月中,我们咬紧牙关经历了这一切,不仅闯过了生活关、劳动关,学会了摇耧、播种、除草、收割、拉耙、打夯,还能在艰苦的环境中发挥自己的特长。在村上插队的知青中,有的后来当了小学教师,有的当上了大队会计,我还当上了"赤脚医生"。

记得是在一个夜晚,我刚刚躺下,忽然听到婴儿的哭声,那哭声让人听着好心酸。于是,我穿好衣服走出窑外。是夜,明月当空,银光洒照,星星沟里的一切都显得那么安详,我寻声向不远的那孔窑洞走去。

说起来还真是凑巧。就在前一天的晚上,县上举办的"赤脚医生"学习班刚结束,我从公社赶回村里。吃晚饭的时候,村上一个名叫猫毕的后生急匆匆跑来找我说,他妈刚生下的一个小女孩发高烧,叫我过去看一看。进了他家的窑,我一看,这个新生的婴儿喘息急促,还在发高烧,经我检查,患的是新生儿肺炎。当时因为病情急,来不及往公社医院送,必须立即注射青霉素。要打针,需要皮试,配药水,这在理论上我都懂,可从来没有实践过。当时,我手头只有一个婴儿注射器,

❖ 星星沟

这该怎么办？我有些犹豫。猫毕的父母望着我哀求地说："好咏梅哩，救救咱娃吧，好容易才添了个碎女子，你可要治好她的病！"他们的话无疑加重了我的思想负担，可这是人命关天的大事啊！这时，我已经别无选择。我用消过毒的筷子代替镊子。可当我的左手捏起婴儿的屁股蛋时，发现自己的手在抖、心也在跳。这时，我告诫自己：别慌，记住打针时"两快一慢"的要领。我极力控制住自己，将针头猛地扎了下去，随后慢慢地推药，待药水推尽时，迅速拔出针头。这时，婴儿好像哭累了，针打过之后，不一会，孩子便睡去了。看着孩子睡着了，可我却无法入睡。我一直徘徊在猫毕家的窑前，生怕出了问题。到了第二天，我又给孩子打了两针，孩子的烧终于退了，到了下午完全康复了。猫毕的父母看见孩子没事了，对我千恩万谢，不知说什么好。从此之后，我这个"赤脚医生"的名声也就传开了。通过实践，我的胆子也练大了，医术也提高了。德发妈的阵发性咳嗽，书生爸的风湿关节炎，进虎娘的老年气管炎，都是我用中西医结合的办法和针灸疗法给治愈的。没想到，给村上许多人治好了病，我一下子有了名气。乡亲们找我来看病的人越来越多，我与乡亲们的感情也日渐加深。那时，我在想：在农村干一辈子，为这些"草根"民众服务，这样，生命才会显示出它的意义，才会让人觉得活着有价值。

事实上，在当时的那个年代，我们许多插队知青也都是这样想的，也是这样做的。在知青中，有人甘做奉献，为村上的孩子教书；有的为村上当会计，在夏秋两季要熬上几个通宵，为村里的各种收入进行核算；有的代管村代销店，有的带头为村上办起了养猪场；有的冲破"以粮为纲"的阻力，为村上种了一片果林；有的发挥自己的文艺专长，组织了宣传队，活跃了乡亲们的文化生活。真是人尽其才，各显身手。星星沟，正是因为增添了我们这十几颗小星星而有了亮色。

可能是命运之神对我的青睐，插队两年后，我有了当兵的机会。记得是那年刚入冬，陕北高原下了一场大雪。我在窑洞里提笔写下"在和平时期，如果一个人有机会、有条件去当兵，那将是人生的一大幸事"的当兵志愿书。

天亮后，我拿着志愿书向征兵办公室走去。"我要当女兵！"一路上，我反复地默念这句话，还回想着征兵连长给我说的那句让我感到欣慰的亲切话语："叶咏梅同志，你放心，我们会把贫下中农推荐你当兵的信呈上去。我们希望在征男兵的同时，能征到像你这样能吃苦、有特长的女兵！"

同样是在这条路上，还疾走着两位军人。一位是某部来征兵的师政委，另一位是一个年轻的参谋长。他俩走得飞快，用师政委的话来讲：这叫"雪里行军情更迫"。他急行50里路赶来，就是想见见我。师政委进门之后，顾不上抖去身上的雪花，一把握住我的手亲切地命令道："小鬼啊，先吃饭，吃完饭再谈！"

后来，我如愿以偿来到部队，在军营的宣传队里从事文艺创作。部队首长认定我能走文艺这条路。这样，我又把人生的足迹留在了军营里。

光阴如梭，一晃六年。由于在部队期间与文艺结缘，一个偶然的机会，我又与文学结了缘。我在《陕西文艺》编辑部里先后生活了八个月，有幸聆听过杜鹏程、王汶石、董得理等老一辈作家在创作上对我的谆谆教诲。也许从那一刻起，我儿时

❖ 星星沟

的梦想，连同我对那条山沟沟的爱，一起融进了我的血脉！

　　据说，天上飘移不定的星是流星。星与星有大小之分，远近之差，明暗之别，各有各的归宿。人嘛，更是如此，可塑性很大。由于主客观的因素，每个人的境遇不同，因此，人生的结局也不同。而今，我的青春已经成了一种追忆，在这种追忆中，星星沟给我留下的印象最深刻，而且最温暖。

那些人、那些事

张克利

拐子明强

我这次回延安最想见的人就是拐子明强,他身上的故事太多了。

知青回访团到达延安市甘泉县的当晚,我找到留在甘泉工作、现任县残疾人联合会主席的原北京知青周玉岭,问他认识不认识明强?

"你是说拐子明强吗?甘泉县城里的人差不多都认识他。你想见他,我一个电话就能把他叫来。"周玉岭笑着对我说。

我们坐在县招待所对面的一个台阶上,不一会,开来了一辆残疾人的专用车,驾车的就是明强。我悄悄对周玉岭说:"我先跟他开个玩笑,看他还能不能认得我。"等车停稳以后,我走过去对明强说:"我是公安局的,找你了解情况。"明强表情有些疑惑,盯了我一阵,忽然惊叫起来:"哎呀!天大大,你是张克利!"

我插队的时候,明强家是我们的"堡垒户"。他父亲老陈老实巴交,母亲眼睛不好。两人婚后几年都不生育。明强是个弃婴,先天残疾,好心的老陈把明强抱了回来,自己抚养。或许好人有好报,在随后的十几年间,老陈婆姨连生两男两女。在父母的教育下,弟弟妹妹们非常敬重这个拐子哥哥,吃东西的时候都让着他,有好衣服都让他穿。明强成了老陈家的"宠儿"。

明强身高不足一米,五短身材,走路摇摆。他念过几年书,能写会算,聪明过人。一开始参加队里劳动,大伙看他身有残疾,便让他去看鸡,每天挣一个工分。后来又让他记账,当了大队会计。他每次去公社开会,都要由村里派个骑自行车的把他捎去,气得公社主任说:"你们南义沟500多号人就挑不出个会计?"

后来,明强当了民办教师,写字够不着黑板,就垒个土台台,站上去写。因为工作努力、成绩突出,后来被转成公办教师,现在已光荣退休,每月拿2000多块退休金,比残联主席的工资还高。现在,他家住在城里,娶了村里老秦的大女子,过着小康生活。

明强虽然走路困难,但只要一骑上"残摩"就不是他了。他有时还到街上拉个活儿,三十、二十地挣点活钱。这不,一见到我们,他就忘了自己姓什么,准备把车拾掇拾掇,拉着婆姨去北京呢!

"你们回了北京之后,有好长时间,我天天坐在石窑的脑畔上,看着远处公路上过来过去的汽车,想着你们能再回来该多好啊!"说到这儿,明强的眼睛湿润了。大家谁也没说话,心中却涌起大海一样的波澜。

窝头贴饼子

我们刚进村的时候，轮转着到老乡家吃派饭，后来，灶具置办齐了，队上又派徐四老汉专门来给我们做饭。

徐四是个聋子，老实巴交，但做得一手好饭。村里谁家过红白事，那灶上的活儿基本上都是徐四的。徐四还擅长杀猪宰羊，什么血脖子肉、头蹄下水，样样都收拾得干净利索。

知青的饭好做，主食多为蒸馍、小米饭、稀汤，再熬一锅菜。没有肉，徐四也就英雄无用武之地，有时候买块豆腐烩在菜里，就算变了花样儿。

就这么吃了一个多月，我们觉得自己也有两只手，干嘛非让别人伺候。我们把这个想法告诉队长以后，他思索了一下说："好吧，你们每天留一个人做饭，算出工，工分照记。"

男知青中的老臧，他哥哥是前门饭店的厨师，他在家的时候就会做饭；还有宝柱，性格内向心细，什么事情一学就会。他二人主动担负起做饭的任务。灶房就是男生宿舍，其实也就一个锅台，一块案板，一把切菜刀。

每天收工后，大伙顾不上洗涮，先到男知青宿舍帮忙做饭。吃完饭，女知青洗涮碗筷，收拾完还能坐在一起聊会天。

因为没有多少细粮，我们知青灶上每天吃的主要是玉米面、小米。老乡们蒸馍时先把玉米面用酵子发上，待味道有点变酸的时候，揉成一个大团上锅蒸。不使用碱，熟了以后玉米馍比较松软，味道还有点酸甜。

我们没耐心发面。老臧就把北京人做窝头、贴饼子的活儿亮了出来。他用开水烫面，将空壳样的窝头上笼蒸，用铁锅贴出的饼子一面焦黄，比老乡家的蒸玉米黄好吃。年轻人有牙有口，不在乎松软不松软。遇到干活需要带饭时，我们把窝头和贴饼子一揣就走。坐到一块吃饭的时候，老乡们看着我们吃的东西说：窝头出尖带眼，鞋底子饼焦黄。

此后，有的婆姨女子就过来向我们讨教窝头和贴饼子的做法，我们说这是懒人的招儿，图一个省事，可是，那些婆姨女子对这种做法感到新奇。第二天干活带饭的时候，发现窝头和贴饼子也出现在老乡的手中。

据说，这些由北京知青传授给当地老乡做的窝头和贴饼子，至今仍在陕北流传。

贺木匠的收条

这次回甘泉，最让人意想不到的收获是，我们队里的老会计陈存义，将一本保管了 40 年的知青账本作为特殊礼物，郑重地转交给了我们。

在这些单据中，有一张收条署名是：龙义沟黑户贺思良。字迹工整，甚至透着几分清秀，这引起了我的回忆。

老贺曾经也是"公家人"。他生活的那个地方干旱少雨，粮食几乎年年绝收，人饿得实在没办法，便只好背井离乡，来到自然条件相对较好的甘泉县，在龙义沟当了黑户。老贺刚来时，给四队的知青窑安了几副门窗。老贺为什么要干这个活，一是他有相当不错的木匠手艺；二是靠自己的手艺来挣点吃喝；三是利用这个机会和"明户"套套近乎。

让老贺做门窗，生产队算是拣了便宜。三孔石窑的门窗，包工包料50元。先上山砍树，拉回来，解板，烘烤，制作配件，再整体安装。老贺还有一个十几岁的徒弟，师徒俩自接了这活儿，没明没黑干了十几天。

长期的营养不良，加上繁重的体力劳动，让这个40岁上下的汉子看上去十分苍老。干活时，这爷俩自己开伙，用借来的玉米面蒸成馍馍，就着开水下饭。留给我最深印象的是，老贺吃东西似乎不嚼，一入口就往下咽，你可以看见他的喉咙在鼓起，然后发出"咕咚"一声，把饭就吞进肚子里。

后来，老贺家的粮食接不上顿了。有一天，爷俩没干活，上到山上，晚上回来的时候，扛回一麻袋草籽。第二天把草籽晒干，然后用碾子压成面，用它来蒸馍。我尝了尝草籽做成的馍，没有一点粮食味儿，刺嗓子。老贺说，他们度饥荒的时候经常吃这东西。

尽管这样，老贺没有耽误队里的活计，按期完成了任务，让知青们很快就住进了新窑。

这次回去，我惊奇地发现，时间虽然过去了40年，知青窑洞的主人也换了一茬又一茬，但老贺做的门窗看上去还十分坚实。这时，我想起了老贺的那张苍老的脸，想起他做的草籽馍馍。我想说：贺师傅，你现在还好吗？

一块案板

这是一块杜梨木案板，木质密实细腻，颜色白里透红。这块案板，是用我们村后山上的杜梨树做的。

甘泉盛产木材。老乡做家具、做农具、做门窗，包括烧的柴火都来自后山。我们插队的时候，在距离我们村子五六里远的地方，还长着一片原始森林哩！

虽说当时伐木并不受限制，但是，老乡之间也有约定：果树、独立树、标志树、珍稀树木一般不伐。知青刚到村里，不懂这些"规矩"，也不认识什么树。有一回上山砍了一棵杜梨树，用架子车把树拉回村后，老乡一眼就认出这是某地的一棵标志树。

"哎！娃们些，咋把这树砍了？那木料破不开。"老乡们有些惋惜地说。

后来我们才知道，这棵树已经长了几十年。它生长在一道山梁上，根深叶茂，在炎热的夏天还能为行人提供阴凉；深秋季节，满树挂了暗紫色的浆果，酸甜可口，是馋嘴婆姨女子和年轻后生们的最爱。

如今它已经失去了生命，静静地躺在知青院落的一角。两年后，它风干了，村里的木匠把它解成了板。我的一位同学把它带回了北京，做了两块案板。有一天，他把我叫去了，郑重地送给我一块，我在这块杜梨板上做出的饭菜，总有一种陕北味道。

野菜充饥

中央电视台做过一期节目，十几个来自贫困地区的孩子，被邀请到北京过暑假。他们住在宾馆，吃的是团餐。开饭的时候,只见孩子们或拿着馒头,或端着盛着米饭的碗在大口吞咽,桌上的菜几乎不动。记者问:"你们怎么不吃菜呀?"孩子答道:"菜不好吃,饭好吃!"这些孩子因为长期吃不饱饭,所以,在他们的心里,只有饭才是最好的食物。看到这里,女记者眼泪夺眶而出。

粮食,对于陕北人来说,是那么的珍贵。我们插队时,村民们每人每年只能分到三四百斤的原粮,这些原料加工成粮食之后,只够一个壮劳力吃几个月。在村里,每年从秋收分到粮食开始,一家人就开始计算怎样过日子。他们平时吃得很节省。所做的饭菜中,有一半是野菜、糠和秕子,只有到过年的时候,图一个高兴,放开肚子饱吃上几天。然而,"肥正月、瘦二月,不死不活的三四月",青黄不接的时候,村民们将能吃的东西都拿来充饥,树上的榆钱、槐花、杨柳芽;山里的地衣、蘑菇,采回来拌着苞谷面做成"搅团"或熬成菜粥,一家人在蒸汽缭绕的窑洞里吃得满头大汗。

今天的城里人把吃野菜当做时尚,那时候,老乡们是因为挨饿才上山去掏野菜。当家的汉子、奶娃娃的婆姨、白发老人、背书包的学生,谁出去后,都会顺手摘点野菜回来。"老天爷饿不死瞎家雀",这方水土就这样养活了这方人。

高石匠的心愿

"木匠走了念三天,石匠走了骂三天"。农村请匠人干活,木匠完工以后,留下的是一地小木块和刨花,烧火做饭的主妇喜欢,自然就念他的好;可是,石匠就没有木匠那么幸运,你活干得再好，因为留下一地石渣，还得让人去打扫。

狗娃家錾磨，请来了村里最好的石匠老高，这虽然不算什么大活儿，可是一般人却干不了。原来，上下两个磨扇里面都有"牙"，用时间长了就把"牙"磨平了，需要把那些"牙沟"刻得再深一些。高石匠的手艺在我们那一带是有名的，即便是这样，也免不了让人骂上几句。听见有人骂，高石匠便自我解嘲地说："谁让咱不是木匠呢？"

这天，他路过狗娃家门口，让狗娃婆姨叫住了。

"死呀你，走这么快做甚？我正在骂你哩！"

"嘴长在你脑上，我还能管得住？"

"别说笑了。"狗娃婆姨看见左右没人，便悄声问老高："是不是你女子跟知青好上了？"

老高的女子小名叫社社，18岁，初中毕业，高挑身材，白净水灵，人称"盖满庄"。按农村的风俗，她已到了谈婚论嫁的年龄，也有人上门来提亲，可社社的条件太高。

"村里都传开了，这是不是真的？"狗娃婆姨一再追问。

高石匠习惯性地抖了一下肩膀，慢条斯理地说了一句："多管闲事！"

知青进村一年多了，论文化，谁也比不了他们；论劳动，他们干活从来不惜力，什么苦活累活都抢着干；论人品，他们没有大城市人的架子，和社员相处得十分融洽。那时，中苏关系紧张，公社下来任务，要让村里交100颗石雷。大家都看过电影《地雷战》吧，电影里的石雷，肚子大、口儿小。高石匠打了半辈子石头，就是没打过石雷，他是个要强人，村里把这么重要的任务交给他，他硬着头皮打了一天，拿着不成型的

"石雷"找到大队书记说:"这任务怕完不成了,交不了差呀!"

大队书记也皱了眉头,这时,他忽然想到知青:"我给你抽几个人手,让知青来帮你画个样子,你们一起干。"

这是高石匠头一回单独和知青在一起共事。看着知青干活的认真劲儿,高石匠从心里喜欢上他们。每天中午,他们都在工地吃饭,高石匠便吩咐家里人,把知青的饭也送来。送饭的就是他的女儿社社。

到底是年轻人,到了一起有说有笑。看着自己家女子开心的样子,高石匠就动起了心思:知青也是人呀,他们也得成家呀。以自己家的条件,把社社许配给知青也算高攀了。

从那以后,高石匠就开始留意知青的举动,他最终相中了大宝。社社聪明伶俐,爱好学习,经常上大宝那儿去借书,有时候,她还帮大宝洗衣服。一来二去,俩人的事还真成了。大宝后来离开了知青居住的窑洞,住在了高石匠家。

大宝的父母得知这件事后,专程来了一趟甘泉。二老找到高石匠说,他们不同意这门亲事。可这对年轻人感情已深,棒打鸳鸯不分开。最后,二老也只得同意这门亲事,但提出了一个条件是:让大宝领着社社,离开甘泉,转到山西老家插队。最后,在取得县上和公社的同意之后,大宝转到山西去插队。

临行的这天,村里男女老少把他们送到村口,高石匠家陪送的嫁妆就装了两架子车。知青们也都去了,大家都祝愿大宝和社社这对有情人能幸福一生。

在随后的几年里,高石匠陆续把社社的弟弟以及其他亲戚也都送出陕北。多年之后,大宝女儿结婚的时候,还邀请当年的知青参加了他女儿的婚礼。

高石匠在前几年已经去世了。社社的弟弟后来回到村里当了村干部，生活富裕，子女们也都有出息，这也算了却了高石匠的心愿。

王师傅

随着人们生活水平的提高，有一个老北京的词汇慢慢被人们淡忘了。这个词汇叫——"嚼裹儿"。这词汇有两个意思，一是指吃的东西，例："就俩窝头了，不够这帮人的'嚼裹儿'"；二是暗指吃饭的人，例："本来饭就少，又多出几个'嚼裹儿'"。

我们到陕北农村插队，就属于"多出来的'嚼裹儿'"。农村人就那点地，打下的粮食还不够他们吃，一下子又来了几十号知青，张嘴要吃要喝，而且一个人吃一个半人的口粮，这找谁说理？

不过，接收知青的村子也不是干吃亏，这不，北京支援延安地区的农业机械都无偿地发给了有知青的生产队，我们插队的南义沟得了一台12马力的柴油机。

柴油机运到村上之后，年轻人看见这稀罕东西，都有些手痒，凭着一把子力气上去就发动，结果，差点儿让摇把打断了胳膊。队里一看不是个事，赶紧把柴油机封存起来。

后来，村上要办米面加工厂，便把封存起来的柴油机抬了出来，并指定让我学开柴油机。我从来没摸过这玩意。队长看到我有些为难，便说："河对岸麻子街有个叫王明显的，他懂得柴油机如何使用，去跟他学吧。"就这样，我认识了王师傅。

王师傅有个外号叫"王毛儿"，是从关中跑到陕北来的。他早年在国民党军队里当过司机，"文革"中被打成历史反革命，遭了不少罪。可他有技术。我跟着他学开柴油机。他还有一个徒弟，是麻子街知青荣宝德。王师傅对我们俩一点也不保守，他把维修和保养机子的绝活都传授给我们。

一次，遇上洛河发大水，我回不了村，就住在王师傅家里。王师傅的家在背山旮旯儿，有两孔土窑。晚上收工后，一家人坐在土炕上吃饭。

"我是反革命，你敢在我家住？"王师傅问我。

听到师傅问我，我没有作答，只是笑了一笑。停了一会儿，他像是从我的脸上得到了答案，也会心地笑了起来，不过，他的笑声里透着几分苦涩和无奈。

后来，在王师傅的传授下，我们村也建起了机房。村民们加工米面，再也不用吆驴推磨滚碾了。30多年之后，知青回访甘泉，我特意到麻子街看望我师傅。那天下着小雨，只见不远处，有一个人打着伞朝我这边走来，我一看，正是王师傅。

几经寒暄，我问他这些年在干什么？他说在210国道边开了个修车的地摊，刚才还指挥几个年轻后生在修理一台吊车。

那年，王师傅已经81岁，除了耳朵有点背，身体各方面都没什么毛病，精神矍铄，记性也不错。

我问师傅还记得起我在他家住宿的事吗？

"哎呀，记得、记得，我还说我是反革命。"

"人家说你给蒋介石开过车？"我开始逗我师傅。

"那都是胡说哩。解放前，我家穷，便独自一人去张家口傅作义手下当兵，学修汽车，根本就不是司机。再说，我那年18岁，就算是司机，蒋介石敢坐我开的车吗?"

师傅的话惹得在场的人都笑了起来。看得出来，师傅充满了对生活的满足。

送　饭

我离开村子之前，在机房里干了一年。

世世代代在土里刨食的庄稼人自从使用上现代化的柴油机之后，生活上就方便多了，这得感念知青的好。当年，北京对口支援延安，给每个有知青的生产队发了柴油机、脱粒机、碾米磨面机。刚开始的时候，连机子烧的柴油都不要钱。

那年，村里的牲口闹传染病，掉毛，拉磨走不了几圈就卧倒，眼看粮食加工不成了，社员吃饭成了问题。

大队书记魏生发找到了我："是这么个，村里的学生都走完了，就剩下你一个了，恓惶呀。你有文化，从明儿个起，你给咱村把机房弄起来。"

魏生发也料到我早晚得走，又给我配了个徒弟，两人搭伙，没用多久，机房就开张了。

老乡没见过机器磨面。机器加工出来的米面又精又细，而且效率之高，令人稀奇。因为活儿多，每天晚上都要加班，我搞了台小型直流发电机，给机房拉上了电灯。没想到，自从机房开张，又有了电灯之后，村里看磨面的、看电灯的人把机房围得严严的，人人脸上绽放着惊奇和满足的笑容。

看机房是个辛苦活，还要有技术。整天伴着机器的轰鸣，重复着机械一样的劳动。

尽管我们知青窑就在机房后面，但因为忙，我经常顾不上回去休息，不能按点吃饭。

天黑了，徒弟有仁劝我回去做饭，他先一个人盯着。

我拖着疲惫的身子走回宿舍，一抬头，只见几个娃娃齐刷刷地站在窑洞门前，每人手里拎着一个饭罐子。其中有一个孩子走上前来，笑着说："这是我大让我给你送的饭。"

别的孩子也围了过来，他们把手上的饭罐举得高高的，说着同样的话："我大让我给你送饭来了。"

这里面有知青"堡垒户"老陈家的二小子；女娃是生产组长拴牛家的，叫毛女；还有拦羊老高家的小子，快十岁了还到地里找他妈要吃奶。

我吃惯了老陈家的饭，指着海明说："把他的饭留下，其他的都拿回去，叔叔吃不了那么多。"

几个孩子面面相觑，有些不知所措。忽然，毛女"哇"的一声哭了起来，嘴里喃喃地说："我大让我给你送饭来了，我大让我给你送饭来了。"一看这个情况，我觉得我把娃娃们的一片盛情辜负了，我便去机房让有仁把机子关了，和我一起吃饭。

孩子们心满意足地在一旁看着我俩吃着他们送来的饭菜，显得很得意。毛女渐渐地也有了笑容，站在我身边，一双大眼睛看着我，有点小顽皮地对我说："我知道你叫张克利。"

2009年回村，再看到这些当年给我送过饭的"孩子"，他们都成了孩子的父母，可他们当年给我送饭时的神情永远留在我的脑海里。

热炕于今有余温

念 远

我曾在洛川东部的一个农村插过队,故对那里的山川风物比较熟悉,并与之有着非同一般的感情。然而,其中最使我眷恋,至今尚时时回味的,还是那当年的暖窑热炕。如果说那也是一种载体的话,它则承载了我对自己"第二故乡"的全部温情。

根据我个人的体会,认为知青对插队地的感情,除主观因素外,主要还取决于他们当时所处的环境与境遇,而境遇又是其中最主要的,因为它直接作用于人们的身心感受。而构成这种境遇的因素很多,如当地人对他们是否欢迎?是否关心?是否相助?是否鼓励?是否宽容?等等。而这诸多的因素,又须全部表现在对他们具体生活、生产的关怀与照顾方面,而不是仅仅停留在口头上。

生活境遇如何,自然是知青们对农村环境的第一感受。而在插队之初,普遍地说,吃饭尚不成问题,因为按政策可以享用一段时间的国家供应粮;但居住条件却因队而异,上面也未便相强。实事求是地说,知青之间在生活境遇方面的差异,最先最早也最强烈地还是表现在住房条件的不同乃至于相差悬殊。

那时,各生产队的住房条件,既可以说相当紧张,也可以说相对宽松,其紧张在现有的窑房绝无富余,因为都满住着主家的人口;其宽松在不少人家都有些堆放杂什的厦房,一经动员便不难腾出。窑房自不必说,其冬暖夏凉,最适宜当地的气候;而厦房却不敢恭维,因为其墙单顶薄,夏热冬冷,当地人若不是万般无奈,绝不会将其用于人居。

在这种条件下,插队之初,多数知青住的都是厦房。而当时正值隆冬季节,其间的艰难困苦可想而知。但这些知青们十分理解队里的难处,因而谁也没提过换房的要求。

我们大队有两个生产队,两队各分有五名北京知青。这两队的人口、经济情况大致相同,而知青的住房条件却有着天壤之别。

我们二队知青住的是全村最好的一所双窑独院,有高大的院墙、结实的大门、青砖铺就的雨道、清洁干爽的厕所和两块分别用于栽葱、种韭的菜畦;而窑面则是当地较为考究的"穿靴戴帽"式,颇显典雅、庄重与大气;窑筒是青砖砌就的,似才用青灰刷过,看不到一点烟熏的痕迹;那偌大的火炕,光洁的灶台,蒸腾的热气,使窑里充满了温馨的气息。

这样舒适的居住条件,大大超乎我们原来的想象。至此,我们还有什么不知足的呢?不说"乐不思蜀",起码已使我们心有所安。

我们后来才知道,队长永祥叔为了妥善地解决我们的住房，还真的花费了不少的心血呢！原来，在我们住房无着的情况下，也曾考虑过让我们住厦房，但终因怕我们受冻而放弃。最后，才设法争取到我们现住的这处居所。

这所院落的主人是烈属献忠伯，而这地方又是他在兰州工作的大儿子为他养老专建的，这就使得队长难于启口。队长踌躇再三，在万般无奈的情况下，向献忠提出商借时，他却爽快地一口答应了，说自己和老伴可以临时在二儿子家挤一挤，把这处地方腾出来用以安置从北京远道而来的亲人。队长的苦心和献忠的高义令我们十分感动，他们将我们视为亲人，又怎能不使我们宾至如归？

这种优越的住房条件，不仅达到了我们的满意，而且引起了一队知青的艳羡。原来，一队知青住房条件较差，被队上安排住在狗娃家几间空闲的厦房里。而这些厦房简陋而破旧，墙顶之间和墙堵之间都有着明显的裂隙；房间虽有热炕，却仍抵御不了冬日的严寒。听一队的同学们说，住这种厦房，晚上还好过，白天却难挨。因为晚上大家挤睡在热炕上，除头面之外，身子还不觉得太冷；而白天的室温比外面还低，充满着逼人的阴气，冻得人没处来没处去。而这正是当地民谚"西厦子南房，前老子后娘"的真实写照，由此可知这些知青们当时所受的熬煎。

令我们敬佩的是，一队的知青们并未因此而怨天尤人。他们理解队上的难处，自己动手封堵了四壁的露缝；自费买了些木炭，生起了一盆炭火；又齐心协力地砍了大量的柴，尽量把炕烧得暖和些。他们就这样苦支苦撑地度过了第一个寒冬，使自己经受住了到农村后的第一个严酷的考验。

其他队知青也是住厦房的居多，在这方面还颇多苦涩而又不失幽默的趣闻。如有的知青贪恋热炕，每天都睡到日上三竿；有的用硬柴大火烧炕，直烫得晚上无法入睡；有的为躲避厦房的清冷，终日泡在温暖的饲养室；还有的走家串户，到处以聊天的方式取暖。当然，多数知青还是和我们一队的知青一样，以自己的勤劳来改善自己的生活条件。

总的看来，冬天能像我们那样享受暖窑热炕的知青点还真的不多。我由此更加感念队上对我们的体贴照顾，同时，对那些困难队的无奈也表示深深的理解。就拿我村一队来说吧，因为经济发展缓慢，多少年也没建起过一所新窑，现有的旧窑也都紧紧巴巴地住满了人家，因此，给知青唯一可腾的只能是些厦房，而这又岂能怪队上对知青照顾不周呢？再说，我们二队的情况又何尝不是如此呢？若不是烈属献忠老汉的慷慨好义，若不是他家的住处还比较宽裕，队上就是再想照顾我们，岂不也难为"无米之炊"么？

因此，要怪只能怪长期肆虐的"左"的路线和由此造成的"穷过渡"，因为这才是农村生产力发展缓慢、农民生活水平长期得不到提高的主要原因。如此，我们便不能对队上的照顾情况有所苛责，而应与社员们同甘共苦，共同为改变所在队的贫困落后面貌而努力。

所幸的是，第二年春，各队就利用国家提供给知青的安家费为大家建起了新窑，从而使凡有知青的地方普遍实现了"暖窑热炕"的理想。从此，知青们的生活境遇大为改观，大家对严冬的恐惧也就从此画上了句号。

一队知青搬进自己新居的那晚，我们与一队社员一起参加了对他们的"暖窑"。当大家对这处新居啧啧赞叹的时候,他们的队长小锁却面带赧色,哽咽有声,紧紧握住一队知青组长吴杰的手说:"都是我安排不好,让你们这些北京娃受了一冬的冻,现在想起来,真有些对不住你们!"他那沉重的话语,感动了我们在座的所有知青,大家纷纷安慰他,然后一起举杯,共祝我村的美好前程。

  40多年过去了,原知青们却谁也没有将这些甘苦杂陈的往事淡忘。每当大家聚会的时候,总会回忆起当年插队之情景,而其中的暖窑热炕,又最能牵动大家的温情。这真是:"情愫未与流云去,热炕于今有余温。"知青们永远不会忘却,我们可爱的"第二故乡"!

家在柴窑

乔新生

1969年2月7日，我们13名知青从北京出发，经过坐火车、卡车和手扶拖拉机，一路颠簸，于2月9日晚上终于到了自己的"新家"——陕西省甘泉县道镇公社柴窑大队。这一天是农历1968年腊月二十三。

柴窑位于清泉沟的后沟，距县城约有50里路。清泉沟为东西走向，村民们大都居住在北面半山坡的窑洞里。沟底有一条土路通过。

柴窑大队有两个生产队。按事先的安排，我和简国泰、李欣、孙铁祥、江虹、朱宏昭6人被安置在第二生产队。从此，我们开始了历时三年的插队生活。

过　年

1969年的春节到了。

身在异乡为异客，每逢佳节倍思亲。大年三十的晚上，我们早早吃了年夜饭，大家商议着晚上干点啥。这时，有人提议到山上去。打着手电，顺着窑洞旁的小路，我们爬上了山顶。

隆冬的夜晚，天仿佛矮了许多，星星就挂在我们的头顶。除了风吹树枝的响声，四野一派寂静。

触景生情，不知是谁带头唱起了歌，随后，大家不约而同地跟着唱了起来："抬头望见北斗星，心中想念毛泽东、想念毛泽东。"歌声在山谷中回荡，泪水顺着我们的脸颊流下。那个夜晚，我们在山上待了很久很久。

第二天刚刚吃过早饭，队长高赖娃就来到我们住的窑洞。一进门就说："今天，我带你们到老乡家去拜年，认认门。"临行时，还告诉我们都带上挎包。我们首先去了村里几位老者的家。每到一家，老人们都非常热情地招待我们。先是拿出瓜子和糖果等食品，然后拿起白瓷的小酒壶，给我们每人斟上一小杯白酒，我们推辞不过，只好接过来喝了，辣得我们直咧嘴。临走时，他们将盘子中的葵花子和白瓜子倒进我们的挎包。一圈转下来，我们满载而归。

那年春节，清泉沟的山上和沟里都覆盖着厚厚的积雪。山上的野鸡便成群结队地飞到沟底寻找食物。此时，正是捕捉野鸡的好时机。一天早饭后，我们正闲着无事，村里的马有来拿着几副野鸡夹子来到我们住的窑洞说："你们要是没事，我带你们套野鸡去。"我们几名男知青兴冲冲地跟着他来到沟对面的玉米地里。快接近地头时，一群野鸡呱呱地惊叫着，飞到山上的梢林里。

套野鸡的夹子是用两根半圆的粗铁丝弯成的，用两根弹簧缠在一起，类似我们常用的老鼠夹，只是比老鼠夹大一些。野鸡夹子上的诱饵是一粒玉米。马有来轻轻地用手扒开积雪和一层土，将套野鸡夹子支好后，在上面盖上一层土，只露出那粒诱饵——玉米。等把夹子全都支好后，马有来对我们说："要等到天快黑时才能过来，看夹没夹住野鸡。"

头一天没有收获，到了第二天傍晚，马有来兴高采烈地提着两只被夹断了脖子的野鸡来找我们。两只野鸡一公一母，公野鸡身上的羽毛五彩斑斓，尾巴上的长翎毛很漂亮，尤其是鲜美的野鸡肉更是让人回味无穷。

这年春节，是我有生以来第一次没在父母身边过。虽然没有放鞭炮，没有逛庙会，但这个年过得别有风味。

劳 动

过了正月十五，大地开始回暖，生产队开始组织生产劳动了。

我上的第一堂劳动课，是将牛圈里起出的粪往地里挑，一次往返大约有四五里路。当时，我还未满17周岁，个头比较矮小，所以，我每次只挑半筐。即使是这样，粪挑子还是在我的肩上"打天称"。头一天虽然只担了六七趟粪，但到了晚上，我的肩头火烧火燎地疼。几天下来，我才逐渐掌握了挑担子的技巧，再担起粪来，轻松了许多。后来队里给知青评定工分时，只给我评定了7分。

我的第二堂劳动课是开荒种地。"不种百亩、不打百石"，这是当时很流行的一句话。春耕大忙季节，在土木沟里，一片不算茂盛的杨树林被砍倒后，我和乡亲们一起抡起镢头开始垦荒。没抡几镢头,我的手上就磨起了血泡,血泡破后,钻心的疼,即便带上线手套,也起不了多大的作用。荒地开出来了,谷子种上了,我的双手也磨起了茧子。

锄地、间苗是我上的又一堂劳动课。如果说开荒种地是力气活的话,那么,锄地则是有一定技术含量的活。当庄稼长到四五寸高的时候,就要给它锄草和间苗了。开始有一段时间,我把握不住下锄的力度和分寸,不是把没锄断根的杂草埋在土下,就是把应留住的苗给锄掉了。当我一不留神将苗锄掉时,总是情不自禁地"哟"一声。这时,有的老乡就笑着问我:"是不是把苗锄掉了?"我便红着脸"嗯"一声。经过一段时间的实践和努力,我锄地的技术有了长足的进步,特别是给庄稼锄第二遍草时,我已经和其他社员一样自如了。这时,我的工分已涨到了 8.5 分。

有耕耘就有收获。转眼,收获季节到了。成熟的庄稼被收割后背到场院里进行脱粒,只有玉米被割倒后,垛在地里往干晾。

打场是件既新鲜又有趣的事。当时,由于生产工具比较落后,庄稼的脱粒几乎都是靠人工进行。"牛踩场、簸箕扬、连枷打场心不慌。"这句顺口溜,就是对打场的写照。

"牛踩场"主要是用于对糜子的脱粒。乡亲们先把收割的糜子穗朝上码在场院中间,然后,牵来几头带着笼嘴的耕牛,由人用一根长绳牵着,赶着牛群在糜子堆上逆时针转圈,有的老乡则拿着一把木锨在一旁等着接牛粪。当牛一撅尾巴,牵牛的人就喊,拿木锨的人就急忙跑过去用木锨去接牛粪。有时来不及时,让牛粪掉在糜子上,还要把掉在场院上的牛粪清理掉。当我开始看到这种滑稽的场景时，乐得合不拢嘴。等到糜子被踩得全部脱了粒，放牛的老乡才把牛赶走。这时，乡亲们用木杈把场上的糜草清理后，把剩下的糜子和碎糜草堆在场院中间，再经过扬场这道工序，金黄色的糜子就可以分给社员了。

"连枷打场"，主要是给谷子等农作物脱粒。在场院里，乡亲们只将谷穗用铡刀铡下来，平铺在场院中间晾晒，再用牲口拉着碌碡在谷穗上转着圈辗轧。对那些经过辗轧仍未脱粒干净的谷穗，再收集到一起，再用连枷在上面有顺序地来回拍打，直到将谷子脱粒干净为止。

打连枷也要有一定的技巧。我开始使用连枷时，不是把连枷杆戳到地上，就是把连枷头缠绕在谷穗上，根本起不到脱粒的作用。在老乡的耐心指点下，我很快掌握了打连枷的技巧，能和老乡们一齐有节奏地挥舞连枷了。

"簸箕扬"，就是用簸箕将经过脱粒的谷物高高扬起，借助风力将谷物中的庄稼碎秸秆和土等杂物清除掉，最后，使谷物成为真正的粮食。簸箕扬场，只适用少量的谷物清除杂物，而对于大量的谷物，则是使用木锨来扬。这样，可以使谷物扬到高空中，借助固定的风向和较大的风力，将谷物中的杂物吹得更为干净。我虽然也跟老乡们学了，但最终也没有真正学会。

经过秋收劳动的锻炼，我的工分再次涨到了9.5分，距全劳力的工分相差无几了。

当时，我所在的生产队，分口粮是打完一场分一场，队里只留少量的种子。队里口粮的分配是按工分与人头相结合的方法。对知青按单身对待，一个人分一个半人的口粮。那一年，我一共挣了1700多个工分，分了1200多斤原粮，还有几百斤洋芋。年终结算时，我的工分值与我分的口粮的价钱基本持平，大约还分了1块多钱。

出民工

我在插队中，有过两次出民工修路的经历。

第一次大约是在1969年的秋季，生产队指派我和李欣、简国泰及另外两名老乡到甘泉的关家沟砭上修甘泉到下寺湾的公路，期限一个月。对我们知青来说，出民工有三个好处：一是省去了自己做饭的麻烦；二是每天可以记10个工分；三是可以开阔视野，多了解点社会。于是，我们高兴地接受了任务。

关家沟修路工地位于洛河川的出口处，距县城也就有二三里地。关家沟砭是顺着一座石头大山的山腰开凿出的一条路，黄河的支流——洛河就从砭下流过。我们的任务是在这道砭上开山凿石，加宽路面，降低盘山路的高度。因此，打眼、放炮、清理石方是我们的主要任务。

打炮眼需要两个人配合，一人掌钎，一人抡锤。抡锤既要有力气，又要有准头，铁锤稍一抡偏，就会砸在掌钎人的手上。而掌钎则比较简单，铁锤每击打一下钢钎，只要转动一下钢钎就行了。开始时，我只能掌钎，后来，我也能抡锤了。

清理石方就比较简单了。一个人负责推架子车，两个人用铁锹将炸碎的石块装上架子车，然后推车人将这些碎石块顺着崖畔倒在山下的河滩上。这种简单的重复劳动，每天都有序地进行着。

民工们的午饭是送到工地上吃的。因此，我们每天上工都要带着饭碗。工地上的饭比较单调，一般都是白水煮菜加一马勺油泼辣子，很少见到肉，主食多为玉米馍和小米饭。开始时，我不习惯吃辣椒，舌头被辣得火烧火燎的，一边吃饭，一边吸凉气。时间一长，也就适应了。

说起上工地带饭碗，还有一个小插曲。我们3名知青的饭碗都放在我的挎包里，劳动时，我就把挎包放在靠近崖边的石头上。有一次，放炮的哨音响后，我忘记拿挎包，就跑到安全的地方去躲避。这时，我才想起没有拿挎包，再想去拿已经来不及了。等炮响过，我们重新回到工地后，放在石头上的挎包早已不见踪影，最后，还是在山崖下河滩的乱石堆里找到了挎包。打开挎包一看，挎包里装的3个搪瓷碗早已面目全非了。中午，我们端着伤痕累累的碗打饭时，连炊事员都乐了。

第二次出民工大约是1970年的年初。这次是在麻子街道班房维修西延公路。主要任务是清理塌方，疏通排水沟和修补路面。这次去的民工中知青较多，都是道镇公社的。

由于这次修路不是断道施工，所以，对安全的要求比较严。道班房对民工实行半军事化管理，清晨要出操，上下工要排队。工地的两端设有安全员，负责看过往车辆。遇有汽车通过，安全员就吹哨示警，告知大家注意安全。

这两次出民工我最大的收获是，既结识了一批知青朋友和当地的老乡，还进一步地了解了社会。

知青灶

常言道："合久必分，分久必合"。我们柴窑大队的知青灶就经历了合灶、分灶、再合灶的过程。

刚到队里的时候，柴窑的两个小队各设一个知青灶，由队里派老乡给我们做饭。当时，给我们二队知青做饭的是大队会计杨满清。杨满清个子不高，患大骨节病，腿有点拐。他虽然只有30来岁的年龄，但略显苍老，他对我们非常和善，我们都亲切地称他老杨大哥。我们每天只是帮他担担水，劈劈柴，并按月到县城去买趟供应粮。那时到点吃饭，日子过得还算潇洒。可好日子不长，不久，队里和我们商量让我们自己做饭，给我们的条件很优惠，即：负责做饭的知青可以不出早工，上下午歇晌时，做饭的人就可以先收工，也不耽误做饭。

众口难调，我们自己动手做饭时间不长，知青之间的矛盾就慢慢地显露出来。有一次，在别人的挑拨下，李欣和我因为做饭打了一架。队里帮助我们解决问题时，怕我年龄小再受欺负，就提出分灶的意见，我当时表示同意。于是，队里从知青的安家费中拿出80元钱，给我在一队社员李怀生家院里买了一孔窑洞。从此，我便开始了单身生活。当时，我很庆幸自己在北京时练就的做饭本领，自己想吃什么就做点什么，赶上村上老乡家有杀猪的，就买上2斤肉改善生活。虽然每天收工后还要自己做饭，比较辛苦，但日子过得还算舒心。不久，我们二队的知青灶就分成了四个，基本形成了知青各过各的。当时，一小队的知青灶也分解为几个。我们虽然分了灶，但到过年时，不回北京的知青还能聚在一起过年，关系反倒融洽了。

　　大约是在1970年夏天，支援延安建设的北京干部张世英来到柴窑大队驻队，管理知青。开始，他在老乡家吃派饭。那时，我们队的知青有的回了北京，有的被招工招走了。全大队只剩下六名知青，其中还有两名结婚成了家。真正的单身知青就只有二队的我、简国泰和一队的刘占成、郭俊男四个人了。张世英在征求过我们的意见后，经与大队协商，决定将全大队的单身知青合并为一个集体灶，张世英在知青灶上入伙，不再继续吃派饭。知青灶留一人负责记工分，入伙的知青每人每天扣0.5分，不足部分由两个生产队分担。

　　我有幸成为大队知青灶的首任炊事员，除负责做好每日三餐外，还要负责知青自留地的日常管理。为改善伙食，我们灶上又买了一头猪，由我负责喂养。

　　说起养猪，知青灶有优越的条件，我们有充足的粮食。我们喂猪的饲料主要是碾碎的玉米、黑豆和洋芋，配以少量的麸子和菜叶。每天喂两次，猪既爱吃，又长得快。一般情况下，喂上三四个月，猪就可以出栏了。每次杀猪，我们都留下半扇肉自己吃，那半扇肉卖给村里的老乡。由于我们喂猪用的是真本实料，老乡们都争着买。我们留下的猪肉除尝一两顿鲜外，大都被做熟后，用炼好的猪油封存在坛子里慢慢吃。我们用卖肉的钱再买回一头猪继续喂养。在我的记忆中，我们先后喂养过三四头猪。这段时间里，知青灶上的伙食有了很大改善。

　　说到做饭，还得自夸一下我的厨技。一次杀猪后，大家商议说想吃水打馅包子。那天吃过早饭，大伙都去自留地里锄地去了。我将伙房收拾完毕后，开始做蒸包子的准备。临近晌午时，我开始蒸包子。那天，我共蒸了三锅。对每一锅包子用的发面，我都单独兑碱，所以，蒸出的包子又白又暄，看了就有食欲。当三锅包子快蒸好时，大伙都收工回来了。看到满盆的包子，简国泰笑着对郭俊男说："这回你输了。"原来，在收工的路上，郭俊男说："今天的包子准是头一锅碱大，第二锅正好，第三锅碱小发酸。"而简国泰则说："不可能，三锅包子肯定一样，不信咱打赌。"于是，两人就打起了赌，最后还是简国泰赢了。真是知我者简国泰也。这顿饭大家吃的非常高兴，三大锅包子几乎被吃光了。

在我做饭期间，我们灶上还发生过一次"打狗风波"。那是1971年年初，地里的庄稼都收割完了，只有被砍倒的玉米还垛在地里。一天，大队长王建堂来到我们知青点跟我们说："坡下玉米地里有条外村的大黄狗，每天都在玉米垛上糟蹋玉米，已经好几天了，撵又撵不走，你们想办法把它打死。"有了"圣旨"，我们何乐而不为呢！

第二天早饭后，经过侦察，我们几个男知青拿了根背柴用的绳子和几块干粮就来到了玉米地里。我们先用干粮把那条黄狗引到地边，乘它不备，用绳套套住了它的脖子。然后将狗拉到一个废弃的砖窑里。正好，砖窑的顶上有一根木梁，我们就把这条狗吊到木梁上给杀了。接下来可想而知，我们美美享用了一顿狗肉大餐。

几天后的一个早晨，几个前沟的老乡来到我们知青点找狗。起初，我们矢口否认。后来，几个老乡苦苦哀求说："你们把狗杀了，把狗皮也该还给我们。"见到老乡哀求的样子，我们心软了。当我把狗皮从仓窑里拿出来给他们时，这几个老乡立刻变了脸，开始在我们的院子里大吵大闹，非让我们赔他们的狗。院里的吵闹声惊动了四邻，许多人都跑过来看热闹。不一会，大队长闻讯赶来，见到这场景，王建堂严肃地对那几个老乡说："狗是我让打的，你们的狗祸害了队里的玉米，你们先赔我们队里一石玉米，然后再说赔狗的事。"几个老乡见大队长的态度坚决，争辩了几句后，拿着狗皮走了。

1971年10月，我作为农村积极分子，被道镇公社抽调到毛泽东思想宣传队，派到许家塔小队去蹲点。当时的任务是整顿社队领导班子。半年后，我被安排在县革委会政法组工作，直到1973年初被正式转干后，才彻底脱离了柴窑大队。在柴窑插队虽然只有近三年的时间，但这三年的磨炼使我终生受用。

赤脚砍柴

马 忠

我插队的村子叫谢家坡。黄龙县山大沟深,人烟稀少,一个生产队多则有几十户人家,少则只有几户。而我所在的白马滩公社谢家坡生产队只有 12 户人家,70 来口人。

我家孩子多,仅靠父亲一人工作,日子过得很紧巴。自从我离开北京,到陕北来插队之后,就一直担心家里的生活。但父母没有文化,不识字,弟弟妹妹又不会写信,所以,我老是接不到家里的来信。

一天晚上,我正在烤鞋的时候,队里通知开会,我本以为会很快就能开完,便把鞋放在木炭盆边。可开完会回来后,看到满屋子都是烟,再一看,我烤的那双鞋已经烧坏了。我没钱买鞋,又不愿向家里要,于是,就开始打赤脚。知青和社员们都感到惊奇。

赤脚在耕过的地上扶犁、拿粪没事,可是干别的活就不行了。山上山下、地头路边,到处是蒺藜,扎在脚掌,钻心的疼;路上的石头子也硌脚。有一次上山砍柴,因为刚下过雨,坡陡路滑，我从高坡上滑了下来，脚扎破了，腿上也划了一道口子，血流不止。更糟的是，脚上扎进了一根柘柴刺，用手怎么也拔不出来，只好一跛一跛地扛着柴往回走。到了家，向老乡借了一把钳子，咬着牙把柴刺拔了出来。这一次，脚肿了好几天，流了很多血。就这样，我也不敢歇工，赤着脚照常干活。我盼望到年底能多分几个钱，好寄到家里去。

我收到的第一封信，是小学时的同学帮家里写的。信里说了一些家常话，还夹着一张小纸条，纸条是同学悄悄塞进的。纸条上写的话告诉我，家中十分困难，父亲已病倒半个多月，没去上班，母亲也为我担心，急火上攻，导致精神失常，眼睛都半失明了。同学希望我赶快给家里寄点钱。

我手头哪里有钱呢？看过信后，我心情很不好。后来，听说大队的砖窑收购柴火，湿柴一百斤六毛钱，干柴一百斤八毛钱，给现钱。我一听，就把斧头磨得快快的，将斧把钉得牢牢的。第二天天不亮就一个人上山了。那时，大山里十分清寂，不时还传来猫头鹰的怪叫，让人听着，心里直发憷。可一想到家里的困难，想到爸爸妈妈的病情，我的胆子就壮了。我砍了两大捆柴，一捆足有百十斤重。我运足气，将一捆扛到了肩上，一脚高一脚低地往砖窑扛。等到了砖窑，衣服都湿透了，一过秤，竟有130多斤。

我急急忙忙跑回村，正好赶上知青与社员们一起出工干活，我便跟着他们下了地。等干完早活，吃过早饭后，我又匆匆爬上山，将早上砍的另一捆柴扛到砖窑，再跑回村里，拿了一个馍，边吃边随着下地的人往地里走。到了晌午吃饭时，我拿上斧子再上山砍一两捆柴，回村吃点东西再下地。就这样，我天天砍柴、运柴,人瘦了一圈,脚板磨出了硬茧,腿上扎了道道血口,有几处还发炎化脓。但每到这时,我便想到家中的情况——父母的病态和愁容,弟弟妹妹挨饿的样子,我就鼓励自己要咬着牙,坚持干。

我没日没夜地干了几个月,每天光跑路就有四五十里,吃的又不好,时间一长,我终于病倒了。没想到我在病中又遭到更大的打击。原来,我砍柴卖给砖窑的事不知被谁反映给了大队干部,大队干部狠狠地批评了生产队长和砖窑负责人,说他们不注意对知识青年的培养教育,以致使知青中也产生了"资本主义倾向",要引导知识青年斗私批修,狠割资本主义的尾巴。

生产队长心情沉重地将这件事告诉了我,并说:今后不能再去砍柴了,已经砍的柴送到砖窑上的一律没收,这还不算完,我还得在会上作出深刻检查。

就这样,我光着脚,起早贪黑,流血流汗所换来的劳动成果——上万斤柴火被没收了。我用血汗换来的不是家中急需的人民币,而是"私心重的典型"、"不愿割资本主义尾巴"的典型,还受到好几次严厉的批评。很长一段时间,我抬不起头,心里别提有多委屈了。

炭窑纪事

张大雄

1969年3月,队里安排我到炭窑制作"锁口架"。

陕北人将小煤窑称作炭窑,而"锁口架"是挖煤时的一种工具,两盘辘轳组合在一起的专用辘轳架:一头在井口正中,提升井里装运的东西;一头在井外,装上链式水车用来抽取井中的地下水。架子的主体是由四棵一搂粗的榆树木制成的,用石头往井口一垒,很稳固。支辘轳的"码头"是用杜梨木做的,不但耐磨,而且光滑,摇起来省力。

辘轳是用一根略粗的圆钢,穿上四个圆形木盘做成的,钢索铁链就绕在木盘外沿的橡上。摇把是四尺多长、二尺多粗的洋槐木做成的,再安上碗口粗的木柄。使用时,几个人一齐摇动,每次可以绞上来六七百斤的煤炭。

我们队的炭窑,是1969年初才开采的,自装上"锁口架"以后,施工进度明显提高,凿到四丈二尺深的时候,见到了闻名于"牡丹川"的"尺八炭"。这种炭,乌光发亮,拿在手里显得很"轻",偌大的一块,抱起来,往地上一摔,"噗"的一声，就摔成拳头大小的炭块块，用一把干草就能引燃。由于煤的质量好，售价低，所以，很受用户的欢迎。一时间，往日无人问津的河坡地，一下子变成了车水马龙的卖炭场。

在陕北，人们将挖煤的工人叫"炭毛子"；窑场上的工人叫"搅把的"；炭毛子们的生产小组叫"链"，链有"链头"；搅把的就叫"把头"。

我们知青在煤窑上，主要就是搅把，每天都要干上八九个小时的重体力活。那时，国家给知青每月的口粮只有45斤原粮，又没什么副食。原粮一经脱皮加工，就所剩无几。这点口粮，对于一个干重体力活的年轻人来说，根本不够吃，每天都在饿肚子。尤其是每当杠棒一上肩，我的肚子就会"咕咕"地叫。等到二三百斤重的煤块一放下，就先喝上一气水，然后再坐在地上喘口气，才能再去抬煤。每天太阳一冒头，我就盼着送饭的，时不时还抽空往山嘴那儿跑，为的是能早早闻见饭菜的香味，过一过瘾。

令人不解的是，我们干一样重的活，可社员们好像不那么饥饿，每天中午总会有人剩饭。剩下的这些饭，照例被我们这群"狼"分而食之。久而久之，我们才发现，这是乡亲们演的一出"戏"。他们看到我们这伙年轻人正在长身体，又无法调剂伙食，怕我们饿出毛病来，他们就悄悄商定：每天轮流为我们"剩饭"。要知道，当时的社员都不富裕，大多数人家里都是瓜菜半年粮。在那种情况下，他们还每天从口中为我们省出一口饭来，这包含着多么令人温暖的爱心啊！

窑场上，有两个人我至今不能忘记，一个叫李发洲，一个叫高积惠。李发洲人胖，脸也胖，中上等身材，黑红脸膛，说起话来慢慢吞吞，嗓音浑厚。他是见什么吃什么，而且不论吃什么也不闹肚子。尤其是他每次刚吃过饭，就能佝偻着身子，钻到巷道里抡镢头，还说自己一点也不觉着窝。

高积惠则相反，一个馍馍他能吃一天。他精瘦的身架，黄黄的面皮，麻秆腿套上半截雨靴，往那儿一站，活脱脱一个"米老鼠"。他说话又急又快，浓重的鼻音使他说出的话有些含糊不清，常常能把听话的人急得直伸脖子。他虽说有点"人老珠黄"，却是个什么话都能说出口的人，但就是不能随便吃东西，稍有不慎，就会闹肚子，经常会"拉得直不起腰来"。就连每次下井，他也准会站在最外边，为的是闹起肚子来好往外跑。

这二位是一对黄金搭档。他们每人拿一把三尺长的尖镢，一掏一滑，经常双手蹭得稀烂，回到窑里用脏水一浸，肿得就像面包。有时，他们少不得去找赤脚医生打上两针，打完针后，又在窑场上搅两天把，直到肿消了之后再下窑。结果是：三天打鱼，倒有两天晒网，得了个"业余毛子"的雅号。

有一年6月里的一天，他俩同掏"一把崖"。掏到最后，两人几乎是身挨身了。要是别人，准有一个会撤下来，只剩一个将最后那点活干完就行。可他们不，就这样贴身掏开了"对脸镢"，你一下，我一下，一边掏着，还一边聊着。谁料想，在说话间，高积惠一眼没留神，镢头没有掏到"崖"根，一滑就碰到李发洲的头上。李发洲一头窝在地上，没了声响。亏得赵氏兄弟连拖带拉，把李发洲装进了一个炭桶里，就着油灯，烧了一把头发才算把血止住。之后，又招呼"把头"放钩吊桶，把人提上井，二话没说，就连人带桶把他送到了公社医院。

一周之后，这两位搭档，又有说有笑地出现在窑场上。

在这种设备简陋的炭窑上干活，时刻都充满了危险。有一天下午，我和锁丁搭伙抬煤，他走前，我走后。煤搅上来，因为块儿太大，单链子不够长，就用辘轳的"老绳"搭钩捆着。这样，抬起之后，就必须不断放绳，才能将煤抬走。我和锁丁扛好了杠棒，挂好了钩，挺直腰杆一使劲，谁知，突然"嘎巴"一声，抬杆断成了两截。我们压住了辘轳，又赶忙换了一根更粗的抬杆，再一次抬起这块煤。当我摇摇晃晃到达井口时，"把头"发错了口令，大绳一收，将煤拦向井中。锁丁一个趔趄倒在地上，我也随之失去了平衡，身子一侧歪，就向井中倒了下去。求生的本能使我一下扑到对面的木架上，巨大的辘轳肘拐正好落下，死死地卡住了我的手臂。刹那间，我只觉得周围好像特别静，朦胧中，好像看见人们在奔忙着，叫喊着，口张得老大，却听不到他们在喊什么。忽然，这一切都暗淡了，他们一下子都离我而去。

过了好一阵，隐约听到有人叫我，我感到很奇怪，睁眼一看，发现自己已经躺在人群中。工友们焦急地呼唤着我的名字，我想坐起来，可全身像散了架似的，一点气力也没有；我想抬手擦去脸上的汗水和泪水，可手臂却失去了知觉。我就那样躺着，任凭泪水默默流淌。是疼痛？是悲伤？是后怕？还是思念远方的亲人？这一切，直到现在也说不清楚！

此后不久，在公社的一次"积代会"上，公社的王书记发现我的脸上沾着炭渣，就关切地问我是不是在炭窑上干活？我不知其中的奥妙，就谈了炭窑上的艰苦条件和思想上的收获。哪知书记一听我的话，就立刻把生产队的书记和队长叫来，美美地将他俩训斥了一通。王书记正式通知他们：不准让知青在窑上干活！从此，我的炭窑生活就结束了。

  1971年9月，我离开了生产队，离开了给我一生留下深刻记忆的炭窑、水车、锁口架，离开了我的第二故乡。可我一直认为：插队三年的磨炼，对我一生受益匪浅！我从当农民和当窑工的经历中，找到了对人生、对中国社会，乃至怎样做人的态度和标准。

❖ 掏　井

掏　井

白家村夫

　　我插队的地方被称作"塬",一年里雨水奇缺,不要说给庄稼浇水,就连人吃水都很困难。有一年夏初,天大旱,村中仅有的两口井都绞不上来水。年轻力壮的就下到沟里去挑水,来回要走几里路。挑水上山,一摇一晃,回到家中,两桶水泼洒的也剩半桶了。过日子没有水哪行,队里的干部经过协商决定"淘井"。

　　淘井可是一件大事,塬上的井都很深,让谁下去掏井,这让村上的干部们伤脑筋。

　　几年前,天大旱,有一个村上的井干涸了,选了一个小伙子淘井,刚淘到一半时,井壁塌方,人出了事。从那以后,村民们谁都不愿去干这冒险活。队干部们决定用"高报酬"来挑下井的人,每天给记50个工分,另外再补助5元钱。

　　我插队的村子有一个河南来的小伙,名叫双德,他自愿报名去淘井。双德是过继到我们村给人当儿子的。他做事胆大,有些"二杆子"气。掏井是个力气活,在井下干活又十分寒冷。为了好动作，人在干活时不能穿长裤，万一体力不支，还要有人替换，就这样，有个叫东九的小伙自告奋勇地要求做第二人选。

双德下井时，上身穿的是棉衣，下身只能穿短裤。第一天井淘得很顺利。早上 10 点钟太阳正热时下井，下午 3 点多出井，中午饭就在井下吃。

下午，双德出井后，只见双腿冻得发紫，浑身直哆嗦。我出于好奇，晚饭后，见到双德，向他详细询问了关于下井的一些细节及注意事项。我问得详细，双德回答得也认真。因此，我对下井的每一个步骤都了如指掌。

第二天，双德受了风寒，有些不舒服，向队领导提出换人，于是，第二人选东九就上任了。

村民对东九有点看法，大家都认为他是为了"高报酬"才肯下井的。他连如何下井都不会，到时肯定闹笑话。

果不其然，第二天东九下井时，井绳刚刚下到三分之一处，放绳的人就感觉不对了。这时，听到井下传来东九杀猪般的叫声，大喊着"救命"。大家七手八脚一阵忙乱，费了很大劲，才将他绞上来。

原来，东九根本不会控制下井的绳索，慌乱中，将保护绳与主绳搅在一起，由于身体失控，身体在井中不停地旋转，三下两下就把他转晕了，而且还吐了一身呕吐物。

东九刚一出井口，当即就瘫坐在地上，气得队长说："没有金刚钻，就不要揽这瓷器活。"

这时，尴尬的局面出现了。一看要重新选下井人，所有干活的人都向后缩，没有一个人勇敢地站出来。

❖ 掏　井

　　这可把队长弄急了。井刚淘了一半，没人下井怎么办？

　　看着这场面，我的好奇心和冒险精神来了，于是，就悄悄地向队长说："让我来试试吧。"队长当时惊讶地问我："你行吗？"我说："问题不大。"

　　就这样，我把双德的棉衣穿上，下面就穿了条短裤。大家忙着将下井的主绳绑在我腰间，并将井下照明的马灯挂在我的身上。淘井的铁锨前一天双德已留在井下。这时，双德也特意过来又给我安顿了几句。

　　在大家期盼的目光下，我顺着绳索向井下滑去。刚一入井，就感到一阵寒气袭来，浑身打了一个冷战。心想：离井底还远着呢，沉住气，别慌。

　　这时，我想起了双德的嘱咐，左手抓住备用绳，同时左脚也蹬着它；右手紧紧抓住头顶上的主绳，双手撑开，整个身体摆成一个"大"字形，这样，身体就能保持平衡，也不会发生旋转。就这样，主绳缓缓地向下放着，我的身子也慢慢滑向井底。

　　随着身体的下滑，我不断地保持着整个身子的稳定，同时还向上面的人喊着："放、放……"一切都很顺利。我开始借着马灯的亮光，观察起井壁的四周。这时，我发现，刚下井的时候，水井的四壁还有很多绿色的苔藓，渐渐地，苔藓就变成了黑绿色，再向下，苔藓消失了，井壁变成黑色的硬土，有的地方还显露出新的土质。原来，是这些表层土塌落后，将下面的水面覆盖了。我的任务就是要清理这些土。

　　我向下慢慢地滑着，借着灯光，我突然发现离井底不远了，便急忙向上喊道："慢放、慢放……"就这样，我终于到了井底，双脚刚一到井底，就感到一种刻骨的冰凉。

　　我开始仔细观察了一下井底的环境。井下面积有五六平方米。前一天，双德已将井下四周的土挖开，堆在了中间。原来，黄土高塬在100多米深的下面是石板层，石板层的下面是沙子与碎卵石层，水就自沙子与碎卵石层中缓缓流出。我真佩服早先打井的人，他们是如何勘定水井方位的。抬头向上看井口，只有烧饼大小的一点亮光，我真成了"井底之蛙"了。

　　在马灯的照耀下，我急忙拿起铁锨，将随我同下的桶装满，然后依据下来时的约定，猛摇几下绳索，再大喊一声，上面人得到信号后，就缓缓地将桶绞起。就这样，井底的泥土和碎石，被一桶一桶地吊了上去。淘井、淘井，意为将井底的这些杂物淘净，让水更好地流聚在一起。

　　在井底干活，脚下冰凉刺骨，过上一会儿就好了。就这样，我开始挥起铁锨大干起来。起先，我还干得浑身发热，渐渐就觉得身上发冷了，肚子也感觉饿了。也不知干了多长时间，就听上面传来微弱的喊声："饭、饭。"当装泥沙的桶又被吊下来时，我一看，里面放着一个碗，盛的是摊鸡蛋和两个白馍，还有一小瓶白酒，我当即拿起酒瓶大喝了一口，顿时，身上就有了暖意。

　　当井下的泥土快被我清理完时，我发现，井水立刻就聚多了。正当我埋头大干时，突然听到头顶一阵哗啦啦的声响，一大堆黄土落在我的后背上，我一惊，急忙将身子贴在井壁上。抬头一看，原来井壁又有土块跌落下来。这时，恐惧感让我心里想：这井该不是要塌方啊！

　　我掏的这口井是村里最老的一口井，已经有几百年了。过

◈ 掏 井

去，井里的水很旺。可时间一久，井壁塌落，再加上井底的沙子和碎石的堵塞，井水便渐渐减少，天一旱，干脆就成了干井。

我静下心来抬头仔细观察着，原来，是上面放绳的速度太快，使装泥沙的水桶发生了摆动，碰到井壁上，碰下来一点浮土，问题不大。

我又彻底将井底收拾了一下，一看，完全拾掇好了。这时，我就将主绳捆在腰间，并向上面大喊："好啦，绞我出井。"

出井的速度很快，不一会就升到地面。我刚一爬出井口，队长一把拉住我的手，并递给我一瓶酒，我拿起酒瓶仰脖大喝了一口，迅速脱下湿漉漉的破棉衣，披上我的衣服，急忙跑到场院，仰身躺在一堆麦秸上。这时，才知道我在井下待了四个多小时。

炽热的阳光照在我身上，不一会，就感到全身发热，而且骨子里的寒气也慢慢地消失了。这时，才体会到，在阳光下生活该是多么美好啊！

编　囤

陈立胜

　　在中国亘远绵长的农耕社会中，农民无不对仓与囤充满了感情和希冀。所以我发现，从北京到陕西，不少农户都给自家孩子起名叫满仓或满囤，甚至还有叫金仓、金囤、银仓、银囤的。当然，金与银对那时的农民来说，未免奢求过甚，而对粮食满仓与满囤的期盼，则还比较接近现实。因为仓与囤，都是农家储粮的必备之物，谁不盼它们满而又满呢？

　　我们知青到农村插队后，就由学生转变成农民了。既要参加队里的劳动分配，就得解决自己的仓储问题。而这个问题的解决，除靠队里的协助外，也要靠我们自己的才智。

　　我们在插队后的第一个麦收前，按政策享受国家的供应粮，而自麦收后，就开始享用自己的劳动果实，也就是按人口和工分参加队里的粮食和其他劳动果实的分配。

　　那年麦收前，队长带人给我们抬来一只丈把长、一人多高、带有白木支架的特大粮囤。我当时挺纳闷，心想能分多少麦子，何用偌大的粮囤？没想到夏收的场景那么宏大，那么激动人心！一连十多天，全队男女老少全上阵，白天收割打场夜间分麦，人人脸上都透着难以抑制的兴奋。我们谁也记不清分了多少，更记不清往家背了多少回，反正我们这个五口之家林林总总分下来，竟高达6000余斤，正好把那些囤子全部装满。

说到这里，也许有人会提出质疑：在那粮食奇缺的年代，你们却为何能分得那么多的粮食，而且又全是珍贵无比的小麦？原来有这样几重原因：一是按当时的政策，每个知青的口粮按一口半人分配，五个知青即可分得七口半人的口粮；二是我队是全县有名的余粮队，不但地多而且人勤，粮食水平也就可想而知；三是我们的工分多，按此分粮亦占优势；四是在那公社化的年月，生产队分粮从来是瞒上不瞒下，而且暗分的手法很多，如不用平斗用满斗，不用平升用满升，接二连三地补个子等。这样分下来，不多才算怪呢！

即使这样，我们看着满囤的麦子也禁不住啧啧称奇，因为我们也是从饥馑年代走过来的，深知粮食的珍贵，所以做梦也没想到有朝一日，自己也能拥有这么多的粮食。而队长却告诉我们，这才仅仅是夏粮，秋粮还要多呢！什么玉米、糜子、谷子、荞麦、豆子、油料等，不下八九个品种，并叮嘱我们提前准备好粮囤。

队长的话提醒了我，使我意识到备囤的迫切性。此后，一有闲空，我就带着知青们下沟割条子，不久，就积起小山似的一堆。

所谓条子，乃是对各种树条和灌木条的统称。虽然这些条子基本上都能够用于编织，但又由于其柔韧性的不同而须分别放置。

我们为了增加条子的柔韧性，便成束地将它们放入门前的涝池中浸泡。这可算是编织前的最后一道准备工序了。至此，如何编织，已列入了我们的议事日程。

就此，知青们产生了两种意见：一是请队上代劳；二是自己动手，但须请队上派人指导。而我却胸有成竹地说："编囤不是什么细活，何必麻烦别人，还是自己琢磨着干吧！"又说："我们虽然没有编过，但没吃过猪肉，还没见过猪跑？我们可以照着葫芦画瓢，哪怕画得不成样，只要能舀水就行了！"而大家对我的话却半信半疑，因为无论怎么说，这毕竟不是人人能干的技术活。

然而，我说的绝非大话，之所以敢揽这样的"瓷器活"，就是自己确有一定的把握。原来，我小时在北京门头沟河滩居住时，左旁的邻居就开着一个筐铺。我那时出于童稚的好奇，常跑到他家的院子里，观看伙计们手编筐子、篮子、车帘、荆笆等各种器物。我当时虽然学也无心，但时间一长，还是对如何选条、如何打底、如何成形、如何收边、如何校正等各道工序了然于胸。而见过这种世面的人，还怕编不成相对比较粗糙的粮囤吗？

大家见我这样自信，也就无话可说，只有甘当我的下手。

一般初学者，总习惯于墨守"先易后难"的规律，而我却反其道而行之。这是因为我十分笃信古人"取法乎上，仅得其中；取法乎中，仅得其下"的说教。而选择实践的结果，就是先从装玉米的大长囤开始。

我先指挥大家从涝池中捞出几大捆柳条，解开后，稍加摊晒就开始了编织。我先打了一个两米乘50公分的底，然后用

◈ 编　囤

行李绳将四外伸展的条子收拢成形，再一道接一道地编下去。我一边编，一边校正，一边适时地纵向加条，当编到有 1.5 米高时，便适时地收了边。当我用铲刀削去了它周身的毛茬，再一端详，模样还真的不错呢！同学们都说我编得真好，比队上送的那只还精致，并问我这手艺是什么时候在哪儿学的，当他们得知，这仅是我小时的经历时，无不感到惊诧。我也借此谈了自己的感想："哲人说：经历就是财富，一点都不错！就拿我们在插队中学到的东西来说，将来也一定有机会派上用场。"大家对我的话似有所悟，表情一时变得凝重。

我编成了一个最大的，再编小些的就容易多了，无非是根据分配的每种粮食的多少，量体裁衣而已。

当我将这大小不等、形状各异的粮囤全部编好后，便选了一个天气晴好的日子，将它们的内壁统一涂泥。涂囤之泥有个讲究，即黄土中必须掺以相当比例的牛粪。因为这样和出来的泥，比重既轻又不龟裂，还能有效地防鼠。

我们将这种泥一下和了个够，涂抹的活就要靠我独立完成了。干这活时必须赤膊上阵，而且最好一气呵成。因为稍一停顿就会影响到泥片的上下接缝，也影响了泥层的整体效果。我就这样涂涂抹抹地干了大半天，待全部完成后，自己也就变成了一只泥猴。

当这些粮囤阴干后，秋收也就开始了。自此前后约月余，几乎都是白天收割打场，晚上分粮。我们分得的粮食，分别装入了自己编织的粮囤，待秋收完毕，这些粮囤都已基本装满。这充裕的粮食，使大家初尝了劳动创造世界的快乐，使一颗颗原本还有些飘移不定的心，变得更加充实，更加坚定，更觉得有了奔头。我们终于可以自食其力，而由此产生的自信，不就是我们步入人生的第一块基石么？它必将激励我们在未来奋斗中，摘取一个又一个劳动成果。

每当我走进自己的仓房，欣赏这一囤囤粮食的时候，都会深切地感到：无论囤子编得多么好，只有装满了粮食，才能尽显出它那壮美的丰姿。而这不唯是色彩对比的结果，更是虚实对比的结果。正是虚中存实，务实务虚，才使粮囤产生了一种整体的美感。而这又多么像人的大脑与知识的关系呵！广阔的农村天地，我真诚地感谢你对我们这一代人的洗礼与启迪。

我的小土窑

赵廊州

汽车穿行在山沟里。车在转过一个弯道后,眼前出现了一座熟悉的山,这里不就是我的家吗?车慢慢地停了下来,可我的心跳却加快。我把车停在山沟的路边,在走出车门的那一瞬间,我有一种游子回到家乡的感觉。此时,一路的颠簸劳累和路边的美景早已无法让我分心,我唯一的想法就是要到我住过九个年头的小土窑去看一看。

熟悉的山坡,熟悉的田野。在这里,我度过了三千个日日夜夜。这三千个日日夜夜是我人生中最美好的年华呀!现在,两鬓挂起秋霜的我,在看到这里的一切之后,又仿佛回到了我青春的岁月,回到了我的小土窑。

山坡上比过去更加翠绿。绿树掩映下的小山村呈现出一种安谧祥和的景象。我看到的那所小学已不再是过去的模样,宽敞的操场,漂亮的校舍,明亮的玻璃窗,朗朗的读书声回响在山坡上。

熟悉的小路已被树木所掩盖,路面已经长满了绿绿的苔藓。真不忍心走在这样的小路上。抬头看了看上面已不像从前那样一览无余，直接可以看到我那熟悉的窑院。我挪动着双脚，一步一步走向我那日思夜想的家——那孔小小的土窑洞。

山路弯弯，小路之上就是窑院。院子里的那棵桃树依旧是那样茂盛，窑顶上的那棵大梨树挂满了黄色的大梨，窑的门口坐着一个满脸皱纹的老汉。我急切地寻找我住过三千个日日夜夜的小土窑，我走过那片蒿草，令我伤心的惨景出现在我的眼前。我那梦萦的小土窑已经不像过去那样温馨，窑洞的大部分已经坍塌，仅留有不到四五尺的一个凹洞，我的眼泪终于流了下来。

那是1969年年初一个寒冷的日子，我在乡亲们的簇拥下，来到这孔小窑前。眼前的小窑令我充满好奇，这不就是一个山洞吗？黄土高原的窑洞就是这样啊，半圆的切面上安装了简陋的门窗，其实就是一个在山坡上挖的一个土洞而已。

也就是这个山洞，它陪我走过了我最珍贵的九年。我走进了窑洞，开始观察我的新家。窑洞大约有两米多宽，进深有五米左右，迎面是一盘土炕，土炕的左下角是一个烧得红红的火炕口，木柴在里面燃烧着，火星直溅，发出"噼啪"的声响。窑洞里好像是新抹的泥巴，浅黄还带有一点亮光；半圆的门窗是随着窑洞的造型而修建的，淡黄色的窗户纸显得有些陈旧；门是用厚厚的木板钉成的，露着明显的缝隙。

冬日的陕北寒冷无比，这时，只有属于我的小窑里才显示出家的温暖。烧得红红的炭火盆给小窑增添了无限的暖意，水壶里冒出的热气更使得小窑里充满了家的气息。我们远离了北京，这个小窑就成了我们的家。

❖ 我的小土窑

　　繁重的劳动后我迈着抬不起来的双腿，爬上这高坡，回到宽阔的窑院，但来不及走进那小小的窑洞，就要担水劈柴点火做饭，稀里糊涂地喂饱肚子才能回到小窑。喝上一口热水，在那昏暗的油灯下抽上几口烟，拿出从北京带来的小说看上几眼，消磨那寂寞的时光。即使这样，更加艰苦苦闷的日子在等着我。同学们陆续地分配远走高飞，最后三年里，只有我一个人继续坚持扎根在山乡，又在这个家里度过了近一千个日日夜夜。在这段时光里，只有小窑在默默地陪伴我，春天里远处的蛙鸣和布谷鸟的叫声是伴我入睡的声音，夏日的蝉鸣蝈蝈的叫声以及秋日里小虫的鸣叫都是我忠实的伴侣，只有在它们的安慰声中我才能渐渐地进入梦乡。只有那讨厌的蚊虫常来骚扰我的梦乡，无奈中，我也只好点燃艾草编成的草辫子熏走那嗡嗡叫的蚊虫。不管是白天黑夜，我会一个人和我的小窑洞说说我的心里话。我在它的庇护下茁壮成长。虽然有时我会一个星期不讲一句话，我已经习惯了用心和黄土去交流，我们是相通与相知的。有件事能证明：

　　那是我插队的最后一年。这年秋天雨下个没完。黄土坡上挖的窑洞再也承受不了雨水的浸灌，他累了，他支撑不住了，他知道我没有在家，呼隆隆地垮了。我的小窑洞坍塌了将近三分之一，窑面子上垮塌下来的土把小窑严严实实地盖住。当我回到家的时候，一看，惊呆了，假如我在里面，后果将不堪设想。黄土窑知道我不在里面，它是选择了恰当的时间坍塌的，它的心里一定是有我的！这点我至今坚信不疑。

　　队长来了，他安排三四个村民当天就把土堆挖去了一半，露出了小窑的剩余部分，我钻进去看了看，还好窑内没有什么损失。第二天，六七个人才把那堆土清走了。我咨询了村民，他们说剩下的那一段绝无再坍塌的可能了，我拒绝了队长要我搬家的要求，我让队里的木匠帮我重新安好了门窗，我继续住了进去，我的小窑依旧恢复了往日的温馨。小窑里的一切，都是我赖以生存的生活伙伴，我早已把它们看成是我的好朋友了！

一座普通的土窑，一个小山村，一个知青的九年生活，从到山村的第一天，直到离开它的最后一天，我一直把它当成家。即使现在，我依旧留恋那个埋藏在心里的家——小土窑。

历 练

赵志敏

插队之前,我有个想法。既然要去农村,就往远一点的地方走。俗话说:哪里的黄土不埋人。这时,我想到了革命圣地延安,于是,我和同学们一起,打起行装,奔向我向往已久的革命圣地延安。

一

我插队的地方是在离延安城不远的安塞县。那里是丘陵地带,出门便要上坡下坡。没有电灯,到了晚上,只有窑洞里的油灯发出淡淡的光亮。同学们戏说:"这里出门碰鼻子,到处光秃秃,晚上黑乎乎,下雨滑溜溜。"其实,这也是对现实的一种真实写照。

刚到生产队没几天,一场大雪,把山川大地装点成银砌玉雕的世界。太阳一出,那景致真是美极了。然而,走惯柏油路的我们可苦了,走不了几步便摔一跤,惹得婆姨女子们哈哈大笑。倒是几个小娃娃热心，跑在我们前边为我们开路。他们每隔几步，便从路边的土坡上抠几块土，摔在路上，让我们踏上走；在坡陡的地方，他们又伸手拉我们。我们这些十八九岁的年轻人倒成了他们照顾的对象。在雪地里走了一回，我才发现，穿塑料底棉鞋太滑。于是，赶紧想办法换成胶底鞋。

最让人头疼的是每天要到山上的窑洞里去吃饭，爬到山上，人已经累得气喘吁吁，哪能顾得上吃饭。而下山呢，就轻松得多。我们由此得出结论："下山容易上山难。"而为我们做饭的谢老汉听到这句话后不以为然地直摇头，说："上山容易下山难。为啥呢？这叫'高山怕得慢汉摇'。再高的山，人也能上去。莫性急，一步一步上，肯定上去了。下山难，背上东西下山就更难。一步走不稳，就要摔倒。"我们对谢老汉说的话又不以为然。

春暖花开时节，该下地干活了。一个人满山二洼撒种子，一群人拿着镢头将种子往土里埋。一上午，就把一座山给种完了。这时，生产队长喊了一声"收工"，社员们便把镢头往肩上一扛，飞快地跑下山去，把我们远远地抛在后面。但年纪大一点的社员总是和我们一起走，并一再叮嘱："脚后跟先沾地，踩稳再走。"很快，我们也健步如飞了。

夏收了，地里的麦子很快被收割成一个个麦捆儿。天还早，队长决定，让男社员每人背四捆麦下山，每人背两趟；插队的知青和女人们可以不背。男知青们不享受女人的待遇，他们提出每人背两捆，还说："女的就是不行。"我一听这话，心里就有些不服气，我抄起绳子就开始捆麦子。队长见拦不住我，便说："你要背就背一捆吧。"我一听，便有些小生气地说："背一捆?那不是用胳肢窝夹着也能走吗?要背我就背两捆。"

我背了两捆麦顺利地到了场上。刚放下背子,就听有人说:"非要和我们男人一样,差得远哩!"我回头一看,是几个男知青。他们每人竟背了四捆!我顿时豪气大发:不信我就背不了四捆!我一声不吭,抽下绳子就向山上冲去。

当我背起四捆麦子时,才真正体会到"下山难"不是一句虚话。我每走一步,腿都在打战。我纳闷,我背同样重的东西往山上走腿肚子没打战,这下山按理来说应该不怎么费力,可为什么腿老打战。不知不觉,我落在最后。我走到一个两尺高的坎旁,把背子放上边歇口气。望望场院的旁边,有几个人影在晃动。太阳不知什么时候没影儿了,天色有些发暗。我不由得有几分着急,一使劲,站了起来,刚要迈步,一团黑影挡到我面前。定睛一看,是民兵连长。他笑着说:"你太好强了,非得'男女都一样'。来,我帮你背。"原来,他背完两趟后,听知青说我又上山了,便来接我。

回到场上,生产队长见了我说:"你这个女子,真是个强性性。第一次背,哪敢背这么多?"

很快,我背四捆麦下山不成问题了,别的女生也同样背四捆儿。也就从那年起,生产队打破了女人不背背子下山的惯例。

二

"杨方——吃饭!"每当山峁上响起谢老汉那拖得长长的声音,我们便知道饭熟了。杨方是我们女知青中年龄最大的一个,谢老汉叫她,其实就是叫我们大家。

刚到生产队,队里专门派谢老汉为我们做饭。他做的饭好吃。他把看上去不起眼的五谷杂粮,能做成各种花样,吃起来顺口。他尤其会烧火,三鼓捣、两鼓捣,就能用两根树干,将灶里的火烧得红红的,而我们一上手,那火便弱了下来。谢老汉说:"你们这种烧法不行。费柴不说,火头还不旺。烧火,柴要虚嘛,柴草要抖虚,火才能烧起来。"别看老汉不识字,说话倒满在理呢!

不久,生产队让我们自己做饭。我们轮着做,几轮下来,大家也能将就着把饭做熟。然而,更大的难题来了。刚到农村时,我们吃的是商品粮,每人每月44斤,还基本够吃。到了秋天,商品粮停供了,我们便和社员一样分口粮。插队的第一年遇上丰收年,我们18个人分的粮食看起来不少,可一加工成米面,就所剩不多了。老乡们会过,他们通过各种办法来调剂,日子还能勉强过得去。我们都是20岁上下的人,正在长身体,饭量特别大,再加上活儿累,又没油水,干啃这400斤原粮,怎么节省还是不够吃。于是,我们也学着精打细算,每天计算着吃。轮在家里做饭的知青,总是等别人都吃过了,他自己才吃。见到做饭的人没吃饱,老乡不解地说:"哪有伙头军挨饿的?"我们说:"粮食不够,先得饿伙头军!"

挨饿的滋味真不好受。同学们有时饿得浑身发软,挥起七斤半的老镢头感到吃力。大家常感叹:三年自然灾害时都没饿成这个样子。到了晚上大家睡不着,便躺在被窝里大侃,什么全聚德的烤鸭有多香,翠花楼的菜有多好,谁家有什么拿手菜。用嘴上的功夫来搞"精神会餐"。

◈ 历　练

转眼到了冬天,同学们纷纷回北京过年。一来,地里没活儿了,二来,可省下好大一部分口粮。

三

我们插队的第二年,为了提高粮食产量,村上搞坑田种植。先挖个坑,把有限的肥料撒进去,再丢两粒种子,以便充分地利用肥和水。打坑田是个苦差事,最有苦水的壮劳力也得掏六七镢,才能挖一个坑,而且一干就是十几天。三天没下来,我们都得了腱鞘炎,五个手指头用力一攥就伸不开,只能一根根掰开。一天夜里,我梦见打坑田,累极了,就往地下一躺,想歇会儿。朦胧中,听到旁边的一个同学在跟我喊什么,我醒了,只听见身边的同学在哼哼。我问她怎么了?她说手疼得要命。第二天早上,我们一看手,都是大血泡。

砍柴是农家必不可少的劳动。安塞有煤,可煤太贵,我们干一天的工分只挣9分钱,烧不起,只有到沟里去砍柴。我们第一次砍柴时由老乡带路,每人怀里揣上两个馍,扛上"程咬金"的斧子,挂着绳子,出发了。走出30多里地,进入林草茂密的沟里。老乡能辨认出哪一棵是活树,哪一棵是死树,我们没这个本事。再说,我们一共来了16个人,与我们一同来的老乡也不可能挨个为我们每人砍一棵死树。"要是夏天就好了,一下子就看出哪棵树是死树。""废话,现在怎么办?"我们争论起来。可争论归争论,大家还是按着老乡们的指点,将那些死掉的树砍倒,然后再剁成长短基本一致的柴捆,一步一摇地背上回来。

一年下来，修梯田、滤肥、春种、夏锄、秋收、扬场，我们都经历过了。自然，摇辘辘挑水，推碾子磨面，点豆腐做粉条，我们也干过了。只有一样活，我不敢干，那活就是捞河柴。

夏天的一个后晌，我们在杏子河对岸锄地。天边一片乌云上来，随之一阵大风。队长望了望天，说："快回，洪水要下来了。"大家扛着锄头往回跑。到了河边，我看不到洪水的影子，就停下脚步说："哪儿有洪水？我想看看。"身后的喜娃一把拉住我，边走边说："你不要命啦？要看也得到对岸去看。"

过了河，我们几个人停下来，等着看洪水。老乡们呢，都急急忙忙回家了。不一会儿，他们又都跑了回来，个个扛着一只巨大的笊篱准备捞河柴。老乡们各自选了有利地形，眼巴巴地望着洪水下来。没一会，洪水真的下来了，老乡们都紧张起来，看样子是要大干一场。

我向上游望去，只见一条闪着亮光的银线在移动，似乎很慢。银线越来越长，越来越粗，最后，我看清了，那是一个水的台阶，河面上陡然升起一座白色的水坝，铺天盖地压了过来，原来清澈的河水，顿时变成满满一河床洪水，汹涌着、翻腾着，迅速地从河道上涌了过来。

老乡们忙用大笊篱捞洪水冲下来的柴火。有个后生不知从哪儿弄了个大笊篱，也在捞。我又生起好胜之心，也要上手。这时，大队书记看见了，他一声吆喝："不行！你这女子，不要命啦！"我只好乖乖地站在一旁看别人捞。

老乡们真有收获，就在这次洪水中，他们捞出的河柴能烧半年。

❖ 历 练

  40多年过去了,在陕北的黄土地上,我们把最苦的日子都熬过来了,今后再遇到什么苦都不在话下。正是在这个基点上,我们在后来的人生舞台上,都表现得不俗,或许,这就是我们在黄土地上历练的结果吧!

插队小故事

安乐山

虱子和跳蚤

插队一个月头上，大家觉得应该洗一次衣服了。于是，我找饲养员去要驴，让驴给我们驮水。后来才知道，为了洗衣服去要驴，让驴驮水来洗衣服，这在生产队没有先例，甚至是一种既无知又无理的要求。

饲养员去和队长商量借驴的事，队长居然同意了。我驮了两驮水之后，五个知青便在院子里洗起了衣服。衣服洗完，脏水被一盆接一盆地倒在地上。站在一旁看稀罕的学生娃笑着说"你们这样糟蹋水，今后连做饭的水也没了。"我们听得一头雾水。这话是什么意思？后来，我们琢磨出来了：干旱缺水的地方，不能这样奢侈地用水。下次再不能这样了。

衣服晾在院子里，这时，一个同学突然想起来什么，便说："哎，都说到了农村身上免不了有虱子。咱们身上会不会也有虱子？"这时，大家你看我，我看你，没有答案。走到晾衣服的地方翻开衣服一看，衣服的衣缝里藏着许多虱子。

虱子固然讨厌，但还不至于闹得让人无法安宁，而跳蚤就不同了。据老乡说，有人怕虱子，有人怕跳蚤。多数人怕的是跳蚤。跳蚤生存能力极强。看见跳蚤，不能去捏。它也不可能让你捏住。捂也不行，手一打开，它"忽"地一下不见了。可是，那东西怕揉搓。你一巴掌平拍住它，来回平搓上五六下，它就蹦不起来了。趁这个短暂时间，再用手把它掐死。

邻村有一个插队的哥们，他有个"专利"：他每天晚上做完晚饭，用大铁锨把灶膛里的热灰铲两锨，铺在炕前边的地上，然后人站在炕上，把自己脱得光溜溜的，把衣服裤子朝热灰上使劲抖。据他分析，"无脊椎节肢"小动物，一遇高温，腿马上就被燎断。虽然他在理论上分析得头头是道，可效果怎样，只有他自己知道。

不过，跳蚤多起来，拍和搓是应付不过来的，还是得用药。我们炕上的跳蚤虽然不那么恐怖，可感觉上，跳蚤的数量不少。糟糕的是，我们那儿没有"敌敌畏"。当时，北京干部老陈已经住在我们那儿了，夜里，他也被咬得睡不成觉。白天，我们下地干活，他就跑到别的大队求救。晚上我们收工回来，老远看见老陈手里举个小瓶瓶，笑眯眯地站在院子里向我们报喜。我们高兴极了。对"敌敌畏"的威力，我们是了解的。老陈在"敌敌畏"里兑了些水，用扫炕笤帚蘸着，在炕上炕下撩洒了一遍。当晚，我们就睡了个好觉。天亮起来，我和伟正把床单四角一提，只见乱七八糟的东西全都滑到中间。老陈趴在那儿盯了好一会儿，嘴里冒出一句："该死的东西，这下该断种了吧。"

起羊圈

"起羊圈",就是给羊圈起粪。许多知青回忆起插队干的第一桩活儿就是"起羊圈"。和起猪圈、牛圈、驴马圈相比,起羊圈有三个特点:一是羊粪干硬、难刨;二是呛人、熏得人眼睛睁不开;三是羊圈里有机动灵活、凶猛无比的跳蚤军团。

羊粪干硬,是因为羊粪本身就干燥,羊吃的草是高纤维,加之众多的羊挤在圈里,羊蹄子在羊粪上踩来踩去,一年下来,羊圈的地面就被压得极其坚实。对付羊圈里坚硬的羊粪,只能用老镢头去刨。

羊尿的氨味儿刺鼻,熏得人眼睛睁不开。而加剧这种呛人气味的另一个原因是:陕北的"羊圈"通常都设在废弃的破旧窑洞里,所以,氨气聚集在羊圈里很难散去。怕羊尿氨气味儿,不是知青"娇气",村上的老乡们同样受不了。记得第一次起羊圈的时候,一个知青冲进去干了才一分多钟,就流着眼泪撤了出来。老乡们耐呛的忍受力强些,但干一会,也要用毛巾揉眼睛,或者被迫走出来换气。随着羊粪越挖越少,氨气的浓度也逐渐降低,刺鼻熏眼睛的氨味儿也就越来越弱了。

按照当地风俗,女人是不许进羊圈的。我问老乡其中有什么缘故,老乡见问,又看见一旁有女生,说话不方便,便打岔回避。后来,通过劳动和交流,我大概猜出了端倪。羊身上的跳蚤是最厉害的。自然,羊圈里跳蚤也最多。去起羊圈之前,老乡嘱咐我们几个男生,对羊圈里的跳蚤要有思想准备。我们讨教经验,被告知,最好只穿一条裤子,干活时候,把裤腿卷到大腿根部。将整个小腿和大腿全露出来。或许有人会问：冬天起羊圈，这样不冷吗？其实不会，羊圈里的羊粪始终在缓慢发酵。而且羊在夜里挤在一起，发出的热一下子也散不出去。我们依计而行，果然，起圈的时候，就感觉到腿上被什么东西"咬"了，不用说，是跳蚤。如果正常穿裤子，跳蚤就钻进衣裤里边去，后果不堪设想。即使这样做了，仍然不能完全避免跳蚤钻到衣服里。晚上睡觉的时候，我们把衣裤脱到离炕很远的地方，然后用"666粉"进行"围剿"。后来我们发现，跳蚤根本不怕"666粉"。白天光线足的时候，我们可以观察到，一层"666粉"上，跳蚤在乱跳。那段时间，我们身上总是要被跳蚤咬几个包。

村里的一些娃娃告诉我们，我们来插队以前，大人们起羊圈，都脱得光溜溜的。这样，干完活儿再把衣裤穿上，基本上就能避免起羊圈时跳蚤的叮咬。这下我明白了，起羊圈为什么不让女人参加的理由了。

起羊圈，没有什么特别的故事。不过，这是我们插队时参加较早的一项劳动。所以，起羊圈对插队知青来说，印象都很深。

炕上挑灯夜读书
掩卷深思滋味殊
都说是不经磨砺难成才
方知晓难艰困苦玉成汝

传薪者能用春风播甘霖
探路人敢入林莽闯险途
即就在那样的一个年代
依然有人仰望星空、极目远瞩

窑洞读书记趣

王晓建

1968年12月,从北京临去延安地区插队前,一位同学看见我行李箱中那一大堆书,吃惊地问道:"带这么多书去陕北干吗?读得成吗?"我笑笑,引用了一位著名诗人《回延安》中的诗句作答:"没听说过'东山的糜子西山的谷,肩膀上的红旗手中的书'么?"

在宜川县高柏公社下熟畔村的窑洞中,我还真读了不少书,当年读书的种种趣事,至今仍留在脑海里,每每忆及,都倍感亲切。

读禁书

"雪夜闭门读禁书",乃是古人心目中难得的"人生至乐"之一,很不容易得到的。但这种"至乐"的境界对于我辈插队学生来说,却可以轻而易举地获得。

在那个大革文化命的年代,绝大多数文学书、哲学书、传记书都成了"封资修"的毒草，也就都在被禁止之列。1968年春，我所在的北京一二三中学组织军训时，我因为读《鲁迅小说选》，当众受到严厉批评。另一位同学读娜·康·克鲁普斯卡娅所著《列宁回忆录》，也遭到书被没收的厄运。鲁迅的书和有关列宁的书尚且属于禁书，这就可以想见没有被禁的书是多么有限了。

好在陕北是个天高皇帝远的地方，想读什么书都没有人干涉。尽可以悉听尊便。从范文澜的《中国通史简编》到安娜·路易斯·斯特朗的《斯大林时代》，从柳青的《创业史》到古纳瓦达纳的《赫鲁晓夫主义》，只要你能找得着，一概可以堂而皇之地公开读。既不用担心挨训斥，也不用害怕被没收。所以，虽说物质生活极端艰苦，精神生活却反而比在北京来得充实。

陕北的冬天多雪，被大雪覆盖的山野小径溜溜滑，漫说晚间我们没有什么地方可去，就算是有，一想到那叫人不断栽跟头的路来也得打退堂鼓——干脆，就待在窑洞里消消停停地读书吧。

一般来说，冬季在窑洞里读书都要上炕，那炕与白天做过两顿饭的灶相通，到了夜晚余温尚在。尽管窑洞外边冰天雪地，朔风劲吹，炕上却总是暖暖和和的。

我和钟年年、钱家琪、钱明四个人分据炕的两头，点起两盏煤油灯便可潜心读书。所读书中，除《毛泽东选集》和收录毛泽东未公开发表文章的《毛泽东思想万岁》外，大多数书属于"禁书"。如："宣扬封建主义的大毒草"《西游记》、《封神演义》，"鼓吹唯心论"的《唯物辨证法大纲》、《大众哲学》，

"反党小说"《刘志丹》、《保卫延安》,"歪曲历史"的《中国近代史》。当然还有一些关于陕北的书:《回忆刘志丹谢子长》、《王贵与李香香》、《铜墙铁壁》等。

"雪夜"、"闭门"、"禁书"三个条件都具备了,氛围却是轻松自如的。哪一位同学看到有意思处,尽可以和其他三位议论探讨一番。被书中情节逗得忍俊不禁,兀自仰天大笑的现象也一再发生,每逢这时,大家便会凑过去问:"有什么精彩的?"至于时辰,那是不必管的,谁困了,倒头便睡就是。

有时,细心的女同学们做完晚饭,会在灶口的柴灰里埋上几个土豆或是红薯。有时村里慈祥的老太太们来串门,会随手塞给我们几把当地零食——炒糜子面蛋蛋子。有了这些东西助兴,夜读的感觉就更妙了。到了九、十点钟,正值腹中饥饿,倦意袭来之际,一个同学出其不意地把热乎乎的土豆、红薯,或者是香喷喷的炒糜子面蛋蛋子和盘托出,大家发一声欢呼之后边读边吃,真是惬意得了不得,大有"乐不思京"之慨。

盼下雨

夏夜读书的滋味就远不如冬夜了。只要一点上灯,蚊子、蠓子便会成群结队蜂拥而来,咬得人没处躲没处藏。为对付它们,只好燃着自拧的艾蒿勒狠狠熏,可是这一来,蚊子、蠓子们倒是撤了,人却也被熏得昏昏沉沉,睁不开眼了。

夏季昼长夜短,三折腾两不折腾,就已鸡叫头遍了,得赶快响应队长"地里走了"的呐喊,下地去干早晌活。夏天干的活路怕是一年中最忙最重的,甚至两顿饭也常常得在地里吃。

等到晚上收工回到窑洞里，早已困乏交加，哈欠连天，勉强把书捧起来，也是读不了三行两页便一准进入梦乡。

不过，夏天也并不是完全不能读书的季节。只要老天爷一下雨，机会就来了。

我们下熟畔村的耕地都分布在塬、梁、峁、坡上，一下雨便泥泞不堪，"进不得人"，于是雨天不下地就成为不成文的规矩。村里的乡亲们闲不住，趁下雨还要在窑洞里编筐编笼，我们无此任务，把下雨当成了读书日。

窑洞的优点是冬暖夏凉，下起雨来更添一层清爽。靠墙坐在窑洞里，伴着门外淅淅沥沥的雨声，翻开书本细细地品味，那感受，与冬天雪夜读书又不相同，有一种忙里偷闲的悠然情趣。遗憾的是，夏天的雨多为猛雨，来得快住得也快。一旦雨过天晴，只要离"饭时"尚早，就依旧得再扛起农具家什干活去。

当然，也有阴雨连绵下个不住的时候，那才是读大部头著作的好时机。从早到晚，你就美美地撒着欢读吧，书瘾可以过得足足的。

可是话又说回来，连阴雨有利也有弊。因为我们的窑洞里只能放得下两三捆柴火，其余的大都露天堆放在窑门外的院子里。雨下个半天一天正好，两天也还不打紧，连下三天以上可就惨了。窑洞里的存柴烧光了，只好烧窑外淋湿的柴火，湿柴不出火光冒烟，大家得轮流上阵，扒着灶口吹火。往往是所有的人都呛得涕泪横流、咳嗽不止，可是饭还没做熟。处在这种场合下，不由得又反过来盼天晴了。

所以说，盼下雨也不能盼大发了，书毕竟不可以当饭吃，填饱肚子是更重要的事。宋朝有位嗜书如命的读书人，名叫尤袤，说什么"饥读之以当肉，寒读之以当裘"，恐怕是因为他从没有挨过饿和冻，站着说大话不腰疼。

跑远路

当我们把自己带去的书差不多全读完了的时候，没书可读的危机便渐露端倪——无聊感第一次难以排遣了。

60年代末70年代初的陕北，一个县都只在县城有一家新华书店。我们村离宜川县城有75里路，去一趟十分不易。即便是"百年不遇"地得到一次进城的机会，好不容易翻山越岭赶到了县城，可走进书店一看，立马就会叫你大失所望——除去当时流行的几种充满八股调的小册子以外，可以说没有一本真正的书。

买书无门，想要继续读那些值得一读的书，就只有找外村的同学借。

借书也有个由近及远的过程，先是走个三五里路，在本大队的几个村子里借，记得曾借到陈原先生著《书林漫步》、德拉伯金娜著《黑面包干》。接着是在本公社范围内借，最大的收获是在史庄头村借到一本《俄国人并非如此》，系德国人君特·施特科维乌斯著，读后令人大开眼界。这时借书就得跑二三十里路了。再往后，随着同学们横向联系的增多，又开始向外公社的同学借，那路跑得可就远了去了。

举一个跑200多里的例子吧。

1970年秋，我被派到延（安）宜（川）公路上做工修路时，在英旺公社石皮村向高台、何涛河两位借到一部《第三帝国的兴亡》，系世界知识出版社1965年出版的"内部书"。由于"文化大革命"期间"打砸抢"、烧书之类的许多现象与威廉·夏伊勒笔下的30年代德国颇相似，我一下子便被吸引住了。

我一边读一边长篇大论地做笔记，偏偏这部书的篇幅奇长，仅上卷就有800多页，比一块砖头还厚。因此尽管我每天一下工就读，一读就读到半夜三更，临离开石皮村时也还是没能读完。我只好硬着头皮向涛河君说明：想带回下熟畔村去读。涛河君沉吟半晌方才答应，他叮嘱说，此书也是借来的，带走可以，但要绝对保证安全不能丢失；书主眼下不在，一个月后他会亲自去取，届时一定要与书主当面交接。

石皮村离下熟畔村大约有120里路，我背着沉甸甸的《第三帝国的兴亡》，乐颠颠地跑了120里回到村中。我读完后，钟年年、钱家琪，还有两位女同学吴雅洁、刘继红也读了，大家都颇有心得。

过了些日子，书主果然来到我们下熟畔村取书。也真把他难为得太狠了，为取此书他来回竟跑了200多里路！

这件事距今已有40多年，我仍不能忘怀。对书主——一位连名字都忘了问的好同学，我只有长久地抱着深深的歉意和敬意。

1971年1月，我与宜川县的100多位青年一起，应征入伍到新疆当了兵。后来，我逐渐走上了研究历史、军史的道路。20多年来，我协助多位开国将军整理、出版了回忆录；编、著了《开国大将》、《开国上将》、《李达画传》、《在征程中》、《宁都起义纪实》、《出塞儿男》、《说皇道帝》、《逛旧书店淘旧书》、《游寓他乡记淘书》、《读书淘书藏书记》、《微型小说101》、《世界军事名人邮票800枚》等书；撰写了《大将徐海东》、《宋任穷》、《李井泉》、《独臂上将贺炳炎》、《陕北名将王兆相》、《开国将军王尚荣》等文献纪录片的脚本；还担任了《神府红军游击队》、《决战淮海》、《回望硝烟》、《为了新中国》、《百年辛亥》、《不能忘却的伟大胜利》等影视片的军史或历史顾问。回想起来，这一切，都是与我当年在宜川的窑洞中读书打下了基础分不开的。

◈ 苦乐年华——我的知青岁月

我的手风琴

范 建

1969年初,我们从首都北京来到志丹县曹家沟生产队插队。当时,离春节已经很近了,村里的人忙活着磨豆腐、做稠酒,准备年茶饭。

我们的到来,让这个偏远的小山村一下子热闹了起来。乡亲们把我们当稀客。因为这个村子很少有外人来。在这寒冬腊月,忽然来了一群北京娃,他们感到很新奇,也很意外。老乡们在私下拉话说:"这些娃娃为什么要从北京到这个穷地方来受苦呢。"尤其当我们将从北京带来的塑料布、懒鞋、雪花膏拿出来时,他们都围上来观看,感到很新奇。

我从北京起身时,就带了一架手风琴。这是一架普通的手风琴,只有48贝司。我那时非常喜欢音乐,没事就拿着一本手风琴教程在反复看,慢慢就拉出了一点明堂。不过,当时拉的是带有时代烙印的红色歌曲,人们听得最多的是《国际歌》、《大海航行靠舵手》、《毛主席的战士最听党的话》。后来,一些抒情歌也能唱了,最著名的就是《我爱五指山》、《北京颂歌》。

我用手风琴拉着这些曲子，一些村民围过来看。他们问我："这是什么东西？像风箱一样，一拉一推。"我告诉他们，这个乐器叫手风琴。

曹家沟虽然地处偏远，但村子里有能人。有的是种菜能手，有的是种地的老把式，还有一个名叫郝玉英的后生是唱歌的能手。他当时也就20多岁。听他唱歌，让我们感受到陕北民歌的魅力。用现在的话来讲，他就是当地的民歌王。他唱的陕北民歌高亢、有韵味。郝玉英还有一个本事，就是会现编歌词，我非常佩服他。

春节到了，大队的知青要在公社的会议室里与老乡们进行联欢。大队里还有村民会唱陕北民歌，有的会唱眉户，有的打着腰鼓扭陕北秧歌，还有的吹着唢呐；知青们有的唱京戏，有的跳舞，还有的唱歌，大家聚在一起联欢，其乐融融。

我们村的知青也排练了一首歌，让我用手风琴来伴奏。没想到，我刚一上台，手风琴的背带断了，这让我感到十分尴尬。我赶紧找了一根绳子把断了的背带系上，才开始重新拉了起来。歌唱完了，但我的心里很郁闷，怎么到关键的时候掉链子了呢？

很快到了年底。村里的其他知青都返回北京去看望父母，而我的父亲在干校，不能回京，这样，我也就不想回去了。在漫长的冬日里，我除了按时上下工外，没事的时候就拉手风琴。我把从家里带来的一本《红太阳颂》的歌本从头拉到尾，又从尾拉到头。由于受情绪的影响，有时，我会把一首欢快的曲子拉得无精打采，有时一首挺抒情的曲子让我拉得节奏强烈，让人听着都别扭。手风琴有时成了我在插队时的出气筒，有时又是我的知音。

入夏之后，我连续锄了几天地，人晒黑了，胳膊上还脱了皮。这时，我们期盼老天能下一场大雨，这样，我们就可以歇工了。可是，老天爷似乎故意与我们斗气，偏偏在夜里下雨，白天晴空万里。每当在早上听着队长喊"出工了"，我们只好拿起锄头到地里去干活。

过了好几天，好不容易盼来了一个下雨天。我们哪里都不去，大家天南地北地聊着听来的新鲜事，或者给家人写一封家书。我背起那架手风琴，拉起自己喜欢的歌曲。窑洞里，不管男生还是女生都喜欢跟着唱。在没有卡拉OK的年代，在娱乐活动贫乏的年代，唱唱歌曲，解解闷，算是我们的一种选择吧。

那时的男知青与女知青连牵个手都让人觉得是大逆不道，更不要说谈恋爱了。可是，在唱歌的事情上，知青们似乎心有灵犀一点通，越唱越起劲，一唱就没完没了。有的时候，唱一上午，大伙儿还不觉得累。看来，歌声对人们是一种精神支撑。

当男知青与女知青发生矛盾的时候，唱歌也成了斗嘴的一种方式。男知青唱着"下定决心，不怕牺牲"，女知青就唱现代样板戏；男知青们唱《雄伟的天安门》，女知青们就唱《南泥湾》。双方你来我往，互相较劲。唱不动了，大家又安静地坐下来。这个时候，我就拉起了苏联的一些老歌，《莫斯科郊外的晚上》、《山楂树》、《小路》、《共青团员之歌》等。这些百唱不厌的老歌，又让我们回忆起难忘的少年时光。男知青跟着琴声唱着,女知青也在一边和,轻轻的琴声伴着轻轻的吟唱,让我们又浸入对北京、对亲人的思念中。

曹家沟的知青经过几轮招工,许多知青都走了,我拉琴的热情也减了。琴声让我陷入了深深的苦恼之中。

1972年,我成了一名工农兵学员,我的琴又在大学里拉响。大学毕业以后,又回到志丹,在旦八中学教书。我的手风琴又在学校里回响。我拉起欢快的手风琴曲,和学校的师生一起度过每一个快乐日子。学校的领导希望我能组织一场大型歌唱活动。于是,我带着学校的学生,排练了《长征组歌》,各个声部都有合唱,这在那时,是很少见到的。我们利用业余时间,仅仅排练了一个月,就在全公社的一次大会上进行演唱。当然,我还是拉着心爱的手风琴。

在教书期间,我听到一些好听的陕北民歌,就记下来,然后,休息时间试着伴奏。一曲曲陕北民歌在手风琴的伴奏下,飞出窑洞,飞向田野。

2009年春天,我回到曹家沟。村民们见了我,仍然能叫出我的名字,还问我现在还拉不拉手风琴。我说:"还拉。这辈子恐怕是离不开手风琴了。但我最大的心愿是:我想站在曹家沟村口的那棵大树下,为村民们拉上一首《走进新时代》。"

借 书

鲁丽娜

我们在插队期间,自然没有星期天。除了过春节之外,队长天天打钟,社员天天出工。只有遇到下雨和下雪的日子,社员们和知青才能歇息一会儿。虽说这种日子不多,可到了这一天,该怎么打发光阴呢?这还真得动脑筋来好好想一想。

刚到村子那阵,一遇上雨雪天气,打扑克是热门。知青和村里的年轻人凑在一起,有打"百分"的,有"拱猪"的,也有"争上游"的,大家兴高采烈地在一起玩,别提有多带劲。可盛况难久,三五回之后,多一半知青将兴趣转移到下象棋、跳棋和军棋上。三年过去之后,大家对这些消遣也都没兴趣了,于是,扑克牌住进了皮箱,棋盒上落下一层灰尘。

忽然有一个雨天,大家又聚在一起。男知青有的懒洋洋地靠在炕头,有的叼着香烟对雨沉思;女知青呢,你打毛线活,她在编网兜。

"真闷得慌,太阳快点出来咱继续干活去吧!"有的知青在连阴雨天里有些待不住。这时,不记得是哪位同学说了一句:

◆ 借 书

"要是有本好书看就太'盖'了！书到用时方恨少。唉，我怎么没在离开北京时，多带一些书来呢？"谁料，这句话竟拨动了大伙儿的心弦，一时间，大家将话题都集中到书上来了。

"真可惜，'破四旧'时，我家的书烧了有百十本。其实，那些书并不是邓拓和吴晗写的！"

"1967年那阵，你们打派仗，我在京逍遥，三天两头往北京图书馆跑，什么书都翻着看过，真带劲！现在，北图关了门，回北京也进不去了。"大家七嘴八舌地开说了。

"前天，我上大队部领知青补助粮，无意中看见桌上有一本《林海雪原》。可书页被大队干部一片接一片地撕下来卷'大炮'抽！"知青点的"点长"黄立发又接着话茬说。说完，他沉默了片刻后，转过身对另外一名知青说："秀才，把你箱子里的书拿出来让大伙看看。"

"秀才"是李卫东的绰号，他本名李孝忠。他在学校时功课不错，作文尤其棒，说话也经常引经据典，看来，课外书读了不少。可他出身资本家，1966年，工作组刚刚撤走，就有人贴了他的大字报，说他是走"白专道路"的典型，还要斗他。吓得他烧了书，改了名。李卫东在人多时不多说一句话。插队两年多，他干农活不要奸、肯下苦。见黄立发与他要书，他便说："书倒是有几本，可不知有没有问题。"没等他说完，黄立发又接过话茬："有什么可怕的，当年斗你的同学一个也不在。我、孙惠玉、周金持哪个不是帮你说好话的。快把书拿出来，有事我兜着。"

李卫东不大情愿地掏出钥匙，打开箱子，拿出一摞书。大家立刻围了上去。这时，胆小的李卫东又发话了："哎，吴强可是黑线人物,《红日》得批判着看;金敬迈好像也出问题了,《欧阳海之歌》也不是正面作品了。"还是高中的林雪梅水平高,她看见李卫东这么胆小,便说:"毛主席说'毒草也可以肥田',关键是读书人的立场和思想呀!"这话一说,气氛马上就变了。自从有了这几本书之后,知青们打牌的少了,下棋的少了,打毛活的也少了。有的同学干了一天活,晚上还非得看一会书才肯睡下。这天夜里,我拿起《欧阳海之歌》看了没几页,困意就上来了,迷迷糊糊一觉醒来,天已大亮,只得去山上劳动。临走时,我带上书,决定在歇晌时到地头再看。好容易到了休息的时候,刚翻开书,李卫东就走过来说:"别在这儿看呀,当心惹麻烦。"我说:"你还不如一个女生能经住事。出了事就说是我的书。"我把他打发走,又捧起书看得津津有味。

"干活儿"——队长一声呐喊,我恋恋不舍地收起了书。可好景未长,不到一个月,李卫东的八本书已在每个知青中传阅了一遍。往后怎么办呢?

"黄立发,你跟大队说说,从安家费里抽出点儿钱,给咱买些书看看。"我给他出点子。

"哎,不行呀,大队干部忙得要死,哪有工夫管咱们看书的事。再说,他们给你买,书店里也没有呀。去年,我跟着拉煤的车到过永坪,看到新华书店里除了几张年画之外,都是清一色的'红宝书'。"

如果一直没有书看倒也罢了,可你一旦看了几本之后,就像上了瘾,越看越想再看。没有书看,就像缺了点什么似的。

苍天不负有心人,好时光硬是让我盼来了。一天晚上,房

◈ 借　书

东刘大娘新过门的儿媳妇翠花，找我来借手电筒。想不到她还是高中生，文化水平不低，年龄又相仿，我俩就拉呱起来了。一回生，二回熟。刘大娘疼媳妇，一收工就不让翠花再干家务，加上又没小孩，翠花晚上没事常往我这儿跑。言者无意，闻者有心。这晚上，我获得了一条很有价值的信息。原来，翠花的娘家在槐树堡，那里也有我们学校的插队知青。其中有个大姐姐叫俞慧聪，她带了不少书。

"有这样的好事？"我一拍大腿就蹦了起来。"你怎么啦，那么高兴？"翠花都有点吃惊了。

"是这么回事，等你哪天回娘家，帮我给俞姐姐捎封信。就说我想跟她借几本书看。"

好事多磨。翠花回娘家那天，偏偏遇上俞慧聪到县上开会去了。翠花只好将信留下，一个人又回到婆家。眼看到麦收大忙时节，翠花没空再回娘家，只好等秋后再说。麦收后，我连累带热，病倒了，浑身难受。忽然一位大嫂走进窑洞，说："丽娜，是你的信。"我当时浑身没劲，可一看到信，眼前一亮。拆开信一看，只见几行娟秀的字体似在散发着一种温馨："没有见面的妹妹，欢迎你到我这里来借书。不过我比较忙，不总在队里，最好你能在9月1日以前来，以后，我可能到县里参加现代戏学习班。"俞大姐真是个有心人！我心里一阵欣喜，精神头也上来了。

过了麦收，又要种玉米。接着，北京驻队干部又组织了一个来月的学习。这段时间的学习，更加助长了我看书的积极性。有一天打开半导体，方知已是8月25日了。我得快点动身去找俞姐姐，要不然的话，她又去了县城，还不知何日才能回来。

次日,我向队长请了三天假,书包里装上几个馍,又抄了一根木棍,一清早就上路了。

虽然从我们村到槐树堡有七八十里地,可以说是路途遥远,但一想到能看上好书,就顾不上那么多了。人逢喜事精神爽,插队三年多了,我还很少有这样的雅兴欣赏一下大自然的风光。走在路上,只见一条清澈的小河潺潺流过,梯田上已被尺把高的玉米覆盖。走着走着,间或也能看到几只粉蝶时紧时慢地追逐嬉戏,小鸟也在身前身后欢声啼叫。忽然,我看见刘大爷从山坡上走下来。他关切地问我:"你一个人上哪去呀?"

"槐树堡。""那可远着呢。中间还隔着豹子川,沟深坡陡,大爷不知道你出远门,要不要送你过沟?"

"没事儿,大爷,我拿了棍子,怕什么!"

我出村都快三小时了,一路上太阳高照,热得我汗水淋漓,嗓子发干。谁知没一会儿,天就阴下来了,不到半个小时,天就变得一片阴暗。

"要下雨,得快点走,找个村子避避雨。"我边想边加快脚步。走了大约有二里路,忽然看见路边一块大石头,上面写着"豹子川"三个大字,还画了一个箭头。往前又走了几十步,就到了沟边。这条沟又宽又深,到处长着野蒿和青藤。大路到此,绕着沟边蜿蜒而下。而另一条小路大约只有一掌宽。拿出翠花画的路线图一看,上面没有标小路。可要走大路足足要多走十来里。望着那条大沟,迎着猛然刮起的一阵凉风,我知道一场大雨在即,便没有多犹豫,就离开大路下了沟。刚往沟里走了不到十分钟,黄豆大的雨点便倾注下来,不一会,就把我

◈ 借 书

浇了个透心凉。好容易走到沟底，我一手拄着打狗棒，一手揪着荒草，在泥泞的坡上踩出一溜溜小坑。忽然间，我联想到过雪山草地的红军战士，我对这种联想感到有些可笑，但这种联想真的为我增添了力量。

我本来对这一带不熟，天又渐渐黑下来，心里不能不着急。这到底走到哪儿了？远远看见一位大娘，我赶忙跑过去问路。还好，这一翻沟，可以少走十五里路。过了小河，再往前走二三里，就到槐树堡了。可当我走到河边，却发现没有桥。原来，人们怕山洪冲走木桥，就临时把桥拆了。大沟都翻过了，我还怕区区两丈宽的小河。凭我插队的经验，陕北的河不会有多深。一脚踏进河去，河水比我想象得要深一些，但也仅仅齐胸。上了岸，我觉得大功即将告成，就使劲地往前跑。跑了没一会，就听到村口狗叫的声音了。

还真巧，俞姐姐就住在离村口不远的窑洞里。我说明自己的身份后，她又惊又喜，还疼爱地说："我的好妹妹，为了借几本书可让你吃苦了。"她一边找来衣服让我换上，一边又去做饭。我当时心里只想早早看到书。吃完饭，俞姐姐搬出三大堆书，我顾不上同她多说话，便只管一本接一本地看。俞姐姐看我入迷的神情，便笑着说："难怪高尔基说：'发现一本好书时，就好像饿汉一下子扑到面包上。'"当我找出《简明哲学辞典》、《文选》、《中国通史》这几本最需要的好书时，我已经困得不能自持，就很快地躺在书堆旁边，甜蜜地进入了梦乡。

书之风波

张圣地

退休了，闲来无事整理旧书。无意中发现一套书页发黄并散发着淡淡霉味的大仲马的名著《三个火枪手》，我眼前一亮，赶紧再翻，居然又发现了一本旧版司汤达的《红与黑》。看到这两本尘封已久的书，我有一种老友重逢般的激动，不禁想起在陕北插队和工作时与书有关的往事。

1969年的隆冬，我随着上山下乡的知青队伍从北京来到延安地区甘泉县插队落户。记得是清晨，我们从铜川下了火车，提着行囊，挤上一辆解放牌卡车，顶风冒雪，沿着西延公路向北挺进。车子戴着防滑链，颠簸在漫长的旅途中，于当晚掌灯时分到了甘泉县城。在一所中学的操场上填饱了肚子，便三个一群、两个一伙地聚在一起。记得，当时有人指着远处星星点点的灯火喊道："嘿，看这县城的楼还真够高的！"说者和听者都挺认真。天明起来才知道，昨晚上是看走了眼了，那是洛河对岸山上高低错落的土窑洞啊。早饭后，随着一片呐喊声，知青们开始按生产队分片集合了。

书之风波

"魏家沟的学生娃把行李装上!"听见吶喊,八男四女,共12名知青七手八脚地把自己的铺盖行李装上一辆驴车,由队里派来的魏大叔用粗麻绳捆好。一干人便随着驴车,踩着封冻的洛河迤逦而行。

县城离魏家沟60华里,是日,雪住风停,艳阳高照。起初,大家兴致还好,一路说笑,走到后来就感到有些困乏,只顾着低头赶路,还一会儿嫌小毛驴走得慢,一会儿又觉得冰河上的反光刺眼。我摘下眼镜,揉了揉有些酸痛的眼球,盯着远方的一抹云彩在看。突然,听见"啪"的一声,定睛一看,是一本书从驴车上的行李堆中滑落到冰面上,我叫了一声"不好",心便狂跳起来,赶忙跑上前去捡起那本书,连书名都没顾上看就揣进怀中。邻近的几个知青问道:"是你的吗?什么书?"

"看看还有没有别的东西要掉下来。"有人在提醒。这时魏大叔就解开绑绳查看究竟——糟糕!我一路上担心的事终于发生了,我那个装着几十本书的薄皮箱子因太沉重,加之长途颠簸就开线了,还有一本托尔斯泰的《复活》已经从裂缝中露了出来。我赶紧把它塞回皮箱中。魏大叔又另取了一条细绳把箱子临时加固了一下,一干人又重新启程。

此后,一路再也无心谈天说地,总觉得别人会因我刚才的失态而起疑,不定哪天东窗事发,就会逼我交出这些宝贝。我在心中默默罗列着清单,好像马上要与它们诀别似的。这些外国名著在"文革"中统统被视为资本主义的毒草,特别在"文革"中心的首都属于绝对的禁书,不准出版,不准出售,不准借阅。上面的书,拿出哪一本儿也够我喝一壶的。可以想见,我当年救它们于水火并转移至边远地区是冒了多大的风险。然而，阅读给苦涩的人生带来的如饮甘霖般的惬意又让我怎能割舍这些书呢？

我担心的事并没有立即发生。知青们在依山傍水、相对富足的魏家沟，和当地农民一样，开始了日出而作、日落而息的农耕生活。村里的人，无论干部，还是老乡，对我们既关心且好奇，特别是逢年过节或者因天气歇工的时候，同村和邻村的老少爷们，就会聚集在我们的窑洞里，抽烟谝闲，问这问那，还会把好吃的东西端来给我们尝。我最喜欢喝白队长家的自酿稠酒，醇香爽口，赛过我所品尝过的名酒佳酿。房东白尚彩大爷给队里拦羊，出来进去，常见我和同住的徐棣窝在炕旮旯里看书，有时点灯熬油到深夜，他便有些好奇。赶上有一天下大雨，他早早收了工，提前把羊赶回圈里，路过门口，又见我们在看书，就径直走进来问："书上有些啥嘛？"白大爷不识字，我顺手抄起一本世界地图册递给他，告诉他世界各国都在这上面，放大了还能看见咱魏家沟呢。他似乎很感兴趣，一边翻看一边问。

山中无历日，只知春和秋。日子过得单调而枯燥。尤其是繁重的体力劳动，使我感到疲惫，思乡的愁绪也时常在深夜泛上心头。那些日子，真得感谢这些书，是书中五彩纷呈的世界帮我走出了心灵的寂寥。熬过春荒，迎来了盛夏。一天傍晚，白大爷突然匆匆走进来嘱咐我："娃，好生把你的书藏好，怕有人要整饬你哩！"说罢，就转身走了。他的话不多，但我听懂了，也马上明白是那些平日里不投缘的知青搞的鬼。幸好我早有预案——要紧的书都藏在粮食囤底下，所以并不慌乱。不

◆ 书之风波

一会儿，组长来通知：吃罢晚饭到书记家开会。当晚，王坪水坝的电机又出了故障，书记家没电，好像是点起一盏汽灯，窑里一股煤油味加旱烟叶子味儿，呛得人直咳嗽。惨白的汽灯把人影放大了投射到墙上，晃得让人眼晕。大队副书记魏荣山照例读了几段毛主席语录之后，书记贺广魏便宣布开会。他先传达了县级四干会精神，又布置了抓革命促生产的任务，然后话锋一转说："最近，咱们知青里有人看不健康的书，人名和书名我就不点了，组织都掌握。有人反映到公社，上面让查一下。是谁，明儿带上东西来家里来找我。散会！"众人低语着涌出了书记家门，各回各家。那个内鬼故意从我身边擦过，嘴里还怪腔怪调地哼着样板戏——"这个女人不寻常……"

　　第二天刚吃罢早饭，贺书记就掀开门帘走进了窑洞，笑着对我说："娃呀，你都带了些啥书？叫我验一下，省得有些人瞎个嚷。哎，出门在外不容易呀。"我一听这话，眼泪差点掉下来。我连忙拖过那只装了几本工具书和《毛选》的破箱子，打开让他检查。他略瞄了一眼，翻也不翻，随手就盖上了，说："都是些红皮皮书嘛，收好收好，再不要给人乱看！"又过了几天，房东白大爷对我说："娃，莫怕，那事叫书记压岔了，你又没偷没抢，我就不相信，看书还有罪？"我心想：魏家沟人虽身处穷乡僻壤，目不识丁，但他们通情达理，良善淳朴，比那些大城市里的造反派、迫害狂们不知强多少倍！贺书记等村干部们的良知和智慧给我留下了终身难忘的印象。

　　光阴荏苒，一晃到了1973年。县文艺宣传队解散后，我和宣传队另一个名叫陈富强的知青被分配到县药材公司工作，而且同住一间宿舍。宿舍是一间不到八平米的小平房，两张单人床并到一起，占去大半，再放一张写字桌和一个洗脸架，挤得满满的。虽是陋室，但能和同样爱看书的朋友朝夕相处，也是人生的一件快事！

我们药材公司的斜对门就是县大礼堂兼影剧院。平日里，影剧院放映的片子除了八个样板戏，过来过去就是《地道战》、《地雷战》、《平原游击队》，偶尔放个《逆风千里》还算是批判片。记得，有一次延安组织干部看内参片，是日本的《山本五十六》、《啊，海军》和《虎、虎、虎》，都是"二战"题材，炫耀日本帝国军威的。行署给临近各县领导干部发了些票，我搞到两张，一大早就和陈富强搭上顺路的大拖拉机，赶往距甘泉90华里的延安去看这几部片子，连夜返回。这三部令人耳目一新的电影，也成了那段日子里，我们说不完的话题。记得当时正值春夏之交，一天，住在隔壁宿舍的老田通知我去离县城40华里的东沟，落实中草药种植事宜。在县城待腻了，乐得出去散散心，我背上挎包，骑上自行车就上路了。天刚擦黑到了东沟，跟大队接洽后，队长满口应承，工作进行得很顺利。那年头，只要队干支持，一声就能喊到底，叫种啥就种啥。我跟队长划定了地块，又向有关人交代了籽种、栽培技术等事项，第三天吃罢晌午饭就打道回府。我本想公司的头儿会夸我工作效率高，不料，一见陈富强，他兜头给我浇了一瓢凉水——他向我借的《牛虻》那本书，被老田抄走，交给甄主任了，而且已经知道书是我的。"孬种！没本事还不省事。"我熊了他一句，转身就去找甄主任。甄主任的办公室跟我们住的仓库院隔一条街，我踯躅前行，想着对策：

❖ 书之风波

曾几何时，还被列为青年必读的革命书籍，怎么到了"文革"就成了禁书？这个问题以前还真没好好想过。19世纪英国女作家伏尼契夫人写的这本书，是一部讴歌爱国主义的名著，生动地描述了男主人公亚瑟由一个崇拜教父的单纯青年，在经历了无数坎坷和感情折磨之后，成长为一个成熟而坚定的革命者，最终为崇高理想而献身。此书曾鼓舞了几代热血青年。有了这个思路，我便觉得柳暗花明，平添了几分勇气。当我走进了甄主任的办公室，他正在翻看我的《牛虻》，确切地说，他正在入神地看亚瑟跪在女主人公琼玛裙下诉说衷肠的插图。他见我走进来，竟然有些慌神并语塞："噢，你回来了？东沟那边怎么样？"没等我回答，他脸上三角区的肌肉抽搐了几下，突然提高了嗓门："你看看，你都看了些啥书！这男男女女的，搞些啥嘛！"

"甄主任，我觉得这书没什么不好的，既不反动也不黄。"

"还要咋黄！你自己看看。"他在那页插图上狠狠地戳了几下，随即啪的一下甩给我。旧书不经摔，封面立马掉了，露出了扉页，扉页上几行黑体字映入我的眼帘，这几行字竟然是马克思肯定这书的评语。哈，我正为秀才遇见兵、有理说不清而发愁，"祖师爷"现身说法，出手相救。沉吟片刻，我抬起头正色道："甄主任，这书摔不得！上面写着伟大导师马克思的评语。"

"啥？马克思读过这书？他咋说的？"甄主任脸上的肌肉又习惯性地抽搐了几下，茫然问道。

"您自己看，不用我念吧。"我恭敬里透着几分揶揄，说罢，转身轻松地走出了甄主任的办公室。

❖ 苦乐年华——我的知青岁月

　　这是我在"文革"岁月中因书而经历的又一次风险,幸亏发生在甘泉这个民风质朴的偏远地区,否则,我人生的前途和命运又将会如何呢?这只有天晓得!

❖ 窑洞小学

窑洞小学

姚　丹

　　人一生要经历许多事情。但有的事很快就忘了,有的却永远被珍藏在心底。

　　40多年前,我在离枣园革命旧址不远的一个小山村插队。村前流淌的那条河就是大名鼎鼎的延河,村子的后面是环绕的大山,一座挨着一座,把村子围得严严实实。小山村很封闭,也很穷。村里的娃娃们,每天要背上干粮,到延河对岸的一所小学去上学。当时,延河上没有桥。有时,河里发洪水,学生过不去,便只好待在家里,等洪水退去后才能去上学。有时,一耽误就是好几天。

　　我们大队的书记和队长都是有苦水的庄稼人,他们尝够了没文化的苦头,就盼后代们能通过学文化有个出息。在队里劳动快满一年,我对各种农活干得也比较顺手,可突然有一天,队长见了我,半开玩笑地说:"姚丹,现在给你派一个'重活',你肯定能拿下来。"我问:"什么'重活'?"队长又笑着说:"这活虽不重,但费心。你给咱队上办一所学校。"

办学校？我哪有那么大的能耐。可一想起孩子们上学的艰难，我还是将这件事应承了下来。

当时，队上没有校舍，便临时找了一孔旧窑洞。窑洞又小又湿又暗。队长领着我把窑洞清理了一下，并配了一些桌子和凳子。这些桌凳缺胳膊短腿，有的还用石头垫着。队里给砌了一块石灰墙，刷了些锅底黑，学校就算有了。来上学的学生大大小小，程度参差不齐，最大的比我小三岁，最小的五六岁。再看看他们的脸，好像好长时间没有洗，抹得五麻六道。特别是女孩子的头发上，白花花的生了许多虮子，让人看着就堵心。刚开学的第一天，我讲的是"文明卫生"，我把卫生常识告诉他们，为的是让他们培养良好的卫生习惯。接着，我在学校旁边支起一口大锅，烧了两大锅热水，用自己的脸盆、毛巾给孩子们通通洗了一遍，又找来推子，给男孩子理了发。我理发的手艺不高，但起码解决了孩子们蓬头垢面的问题。陕北人常说："圪里圪崂种的好糜子，山沟里出的俊女子。"这话一点也不假。拾掇干净的娃娃们，一个个俊艳艳的，一点也不比城里娃娃差。

从那天起，寂静的小山村热闹了起来。孩子们的笑声、读书声，给小小的山村增添了不少生机。开学没几天，又来了许多学生，眼看着窑洞里容纳不下了，队长便找到其他村干部商量，在我的提议下，村里又抽调一些好劳力，在村中间的一块空地上又箍了三孔新石窑，窑洞宽敞又亮堂，前边还有一个不小的窑畔，可供孩子们活动，桌椅也更换成新的。后来我们又自己上山伐了一棵树，在沟底的平地上整理了一块操场，书记亲自到一家工厂联系，做了一副篮球架。两年的光景，我们就将学校办得有模有样。孩子们再也不用淌河涉水,去河对岸上学,家长们也安心了。

　　农村办学很不容易,没有资金来源,只有自己养活自己。我带着孩子们进山采药,晒干了卖到医药公司;我们还试着养蚕种树,帮助生产队干活,麦收了去拾麦穗,秋收了去掰玉米,通过劳动,还能给学校记点工分,增加点收入。农村的老师也不像城里的老师那样,该教什么,分工明确,而是一个人教六个年级,复式教学,语文、数学、音、美、体、画全部承包。白天累了一天,晚上还要到农户家,给没上课的孩子补课,回到窑里还得提水做饭,一天忙得马不停蹄。老师忙,学生也忙。他们除了要完成功课以外,还要承担许多家务劳动,实在不容易。

　　最使我感动的是,我第一次回京探亲,孩子们以为我再也不回来了,他们便拉着我不让走。我说我是去探亲,会回来的。他们不懂得什么叫"探亲",凭我怎么解释都不行。回家探亲的那一天,我半天走不出村口。队长还以为出了什么事,便带着几个社员赶来,看到孩子们有的拿着瓶子,有的端着碗,里面都装满了芝麻,这是山里最值钱的东西,给我装了大半面袋。队长和社员们连说带劝,把孩子们哄走,并送了我半里山路才止步。我望着孩子们的背影,一步三回头。"老师,你一定要回来"的呼声久久萦绕在我的耳旁。

　　农村穷,缺吃少穿,但最缺的还是有文化的人。我们这些文化并不高的知青,在农村人面前,已经是大文化人了!我在农村教了四年书,深切地体会到,乡亲们最尊敬的是老师和医生。农村节多,逢节气就是节日,他们总会按当地风俗,做点好吃的，每一次都要请我去，要是不去，他们便认为你瞧不起他们。所以，恭敬不如从命，只有把那份盛情留在心里。孩子们就更别说了，桃熟了的时候给你带来自家种的桃，梨成熟的时候给你拿梨，不吃就硬往你嘴里塞，那份真诚让人永生难忘。

前不久，听说公社的一些村干部去外地参观，路过西安，我跑去探望。见到他们，我如数家珍般地点着孩子们的名字和乡亲们的名字，询问村里的情况，他惊奇地说："过了这么多年了，你怎么记得这么清楚！"我感慨地说："这是我留下青春的地方，怎么能忘呢？"

听说老队长过世了，我很难过，能告慰他的是，我们一起用双手建起的学校如今还在，我教过的学生的学生又接过了教鞭继续为孩子们教学。是啊，人总是要走的，要流动的，只要学校在，我们的汗就没有白流。

40多年过去了，我想回去看看我的学校，看看那里的孩子们，那所窑洞小学里留着我青春的身影，也有着孩子们的梦啊！

　　播撒知识的甘霖
　　传递科学的薪火
　　让汗水不再廉价
　　让付出能有成果

　　知时好雨润山川
　　文明信使开先河
　　是英雄，必有用武之地
　　广阔天地，更能让人放开手脚

画前常忆殷切语

刘永耀

整整40年了,每次当我站在这幅宣传大办沼气的宣传画前时,我就会出神地凝视着这幅画,耳边就回响起一句亲切的话语:"人来到世上,就是要为人类办好事。"

这幅画,这句殷切的话语伴随了我的一生。

这幅画至今保留在延川县文安驿镇梁家河村一孔窑洞的侧墙上,虽然经过了40年的风雨剥蚀,但画面依然清晰可见。带着那个时代审美意趣的画面上,有以工农商学兵为身份代表的人物图像,这图像,展示出那个时代人民群众特有的精神气质。

1974年农历正月,我接到文安驿公社教委的通知,调我到梁家河小学担任校长。其时,习近平同志是梁家河的村支书,因工作关系,一来二往,我们彼此便有了相识,相互之间,直呼其名。当时,近平正在村上大力倡导办沼气,这在当时的陕北,算得上是一件新鲜事。此事的缘起是:1974年1月18日,《人民日报》刊登了四川省推广利用沼气的报道,近平读了这篇报道之后，便马上联想到：在陕北这样一个交通不便、缺煤少柴的地方，若能向四川那样利用沼气做饭、照明，利用沼气肥水来改善土壤，这种一举三得的好事情，为何不能引进到梁家河先搞个试点，然后再进行推广呢？他的这个想法得到延川县领导的支持，之后，近平与县上农业部门的三位同志到四川去学习"取经"。学习回来之后，延川县根据本县的自然条件和地理情况，把梁家河等四个村子作为办沼气试点。

对于这样一个新鲜事物，许多村民对沼气缺乏认识和了解。有一天，在和近平闲谈时，我问他："沼气是个啥东西？办沼气的好处在哪里？"他笑着对我说："在四川学习期间，我们了解到，沼气的用途很广泛，能用沼气产生的气体做饭，这样，既能节省燃料，免除村民上山搂草砍柴之苦，还能用沼气来照明。如果我们能将沼气在咱梁家河试办成功，对改善村民的生产生活条件有十分重要的意义。"

近平在延川县插队的几年间，对陕北农村生产条件的落后，对群众生活的疾苦，对这方土地的贫瘠十分了解。他在与我谈起办沼气的事情时，还有一个最现实的想法，就是想通过大办沼气来提高土壤的质量。有一次，他给我讲到在四川学习时，看到关于沼气的一个实验。他说："在同一块田地里，取出同样的土，用尿素水、河水和沼气肥水，将取来的土分别和成三个土块，在同样的条件下，让这三个土块干透。这时，你便能看到：用尿素水和成的土块要用力砸才能碎开；用河水和成的土块则稍一用力就能碎开；而用沼气肥水和成的土块，只要用手指轻轻一压便可粉碎。我们如果长期使用化肥，就会造成土地的板结，若使用沼气肥，则能大大改善和提高土壤的质量。咱陕北土地瘠薄，若能使用沼气肥，就能改良土壤，提高农作物的产量。推而广之，如果全世界都能使用沼气肥的话，既清洁环保，又改良了土壤，这是多么好的一件事。"近平见我听得忘情，又语重心长地对我说："人来到世上，就是要为人类办好事。"

当时，近平也就20岁刚出头，他能在梁家河这么一个小山沟里说出这样一番话，很是让我震撼。通过办沼气这么一件事，不仅让我学到了新知识，而且对习近平年轻时就有开阔的视野和高瞻远瞩的胸襟心生敬佩。他的一席话，让我受到鼓舞，我也开始积极宣传大办沼气的好处。

上一个世纪70年代初的陕北，贫穷、闭塞。地处黄河沿岸的延川县更是如此。要将沼气引进到这样一个穷乡僻壤实非易事。当时，有人就说：在陕北办沼气不行。四川暖，延川冷，沼气过不了秦岭。还有人断言：要是沼气能点灯、能做饭，除非公鸡能下蛋。村民们的这些说法，主要是缺乏对沼气的认识与了解，而要让村民们了解沼气的用途，一是要对沼气进行广泛宣传，二是要尽快建几个沼气池先使用起来，让村民们能眼见为实。

建沼气池需要沙子，可梁家河没有，近平就带领村上的几个青年到离梁家河15里的前马家沟去挖；建池需要水泥，可村里又不通公路，近平又领着人从文安驿公社往回背；没有石灰，他又组织村民办石灰场。经过20多天的苦心奋战，终于将沼气池建成。建成之后，经过装料实验，发现沼气池不够严密，有的地方漏水、跑气，后又经过修补和加固，在1974年7月中旬，沼气池终于产气，并点火成功。

一项诞生于蜀地的沼气技术，终于在黄河沿岸的延川县梁家河村试办成功。当消息在县上传开之后，梁家河的几口沼气池一下子变成了一个沼气宣传站，从早到晚，前来看"稀罕"的人络绎不绝。参与建沼气池的人详细地给前来观看沼气池的人介绍沼气土法制取的办法和利用沼气的好处，并一遍又一遍地给他们做使用示范。这时，人们看到，将沼气开关一打开，划一根火柴，灯泡亮了，比60瓦的电灯还要亮；再划一根火柴，灶膛内就窜起蓝色的火苗，用不了吸两锅旱烟的工夫，刚倒进锅里的三马勺凉水就冒开了水花。而更具深远意义的是：将沼气产生的沼液，用于耕地，使土壤的质量有了明显的改善，对提高农作物的产量起到了不可替代的作用。村民们亲眼目睹了沼气给生产和生活带来如此大的便利和好处，便家家开始积肥、挖窖建池。

一花引来万花开。梁家河的村民们自从用上沼气之后，家家户户再也不用点豆油来照明，做饭也不用上山砍柴当燃料。使用沼气既节能环保，又能保护山上的树木不被砍伐；既能解脱村民繁重的劳动，又能通过办沼气使村民的思想得到解放，使梁家河人的生产生活条件得到改善。村上的人都夸赞近平给大家办了一件大好事。通过实践，梁家河办沼气的技术日臻完善，时任延川县委书记的申昜，亲自带着县上和公社以及生产队的干部到梁家河进行观摩学习，并指示要进一步加大宣传力度，将这一民生工程做大做强，并在全县进行推广。

作为一项新生事物，要使办沼气成为人民群众的自觉行动，宣传和倡导工作十分重要。为此，近平希望我采用多种形式，加大对办沼气的宣传，迎接全省沼气现场会的召开。当年，我在延安参加过几个月的美术学习班，有一点美术基础。于是，我便毛遂自荐，想通过画宣传画的形式来推广办沼气。近平听了之后很是高兴，他指着他住的窑洞旁的一面侧墙说："将这面墙粉一下，先在上面画上一幅宣传画。"

说句实在话，我绘画的功底不深，但通过近平的讲述，我对办沼气很有热情。就这样，在他的鼓励下，我开始筹备、构思。可思来想去，脑海里还是一片空白。我又去向近平讨教，他说："要确定一个主题，这就是：要号召全国人民大办沼气。"经他这么一说，我似乎有些开窍。工农商学兵是人民群众的主体。当时还有一句口号是：工人阶级领导一切。于是，我的脑海里便浮现出这样一个画面：一个工人，手里拿着建沼气池的规划图纸，身边围着几位以农商学兵为身份代表的人物。就这样，在近平居住的那孔窑洞的侧墙上，我开始粉墙、搭架。因为这幅宣传画比较大，高2.4米，长达10.5米。起初，我只是用两根椽子绑了一个脚手架，人站在上面画，有些站不稳。近平看到后说："这不行。要画好画，心要静、手脚要稳。人站在椽子上摇来晃去，画笔就会抖动。"说完，他让村上的民兵连长石治山弄来一块长条木板，用绳子一绑，人站上去，如履平地，这样，画起画来，来回走动就方便多了。花了三天的时间，我终于将心中的构图移在了这面侧墙上，近平看了又看，满意地点头笑了，并鼓励我说："不错，画得不错。"画完后，画面两边还有些空白，我感到光有画，而没有一句宣传语，觉得有些不完善。这时，近平又说："就写上'自力更生、艰苦奋斗'八个大字吧。"我一听，马上在画的两边写下能体现那个时代精神的八个大字。

这幅画完成之后，我又在文安驿镇选了一个较为醒目的地方，画了一幅题为《使用沼气就是好》的宣传画，画面上站着一个农民，农民的肩头扛着一把木犁，身边是一片绿油油的玉米地，展现出丰收在望的喜人景象。紧接着，我又一鼓作气，在文安驿镇安家塬又画了一幅题为《自力更生、大办沼气》的宣传画。由于宣传工作搞得好，再加上延川县以梁家河为典型，使沼气的推广工作得到迅速开展，并取得了很好的成效。

我是延川县高67届毕业生，属"老三届"回乡青年。我家在文安驿镇依洛河村，与梁家河紧邻。我回乡劳动的那个年月，陕北农村的生活十分困苦，生产力低下，广种薄收，倒山种地，是当时陕北农村主要的一种生产方式。由于长期无限制地垦荒种地，使本来就十分脆弱的自然生态受到严重的损害。"发一回山水冲一层泥，种一茬庄稼脱一层皮。"再加上人张口要吃饭，灶火口要烧柴，牲口要吃草料，这"三张口"对自然生态的侵食，使陕北大地的生态越来越糟，绿色越来越淡。自办了沼气之后，"灶火口"被堵住了，农民很少再上山去砍柴，只要将沼气一点，马上就能将饭做好，而且既省时又卫生，对生态所产生的保护意义自然不言而喻。我个人深刻地体会到：北京知青来延安插队，给闭塞的黄土地带来了清新之风。他们是先进文化和现代文明的传播者。就拿当年办沼气这件事来说吧，当时，只觉得这是一个新生事物，可几十年下来，让我欣喜地看到，在梁家河点燃的办沼气的星星之火，而今已呈燎原之势。延安大办现代农业，尤其是通过养畜来建沼气池，用沼气肥促进苹果产业和棚栽业的发展，使沼、菜、果形成一种良性循环的发展模式。沼气肥育出的瓜果和蔬菜，无公害、纯天然，吃起来香甜可口，在市场上具有品牌效应。

　　近40年来，每次回到家乡，我都要在近平住过的那孔窑洞的侧墙前流连一番。望着那幅画，使我想起"人来到世上，就是要为人类办好事"这句殷切的寄语。这是一句朴素的话，又是一句思想内涵深刻、寄寓着远大抱负的话。每每想到这句话，我就会想，如果活在这个世界上的每一个人，都能来为人类办好事，哪怕每人只办成一件好事，那么，人生将会多么有意义，世界将会多么美好。也许，人在年轻时，会将一句励志的话语铭记一生，并将此作为人生奋斗的目标。多少年来，每次当我走到这幅画前时，我便想起在与近平相处的日子里，我不仅学到了知识，开阔了视野，而且树立起正确的人生观和世界观。我一辈子从事教育工作，对山区教育情有独钟。上一个世纪90年代，我在延川县教育局主管教学仪器期间，为了让学生们利用教学仪器来更好地学习，我经过反复研究和演习实验，发明了小数点移位演示器。演示器的发明和运用，对提高学生的数学学习能力给了很大的帮助。后经评审，获得了国家专利，受到国家教育部的奖励，并在陕西省举办的第三届科技交易洽谈会上获得银奖。现在我虽然退休了，但我时时以习近平所讲的"人来到世界上，就是要为人类办好事"的话语来激励自己。近几年，我又开始对节油器进行研发，想通过对这样一个器件的研制来更好地节约石油资源。人总是要有一点精神的。人在这个世界上活一回，总要做一些有益于人民、有益于人类的好事。尽管一个人的能力有大小，但只要有这种精神，人的价值就能得到体现。

　　1993年，时任福建省委副书记的习近平回到了梁家河。村民们得知这一消息后,无不欢欣鼓舞,奔走相告。村上的一位朋友打电话将这一消息告诉了我,我连忙从县城起身,赶到梁家河,想看望这位从山沟沟里走出来的"乡情故交"。

刚进梁家河村,村民们就说:"近平刚才还问起你哩!他和乡亲们相跟上到后村里去了,你赶紧过去见见咱近平吧。"村民们见了近平都直呼其名。正当我疾步朝后村赶的时候,恰巧,近平看过后村的群众之后,又往前村走,我们正好相遇在画沼气画的院子旁边。近平亲切地握住我的手,嘘寒问暖,很让我感动,感到有万语千言无法言表。他又问过我的工作和生活情况后说:"你看,当年画的办沼气宣传画都快成壁画了。"随后,他还和我在画前合影留念。当天,梁家河就像过节一样。村民们和近平在一起忆当年、谈发展,执手促膝,亲如一家,其情其景,令人难忘。

又一个20年过去了,当年画的那几幅宣传画历经风雨,已经出现掉色和脱落。但我却能在这幅画上深深地感受到:近平与梁家河的每一位村民的深情厚谊永不会脱落掉色;他的那句"人来到世上,就是要为人类办好事"的殷切话语已成为我人生的座右铭。我将决不辜负他的殷切期望,永远做一个对人民有用的人,一辈子为人民、为人类做好事、办实事。

用生命之根铸起的丰碑

宜志农

村民们起早贪黑、终日劳作,但付出与回报总是相差甚远;尽管当时将粮食亩产上"纲要"、过"黄河"口号喊得震天响,但土地似乎还是那么"吝啬",每亩地多产几十斤粮食都是难上加难。这个问题出在哪里呢?为我们种粮的人怎么连肚子都吃不饱呢?来宜川后峪沟插队的北京知青张革一直在思考着这个问题。

重返农村

时间推移到1973年9月,陕西省传达了周恩来总理回延安时,作出的延安要"三年变面貌,五年粮食翻一番"的重要指示。当时,共青团延安地委通知我们,要做好已经招工到武功县5702厂而今又自愿返回农村当农民的原北京知青张革的欢迎准备工作。这时,我才得知,张革去年招工之后,当他得知周总理提出要改变延安落后面貌的指示后,他坐不住了。他多次向厂领导申请要求返回宜川，完成他尚未完成的事业，让后峪沟的村民摆脱贫困。张革到达县里后，我们组织了全县团干部、团员代表、知青代表开了一个欢迎大会。在会上，我们听了5702厂的同志介绍了张革的事迹，张革也在会上发了言。会后，桌里大队的老乡们敲锣打鼓，把张革迎回了村。当时，全国的招生、招工工作已在延安展开，一些知青相继离开生产队，上了大学，去了工厂。此时的张革已经被招工，可他再次选择回乡插队，这件事，在当时的延安引起了不小的轰动。1973年冬，我和张革一起参加了团省委组织的参观考察团。当时，团地委书记张志清和副书记栗建国也和我们一起同行。一路上，我们参观了陕北靖边、山西大寨、河南林县红旗渠、郏县大李庄等地的先进典型。每到一处，张革都聚精会神地聆听、请教、记录，将这些先进典型一一记在心中。张革从工厂回来，二次返乡插队，肯定有他自己的想法。我个人体会到，他这次回来是要干一番大事的。当时的情况是：一些知青已经被招工，有的上了学，村民们的生活依然没有改观。知青插队时，曾给乡亲们以承诺，凡此种种，都给张革形成了一种无形的压力。然而，外表瘦弱的张革，心中一直有一个坚定的信念，他要为乡亲们闯出一条致富的路。

造福村民

回到村里后，张革被乡亲们选为后峪沟生产队长、桌里大队党支部书记。已经在这里插过队的张革，对村里的情况谙熟于心。俗话说：家有三件事，先拣要紧的办。民以食为天，张革首先从科学种植入手。根据后峪沟的地理、土质和气候情况，张革认为：村子穷，村民穷，只是一种表象。问题要往深处看，"穷"和"愚"是一棵藤上结的两个苦瓜。归结到底，是科学文化知识的缺乏，村民们不懂得科学种田。种田只是用"蛮"劲和"苦"劲。于是，他把目光首先盯在玉米和小麦两个主要农作物上。

那一段时间，抓玉米产量的提高，是张革日夜谋划的一件事。他选了 10 亩好川地，按照科学种植的方法，在播种前，给每亩地施了 5000 斤农家肥、100 斤碳酸肥和 50 斤尿素。一个雨天之后，他和村民在这个最佳播种期内，将选好的良种播进地里。几天后，玉米苗从土里探出头来。苗子长得壮、出得齐，张革和村民们心里充满了期盼。

定苗期到了，一亩地定多少株玉米，却在村里引起争执。一开始，张革给实验组的小王说，咱一亩地留 4600 株苗子。4600 株？一听这个数字，小王感到惊讶。后峪沟多少辈人，种一亩玉米只定 1800 株苗。小王满肚子的疑虑，他把这个数字告诉了村上几位种庄稼的"老把式"。这几位"老把式"一同找到张革说："这么多的苗子，长起来地都受不了。人老几辈传下来的就是不超过 2000 株，你怎么翻了一番还多。"大家你一言、我一语说个不停。看见大家情绪激动，张革也没作分辨，他拿出一本科学种植玉米的书，给大家读了一段专家给出的配肥比例与定株标准的结论，然后笑着对村里的几位老者说："我们村的玉米产量不高，主要原因就是在施肥和定苗上出了问题。大家让我照书本上说的先试试，秋后咱们再说。"乡亲们见张革这样坚定，便不吱声了。

常言说:"创新有波澜,人间有冷暖。"刚入夏,10亩实验地里的玉米齐刷刷地长了起来。谁知刚开始授粉,天就不停下雨,三天过去了,七天过去了,老天爷还阴沉着脸。张革一看这个情况,心里十分着急,这该怎么办?如果靠玉米自然授粉,就会出现许多空秆子,产量肯定上不去。季节不等人呀!到了第九天头上,天刚放晴,玉米出现了一些花蕊,张革便和试验组的队员们走进玉米地里,开始进行人工授粉。玉米叶子划破了他的皮肤,玉米花粉随着汗水流进他的眼里。他们全然不顾身上的汗水和脚下的泥水,不知不觉干了几天。

终于到了收获的季节,硕大的玉米棒子向人们展示着丰收的成果。10亩地,每亩产量都超过了500公斤,是原来亩产量的3倍。这个数字让张革都有些不敢相信,后峪沟的村民更是感到惊奇。10亩地的试种,改变了后峪村人老几辈的种植传统。

粮袋子问题解决了,钱袋子问题又摆在张革面前。后峪村村民祖祖辈辈种粮食,没搞过副业,一年到头,一个全工分的壮劳力分不到10块钱,家家穷得叮当响。于是,张革和村民商量,是否可以利用村前白河水落差,穿山打洞、引水发电。张革说:"咱们守着金饭碗,为何还要讨饭吃。"村民们听了摇头说:"穿山打洞不是一件容易事,咱们既不懂技术,又缺乏资金,太难了。"张革听后没有泄气,他从水利局请来工程师,经过勘察设计,拿出了规划图纸及预算,紧接着,他又从不同渠道向上争取资金。功夫不负有心人,第二年年初,建电站的资金终于下来了。随即,村上召开了村委会,提出了"大战500天,建成水电站,打造金饭碗"的口号。会议结束后,一场鏖战开始了。张革把铺盖背到工地上,从早到晚和村民一起抡大锤、点炮眼。长期的操劳,使他染上了严重的肺结核病,可他带着基建队忍着病痛,在山上大干。他嘱咐身旁的年轻人说:"要坚持干下去,不要停,后峪沟的电就靠咱们了!"。经过460多天的苦心奋战,终于打通了220米的隧道,筑起了40米的拦河坝、600米的水渠,一座150千瓦的水力发电站终于建成了。

发电解决了桌里大队和周围几个队的生产、生活用电,促进了全大队的经济发展。1979年,桌里大队农民人均纯收入提高到410元,实现了群众有粮吃、手里有钱花的目标。村里的乡亲们为了感谢张革,在村里给他立了一块碑。张革用无私奉献的精神,在重返后峪沟之后,兑现了给乡亲们的承诺。他这九年走来真不容易,在经历千辛万苦后,他终于实现了自己的夙愿,给后峪沟留下了宝贵的财富。

魂牵梦绕

1981年,张革被选送到北京农业大学经济系学习。在上学期间,他惦记着后峪沟的乡亲们,几乎每年都要回去一趟。1994年初夏,延安邀请北京知青重返延安,当时,张革帮我积极组团,联系了原在延安插队的116名知青赴延安考察。在重返延安的路上,张革对我说:他一直在联系,请林科院的专家为村里种果树,他还要给寿峰公社拉电网、增强电视接收信号,还要跑资金购设备等等。这期间,我听说他一直往返于北京和宜川之间,不停地为村里运送良种、出口销售良种的事忙前跑后；他还把村里患重病的乡亲接到北京找专家治疗，还组织村里的老乡到北京学习先进农业技术。1997年，听张革说，他要加大投资，在村上建一所现代化的希望小学。要把果树种植面积扩大到一万亩，要让全大队脱贫致富奔小康。1998年初的一天，我刚走出单位大门，碰巧遇见张革在农业银行门前，我问他最近忙些什么，他匆忙告诉我，他正在帮助村上做一笔贸易。看他忙碌的样子，我也不好再多问，就走了。谁知道，这竟是我与张革的最后一次见面。

生命的价值

1998年2月17日，我从朋友的电话中得知，张革因患脑淤血病逝，听到这个消息，我十分震惊。后来听朋友说，张革刚从国外回京，由于长期劳累，导致病发。张革去世那年才46岁。

张革的病逝，在知青中引起了不小的震动。在八宝山参加遗体告别仪式时，来了几百名知青和延安、宜川来的干部、老乡。他们把灵堂挤得水泄不通。张革活着的时候，许多人把他看成理想主义者，当他静静地离开了人世，人们这才发现，他是一个理想主义和务实作风的结合体。他生前做了许多常人所做不到的事情。为了实现理想，张革可以舍弃一切，他用自己的一生实现了生命的价值。

1998年8月，根据张革生前的遗愿，我陪着张革的爱人文雁，将张革的骨灰从北京送回了宜川。当我们到达后峪沟村口时，全村的老乡头戴白纱，抬着花圈，奏着哀乐，排着长长的队伍，迎接张革魂归故里。我们把张革的骨灰盒放进村里早已打好的墓穴中，此时，全村的老乡集体下跪，用当地最隆重的仪式给张革送行。有的老乡哭着说："张革，你总说你还要回来，没想到这次回来竟是这么一个回法。"说到此处，全场一片哭声。当时的那种悲痛场面，我一生从未见过，今天亲眼所见，我为张革生前的壮举所感动！我为后峪沟乡亲们对知青的大爱泪流满面！晚上按照当地的习俗，我陪着文雁和村里老乡们彻夜为张革守灵。看着灵桌前张革的遗像，我的泪水止不住地往下流。就在白天，我在村中央看见了张革给村里修的蓄水池，清凉的泉水清纯爽口；村庄前后一片片郁郁葱葱的苹果树、核桃树，晚上，家家户户灯火通明。如今，后峪沟村的乡亲们已过上了好日子。看着眼前的这一切，我真正理解了张革30年来坚持走自己的路的真正意义。他一生不哗众取宠，一步一个脚印，履行着自己的人生誓言。我心里默默地为张革祈祷：张革，你俯仰无愧天地，你是我们心中的楷模。你做了这么多的好事，你累了，你可以在九泉之下安息了。

　　当要结束本文的时候，我想起《怀念战友》中的一段歌词："当我永别了战友的时候，好像那雪崩飞奔万丈，我再不能看到你雄伟的身影和蔼的脸庞，亲爱的战友，你再不能听我弹琴听我歌唱……"此刻，我想把其中的那句"瓜秧断了哈密瓜一样香甜"的歌词献给张革，献给那些曾经在黄土地走出来的知青朋友——曾在清华大学经管学院任教的陈晓悦和写下《遥远的清平湾》美妙文字的作家史铁生……他们的生命虽已中止，然而，他们留下的创业精神、学术著作、文学作品就像香甜的哈密瓜一样，滋润着活着的人和下一代人。我还要把这

❖ **苦乐年华——我的知青岁月**

首歌献给那些我不曾相识甚至不知姓名的那些已经离开人世的插队朋友们。他们虽然没有碑文也没有著作，但在艰苦岁月里，他们付出了青春，把生命的"根"留在了延安的黄土地上。

我们村的科学种田队

朱果利

我们插队的那个年代,有在"农村'三大革命'中接受锻炼"这么一个说辞。何谓"三大革命",即阶级斗争、生产斗争、科学实验。今天,我来说一说这"三大革命"中的一项"革命"——科学实验。

我插队的地方在延安地区延川县。延川是黄河沿岸的一个贫穷县。那里山大沟深、多风少雨,人们倒山种地,广种薄收。为了吃饱饭,村民们起早贪黑,终年劳作,但依然难以温饱。我们来到村上之后,村民们把我们当"文化人"来看待。"三大革命"中科学实验的重担似乎无可置疑地要由我们来挑。插队的第二年,上级要推广科学种田,生产队便从知青中挑了三个人,由大队革委会主任、一个驻队干部和五个老贫农组成了一个科学种田队。

事情还得从那年春天说起。

春耕开始之后,村上为我们科学种田队划出了 50 亩地。我们决心要种好这 50 亩样板田。可是,刚开始送粪,就遇到一个问题：粪不够。按计划，样板田每亩地要施肥 1500 斤。可将担来的粪一测算，差了将近一半。村主任来到样板田里，他抓起一把黄土，意味深长地说："咱这里的土是好土，可就是缺肥。现在搞样板田，肥料差下近一半。我们要想办法。"

为了解决这个问题，晚上，大家在一起开了个会。会上你一言、我一语，这个说："向各小队要点茅粪。"那个说："茅粪不够用，用'九二〇'拌种怎么样？"讨论来，讨论去，想不出一个好办法。

驻队干部老刘看到大家讨论得热烈，便笑着说："'三个臭皮匠，顶个诸葛亮。'咱们科学种田队里有种了一辈子地的老农，又有知青来加盟，只要大家开动脑筋，一定能想出办法来。"

村主任其实就是生产队队长。他盘腿坐在炕桌旁，静心地听着每个人的发言。他赞成驻队干部老刘的话，他对我们几个知青说："咱开动脑筋，摆摆现有的条件，从分析中找出办法来。"

老段被老主任说的话提醒了。他说："咱不是有尿素吗？这东西能不能用？"

知青小张不假思索地接过话头说："咱们这儿粪少，一般都只上基肥。基肥加尿素，就会把种子烧死，我看不能用。"

王老汉笑着说："小张，昨晚学哲学，你不是还给大家讲，啥东西在一定条件下都会'变化'。这尿素咋不能用？"

小张一下子被问得卡住了。

老主任又接着说："尿素能不能用，我看也不能把话说死。这庄稼也和人一样，人吃饭要适量，吃多了就会撑肚子。我看这东西能用，只是用多用少的问题！"

知青小王一听老主任说得对，便接着话茬说："尿素'能用'和'不能用'，关键是在用量的多和少上。庄稼种子烧死的原因，就是尿素的用量太大，产生了热量。要解决问题，就得想法掌握一个'度'。"

知青小李半天没说话，他综合了大家的意见后说："咱种地的时候，把坑挖大点、挖深点，粪尿、化肥和土搅匀，用量不就相对减少了吗？"

段老汉高兴地说："这个后生说得有道理！不用说尿素，就是给地里上多少粪都有学问哩！一棵玉米一把粪，该是不算多吧。可是要用粪把种子裹起来，粪的劲儿都攒到一搭里，种子也会烧坏。"

最后，大家决定做个实验，找出每亩合适的用量。

第二天，大家端来了几个大土盘，按不同的用量将种子种了下去。

自从搞了这个试验之后，科学种田队里的三个知青每天都要到土盘前看几遍，盼着玉米种子能早点长出来。

好不容易熬过了七八天，大多数的玉米都长出来了，有的已经绽开了一片绿叶。

实验的结果是：按这种办法，每亩样板田里用的尿素在八斤以下，只要粪土搅匀，就会长好。如果用的尿素在九斤以上，就会出现烧苗现象。最后，我们决定每亩按六至八斤尿素下种。

玉米种子刚种上，就下了一场好雨，苗子争先恐后地窜出地面，又肥又壮。分苗的时候，大家提起这件事，几个老汉说:"这庄稼门道可多哩。知青娃娃还是有学问。"

本想种在地里的玉米很快就能长起来,可没想到新的问题又来了。

总的来说,大多数的玉米长得不错,叶子宽宽的,秆子粗粗的,有的已经长到齐腿高了。可是,有几块整修过的地里,玉米叶子发黄,像生了病似的。科学种田队的三个知青一看这个情况,觉得不对,便又给地里浇了水,又追了一次化肥,心想:这下可该长了吧!

可是,事情并不如愿。这些玉米苗子还是不好好长。一块地里,有一片玉米大概是化肥上得有点多,叶子都蔫了。大家看着这些高低不一的玉米苗,说不出话来。

老主任猜透了大家的心思,打趣地说:"这些玉米,就像人们说那些不爱动弹的懒汉,咱们得想办法让它变勤快点。"

是啊!它们为什么不动弹呢?几个人仔细观察了一番,也没发现什么名堂。

"这号事情,咱也解不开。说是生地缺肥,可上了这么足劲的化肥,还不长。我看,敢是生了啥病哩?"一个老汉寻思着说。

"不是缺肥吗?为什么上了化肥还不长呢?是不是土有问题?"知青小李闷着头在想。

老主任一声不吭地在这几块地里刨了几个坑,又到别的地里刨了几个坑,抓起两个地块的土看了看,对大家说:"对着哩!就是土有毛病。长得好的地里,土又厚又松;这几块地长得不好,土硬,结成了疙瘩。"小李也走了过去,他抓了一把土看了看,大声说:"是不一样。土是植物生长的重要条件,咱们该拾掇一下土了。"

"对啦！有机质多的土是松软的，有团粒结构；有机质少的土就容易结成硬块。"小王说。最后，三个知青又想起在书本上学到的知识，解释说："尿素中的'氮'，在土壤中经过转化，变成'氨'态和'硝'态的'氮'，植物才能很好地吸收。这种土壤缺有机质，结构不疏松，通气不好，微生物活动差，尿素分解慢，植物自然不能很好地吸收。"大家最后得出的结论是：在生地上用茅粪比单用化肥强。

给地里上了茅粪，过了些日子之后，那些玉米果然变了样，叶子绿绿的，一个劲儿往上长。整个样板田一片翠绿。

拔了节的庄稼，真是一天一个样。没过多久，人走进去，只露个头。一场好雨过后，正是追化肥的好时候，大家给50亩样板田普遍又追了一次化肥，没想到这一追，把问题又给"追"出来了。

雨后的大晴天，显得特别热，几天就把地晒干了。这时候，大家发现几块玉米地里的玉米又蔫了，太阳一晒，叶子就卷成一个卷。这又是怎么回事呢？

三个知青仔细检查了一遍，发现没有病虫害，那毛病又出在哪里呢？

几个老汉都说："敢是地里的火气太大，把庄稼烧坏了。"

这三个知青心想："地里的粪都上得一样多，为什么这几块地就火气大？"最后，他们发现，这几块地都在沤肥坑的周围，他们便在中间挖了个坑，用手一掏，抓出一把软绵绵的东西，还有些发热。知青们终于明白了，原来是这东西发了酵，把水分夺去了。

老主任笑着说:"庄稼'上火了',要给它吃败火药哩。咱们多给它灌几次水吧!"

接连灌了几次水以后,这50亩样板地里的玉米齐刷刷地长了起来,刚入秋,每株玉米的腋下都插着两个硕大的玉米棒子。秋收之后,将这50亩样板地里种出的玉米按平均亩产一算,比川道里种出的玉米将近高出一倍。看着这块样板田,我们感觉到:农村确实是一个广阔天地。只要有知识、懂科学,就能在这个天地里大有作为。

银线连山外

张兴祥

陕北这个地方山大沟深，群山连绵。由于地理条件的限制，造成了这里的封闭。我们来延安插队时，当地的村民围着我们看稀罕，觉得我们说话、穿衣、包括走路都与当地人有些不一样。闭塞造成了信息的不畅、物流的不畅，最终导致的结果是落后。

就拿我所在的那个村子来说，一条窄窄的山沟里，住着百十户人家。老乡们在半山崖上挖出几孔土窑洞，再平开一个硷畔，就算是一个家了。远远看去，这个村子好像挂在半崖上，只有一条细细的小路将每户人家与沟底的川道联结起来。

在如此不堪的地方要生活，无非是两种选择：一是知天安命，生在这个地方，就凑合着活吧；二是要改变这里的环境，让生存在穷山沟的乡亲们能换一种活法。我们来到村上之后，与乡亲们一起，打坝造田，修路挖渠，经过近两年的苦心奋战，村子里的面貌有了改变。尤其是通往公社的路修通了之后，村里有一个姓邵的，用卖猪的钱买了一辆自行车，他隔三差五，骑上车子走一趟公社，还能将从北京给我们寄来的书信，以及邮政局分发的报纸捎回来。一张报纸、一封家信，在那样一个年代，在那么一个封闭的村庄，无疑是获取外部信息的一个重要渠道和来源。更让人可喜的是，有一年5月，首都人民支援延安发展经济建设和文化建设，给凡有北京知青插队的村子赠送了一台三用半导体收音机。老邵从公社将这台被村民们称为"洋匣子"的收音机用自行车带到村子之后，全村人都来看稀罕。收音机里一会儿有人在说话，一会儿又在唱戏；换一个波段，就能收一个新节目。村上的饲养员听着听着，觉得奇怪，便拽着我的衣襟悄悄问："小张，这个'洋匣子'里能盛多少人，连说话带唱戏，听着可红火哩。"我一听，赶紧给老饲养员讲收音机的原理，可讲了半天，他还是有些不明白。

　　村上自从有了这台收音机之后，一下子变得热闹了。队长怕村员们不会使用这洋玩意，便让我们知青把收音机保管好。每到晚上，村民们挤到我们住的窑洞里，只是为了听一段新闻，或听一段戏曲。老乡们爱听秦腔，每当把收音机拧到能收听秦腔的波段里，就高兴得不得了。他们听着听着，竟随着秦腔的板路在摇头晃脑。一看这个情况，我们几个知青在一起琢磨了一下，既然这是一台三用的半导体收音机，我们为何不能把它所有的功能都开发出来，利用这台收音机为村上办一个小广播站。说干就干。知青高劲松在上学时就十分喜欢物理，到了村上之后，他经常给村民家里的铁锁配钥匙，焊个洗脸盆，村民都夸赞说："小高的本事可大哩。"有一天，我和小高把办小广播站的想法给队长作了汇报，队长一听，当然高兴。可他

◆ 银线连山外

对如何办广播站有些不太明白,便犯难地说:"咱村上啥都没有,要办广播站可不是个容易事。"我和小高看到队长面有难色,又鼓励队长说:"只要你同意,剩下的事由我们来办。"我和小高到老邵家把自行车借来,两个人去了县广播站。站上的领导一听我们是从马茹子沟来的,又听说我们要在村上办一个小广播站,便二话没说,叫来仓库保管,将仓库打开,让我们挑选。我们从中选出已经废弃了的四个破喇叭和一个损坏了的三用扩大机。我二人如获至宝,带上这些宝贝就往村里赶。回到村里时,已是晚上十点多。喝了两碗清米汤,啃了一块玉米团子。饭刚吃完,高劲松就把他从北京带来的"百宝箱"打开,里面有漆包线、小开关、螺丝刀、烙铁、焊锡。凭着过去学来的一点无线电知识,我二人开始鼓捣起来。就这样,接连干了两个夜晚,我们把几个破喇叭修好了。紧接着,还得要改变喇叭的阻抗。为此,光一个喇叭就要缠上几千圈漆包线。没有工具,我们就发动其他知青来用手绕;没有电表,就一边绕,一边记缠绕的圈数。这些活计干完之后,接下来就要买广播线。逢集的那天,我和劲松领上队长到了公社的供销社,一问,供销社正好有广播线。我问一圈线多少钱,售货员说:一圈15元。队长一听每圈15元,便低声问我,咱一共得用几圈?我说:最少得用5圈。队长当时就低下头盘算了起来。一五得五,五五二十五,得花75块钱。我看出队长的心思,他感到有些贵。花75元买5卷广播线,这在当时是不小的一笔开支。我和小高一看队长犯了难,便不再坚持要买广播线。这时,队长又问我:"能不能找其他材料代替。"小高随口说:"行。有细铁丝就行。"队长是个有心人,他一听说拿细铁丝能代替广播线,便来了劲。他把我和小高又领到供销社的后院,那是一个收废品的地方。队长在那里转悠了一会,发现废品堆上有细铁丝,他通过一个熟人,将废品堆上的两大捆细铁丝按原价又买了回来,一共花了六块四毛钱。

万事俱备,只待安装。但我们回来之后,发现麻烦事又来了。用细铁丝代替广播线,喇叭里的线圈不能太密,要拆开重绕。高劲松不怕麻烦,连夜又找来几个知青将线圈又重绕了一遍。到了第二天,他将连夜改好的一个喇叭和细铁丝一连接,喇叭响了,而且功率相当好。

按如法炮制的办法,接下来将剩余的三个喇叭也都接好。可没想到,夜里刮了一场大风,将接好的线刮断了。这时,队长过来看试接广播的情况,一听说线太细,经不住风吹,队长说:"其他事我干不了,这个事好办。"他让村上的人每家拿来一根绳子,将绳子和铁丝合并在一起,又在线路之间多栽了几根橼,就这样,这个问题算是解决了。

接下来,我们又用了两天时间,将广播线全部架设好。小广播站试播的那一天,村里像过节一样,充满了喜庆的气氛。四个喇叭分别被安在村子四个方向的四棵大柳树上。随着收音机的打开,全村便有了响动。从遥远的首都传来的声音,让村民们听着舒心。"中央人民广播电台,现在开始广播……"这熟悉的声音,没过三天,连饲养员老汉都学会了。

过了几天,高劲松和我又翻开无线电书籍,把邻村一个知青从北京带来的小舌簧喇叭经过重新装修,做成了一个简易话筒。话筒的支架是用一节粗铁丝弯成的,插头是用半截铁钉代替的。这样一来,山村广播站的广播能收音,还能转播县广播站的节目，又能放唱片。

一根银线，将外部世界与一个小山村联结了起来。插队时，我们办的那个小小广播站算是我人生中的一个得意之作。

◈ 苦乐年华——我的知青岁月

试制"九二〇"的日日夜夜

孙安民

天边透出一缕晨曦,繁星已经逝去。而富县葫芦河川却还罩着轻纱般的晓雾。这时,广家寨大队科学实验室的灯火依然亮着。在那里,制造"九二〇"的实验已到了最后关头。

由该村的北京知青组成的试制"九二〇"实验小组,经过一个时期的摸索实验,现在实验就要有结果了。在实验室里,几个知青伏在桌子上睡着了。眼下正是大忙季节,他们白天要参加劳动,晚上又要搞实验,一连熬了十几个夜晚,他们实在是太累了!

"丁铃铃……"闹钟一响,大家立刻坐了起来。知青小郑一手揉着布满血丝的眼睛,一手拿起了温度计。小高走上前去,打开了发酵室的通气孔,即刻,一阵晨风吹进了闷热的小屋,使大家的精神一下子振奋了起来。小孙端起煤油灯,走到一排排曲盘前,他看到培养基上面已经布满了白色的菌丝,并均匀地铺上了一层雪白的丝绵——实验成功了!

小孙端灯的那只手不禁颤动起来。连月来,他们日夜奋战,现在终于有了成果,大家激动得有些说不出话来。

❖ 试制"九二〇"的日日夜夜

这时，有人敲门，开门一看，是罗大爷。他是村里的贫协主席，老党员，当年参加过"直罗战役"。知青来到村里插队之后，大爷对知青们关爱有加。平时，知青们有啥事，都爱找罗大爷帮忙。自从搞上"九二〇"实验之后，罗大爷成了实验室里的常客，他十分关心这件事。当知青小孙告诉罗大爷实验成功之后，老人脸上露出了欣喜的笑容。老人轻手轻脚地走到土炕边，左右端详着试制成功的"九二〇"，高兴地说："弄这些事，还得要靠你们这些有文化的人。"说完，罗大爷又向小孙说："这下就能在地里实验了。"

十天之后，"九二〇"试制成功的消息传遍了张村驿公社。起初，大伙用"九二〇"在大田里种的黄瓜上做实验，没想到，给黄瓜抹了一丁点"九二〇"，没过一个星期，原来指头一般大的黄瓜就长到尺半长，而且黄瓜籽少，吃起来又脆又嫩。

这一次成功的实验，让村里的婆姨女子、老汉娃娃们感到新奇，连过去一直对实验持怀疑态度的王老汉，也捧着"九二〇"不好意思地说："想不到这么一点点白水水，还有这么大的劲气！"

但谁能知道，这个实验的成功，来之不易。

1970年元月，回京探亲的一位知青，无意间在朋友那里看到有关制造"九二〇"的材料，他就想起广家寨农业生产情况，体会到村民们期盼能提高粮食产量的心情。于是，他把制造"九二〇"的方法带回村里。

回到广家寨村之后，他将在村里插队的几个知青叫到一起说："咱们搞一个实验，让'九二〇'为咱村上的农业生产发挥效力。"大伙一听，当然十分高兴。于是，便分头操作从北京带来的仪器，又开始翻阅资料。生产队知道知青们忙活着搞"九二〇"实验，都非常支持。

"咱广家寨世世代代都是广种薄收，靠天吃饭。这回可好了，你们把科学技术给咱带来了，你们放心干吧，遇上什么难处，就找我！"队长热情地给大家说。

几天之后，村上成立了科学实验小组，以知青为骨干，让其他回乡青年也来参与。当时，搞实验没有实验室。因为做"九二〇"必须要杜绝污染，要找一间好房子。罗大爷知道之后，二话没说，便把院子里的两间厢房给腾了出来。经过打扫、除尘，实验室算是有了。紧接着，大家又开始寻找接种箱。为了省钱，村里的几个青年从供销社买来破木箱，将木箱拆开来，自己动手做接种箱；没有试管刷，就找猪鬃和铁丝自己来做；没有曲架，就拿几块木板自己钉；没有发酵室，就用塑料布、柴棒自己隔。村里的群众还纷纷送来筛子、瓶子、线麻等实验工具。就这样，多种配置齐全之后，试制"九二〇"的战斗也就在这简陋的实验室里打响了。

试制的第一步是要灭菌消毒。这需要把"培养基"放在大锅里每天蒸一小时，要连蒸三天。知青们当时搞实验，完全利用晚上的时间，他们白天要参加劳动。其他的先不说，单是把一大锅凉水烧开，就需要两个小时。一天劳动之后，大家都很累，但为了实验成功，几个知青起鸡叫、睡半夜，再苦再累也没人吭声。

接下来便是接种、摇瓶。可谁想到，在进行三级培养的第三天，小孙突然发现，盐盘上已经布满了黑糊糊的霉菌——实验失败了。

"咱们的条件太差了!"一个青年灰心地说。

"这不是主要原因!"小金反驳说。这时罗大爷走了进来,他望着大家语重心长地说:"好娃哩,咱头一回干这事,哪会一下就成功?只要齐心合力,就没有做不成的事!"接着,知青们开始认真查找失败的原因。后来发现,还是温度上出了问题。经过摸索,他们最终找到了合适的温度,再经过实验,终于将"九二〇"试制成功。就在当年,"九二〇"已经在广家寨开始使用了。

为了适应生产的发展,在公社的支持和帮助下,知青们又白手起家建起了农药厂。在生产"九二〇"的同时,还翻造了抗生菌肥"五四〇六"、"七〇二"和"庆曲醅化饲料",为提高农业生产作出了贡献。

1971年5月20日,新农药厂正式投产。整个广家寨沸腾了,周围的村民像赶会似地涌向工厂。知青们为了庆祝农药厂正式投产,还在厂大门前贴了一副对联:

依靠贫下中农　白手起家创大业
发扬延安精神　科学实验攀高峰

知识甘霖润沃土

井知科

"广阔天地炼红心,插队来到河庄坪"。这是当年我们在延安插队时自编的一段顺口溜中的两句。这两句顺口溜有点自报家门的意思,也蕴涵着一点小得意。因为河庄坪公社离延安城很近,骑自行车一上午能打一个来回。

我所在的生产队是河庄坪公社井家湾大队,队里的生产条件相对来说比较好。我们插队的那个年月,"农业学大寨"是一句很风行的口号,再说,上面也不断强调要"以粮为纲",粮食产量要过"纲要"、"跨长江",总之,一句话,就是要改变延安地区农业生产的落后面貌。

知青作为一支生力军来延安插队,他们所在的各个生产队也都将知青视为是科学知识的传播者。就拿我所在的井家湾大队来说,我们到村上没多久,队长就给我们说:"以后,咱队上搞科学种田,还要靠你们这些有文化的年轻人。"当时,我听了队长的话后,有点心虚地说:"我连韭菜和麦苗都分不清,哪里会搞科学种田。"队长笑着又说:"分不清不要紧,以后慢慢就分清了。要干好种地这个营生，光有苦水不行，还得要有文化、有知识。"我听得一头雾水，觉得插队就是"修理地球"，与文化高低扯不上关系。

但是，后来证明队长说的话是正确的。

那一年，队上修的引水渠贯通了，公社下了指令：有了水利作保障，井家湾生产队应该带头让粮食生产达"纲要"。队长按照公社的指示精神，即刻成立了由贫下中农、农业技术员和知青组成的"三结合"科学种田试验队。我和另外四名知青被结合到试验队里，干了没几天，这才感到"书到用时方恨少"，队长说种地也要有文化，这话算是说对了。我当时人年轻，干什么事情都充满热情。自从到了试验队之后，我和另外四名知青每天寻找一些农业科技方面的书籍来读，有一次，在另外一个知青住的窑洞里发现他从北京带来的一本杂志，上面刊登着介绍国外一些发达国家农业生产的文章，还有农科院几位专家论述干旱、半干旱地区如何提高粮食单产的论文。最让我感到新奇的是，该杂志里还刊登着一张照片，照片上有一株玉米结了六个玉米棒子。当时，我想，我们井家湾的玉米地若能长出这样的玉米，不要说亩产达"纲要"，就是"跨长江"也没问题。出于一种好奇和热情，那一年，在春播过后，我和几个知青在我们的自留地上又种了一溜玉米。玉米的种子还是老种子，但我试着将在杂志上看到的农田管理知识运用到自留地里。过了20来天，大田里的玉米苗子都长齐了，可我们种下的那溜玉米刚冒了头。在村上和我们一起搞试验田的技术员说："这溜玉米将来也长不好。一是误了播种期，跟不上趟；二是玉米种子还是老种子，再怎样管理也结不出六个玉米棒子。"技术员说得对。这溜玉米到后来还是没长好。到秋底，每株玉米最多结了两个棒子，和种在大田里的没什么区别，甚至连大田里的也不如。

  自从干上这件事之后，我寻思着就想干出一点成绩来，把"知识青年"的"知识"二字不要糟践了。当年，我探亲回家，去了一趟中国农业科学院。那时人年轻，也胆大，再高的门槛也敢往里闯。我在农科院见到一位专家，他一听我是在延安插队的北京知青，对我很是热情。那时候，延安的牌子很响亮，我大胆地向这位专家提出了我的想法和要求，专家给予了大力支持，赠送了我几本农业科技的书籍，还让我带回来在山西试种成功的一大包玉米种子。我如获至宝，在北京连一天都不想多待，就赶回到生产队。

  第二年春播快开始的时候，大队经过商量，决定拨出300亩好川地来搞良种培育和耕作试验。为了能更好、更集中地使用劳力和肥料，队上还退出一些山地。春播开始后，我们试验队一方面积极参加大面积的科学种田，一方面开展小区实验。除了我从北京带回来的玉米种子之外，我们试验队还在玉米方面引进了7个单杂种、双杂种，在高粱方面引进了13个品种和5个杂交种，还试种了几亩棉花，搞了"红薯下蛋"、旱稻试验、"九二〇"农药试制等。在农业技术人员的指导下，我们从耕作、下种做起，在每一项生产技术和种植过程中，严格按照科学的办法，再结合土壤结构、水利设施等实际情况，将试验田耕种完毕。在玉米地的试验上，由于我们下的工夫多，种子优良，再加上管理到位，从出苗到结棒，一路下来，还比较顺利。但在试种高粱时，由于我们选用的榆杂一号品种与当地气候略有不适应，出现了雄性败育。雄花不足，就会影响结籽。为此，农技员提出进行人工授粉。村上的知青为了让试验能搞成功，便和女社员一起，担当起人工授粉的任务。这个活计看来简单，但操作起来还要懂技术。采花粉时，要看客观环境，要掌握风向的变化，把托盘迎风对准高粱来接花粉。在此期间，我们试验组和知青们不管天气多热，不论刮风下雨，坚持对农作物的生长进行观察、记录、总结，不断摸索科学种田的规律。经过春播，夏锄，终于迎来了能见分晓的秋天。那一年，尽管有"倒春寒"，夏季的旱情也相当严重，但300亩实验田平均亩产都过了"纲要"。玉米亩产量达到1070斤，高粱达到1200斤，第一次种的棉花亩产皮棉60斤，创井家湾有史以来粮食生产的最高纪录。

  一晃，几十年过去了。看到当前中国的发展态势，尤其是农业现代化所展示出的新成果，让我想起40年前在河庄坪插队搞科学种田的往事。以我个人的经历来作一个总结，我认为：人类社会的发展史，当然也包括农业生产的发展与进步，都是知识和科技推动的结果。想当年，我们能用知识的甘霖来浇灌延安的黄土地，这对我来说，既是一种经历，也是一种荣耀。

身在"槽头"

阮忠键

我们到延川插队的时候,正是寒冬腊月。

进到村子没几天,马上就要过年了。我所在的关庄公社处在清平川。有一回赶集回来,发现川道里各个村子的碾盘上、大树上,包括牲口棚上都贴着红纸,上面写着"出门见喜"、"抬头见喜"、"槽头见喜"的吉祥话语。后来才知道,这是一种乡俗,寓意"五谷丰登"、"六畜兴旺"。用陕北民歌来解释,这就是:"崖畔上开花崖畔上红,受苦人盼得好光景。"老乡们将自己心中的期盼在过年期间,通过写对联或写门楣表达出来,图一个吉利。

没想到插队插到两年头上,我被生产队安排到"槽头"当饲养员,这对于一个女流之辈来说,不仅是一种考验,还夹杂着对传统习俗的一种挑战。起初,我不愿接受这个差事,后来经不住生产队长的三说两劝,我将这个差事应承了下来。

在生产队当饲养员,较之上山掏地、送粪、背庄稼,苦要轻一点,但喂牲口的事情琐碎,人要勤快,还要有爱心。自从

❖ 身在"槽头"

我开始当上饲养员之后，每天忙得团团转。刚开始，生产队给我派了一个姓高的老汉当帮手，他年纪大了，手脚不灵便，但喂养牲口他是内行。高老汉手把手地教我怎样拌草料，怎样拴牲口，就连放牧时，拉牲口的缰绳应该挽多长，他都给我交代得清清楚楚。

有一回，两头毛驴给生产队驮粮食，从早晨开始到晌午，来回驮了六七趟，走了至少有五六十里地。回到饲养室，毛驴身上大汗淋漓，我心疼地赶紧把毛驴拉过来，往驴槽上拴。这时，高老汉急匆匆地赶了过来，他笑着对我说："好娃娃哩，驴身上的汗水没干，驴圈里又阴又潮湿，停上一个时辰，驴就要中风。"说完，高老汉让我把这两头驴拉出去遛一遛，等驴身上的汗干了，再拴到槽头。临走时，高老汉又给我安顿说：驴吃过草料之后，要把水饮足。

高老汉对牲口的呵护令我感动，让我懂得了对待牲口也要像对待人一样，要从细微之处给予悉心照料。

自从我当上饲养员之后，村上的知青和一些婆姨女子都叫我"阮槽头"。作为我来说，既然干上这档子事，就不敢怠慢，要把生产队的牲口经管好。在当时的那个年代，牲口是生产队的重要财产。当时，生产队除了牛和羊之外，还有九头毛驴。队上为了鼓励我将牲口喂好，还派了村上的一个女青年和另外一名女知青在饲养室给我做伴。每天吃过晚饭之后，我在这两位的帮助下，将喂牲口的草料铡好，到了晚上，我还要起来给牲口添料。经过一段时间的摸索和锻炼，我已经一个人能顺利地完成喂牲口的全部工作。与我做伴的两个女青年白天在山上受苦，晚上还要帮我给牲口铡草料，我感到她们有些累，不能让她们帮我铡草了。我学会了一只手往铡刀口进草，一只手来铡草。实践出真知。铡了半个月，我已经熟练地掌握了铡草的要领，而且铡出来的草长短一致，十分均匀。高老汉看到之后，给生产队长说："小阮这个碎女子干活细心，成了喂牲口的好把式。"

陕北这个地方干旱少雨。人们倒山种地、广种薄收。除了水能灌溉到的川地能多打一些粮食之外，山地里的谷子和糜子亩产也就是百八十斤。人吃粮尚且困难，牲口缺草少料就更不必说。为了节省一些草料，每年一到春天，我抽空将牲口赶到山上，一来让圈了整个一个冬天的牲口能出来遛一遛，二来也能省下一些草料。有一次在放牧时，一头老叫驴为了贪吃"天窖"边的几茎鲜草，前蹄踏空，跌进窖里。我死死拉着驴的缰绳，可越拉越沉，最后，缰绳还是从我手中脱落，驴掉进"天窖"里。当时，我急得满头大汗，呼唤来人相救，可呐喊了半天不见有回音。这时，邻村的一个后生正路过，他走过来一看，发现这口"天窖"并不深，驴跌下去并没受到大碍，便让我先把驴看好，他到村上去叫人。过了没一袋烟的工夫，村上来了三个后生，他们每人扛着一把老镢，顺着"天窖"的豁口，挖出一个斜坡，然后用镢头将驴缰绳勾上来，用力一拽，驴一跃从窖中站起，顺着斜坡被拉了上来。

一头毛驴，在村民眼中是一个宝物。在耕牛少的情况下，它还能拉犁。尤其是每年开春时给地里送粪，秋收时往场里驮庄稼，交粮时，还要靠毛驴将公粮驮到粮站。"善待牲口，就是对生产力的一种保护。"当时，我就是这么想的。自从村上人叫我"阮槽头"之后，我就将饲养室当成了家。我吃住在那里，给牲口铡草拌料，尤其是在夜里，刚迷迷糊糊睡着了，突然又记起要给牲口添料。一晚上起来三四回，时间长了，我也就养成了一个习惯，睡上一个时辰自己就醒了。有时睡不着，我还能就着饲养室里的灯光，看一会书。在牲口吃草料的咀嚼声中，读书似乎能读出一种别样的滋味。

身在槽头喂牲口，除了繁琐辛苦之外，更多的是寂寞。因为要干好这件事，夜里的劳作十分重要。尽管如此，这些长毛的牲畜还尽出毛病。有一次，一头老驴患上了一种皮肤病，村上人将这种病叫"起骚"。驴一"起骚"，身上就溃烂，而且不吃不喝，没过半个月，驴瘦得只剩下一副干骨头架子。一看这个情况，我心里很着急，于是，便找来村上的赤脚医生，向他讨教，看有没有办法给驴治一治"起骚"病。在他的帮助下，我又翻看了一些兽医书，终于弄明白"起骚"病是驴的皮肤受到细菌感染所致。为了给驴看好病，我买来给人治皮肤病的药膏，将剂量加大，然后在药膏里加了一些"六六六"粉，在驴身上溃烂的地方涂抹了三次之后，烂肉开始结痂。这期间，我悉心照料这头驴，把草筛干净，拌入一些麸皮，勤添少加，少吃多餐。为了让驴早日康复，我将水烧开、晾凉，再加入少量的黑豆面让驴来喝。十天之后，这头驴的"起骚"病好了，体形又恢复了原来的模样。也许是出于对我的一种感激，这头通人性的驴，每次一看见我，就伸出舌头，我便将手展开让它来舔。生产队的社员看见我如此上心来喂养牲口，都不住地夸赞说："'女槽头'比男人心细。人要善待牲口，牲口干起活来就不撒奸。"

春去冬来，不知不觉，我已在饲养室当了近两年的饲养员。这两年里，队上的九头毛驴都添了膘，有四只草驴都下了驹子。队上的毛驴由单位数变成了双位数，十三头毛驴吆在一起，看上去有一种"军团"规模。我插队的第三年，风调雨顺，粮食丰收，到秋底，队上给粮站去交公粮，毛驴一字儿排开，好长的一串，而且每头驴都戴着缨簪、挂着铜铃，驮着粮从清平川走过时，那阵势看上去很排场。

❖ 延河畔上的女石匠

延河畔上的女石匠

何知晓

河庄坪离延安城不远，那里川道宽阔，土地肥沃。我们来延安插队的时候，有当地的老乡就说：来川道插队就算烧高香了。生产条件好，离城又不远。当时，我们分不清川道和山沟究竟有啥区别。过了没半年，这才晓得，川道就是比山沟要好，一马平川，进城方便，真是烧高香了。

河庄坪有1000多亩川地，要打粮食，就要靠这平展展的川地。可陕北雨水少，水利设施也落后，有一年，公社决定要修一条水渠，将延河的水引来灌溉这片川地。这是一项大工程。经过设计方案，绘制图纸，没出半个月，修渠引水工程开工了。为了保障在明年夏季将水引来，全公社将会点石活手艺的人都派到了工地，可干了十来天，石料还是跟不上。当时修渠的工匠不太好找。在这个节骨眼上，我们知青小组里的几个女知青动了心思：修渠任务大，石匠少，我们这些女同志为什么不能学石匠呢？我们刚把自己的想法提出来，村里的一个老石匠就把手中的十八磅老锤举了举，笑着对我们说："自古以来，哪有女子家当石匠的？看看这锤，可不是闹着玩的！"

女知青张平妮性格泼辣。她知道这条水渠若能修成，将水引来之后，队里的川地就能旱涝保收。她想，当个石匠算不上太难，再苦再难还能比上山砍柴难。张平妮上山砍过两回柴，便觉得那是个苦差事，以后不论遇到什么活，她都拿上山砍柴来作对比。她寻思着就想学石匠，她看见那些会抡锤弄钻的人，干起活来一点也显不出累，看上去还蛮潇洒的。尤其是钻头敲在石头上，叮当有响，像打击乐。她有了这个心思之后，便又联络了其他几个女知青和村上的一些年轻女娃，准备在石渠工地上当一回石匠。

村上有些人思想守旧、保守。他们见了平妮说："男人不转锅台，女人不打石头。女娃娃们还想抡锤当石匠，没听说过，也没见过。"

平妮性格倔，越听见有人冷嘲热讽，便越想当一回石匠。后来，公社领导知道这事后，鼓励说："修渠的人手少，女青年们要当石匠，就让她们试一试。"公社一发话，大队支书便坚决照办，没过两天，将女知青和女青年们组织起来，组成了一个铁姑娘石工队，还让村上的一个姓延的老石匠给她们当技术顾问。

过了秋季，陕北一早一晚，寒气袭人。铁姑娘石工队来到石渠工地，先是抬石头备料，等石料备得差不多了，石匠老延给这伙女娃娃们每人发了一把锤和一根铁钻。刚开始，姑娘们找不着门道，本来很方正的一块石料，经她们三敲两打，就弄得不成样子。老延一看，有些气恼地说："这不行。方正一点的料石就不要动了，修石渠用的是毛石，和箍窑不一样。你们

❖ 延河畔上的女石匠

的任务就是要将不规整的石头，想办法弄方正，而且要因材下锤，不敢把好石料弄坏了。"说完，老石匠又教姑娘们咋样握铁锤，咋样掌钢钎，钻子咋样拿，力气咋样使，不时还亲自来几下，给大家作示范。不一会，延河畔上便响起了叮叮当当的击石声，像一场器乐合奏。

俗话说，五年出一个木匠，三年出一个石匠。较之干木活来说，石匠的技术含量稍少一些，但三天两后晌也学不会。没过一个星期，铁姑娘石工队里的姑娘们，有的人手被敲破了，有的虎口被震烂了，每个人的手上都打起了血泡。张平妮经过几天的磨炼，这才真切地感到这碗饭真是不好吃。但姑娘们心劲大、不怕苦，在延老石匠的指导下，渐渐学会了方石、出毛料，有的还会凿出几条像模像样的"皮条凿"。由于姑娘们的加入，没过半个月，修渠的石料也赶上用了。一天，大队书记来到工地上，他关切地来看望大家。铁姑娘们一个个晒得黑溜溜的，她们给书记说："苦一点不算啥，能学会一门手艺比啥都强。"

"这些碎女子干得不错，不比青年突击队差！我们打算明天就开山劈石。"延老石匠对大队书记说。

第二天一大早，姑娘们就来到石场上。只见一块足有一间房子那么大的石头横在石场中央，今天的任务就是要将这块巨石用炸药炸开。为了给巨石中装炸药，先要将盖在巨石上一层毛石去掉。姑娘们在队长张平妮的带领下，有的掌钢钎，有的抡大锤，不一会，一层毛石去掉了。接着，大家又开始到巨石上去凿炮眼。经过测算，这块巨石要被炸开，最少要凿两个炮眼。对于这群姑娘来说，这是她们在石场上放的开山第一炮，一定要确保安全。这时，队长张平妮发话了，她说："让玉兰把其他人带到山后面去隐蔽，这次的炮眼由她来点。"大家看着这个个头不高、性格泼辣的女知青，知道她一旦发话，谁也不好更改，便一边撤、一边给她叮嘱要注意安全。

平妮把炸药和雷管装好，在点燃导火索的那一刻，她想起小时候听到爆竹声都要捂耳朵，今天她竟成了一个开山放炮的爆破手。她心中一阵兴奋，手也微微有些颤动。她让自己平静了一会，然后走上前去，点燃了导火索。只听见"嗤"的一声，一根导火索点着了，紧接着，她又点燃了另外一根。当看到火花四溅时，平妮转身离开，来到山后背隐藏起来。

"轰"的一声巨响，房子一般大的一块巨石被炸开。"响了！响了！"姑娘们高兴地喊着。平妮连忙把身边的两个姑娘按住，严肃地说："不要乱动，还有一炮！"顿时，大家屏住气息在等待。两分钟过去了，五分钟过去了，还是没有听见响声。

张平妮感到有些纳闷，明明两根导火索都点着了，为什么一根引爆了，另外那根却成了"哑炮"。胆大心细的平妮二话没说，又跑了过去，大家都为她捏了一把汗。另一位女知青为防不测，也跟着平妮跑了过去，一看，原来是第二根导火索剪得太长，当一根引爆之后，第二根导火索还没有燃到钻眼跟前，便被第一根引爆的石块飞起，将第二根导火索给压灭了。随平妮一起来的女知青叫玉兰，她给平妮说："这根让我来点。"平妮问："你行吗？"玉兰二话没说，又冲上前去，将第二根导火索点燃，转身飞快地与平妮一起跑到山后，脚刚站稳，只听见"轰"的一声，那块巨石彻底被崩碎了。大家一下子高兴得跳了起来。

　　以张平妮为队长的铁姑娘石工队在石场上干了近一年。她们经过勤学苦练，已成为远近闻名的女石匠。她们同参加修渠的农民工一道，并肩战斗，完成了3000多立方米的石方任务，修成了一条1200多米长的石渠。眼看着延河水哗啦啦地通过石渠，流向河庄坪的千亩川地，灌溉着绿油油的庄稼，铁姑娘们不禁纵情高唱：

我们是公社的铁姑娘
延河畔上的女石匠
铁锤手中握
石钻明又亮
破顽石、修大坝
天大困难踩脚下
开山劈岭修水渠
战天斗地干劲大

　　这首歌在当年很流行。听了之后，长人志气。

锤　炼

天　舒

铡草料　练臂力

我插队的第二天，就想找点活干，但社员告诉我们，现在是冬闲时节，只安排部分人干些铡草、解板的活路。这些都是技术活，一般人干不了。我听了之后很感兴趣，便赶到铡草处，想先学学铡草。

正在铡草的两个社员对我们的到来很欢迎，但不敢让我们尝试，说这活有一定的危险性。我们只好站在一边观摩。只见他们一人一铡，神态自若，显得很是轻松。我终于忍不住要求试试。我接过铡刀铡了几下，不料手未把稳，用力不均，造成切面不齐，草长短不一。铡了几十下过后，已是大汗淋漓。另两名知青，一个试了几下就知难而退，而另一个则连试都不敢试。当我再接过来后，铡得比以前从容，还得到他们的夸奖。原来，我经过试铡后，发现刀与糟的连接处过于松动，铡刀不能自然导向，造成铡刀负重后左右晃动，切面因此凹凸不平。

◈ 锤　炼

克服的办法是：要全神贯注地紧握刀把，切入时，运用爆发力断然而下，不能有丝毫犹豫。当我初步掌握技巧后，兴趣陡长，并声明，不要工分，只要求多铡一会。他们也乐得有人来帮忙，于是，一个精壮汉子换下一个老汉休息，他与我一入一铡，节奏分明，配合十分默契。我请教在旁边休息的那个老汉，算不算重活，老汉吸了口烟，慢悠悠地说："这还不算重活，重活是打墙、拉锯、和泥。"壮汉接着说："打墙、拉锯，叫也不去；提起和泥，不如死去。"他接着用手指了指饲养室说，那儿正有人拉锯解板，不信你们过去试试。我还没反应过来，一名叫马福昌、绰号马老四的知青已高兴得跳了起来。原来他父亲是八级木工，他在父亲的指教下，粗通一般木活，对拉方解板不算门外汉。

拉大锯　练铁臂

老四拉着我们来到解板处，只见一根粗大的圆木矗立在那里，被支架固定得牢牢实实。两个壮汉一来一往正拉得起劲，一大半板已解好，但尚未分离。他们见到我们，只客气地点了下头，以为我们是看稀罕的，所以拉得更加起劲。老四迫不及待地掏出烟，要他们吸支烟休息休息。那时，农民都吸旱烟，他们不是不爱吸纸烟，而是因经济拮据吸不起。因而，老四上的烟是很具诱惑力，他们停了下来。老四趁与他们谈得高兴，提出让自己试试。他们说，这活太苦重，学生娃干不了，再说你们不会解，解偏了还是他们的麻烦。老四说："没事，我爸爸是木匠。我没吃过猪肉，还没见过猪跑。"这句话果然有效，两个壮汉虽半信半疑，但已明显首肯。老四也不再说什么，脱下大衣，替下矮汉子，就与高汉子拉了起来。常言说，"行家一出手，便知有没有"，几个来回下来，老四的技术已充分显露，并到得两名壮汉的称赞。老四越干越带劲，兴头上来，还唱起了开方拉锯的号子，这号子还真能给人鼓劲，这一定是从他爸爸那里学来的。不一会，一块板已被一解到底。当下一板开锯后，老四让我试试，因为他知道我也喜爱木活，对拉锯也略有基础。我已期待许久，老四的话还未落音，我就接过他手中的锯把，矮汉子也替下了高汉子，我们开始对拉起来。我过去用过小锯，能掌握一般的用锯要领，所以，开始还满有信心。但拉过一阵后，才发现，大锯非小锯可比。锯拉起来阻力大，非常消耗体力，没拉一会，觉得体力难支。老四见状，又接过来拉了一阵子，我们方才告退。自此，我们与两位壮汉熟悉了。高个子叫金生，矮的叫金钱，都是村里的顶尖劳力。只要听说他们在拉锯，我和老四总要赶过去帮忙。他们也乐得让我们帮忙。我们拉锯的功夫就这样练出来了。这可以说是我们插队后过的第一道劳动关，由于起点较高，所以，我们对今后的各种劳动考验充满了信心。

担窑碹　练铁肩

刚插队时，正值冰消雪融、大地回春的时节，也是一年箍窑的大好时机。为保证在农忙前把窑箍成，队长亲自指挥，全队劳力齐上，还特地从白水请来一位窑匠。除知青外，其他人都有建窑经验。队长安排活路后，大家就有条不紊地干了起

◈ 锤 炼

来。我自告奋勇参加了打背墙，想体会一下这活究竟有多苦重，然而直到完工，也未觉得有多累。此类活，我们在学校时没少干，所以比较适应。至于挖沟，更是驾轻就熟，而且黄土比黏土好挖，本地的糟子锨又好使，挖起来比较轻松。其他活路，如培窑碹、码砖、加瓷瓦、灌浆等，干起来似乎更轻松。然而，有人提醒我说，更重的活还在后头，那就是担窑碹，并问我敢不敢参加。我说，有什么不敢。

当天，队长就担窑碹的事作了安排，决定由金生、金钱、计锁牵头分为三组，每组三人，自由组合，各负责一孔窑洞。金钱选中了我和金海。当天，我们就扎好了脚手架。脚手架的结构是在窑前架起一个平台，从窑右端至窑顶架起一个斜面，斜面受结构限制，很陡。为了防止打滑，用尺余宽的糖片铺就。窑内的土，要沿着斜面担到窑顶指定位置，因此，这个活路名曰"担窑碹"。第二天一早，我们准时在窑前集合。金钱告诉我和金海，每个窑碹限时五天，给300工分，人均100工分，日均20工分。这样高的工分是很诱人的，如果能提前完工则收获更大。金钱和金海都是队里有名的工分迷，他们为挣工分，什么苦都吃得下。我呢，虽与他们的心态不太一样，但为了不拖累他们，也只好"舍命陪君子"。我们组的进度很快。金钱挥镢掘进，我和金海将堆在平台上的土用锨奋力往上撂。头一天就掘进两米多，中晌即转入上担。

金钱既要照顾我，又要保证进度，他要我来装筐，由他们二人担。但我死活不同意，坚持要担到底。金钱只好自己装。他是一个鲁智深一般的胖大汉子，铲起土来轻松自如。能与他合作，没有相当体力是不行的。

当我首次担土时,就感到情况有些不妙,因为这与担水爬坡完全是两回事。担水可以从容地借力缓行,而担窑碴呢因受空间条件的限制,什么技巧也运用不上,只能强担硬上,而且节奏急促,使人没有喘息的机会。当我快到窑顶时,下意识向下一望,数米的高度,如不慎跌下去,则后果不堪设想。我把土担上窑顶,刚想喘息一下,只见金海也赶了上来,为了避免窝工,又急忙飞奔而下。我想利用装土的间隙,歇息片刻。不料,金钱转瞬已将土装满,我只好担起又跑。几担下来,我已疲乏不堪,但我已经琢磨出担土上挑的窍道,这就是:要把腰胸挺起,眼不下看,直望顶端,这样,才能集中精力稳住神。此后,我越担越快,基本跟上金海的进度。这一天的进度很可观,我们三人虽都疲惫不堪,但从每个人的表情上可以看出,大家心情非常愉快。

第二天天刚亮,由于在热炕上美美睡了一夜,疲劳已消除,但双肩却痛得难受。原来,负重上行,双肩既承受压力又承受拉力,这两种力反复作用在皮肉上,不肿不疼才怪呢!但我知道,这已进入了锻炼的关键期,只要苦撑苦熬,过了这一阵,双肩就会出现"死肉",有两块死肉垫肩,就不怕任何负重了。这天,金钱又要我装土,我还是不肯,金钱只好换下金海。金钱的体力与好胜心又在金海之上,担得既多又快,而我丝毫不敢怠慢,奋力步步紧追。这一天下来,已攻至窑掌,而窑顶也不再需要土了,我们便拆除了脚手架。接下来的任务就是将下层的余土担到院内,以备将来打院墙用。

第三天虽然还是担土,但平地往来,岂能与上窑背可比?又用了一天多的时间,我们已将窑碴彻底担完,并将地面铲平夯实，最后，打扫得干干净净。我们完成任务只用了三天两晌。而另外两个组，一个用了五天，一个用了五天半。我们显然创造了一个纪录。

担大粪　若等闲

当年，村里响应科学种田的号召，在村东头选地种了20余亩坑田。种坑田有些像栽树，即在深翻细耱后的地里，挖成株距行距规范的土坑，点种之后，再用土围埝，用来存肥蓄水。另外，还要求中耕追肥时，每个坑浇一马勺人粪尿。

队里为保障坑田用肥，要求户户改旱厕为水厕，即将人粪尿改土垫为瓮集。那时，社员们的觉悟都很高，几乎在一夜之间，家家都按要求，安上了"水茅瓮"。当中耕完毕，坑田需要追肥时，瓮中已集满了人粪尿。

为了选好送粪的人，队里还专门召开了一次社员会。队长讲明人选条件：一是身体强壮，二是能吃苦，三是责任心强。要求大家先自报，然后再公议。掏大粪在许多地方虽属一般农活，但一想到臭气难闻，总令人望而却步。当时，村里很少有人来报名。当时，我忍不住冲动要报名时，社员们齐刷刷地举手同意。

第二天一早，队长给我送来一副柏木桶觯、一只长柄粪勺、两个口罩和一厚叠硬纸片。关于技术问题，队长没多说，似也不需要多说，因为这活简单。队长着重交代的是那些硬纸片，说这些纸片是给每户记工分的凭据，分别标注着一、二、三等，要根据水茅粪的质量核发，具体标准由我自行掌握。我听后，不禁心中嘀咕，怪不得队长要求责任心强呢，怪不得没人报名呢，原来这还是一件得罪人的事。但我也没再说什么，相信只要心存公正，乡亲们会理解的。后来在整个过程中，竟未与任何人发生纠纷。

　　我为了取得一个统一的标准，决定先从一户老实厚道的人家担起。我在这家主妇的指引下，进入了她家的厕所，只见瓮中的粪尿已积满，上面蠕动着一层粪蛆。我果断地拿起粪勺用力搅了几下，一瓮粪尿已变得稀稠均匀。这时，大概是冲天的臭气在扩散，逼得女主人避出厕外。当我将一等纸片递给她的时候，她露出了满意的笑容。

　　我虽然没有戴口罩的习惯，但自小练过潜泳，有很好的闭气功夫，可以在深吸一口气后，两分钟之内不用呼吸。我运用这种功夫，飞快地将两桶装满，担起时却暗吃一惊，深感过于沉重，起码有130多斤。我当时并不怕重，而是怕扁担折断，造成满地狼藉。我急忙回去换上自己特制加厚的槐木扁担，谨慎小心地出了村后，便迈起急促的碎步一路飞奔。

　　我插队以来，经过担水与担土的反复磨炼，担功已日臻化境，不但双肩已高度耐压耐磨，而且能下意识地使步履与扁担颤动的频率同步合拍，收到借力省力的效果。另外，我还练就一功，那就是，在不止步不降速的条件下，将扁担在双肩适时调换，这样可以保证担行持久而耐远。至此，我已体悟到，当一个人经过刻苦磨炼，有了一个坚强的意志、强健的体魄、劳动的习惯并娴熟地掌握了劳动技巧后，劳动就会变成一种享受。

　　我到了地里，只见一片绿油油的玉米已经抽穗含苞，由于底肥施得足，长势确实强于一般玉米，无疑会成为一块高产田。坑中的土已被松过，而且向根部高高拥起，似只待我做好这最后一道工序。我用木棍将桶里的粪水搅匀后，每坑施上大半勺，然后撒上浮土以防蒸发流失。

我就这样，每日担五担粪尿，往返行程20来公里，连续奋战七天，终于将全队的茅粪担完，刚好满足坑田的需要。我继担窑碹之后，又经此一战，吃苦精神已在全队出了名，遂被评为标兵劳动力，享受每日12.5分的最高劳动报酬。我对此深感荣耀，因为这标志着我已真正闯过了劳动关，成为一个合格的劳动者。

说起掏大粪，这种职业古已有之，凡有人居的地方都离不开这种工作。这种工作的特点如时传祥所说的那样："脏了自己，清洁了千万家。"这虽是一种光荣的职业，但由于传统世俗偏见，却一直为不少人所鄙视。我记得上小学时，哪个孩子不好好学习，家长总会说：你不好好上学，将来让你掏大粪去！仿佛这是一条人生境遇的底线而为一般人所不取。对于这样一种较为特殊的工作，我不但实践了，而且适应了，这就无形中促进了自己的思想进步，真正认识到工作不分高低贵贱，只要你付出了诚实的劳动，人们就会尊重你。

在日渐积厚的劳动基础和不断增强的劳动观点支持下，我度过了艰苦的插队岁月，走上了工作岗位，在日后的工作和生活中，我更加深刻地认识到，在农村打下的劳动和思想基础对人生有着何等重要的意义。说到底，我们在插队中收获的是延安精神，而延安精神却是在光荣的劳动中孕育而生的。因此，无论何人，若无劳动的实践而奢谈延安精神，是不能够让人信服的。这说明，只有通过加强劳动教育，才能从根本上提高青少年的素质，才能延续和弘扬中华民族的传统精神，才能使延安精神千秋万代地传下去。

❖ 丁 牛

丁 牛

冯 军

丁爱笛凭着一股"牛"劲，从北京来到陕北延川县插队。他当过生产队长、大队书记。他与乡亲们一道，发扬自力更生、艰苦奋斗的延安精神，战天斗地，改造河山，将偏僻落后的张家河建设成具有发展潜力的新农村。

直到今天，村里的许多老乡还特别想念他、挂念他。丁爱笛——"丁牛"，你如今又在何方耕耘？

寄托着多少人的牵挂，上一个世纪90年代初，我有幸结识了丁爱笛，这个有着黄牛般倔犟性格的人。

第一次拜访，却没有见着他，但我参观了他在北京刚搬入的新家。

新家在北京亚运村旁的一栋高层楼上，室内布置得简单而雅致。"丁牛"的爱人张海娥用亲切的陕北乡音嗔怪地说："新家是好，但爱笛却不能常住，刚在北京过了几年的团圆日子，这两年他又跑到海南办公司。他这个人呀，还是原来的老脾气，认准的路，碰破头皮也不回头！"

苦乐年华——我的知青岁月

一

1971年春,刚当上张家河生产队队长的丁爱笛,就遇上一件棘手事。这一年春耕即将开始的时候,伤寒病开始在张家河村蔓延。三天之内,20多口人病倒了,全村人心惶惶,谈"病"色变。丁爱笛走进患病村民家中,望着病人蜡黄的脸,看着窑内冰锅冷灶,想到即将开始的春耕,他一下犯愁了。一年之计在于春。在这个节骨眼上,村里有这么多人病倒了,这可怎么办?爱笛从患病村民家中出来后,转身去了公社卫生院。卫生院的大夫说,这么多的人都患了伤寒,卫生院也没有特效药,到县医院去看,花费又大,这可怎么办?这时,有一个老大夫说:"榆林城里有一种中草药合剂,是治愈伤寒的良药。"

"走,上榆林买药!"可钱从哪儿来呢?挪用生产队的资金,那买不回来春耕用的化肥和良种怎么办?向病人家摊派吧,他们病得连炕也下不来,家里哪有钱看病。这时,有人打退堂鼓了:"算了,你一个年轻娃娃,刚当上队长,生产的事都管不完,还顾得上给人治病!再说,榆林城离咱这里往返有四百多里地,远水解不了近渴,干脆到县医院让病人自己想办法吧!"

"不能等!"丁爱笛就这脾气,您越说他不行,他就越要干出个样子来。他从怀里摸出来一张汇款单,这是他母亲刚给他寄来的40元钱。第二天一大早,丁爱笛就踏着残雪上路了。奔波了近五十里山路,他赶到县邮局取出汇款。这时已是落日

◆ 丁 牛

时分。站在街上,他想:要是住进旅社,围着火炉吃一顿饱饭,再倒在热烘烘的炕上睡一觉才美呢!但这至少要花掉五元钱的食宿费。他不忍心动用买药钱,便朝着亮起灯光的车站走去。进了车站,他靠在车站的长木椅上,从怀里摸出一个玉米面馍吃了下去,又喝了两大碗保温桶内的剩水,精力似乎恢复了一些。这时,他望着玻璃窗外的一弯新月和远山的剪影,想着此时乡亲们一定会在油灯下,算计他现在走了多远路,还寻思他不知能否将药买到!

第二天天刚亮,丁爱笛披起棉袄,在绰绰的人影和闪烁的灯光中辨认着去榆林的车辆。大轿车他不敢问津,嫌太贵,就连问了几位正在装货的卡车司机,却都碰了"钉子"。从不服输的丁爱笛真有些急了,他转到街上,看到一位卡车司机正在一个小饭馆吃早饭,他灵机一动,溜进街旁一小店,买了一包香烟,凑到刚刚吃完饭的司机旁。丁爱笛将烟给司机递了过去,并一五一十地讲明自己的来历和请求。司机看着丁爱笛焦急的神情,便一挥手说:"上车!"就这样,爱笛搭着这辆车到了清涧。之后,他还是用同样的老办法,拦了一路车。风餐露宿,历经了五个昼夜,终于从榆林城买回了"仙药"。村里患病的群众服了他买回来的汤药后,病都痊愈了。那一年春耕,虽动手迟了些,但乡亲们出于对丁爱笛的一种感激,将春耕任务完成得最好。现在一提到丁爱笛,张家河的乡亲们总要说起他到榆林买药的那件事。

二

1974 年,丁爱笛已担任大队党支部书记。这年夏天的一个晚上，倾盆大雨，下个不停。这时，传来消息说：离村五里外的石坝工地出现险情。山沟里的洪水，以每秒数百个立方米的流量冲向即将完工的石坝。

当时，年仅18岁的张海娥是大队基建队队员，她和基建队的十几名姑娘和小伙子都住在工地附近的旧土窑里。暴雨惊醒了这帮年轻人。听到窑外的雷鸣声，他们谁也没敢出门。海娥头贴在窗棂上，仔细听着外边的声响，听着听着，听见雨渐渐小了，但水流声却愈来愈大，隐约还听到有人在远处的呼喊声："山水下来啦，大家快去护坝呀！"海娥穿上衣服，夺步开门，即刻，一股雨腥味直扑窑内。站在窑外的地畔上，只见大坝顶端，马灯闪烁。海娥一眼就认出举着马灯查看水情的，正是他们的年轻书记丁爱笛。

"书记，您怎么来了？"海娥关切地问丁爱笛。

"别问了，快去打开溢洪道。查看和复坝上松动的料石，其他人推车送土，加固坝身。快！"这时，大伙立即行动起来。一小时后，大坝两边的溢洪道被打开了，水流一泄而下，松动的料石经过更换之后，又推来几十车黄土，把坝上坑洼之处填得牢牢实实。

黎明时分，天放晴了。丁爱笛拉住一位基建队员的手动情地说："多亏大伙啦！为了保住大坝，大家辛苦了！"当丁爱笛握住海娥的手时，一股热流涌在两人的身上。"快回窑里换件干衣服！"丁爱笛动情地对海娥说。可海娥还固执地说："我不冷！"

第二年初春，这座坝内聚了一库清水。乡亲们盼着用水库里的水来浇灌川道里的那片高产田。当时，正值春寒料峭的三

❖ 丁　牛

月天，坝内浮动的冰凌将一块堵水板击穿了，冰水哗哗地涌出坝外。眼看着水流愈来愈大，丁爱笛便带着几个后生上到坝上，海娥和十几个姑娘也尾随而来。这时，只见后生们脱去身上的粗布棉袄，口里吐着白气走向水洞。丁爱笛也解开了棉袄准备下水。"丁书记，你不摸咱陕北的地气和水性，不能下去！"几个后生同声说。这时，只见丁爱笛越过众人，边走边说："这关口，我不能退后？！"说罢，第一个跳入水中。后生们见状，便纷纷入水。男子汉的臂膀挽着臂膀，犹如一道铁栅栏；男子汉的胸膛贴着胸膛，犹如一道铜墙。海娥在岸上看呆了，她感到浑身的血在沸腾，她也勇敢地跳入水中。这大概是这个小山沟里第一次出现一位女孩与男子汉共同抢险。进入水中的海娥感到自己与男子汉们并肩战斗。他们用身体凝成一座大坝，紧紧嵌在了洞口。经过40多分钟的搏斗，水洞堵住了。丁爱笛搀着海娥，跌跌撞撞上了岸。上岸后，他抓起自己的棉袄，披在海娥的身上。

"快打堆火，烤烤衣服！"男子汉们都裸露着胸膛烤衣服、换衣服，唯独海娥不动。丁爱笛望着浑身湿漉漉的海娥，就像看到海中的仙女。这时，他才感悟到：自己打心底佩服这个性格刚强的姑娘。

"来人，开拖拉机把姑娘和婆姨们都送村里去！"拖拉机发动起来了，丁爱笛伸出大手，帮海娥裹紧身上的棉袄。拖拉机走远了，但他感到自己的心与海娥的心紧紧地贴在一起。后来，他们果真结合了。

三

20世纪80年代初,丁爱笛从上海工业大学毕业之后,又开始四处闯荡。而妻子海娥带着孩子,从陕北奔波到爱笛的老家山东滨州,之后,又到上海、天津,最终落脚在北京。在此期间,海娥干过纺织工、清洁工、保管员,最后落脚在北京。生活的苦辣酸甜,磨炼了这位陕北姑娘。她成熟了,更有出息了。

1988年底,丁爱笛告别了刚刚落户不久的北京,踏上了赴海南办公司的征程。

万事开头难。刚到海南,人生地疏,虽然踌躇满志,但缺乏经验。1989年初,他用带去的几十万元与人合作,在海南注册了第一家公司,在试经营房地产开发的同时,开办饮食服务业。丁爱笛发现海口食品较单调,于是在饭店经营起"早茶","早茶"很适合海南人和各地及海外旅游者的口味,就餐、订餐的人络绎不绝,生意抢手,财源滚滚。第二年,他又上了中餐——"大排档"。丁爱笛为人真诚、憨厚,每到一个新地方,总信奉"客不压主"的原则,很尊重合作者。没想到他的憨厚却被人利用,他所创办的餐饮业最后赔光了全部投资,几乎跌到"身无分文,立足无处"的境地。他开始想家了,开始思念北京及亲人了。"我这头牛老了吗?是该告老还乡了吗?我才40刚出头!不管怎样,总该回家看望一下妻子女儿,宽慰一下父母老人了吧!"

这年回京探亲,丁爱笛路过著名的"天涯海角",为解心中

◆ 丁　牛

的郁闷，壮志难酬的他奔过海滩，扑向大海，畅游了一番。小憩之余，他卧在金沙滩上，望着波涛滚滚的海面，望着浪峰间浮动的人影，脑海中浮现出一幅神话故事的画面：在我们人类刚刚在地球上繁衍的时代，一场灾难降临了。铺扑天盖地的暴雨中，洪水泛滥，脆弱的人类葬身鱼腹。此刻，一只巨大的神牛遨游海中，它不时地浮出水面，用坚实的脊背托起在洪水中挣扎的人。待到洪水退后，神牛的脊背已变成一块坚实的陆地。人们便在这里开始繁衍生息。丁爱笛站起身，迎着海风，漫步沙滩，他忽然感悟到：海南宝岛不正像那"神牛"的脊背嘛！在命运面前，我不能沉沦，我要学战胜灾难的"神牛"。

从北京回来，丁爱笛在朋友的帮助下，从打工做起，点滴积累，终于创办起自己独立经营的公司——"海口建设开发总公司"，专门经营房地产开发。由于创业艰苦且繁忙，丁爱笛很少回家，有时半年回去一次，住上一晚就走了。妻子张海娥很理解丈夫，她曾感慨地说："他愿干的事业，我一定支持，决不拖后腿。"海娥操持着全家，精心抚养着女儿。1993年，他们的孩子考上了北京市重点中学——清华附中。

也就在这一年，丁爱笛创办的"海口建设开发公司"面临一个严峻的考验。两年前，公司在三亚市买了地皮，在钢材等建筑材料价格急剧上涨的情况下，前后投资上亿元，盖起了三栋高楼，到年底已开始向海内外客商出售，公司经营见利了。没过多久却又赶上钢材价格回落，全国经济宏观调控，紧缩银根，购房热降温，公司开发资金紧缺，这又为房地产开发提出了难解的新课题。面对起伏动荡的"商海"，有人劝丁爱笛到此收兵。但他牢记着自己的誓言：要学那冲破灾难、托起人类的神牛;要对得起陕北乡亲送给他的绰号——"丁牛"。

一个偶然的机会,我有幸见到这位"传奇"人物。他出差来京办事,难得回家团圆几天。眼前的丁爱笛比在陕北时"发福"多了,尽管鬓间添了几丝银发,但身体硬朗。谈起这20余年的经历,他无限感慨地说:"干事业,度人生,什么时候也不要把希望寄托在别人的恩赐上,要时刻靠自己来奋斗。我能调入北京,并在北京安下家,在几乎破产的境遇中重新创办公司,就是最好的证明。"坐在身旁的海娥爱抚地拍了一下丈夫的肩,诙谐地说:"他这个人呀,命里注定一辈子就不会过安稳日子。牛脾气!"大伙都笑了,这笑声中包含着赞美。

塬上的雪

王 晨

现在回想起来，陕北留给我最初的印象，最深的印象，至今也难磨灭的印象，便是那莽莽黄土高原上的茫茫大雪。

那是1969年1月的一天，我们的"知青专列"从北京抵达铜川。北上的汽车挂着防滑链，在冰雪中艰难地爬了一整天才到达宜君县城。这是当时延安地区最南端的一个县（可惜现在已划归铜川市，据说许多宜君干部都不愿离开延安地区）。通往各公社的道路均被大雪封死，县城又不能久留，于是，我们背着行李在雪中上路了。

后来才知道，那只是陕北很平常的雪天，但在北京，我从未见过这么大片的雪花，这样漫天地飘洒，这般雄浑的世界——远远的，从天地相连的地方开始，一片片的高原蜿蜒起伏，夹着一道道沟岔，到处是落不尽的雪花，旷野静寂无声，只有我们自己踩在雪路上发出的"咯咯吱吱"的响声。

这种雪景，宛似电影中的"定格"，深深地烙刻在我心中，以至于十年二十年间，时常浮现于梦中。不过，雪中的我当时是何种心情，现在却很难准确地描摹。兴奋、新奇、浪漫、希冀、期待、担忧、紧张……或许都曾有过。我只能说，就在那个多雪的冬天，开始了我的新生活。

陕北统称黄土高原，细分起来又有沟、川、塬之别——两山之间的窄处称为"沟"，较宽敞处特别是有流水、可以种植稻米蔬菜的地方称为"川"，而山上平缓处即可称"塬"，老乡说，最苦的地方就是塬上，主要原因是缺水，我所在的宜君县尧生公社郭寨大队就在塬上。

这是一片贫瘠的土地，漫山遍野的麦田，单产只有十几斤，有时还收不回种子。严重的地方病威胁着乡民的健康，东队（郭寨三个生产队之一）的八个壮劳力，竟都患有柳拐子病，腿、脚关节上的大骨节实在吓人。这里没电、没煤、没水，任何一种农副产品加工，如磨面、榨油，都得靠人力，每年冬天要到沟里去打柴，以备一年之需，别的还好说，没水这一条最要命，雨季来了，赶忙修好旱窖，蓄住雨水，全村人一年就靠它维系生命。陕北旱年风沙又太多，每年经常有两三个月断水，这时就得到沟里去挑泉水。这泉水不干净可能有地方病菌姑且不说，最厉害的是挑上担子，一路不能歇脚，否则就会倒掉半桶水。这可是个硬功夫，一担几十斤的水桶，上了肩要一口气走三四里坡路才能上得塬上，记得我是在一年多以后才练就出来的。

离开北京时，学校里的军宣队说"队里早就把柴都准备好了"，到了村子里发现不是那么一回事。准备好的木柴大约能烧一两个星期，队长说："开春农活忙，现在趁着冬闲，赶快去沟里打柴吧！"

❖ 塬上的雪

我们几个同学都来自汇文——一所有名的男校，对攀崖翻山并不畏惧。天还没大亮，大家把绳子捆到腰间，拿上镢头、砍刀便出动了。钻到山沟里，砍下一丛丛荆棘灌木。刨出一个个干树根，不知不觉地过了大半天。弟兄们互相看看，手上、胳膊上都是血刺，有的脸也划破了。打柴不是个轻活，要会找——不然背回去不好烧，会挖——一般都要除根，常常是满头大汗，跟树根"较劲"，越挖越深，就是不能"除根"。

第一个冬季，打柴是最苦的一关。这一冬，因为背柴，我有三件上衣后背撕成了布条条。这还不算，我到陕北的第一个"事故"也因为砍柴而来。那是一个雪后的清晨，寒风拼命地抽打着我们的背脊骨。我在一个陡峭的山坡上正在跟一个老树根"较劲"，不知是因为雪后路滑还是一脚踩空，突然顺着山坡滚了下去，半天竟晕了过去。幸好山坡不足十米，加上我在学校还是足球队员，除了衣服划破、身上挂了几处彩外，竟没有落下什么残疾。

70年代后期，我在一篇关于陕北的文章中看到这样一段话："从40年代到70年代，虽然陕北和我们祖国都发生了翻天覆地的变化，但陕北很多土地还是那么贫瘠，陕北人民的生活也还穷苦——历史在某些点上，停滞的时间太长了。"对照当年的情况，我深有同感。陕北生活之苦，的确超出一般人的想象，使我们这些刚刚离开大都市的青年人，感受到心灵的震颤。以我们的大队党支书金栓来说，一家八九口人，六个孩子，冬天只有一两床棉被，孩子们全靠烧热了的炕席过夜。我拉车、拿粪、扬场、犁地，所有的农活几乎都学会了，工分由八分半、九分、九分半一直升到满分十分，而且几乎天天下地从不误工,一年下来每年劳动日的工值仅为一角九分。头两年扣除口粮等,一共挣了40多元,即使这点钱也还是毫厘未见……年底分红时,队上把得钱户与欠钱户一一相抵,就算结账了。欠我钱的是户老农,拉家带口,根本不可能掏出几十元钱给我。当然,我也不可能去讨债。结果,这两年数百个劳作之日,分配时以一文不名而告终。

我刚下乡时借住别人家的"厦子房",即窑洞前盖的简易平房,后来房主要存粮食把房要了回去,几经变化我又到"磨房"去住。我们东队沿沟沿分布在上下四层窑洞里,我借住的这家"磨房"在最底层,从这窑门出来,眼前便是荒草丛生的深沟。这一家房主每周要磨三四次面,有时也借给别人用,磨盘、磨道设在窑里边,我睡的土炕在窑门附近。每天早起,我赶忙把被褥卷起,主人家牵着小驴来磨面,等到我晚上回来,地上、炕上都是磨面留下的尘埃,窑里散出驴尿的臭味。

头三个月,我们一直吃不到肉。同学们都不满二十岁,那种馋劲实在难熬。有一天,饲养员跑来告诉我们队上死了一头牛,牛肉一角一斤还没有买,问"知青娃娃想不想要?"我们马上答应,买了几十斤牛肉回来。添好水,加足柴,足足炖了两个多钟头,大概是夜里十一点多,牛肉熟了,不知是谁忽然提出病牛肉可能有毒的问题,到底吃还是不吃?八员"大将"围着锅台"研讨"了半天,终于决定"冒险解馋"。同时翻箱倒柜,找出从北京带来的一些药品,以防不测。等到大家狼吞虎咽干掉不少牛肉,一觉睡到天亮,发现彼此安然无恙,禁不住哈哈大笑。

说到吃饭,还得说说做饭。我们是男校学生,自然没有女同胞操刀掌勺，饭菜也来得简单，我们最爱吃的，也是最省事的，同时也是老乡最反对的，是烙饼。村里的婆姨常说："这伙北京娃烙个饼饼，蛮不胜擀面节省哟！"意思是说，面条出数，烙饼太奢侈，可天天擀面，对于五大三粗的一群小伙子来说，又谈何容易！也许真应了婆姨们的话，我们的面粉消费得最快，不到一星期就得磨一次面。那滋味，无论如何是忘怀不了的。收工吃罢饭，天正大黑，通常是两个知青负责磨面，有时借不到驴，只好自己动手推磨，一圈圈地转下来，时常半夜才能磨完。

渐渐地，粮食也不大够吃了，老乡怪我们"都是烙饼的过"，于是糜子面、苞谷面都得上饭桌，而且白面也越磨越粗，最困难的一段时光，是一磨到底，连麸子一块吃。我最怕两样食品，一是糜子面馍，吃下去肯定不能"出恭"，再是麸子馍，一入肚便觉得又憋又堵。但怕也没用，冬天在崖畔上打了一早上夯，下籽时扶着犁吆喝了半晌牲口，到"饭时"（陕北话应读"饭司"音）是顾不了许多的。

我们有困难，老乡则更困难。队上有个老党员，家里孩子甚至轮着穿裤子。即使如此，他们对我们这些"北京娃"，还是尽力相助。看到我们粮食不够吃，队里决定补助我们一些口粮。三九天气，在塬上搞水保，打"橡帮堰"，我们来不及（实际上也没有）吃什么早点，老乡常常将煨在地堆篝火边的热馍匀给我们填肚子。记得与几位年龄相仿的青年老乡一块拉车，他们都抢着干最重的"架橡"，让人在后边推车。拿粪、下子、烧窑等农活，也是手把手教会我们。

那个时期，政治空气可不比今天，隔三差五地要学习，还要斗"四类分子",要谨防"苏修"从珍宝岛那边打过来,我们在这方面更是队里依赖的骨干。晚上吃罢饭,队长一吆喝,在家聚在饲养室里,我就开始念文件、念报纸了。尽管常常是念到十人中有九人发出鼾声,但会还是非开不成的。

1970年春节,我是在队上度过的。大部分知青回北京过年去了,剩下几个自然显得孤单。队长、书记们不断来叫,让到他们家做客。老乡送的年糕、馒头,够我吃好几天。尤为难得的是,乡亲们帮我把分到的八斤黄豆也都磨成了豆腐,足足二十来斤,我做了猪肉炒豆腐、豆腐汤、豆腐丁包饺子等,那是我一生中吃过的最香的豆腐!

那时我的妹妹已到东北北大荒兵团。我知道那里冰天雪地,就想用自己养的羊剪下羊毛织双生羊毛袜子。这在今天来看,简直有点异想天开,可当时真的这样干了:我学着从那只老绵羊身上剪下六两毛,请人教我弹了一下,又由一位老大娘帮助捻成线,再由一位老乡帮忙织成袜子。当我把这双自制毛袜寄往东北时,真颇为得意。

在我动手写这篇回忆文章时,我的父母居然翻拣出二十多年前我写给他们的几封信,这里不妨摘录几段,从中也可以看到我当时的状况和心态:

"我已从那个窑搬到队里保管室里,窑是不错,只是太大,太冷,没有炕,每天也就烧不成炕,只好搭了一个床,把所有被子、大小衣服全盖上,仍然冷得不行。今天采取措施,在炕席下码了满满的麦秸,好多了。每晚的洗脸水第二天早上都冻住了,真冷!不过困难是可以克服的,革命先辈'风雨侵衣骨更硬,野菜充饥志愈坚',我这又算什么呢?"(1969.12.16)

❖ 塬上的雪

"最近还和以前一样,只是我病了一次,自古历十二月十二始至十七,扁桃腺炎,发烧,结果跑到五里外的村子找医生看了一次,给开了一服中药。回来借了一个小药锅,拿两块砖头一支,熬好了药。吃了,稍好一些,仍不退烧,又找医生(村里的)给打青霉素,打了三针,这里药很贵且难买,抗菌素轻易不给,一片就要几分钱,我只有三四片合霉素,四片氯霉素,十丸羚翘解毒丸和一点牛黄上清解毒丸,全部吃光了。从古历十七开始干活,仍感觉没好彻底,可手头中药西药一点全没有了,买又买不到,也买不起,所以我很着急,见信后您们一定要给我准备些土、四、氯、合霉素,再有若干中药,以备生病用。"(1970.1.28)

"我的身体就算好了,吃了一些氯霉素和通宣理肺丸,很见效。最近几天连降大雪,我们冒雪打窑劳动,也没感冒,就请您们放心吧。

今年在我一生中算一个转折点,这就是走向二十岁——青年正式时期,我头脑中想法很多,生活的艰苦,已经适应,打柴爬山下沟烧火,已不是什么难事,还可以给自己做个结论:没有沾染多少空虚、颓废和堕落气,还有一些朝气、志气、正气……"(1970.2.26)

这封信中提到的打窑,就是为我们知青安家而为,那是1969年冬,上级拨下为知青建房的款子。大队支书开始带着大家在村子里为我们打窑洞,选的那个地方很不错,五孔大窑洞也满气派,这里边有我们知青的不少汗水啊!转眼到了夏天,窑洞很快打成了,已经到了装门窗的地步。有一天我们在新窑干活,突然天降暴雨,大家只好收工,回到我的"磨房之家"。

不一会儿，雨下得更急更猛了，忽然传来闷雷一般的响声。"哎呀，不好！"等我们赶到村边，只见五孔新窑全部塌方，一个冬春的辛苦毁于一旦，原来刀削一样平整的窑面现在成了一面斜坡。而仅仅半小时前，我还在窑前干活，半个月后即准备迁入新窑。从这个意义上说，我和我的同伴还算是幸运的，否则真可能葬身黄土地了。然而，新窑全完了，钱也全用光了，修复已无可能。这样，直到我离村到县里工作，我就一直住在"磨房"里。

今天，我如实地写出当年的困苦与挫折，我相信许多延安知青都会有大同小异的经历，我只是他们中间非常普通的一员。但我同时要说明，当时这一群知青并没有悲天悯人、自暴自弃。确实有个别的沉沦者，但大多数知青的情绪是稳定的平静的，甚至可以说是乐观的。在很短的时间里，我们看到了、听到了许许多多在学校在城市根本看不到、听不到的东西。或许可以用今天的话来说，就是耳闻目睹了中国的农村和中国的国情吧！许多年以后，我常把延安知青与北大荒兵团、内蒙古草原等地知青作比较：如果可以把北大荒知青形容为"敏锐"，内蒙古知青形容为"豪爽"，那么延安知青可以谓之"深沉"。这可不是"玩"出来的"深沉"！这种深沉，源于我们民族摇篮黄土高原的培育，根植于那里民风的淳厚、民心的丰赡！

20年过去了。又是一个千里冰封、万里雪飘的日子，我重新来到塬上，任思绪如飘飘洒洒的雪花漫天驰骋……

陕北——这是一块贫瘠而又富有的土地，这是一片古老而又神圣的高原。以毛泽东为代表的中国共产党人，在这块土地上工作、生活了13年，从这里走向西柏坡，走进中南海。陕北人民对共产党的深情,只有置身于他们中间,才能有铭心刻骨的感受。然而,由于种种原因,这块土地在新的时代曾经落伍,一度沉寂。"我一听插队青年谈起延安的情况,心里就非常难过。"1970年,周恩来总理专门对延安工作作的重要指示传到延安,延安为之沸腾。重新学习毛主席1949年给延安人民的复电,大批北京支延干部来到延安,几十个"五小"工业项目落户陕北,所有这些,都给高原带来了生机和希望!

更为巨大的变化,还是发生在改革开放这十多年。当延安已基本脱贫的消息传来,当列车轰鸣着驶向陕北,当许许多多的乡亲们把家乡的喜讯捎到北京,作为一个曾经在陕北生活过六年的老知青,我的心情犹如明媚的春光!

❖ 苦乐年华——我的知青岁月

窑洞里的岁月

薛鑫良

一

我到延安去插队的那年冬天,天气十分寒冷。本来已经立了春,可陕北的山川大地还是冰天雪地。从公路边下车到生产队,还有五里多路。这段路虽然不长,但路面七高八低,上坡复下坡,下坡又上坡,坡度不大,可由于冰雪与路面冻成一体,我们穿的又是塑料底棉布鞋,鞋底又硬又滑,走不了几步就跌跤,跌倒了爬起来再走。当然,跌得不痛不痒,大伙反而嬉笑打闹,有人还高唱"下定决心,不怕牺牲,排除万难,去争取胜利"的"语录歌"。后来,还是那位帮我们赶毛驴驮运行李的生产队副队长屈大哥出了个好主意,他叫我们每个人把头上和脖子上的围巾解下来,连接成一条绳索。屈大哥抓住绳索的一端,我们几个一个挨一个地紧紧抓住这条"防滑绳",好不容易才算走完这五里冰道雪路。到达生产队的时候,天已经擦黑了。

窑洞里的岁月

当晚，我们就睡进了土窑洞。刚睡下，我有些忧心忡忡。原来，我们住的土窑洞里，还有另外三名知青和我们同睡在一盘土炕上。躺下没多时，我心里便想：这窑洞塌了怎么办？岂不是活埋了吗？尽管大队乔书记和乡亲们向我们作了解释，可我还是放心不下。

第二天，我才明白这是杞人忧天。陕北的土窑洞坚固着呢！我们刚来插队时，陕北的老乡住的都是窑洞。当时，整个陕北地区都还十分贫穷，而且十分封闭。我们初来乍到，看见什么都稀奇，可当地的群众看到我们也感到十分稀奇。当时，无论是在公社，还是在县城，我们都会被人们注视。"看，这就是到咱县上来插队的'北京娃'。"当时，这个称谓成了北京知青的代名词。连那些冬天穿着开裆裤、夏天光着屁股的小孩子，也把我们这些理应被称做"大哥哥，大姐姐"的人叫做"北京娃"，这让人感到有些哭笑不得。

以后，我参加了工作，当上了"七品芝麻官"。可是，我每到一个陌生地方，第一个晚上睡觉的时候——无论是在农村下乡住在老乡家里，还是在延安宾馆和西安的陕西宾馆，乃至在上海的扬子饭店和深圳的望海楼宾馆，我都不由地想起"窑洞第一夜"的情景。我曾经想过，那是毛主席住过13年的窑洞啊！我们又要住多少年呢？

二

我插队的志丹县，是延安地区13个县份之一，是举世闻名的革命老根据地。1935年，志丹就建立了共产党领导的人民政权。我们在北京的时候，听知青上山下乡动员报告，报告里的宣传和鼓动，点燃了我们心中的理想火焰。

然而，插队不久，我们的心开始凉了下来。我想，这能怪谁呢？动员报告中的夸夸其谈和"假大空"，使我们这些年轻人的热情和期望值高涨到了沸点，而插队以后所看到广大农村一穷二白的景象，却使那种期望值和热情一落千丈。当年，不要说在志丹县，即使进了延安城，我们到饭馆吃饭，花四两粮票一毛钱，买两个用白面和玉米面掺合做成的"两面馍"，花三角钱买一碗粉汤，自己还没有动筷子，三四个讨饭娃娃就会围上来乞求："干大，打发一点吧！"当时在县城，给国家干部每月也只供应百分之四十的细粮，其余都是粗粮；至于大米，只逢国庆、春节才象征性地给每人供应几斤。每到晚上10点钟以后，本来就低压弱光的电灯泡也全部熄灭了，因为县里电厂的柴油发电机组必须按时休息。在农村，乡亲们用蓖麻油点灯照明，煤油灯都用不起；吃饭连筷子也没有，用树枝代替。从生产队到县城，有六十多里路。当时，要看一次电影只有到城里才能看上，而谁又愿意翻山越岭，往返一百多里路去看一场电影呢！现在回想起来，如果动员报告讲得客观一些，全面一些，我们的思想准备就会充足一些，期望值就会实际一些，热情就会正常一些。

严峻的现实，使我和一些"老插"变得冷静起来。当时，新中国已成立20多年，可革命老区延安为啥还这么穷？我自己又该怎么办？从延安窑洞"飞"出去，还是在穷山恶水的环境中干下去？思前想后，我还是选择了"既来之，则安之"的主意。

有了这种打算,心理也就平衡了许多。经过一段时间的生活磨炼,我逐渐发现并感受到延安人的另一面。他们吃苦耐劳、淳厚朴实,能忍则安。这种性格,就像吃的是草料、流的是血汗、终生耕耘黄土地的老黄牛那样。尤其在上一个世纪三四十年代,延安的大山深沟,延安的窑洞成了中国革命的摇篮。有一首歌唱得好:"没有共产党就没有新中国",我想补言之——没有延安就没有新中国!

三

斗转星移。我在这块贫瘠而又富有的土地上,从插队开始,一直到参加工作,到走上领导岗位,度过了20多个寒暑。1992年3月,我和全家人调回北京。

调迁之前,我和妻子带着我们的孩子,到生产队去向乡亲们告别。当年走过的那五里山间小路,已被拓宽,每天有汽车通行。我们乘坐的"切诺基"一直开到我曾住过的窑洞门口。"小薛、小陈回来啦!"乔书记和乡亲们都来了。尽管我和妻子都已40多岁,孩子也上了大学,可乡亲们不论男女老少,还都叫我们小薛和小陈。

我们和乡亲们挤在老房东的窑洞里。大伙儿一会儿谈笑风生,一会儿沉默寡言。房东大婶一面做饭——荞面饸饹羊肉汤,一面翻来覆去地絮叨:"再见不到小陈了!见不到小薛了!"我听到了大婶的话,鼻子阵阵发酸。我说:"大婶,怎么见不到呢!你还不到60岁,可以到北京找我们嘛!我们也会回来看你们的。"大婶一面用手抹着眼泪,一面说:"难哪!怕是再难见了。"

返回县城的路上，我想了很多很多。自改革开放以来，许多地方，尤其是沿海地区的面貌日新月异，然而，革命老区，偏远山区又怎样呢？应当肯定，各方面的情况都有了明显进步，但同时，也应当承认"一穷二白"的面貌并没有得到彻底改变。用群众的话说，只要政策好，天帮忙，就能吃饱肚子，可花钱难哪！尤其在那些"十年九灾"的地方，依靠国家救济的农民还很多。原因在哪里呢？如果简单地指责那里的干部和群众，实在是太不公道了。"冰冻三尺，非一日之寒"，这种地区的贫穷落后是由多种复杂因素造成的，要改变它，也非三年五载之功。我任职期间，与同事们立志"为官一任，富民一方"，但"能尽人力，难胜天意"，有心治山治水，无力抗天抗灾。1991年，从6月18日至9月30日，全县连续大旱105天，有的地块干土层达53厘米，划根火柴，就能把地里的玉米叶子点燃，部分地区还多次下了冰雹。

自然灾害和恶劣的自然环境，使我所在的县，贫穷落后的帽子一下难以甩掉。我在陕北奋斗了20个春秋，和陕北的乡亲们含辛茹苦地度过了几千个日日夜夜。

尽管我不无遗憾地离开了这片土地，但这块土地赐予我战胜困难的勇气和毅力，使我在今后的人生路上一往无前。

深情与遗憾

陈 忠

那一天……

天刚刚露出一点鱼肚白，窑洞里的小喇叭就响起来了。也不知道是从哪一天开始，《东方红》的乐曲声就代替了上工的钟声。"跟着太阳走，迎着月亮归"，新的一天又开始了。

近日的心情颇不宁静。好像是前天，一直传闻上边要来招工的消息得到了证实。那天晚饭后，北京来的带队干部老张，分别找我们队里的五名知青谈话。我是第一个被找去谈话的。当时，村里刚刚接上电，因为负荷过大，电压不稳，老张窑洞里的电灯忽明忽暗。在灯光闪烁中，我和老张坐在炕桌边开始了我们的谈话。

话题从王坪公社大庄河大队召开的知青工作交流现场会谈起。当时，我代表我们队里参加了会议，会上还作了交流发言。我插队的甘泉县，在延安地区是一个小县。当时，农村的生活很是艰苦，一年四季，吃的是粗粮带瓜菜。插队一年多的时间里，队里只分过两次肉。一次是麦收后，队里杀了几只羊，知青户也分了五斤肉；还有一次是队里的一头老牛绊死了，知青户除了分到几斤肉以外，还照顾知青，额外分到一个大牛头。平时除了出民工之外，是很难见到荤腥的。不怕大家笑话，在知青工作交流会期间，我还吃过一次炖肉。吃肉时，你看知青们那个美劲儿，让人看着不知是高兴还是难过。

我在与带队干部老张谈话时，老张还谈到当前陕北农村发展的大好形势，公社"上纲要"的宏伟蓝图，有为青年要在广阔天地炼红心等诸多话题。谈到最后，老张才将主题亮了出来。他说：延安大规模建设五小工业，需要一批知识青年，公社给了队里两个名额，我与大队党支部商量，你这次先不要走，还要留下来，安心农村，队里也需要你。

听到这个消息，我说不出当时心里是什么滋味。说句心里话，到陕北农村一年半了，从来没有想过什么时候能够离开这里，只是最近的传闻让大家思想有了一点波动，但是，并不抱太大的希望。到了真正面对"去与留"时，这个弯子一时还真的转不过来。我不记得当时是怎样离开老张的窑洞的，但心里总觉得别扭。

按照昨天收工后队长的安排，今天所有的劳力是到川地里去割麦子，早饭也要送到地里吃。我拿上镰刀和背绳，随着大队人马出发了。麦地离村子不远，大约走十几分钟就到了，分开地垄就干了起来。那天，是一个烈日高照的大晴天。收麦就是要趁这种好天气。龙口夺食嘛。

大约日上三竿了，早上吃的稀饭和馍馍早就消化完了。我又渴又饿。心想：队长怎么还不喊歇工呢？

这时，房东家的娃娃来地里找我，说老张让我马上回村里去，有事。放下镰刀，我回到村子里，老张见我就说："赶快到王坪卫生院去，我们送去体检的某某某因身体不合格，已经被刷下来了。让我们再补一个名额，你去吧。今天是最后一天，名单和体检表下午就要报走了。"

天哪，封家湾离公社卫生院所有 30 里地，能赶上吗？我二话不说，立马就走。

赶到卫生院，日头已过了当头。延安来招工的领导、卫生院的大夫们都还在，一见我，他们便开始对我进行一通儿例行检查。

当时，我的穿着打扮还是劳动时的装束，皮肤黝黑，上身只穿了一件背心，浑身上下全是汗，一量血压，90/135。大夫摇了摇头说："这个不行，血压高。"听到这儿，我傻了。我觉得好像过了很长时间，其实也就几分钟。招工领导里边有一位大约 30 多岁的师傅说话了："小伙子是跑来的吧，天气热，喝点水，一会儿再量一下。"一杯温水，消除了暑热。再一量，谢天谢地，80/120，我体检过了。

后来我知道，这位师傅是延安钢厂来招工的，姓钟。这之后，我再也没有见过这位钟师傅，我也没有被分到延安钢厂，而是去了延安机械厂。

斗转星移，40 多年过去了。可我总是忘不了体检的那一天，忘不了那位姓钟的师傅给我传递的深情目光。那一天是 1970 年 7 月 26 日，也是我 18 周岁的生日。

◈ 苦乐年华——我的知青岁月

干了一件错事

我在甘泉插队的时间虽然不长,但我们却干过一件有悖于民风和乡俗的大错事。

我们来封家湾插队时,因为安排得仓促,五个男生住在魏桥年家的一个偏窑里,三个女生住在健姑家的一间柴房。公社通知我们今后按月到公社领生活费,在石门粮站买粮,每人40斤口粮。按比例细粮40%,供应小米;粗粮60%,供应玉米粒或者黄豆、蔓豆等。有了粮,但是没有炊具,没有柴火,无法起伙。村里临时安排我们到各家吃派饭,同时做起伙做饭的准备工作,这样延续了十几天,到正月初六,我们正式起伙了。

起伙后遇到的第一个问题是没有柴火。我们村面对洛河,背靠荒坡,砍柴要到河对面十几里外的山沟里去。老乡家的硬柴很金贵,高高的一垛柴,那是一家生活殷实的炫耀。平时烧的是从地里拾回来的玉米芯儿、豆秸,只是在需要烧硬火的时候,像平时熬麻子油、过年时做豆腐、炸油馍才用,一年也用不了多少。补充柴火的来源只有两个,一是靠洛河夏季发大水的时候,打捞从上游冲下来的河柴;二是冬天到很远的山里偷偷儿砍一点柴。说是"偷偷儿",其实村里人都是心照不宣,只是不敢让"公家人"晓得,否则,处罚是小,破坏绿化的罪责担当不起。

我们找老队长商量柴火的问题如何解决。如果我们自己去砍柴,几十里山路,无法用架子车拉,只能靠背。再加上当年我们只有十六七岁,城里娃的身板儿,几个人一天能砍多少柴是可想而知了。队里派人给我们砍柴,这里边也有风险,万一公社怪罪下来,也只能说是给知青砍的柴。毛主席身边来的知识青年,天寒地冻,总不能没有烧饭取暖的柴火吧!

商量的结果是:队里出两个壮劳力,每人一天砍一背柴,由知青给他们过工分,每人每天 10 工分。我们也算了一笔账:我们八个人在队里干一天活,总共能挣 47 个工分,过 20 工分,还算合适。

从山上砍来的柴都是湿柴,老乡教给我们:柏木柴破成细条,用老乡给我们的干草当引火柴,这些柏木条当时就可以烧。几根茶杯口粗的杜梨柴,破成小块放在墙角晾着,三四十天后就能烧了。

两背柴让我们烧了一个多月。马上又没有柴了,怎么办呢?当时虽然已是阳历的 3 月初,环视一下村子四周,目力可及的山坡上还是一片土黄色,大地还没有返青,别说是树,连草也没有,干草早让放牧的羊群不知扫荡多少回了。还别说,河对面沟口的几棵树挺显眼地立在那里,离我们住的窑洞大约有三四里路。那是什么树种,为什么孤零零地立在那里,谁都没有去想。先后察看了两次,当时只是在盘算,树大概近一尺粗,有两丈高,破开了烧四五个月不成问题。当时,队里还在备耕,农活只有给牛铡草和给地里送粪,并不忙。于是,我们头脑一热,说干就干,早饭后,带上斧头和大绳就出发了。

我们忙活了一上午,一棵大树已经成了四段树干和一大堆树枝。我们将这些柴拉回了窑洞前。大家都很兴奋,这下烧的问题算暂时解决了。哪知道,我们砍回来的是一棵榆树,湿木不放上七八年，根本就破不开，半天的工夫算都白费了。

随后，老乡们的议论让我们大吃一惊："这些学生娃们瞎日鬼，那是和子坪村老宋家的祖坟，以前还有四五个坟堆，去年学大寨把坟头给推平了，现在可倒好，连人家坟地里的树也给砍了，这事可闹大了。"

没有想到的是，事情过去了，没有任何人来找我们问罪。后来才知道，我们打扰的那几位老先人，他们的儿孙辈都健在，他们知道这事是我们插队知青干的。"不知者不为怪"嘛，他们原谅了我们。

干了这么一个错事，成为我心中永远的懊悔。事情已经过去40多年了，我想在这里向那几位老先人以及他们的后人道一声：对不起！

能不忆茶坊

张树人

一

富县，在陕北来讲，算得上是一个贯通南北的交通大邑。我插队的地方就在富县的茶坊公社。茶坊恰恰就在国道旁。这个地名听起来很有些古意，想必当年是一个酒幌摇曳、茶肆林立的热闹之地。不过，我插队的时候，这个地方虽不繁华，却也是南来北往的客人们打尖歇息的好地方。

茶坊大队包括茶坊生产队和小泉坡生产队。我们队就在茶坊街上，小泉坡生产队在一个拐沟里。在小泉坡插队的知青住的是窑洞，我们队的知青住在土坯房里。刚到茶坊的时候，我们先是由队里临时安置在大队支书老樊家。老支书家是临街的房子，隔壁紧挨着茶坊邮局。由于茶坊是公社所在地且又交通便利，常有知青在我们这儿歇脚。一来二去，我们还真的认识了不少知青。我辗转回城多年以后，曾有幸参加富县知青聚会，还碰到过若干知青提起茶坊邮局旁边的那个知青点呢！

在支书老樊家住了大约有一年，队里用上级拨付的知青建房经费和安家费，单独为我们建起了土坯房。看官看到这里，必会问及土坯房为何物，待我慢慢道来。

说起陕北民居，堪称历史悠久，其典型代表当然非窑洞莫属。除此之外，砖混房、土坯房、干打垒房等形制在各地亦有。说起当地村民来，尽管生活贫困拮据，甚而家无隔夜之粮，但老乡们对住房的建造却不苟且。据我当年亲身经历，当地人修房子，一般是土坯房和干打垒房，因为曾参与过建房，因此对其建造略知一二。例如，老乡们若要打算建土坯房，平时就利用农余时间备料，其中包括建房用的土坯砖、柁、梁、柱、檩条、门窗等木活用料，以及灰、沙、石、瓦等建材辅料。待备齐这些材料后，再寻个农闲时节，请若干工匠和村民帮忙，有个十来八天，新房就落成了。干打垒建房较之土坯房则略有不同，四面起墙并不用事先准备砖坯之类，直接在平好的墙基础上，用杉篙两侧固定，然后填入黄土，用石杵分层夯实，继而逐渐往上移动杉篙，再填黄土夯实，循环往复，直至达到规定高度。墙基础或用三合土逐层夯实，或采用砖石结构。房屋内外起墙皆可照此办理，其余工程备料和建造程序与土坯房大体差不多，集中建造时间比建土坯房略长些，亦需十天半月方能建成。

插队的知青和村民们一样，每天日出而作，日落而息。先前有一段时间，队里考虑我们这些北京娃初来乍到，独立起伙做饭可能有困难，每天会派一名婆姨来帮我们做饭。之后，知青们开始自己轮流做饭，劈柴和担水等力气活儿由男知青来做。若论起吃水来茶坊街还算好。我们队的水井不算深，把桶放下去后舀了水再靠辘轳摇上来。若是做饭喝水，要求水质好点，我们就挑着水桶走大约不到两里山道去挑泉水。说起做饭来，通过一段时间的学习，我们总算掌握了做饭的基本技法，好歹儿能把饭菜做熟。好在每天只是熬粥、蒸馍之类，晚饭按当地习俗，有时候做些饸饹、搅团或杂面面条。夏天，我们在知青自留地里弄点菜，冬天则以腌酸菜为主。我们熬粥一般是小米和棒糁粥居多。小锅熬粥，大锅自然就蒸馍了，这两样总归是少不了的。所谓蒸馍，我们一般是蒸玉米面和糜子面为主，有时也在玉米面里加点豆面、小米面或者蒸点小米饭等。吃白面馍和大米饭的时候很少，因为队里种的小麦，特别是稻子数量有限。蒸馍的程序基本上都差不多，面和好后揉成条状，继而用刀均匀切块，并整齐码放到蒸屉上。大约 15 分钟左右，揭开锅盖看馍如果已经发了，再开始大火上汽蒸。这样蒸出来的玉米面馍口感与白面馒头一般无二。加之我们在农村时吃的粮食都是新粮，其口味儿绝非陈粮可比。直到今天，当年那蒸馍的口感回忆起来，仍觉齿颊留香。

　　有一日，队里老乡言传，刚刚去城里方向的公路上撞死一只狗，我等一听便来了兴致。走到公路边一看，果见一只狗已被撞死在地，不禁心生悲悯，遂望空默祷，且口中念念有词：尊犬既已无可挽回，念及我等久无油水，今权且借此聊以果腹。苍天在上，我等只是学那少林和尚"狗肉穿肠过，佛祖心中留"之故事，还望仙犬恕罪云云。待我等言毕，便持刀将狗的两只后腿卸下。大伙见到提回来的狗肉皆大喜，个个踊跃操持。后腿儿自然斩块红烧小火慢炖，其余肉嫩之处则细细剁成臊子，打馅儿和面包成饺子。待狗肉炖熟煮好，我等风卷残云，饱餐一顿，直吃得脑门子倍儿亮，鼻洼鬓角往下流汗。

看官阅及此处，必会问及陕北特色食品。其实，陕北特色食品并非我等日常的饮食。过节时，偶尔吃几顿有特色的食品，只有到了农历春节，队上才会派人帮我们准备年茶饭。软黄米面黏豆包，包好的豆包，托一片梨树叶上屉蒸；软黄米面和好之后，擀成小饼炸油糕；玉米面兑上些黄豆面，柴火烧鏊锅摊黄儿；积酸菜，炖猪肉等也忙活了几天。准备下的年茶饭数量之多，两礼拜不做饭都够吃了。到了年节正日子前后，知青们每天清早，尚未洗漱，已有村民扣扉，请知青到家中吃饭，待要起身，又有村民进户邀请，只得婉言谢曰：待去完此家定依约赴彼家云云。如此情景，连续若干天方稍歇息。

队里的乡亲们有时候遇婚姻嫁娶之事，也约请知青参加和帮忙。婚嫁之事自然是村民家中之大事，必得十分重视。据我观察和了解，青年男女到了当婚年龄，一般沿袭父母之命、媒妁之言旧俗，双方一经谈定即为订婚。届时，男方则必送彩礼，除衣物饰品之外，尚有人民币数百元乃至更多些不等。说什么花前月下，卿卿我我，你情我愿，浓情蜜意之类，实是鲜见。婚前男女双方见面很少，因家境贫寒换亲之事亦属平常。说起当地女子生来手巧，平时织布绣花为多数女子必修之课。绣花主要以肚兜儿和鞋垫为主，肚兜儿和鞋垫自然也是要送情郎的。

青年男女成婚之日，村民们送贺礼自不在话下。一帮青年小伙、姑娘媳妇们都来打趣儿和布置新房，或到灶房帮忙。娃娃们更是里屋外屋、院里院外地跑来跑去，加之灶房里叮当作响，一片喜庆景象。受邀知青则是负责记账收受贺礼。待新郎新娘行礼已毕，诸如介绍婚恋情况等程序自不待言，接下来挨桌敬酒，递烟发喜糖亦必不可少。此时，喜宴数桌乃至十数桌早已开张。来客们围坐在八仙桌前，推杯换盏，吆五喝六，高潮迭起。苦于当地乡民生活拮据，经济负担又不能太重。档次的高低，大厨们心中有数。当然喝酒所需的下酒凉菜自然要有，无非花生米、积酸菜之类。热菜则一道一道上，且上一道撤一道，看起来碗碗有肉，但皆以菜打底，菜面儿上盖肉。乡民们亦心知肚明。待酒过三巡、菜过五味，十余道菜已然尝过，末了，但见一道肉丸子端上来。众人知晓此乃宴席将散之意。于是，各尝一颗丸子，便起身离席。

当地乡民皆以柴草烧火做饭。平日里耕作之余，家里无论父母长辈和娃儿均以收集柴火为重要营生。看官阅到此处，必会起疑，陕北并不缺煤啊，坊间不是流传清涧的石板、瓦窑堡的炭么？就拿富县来说，牛武煤矿离茶坊也很近，烧煤岂不痛快。此话若传至乡民耳中，必被掌嘴无疑。看官有所不知，我们到陕北插队是上一个世纪60年代末。据我所知，一般仅是公社、粮站、邮局、信用社等，还有乡民们称之为吃公粮的那些人，可能有条件烧煤。反观乡民们的生活状况，能吃饱肚子，尚且不易，何来"阿堵物"来买煤呢？

说起牛武煤矿，容小子再啰唆几句。我插队的第二年，队里买了辆手扶拖拉机，农忙时用来耕地运粮，闲时到牛武煤矿给茶坊街里的单位运煤，搞点副业。我呢，有幸开了一段时间的手扶拖拉机，是到牛武煤矿运煤，一天往返两趟。有一次到煤矿拉煤，因从未见过矿井里挖煤是个啥样子，于是，趁着工人往车里装煤的空儿，打了声招呼就下了矿井。来到山边的坑口，可巧碰上矿工弓腰塌背拉着运煤车出来。但见那矿工戴着柳条帽，浑身上下几乎一丝不挂，身上沾满煤灰，肩挂缆绳双手拽辕，上身几乎贴着地面拉车出来。转头再看这车，却是普通的架子车改装而成，前后加板展长，且四周围上了二尺高的槽帮，装满煤总要有七八百公斤以上，着实令人咋舌。从过煤车旁向矿洞里望去，矿洞约有两米多高，一米五左右宽，洞壁皆为坚硬岩石。采煤工并无矿灯之类设备，矿洞口右侧石壁上挂着一排油灯，凡进矿者，顺手取下一盏油灯提着用于照明。我也手提油灯，沿着矿洞摸索前行。油灯照亮之处，看到地面有些积水，洞内很静，可以听到洞顶石缝里渗出的水珠落地的声音。勉强摸索前行了一段，我举灯朝前望去，黑洞洞的什么也看不到。停住脚步，只能隐约听到矿洞深处似有采矿的击打声，自己俨然就像旷野里孤独无助的行路人，感觉有些喘不上气来，心底油然生出一丝恐惧之感，踌躇再三，决然转身出了矿洞。

烧煤既是奢侈之物，烧柴还是乡民每日之必需。平日里，乡民们就格外注意捡拾柴火。每逢夏收和秋收，队里除了将应交公粮和队里自留的种子拉回场院外，其余则按户就地分配，由各自农户拉回家。余下的秸秆之类，除饲养室留用部分之外，亦分配给乡民。我辈知青入乡随俗，每天出工劳作时，如有可能，必带上绳索，以备斫柴之需。在地里务工劳作时，就会留心地畔沟梁的酸枣刺或者顺便捡拾些柴火。看官或许会问，这酸枣刺不过手指粗细，如灌木枝子，且长满枣刺，何故用此烧火？看官有所不知，这酸枣刺中亦有玄机。普通酸枣刺并无蹊跷，但须留意其根部，或是由主根及侧根构成的根系，

❖ 能不忆茶坊

形成一个巨大的块茎根，重达七八斤乃至十来斤，运气好的时候也有数十斤重的。枣树根挖出若干棵，解下绳子将其捆好扎紧，待队里收工时，掂上肩头扛回去，趁其尚湿时破开，待干后，再想破开就难了。

知青户人多，仅靠平时捡拾柴火仍嫌不够，有时候需要出去砍柴。乡民们毕竟是当地人，熟悉情况，队里又考虑到知青的安全，每次都会派一名干练乡民带我们一起去。我记得那年夏天去山里砍柴，天刚蒙蒙亮，我们就套好驴车出发了。虽说是三伏天，但是山里气候与平原不同，早晚温差大，清晨出发时还披着棉袄呢。我们吆着驴车，沿着公路走了约莫20里路，到了榆林桥后便离开公路，走了一段山道，就进了一个名叫"回回沟"的地方。沟底的路起伏曲折，两侧的山坡上，长满了野草。在阳光的映射下，那些不知名的野花娇艳欲滴，芬芳争艳。山谷里人迹罕至，偶尔传来布谷鸟的叫声，时而草丛里扑簌簌飞出几只色彩斑斓的野鸡。山里的薄雾渐渐地散去了，山坡上的林木逐渐密集起来，算来已不知不觉进沟差不多十里路了。我们来到一处宽敞的地方，将车搁到一边，把驴牵到一棵树旁拴好。我们几个各自拿上绳索和斧头，先在沟里往上寻找，看好可下手的死树再往上攀爬。坡上的林木主要是松、柏、杨、槐之类，亦有不少杜梨、山桃等树种。杜梨树木质坚硬，着实不好砍伐，一般我们只砍些已经死去的松木、柏木、杨木，遇着好的柏木，砍上两根擎回去做锄把乃为上品。坡上林木葱茏，地面落叶足有尺厚，踩上去感觉绵软，脚底有些扒不住地面，深一脚浅一脚的。待在沟底寻睃坡面，寻不多时，忽见不远处的山梁上似有一株干枯松木，于是肩斧擎绳，逶迤前行。行不多时，却发现右侧显露一山谷，仔细一看，有溪水自谷内流淌出来，谷里野草没膝并无路径，前方林木却与别处不同，铺天盖地，极其茂盛。小子颇感好奇，取下斧头小心拨开杂草，沿谷底崎岖路面踟蹰前行。溪水浮萍覆盖，地面腐叶叠压，绵软湿滑，偶见裸露石块均结满青苔，草丛露水早已打湿了裤脚。约莫行有百来米，探头往林里张望，只见林木之密集，遮天蔽日，林间黑黝黝的深不可测。再看那林间灌木约有一人高，参差不等，密密匝匝，加之地面杂草丛生，腐叶堆积。低洼处积水呈墨绿色，落叶浮萍漂漂，隐约可见浮游生物，蛙鸣鼓噪，此起彼伏，林间蝉鸣之声宛如交响。欲向前再探究竟，却林遮丛掩，草深湿滑，思量再三，还是顺原路返回。之后，曾与同队知青谈起所见情景，无不称奇，皆曰：这大概就是人们常说的原始森林。

正午时分，骄阳似火，沟内热气蒸腾，虽说穿着裤褂，但手腕和脚脖子等裸露之处，仍不免被荆棘灌木划破，加之汗水腌渍，刺挠燥热。环顾所带的些许食物和粥已然吃毕，着实觉得口渴，喉咙直劲儿冒烟。沿沟畔四下里寻觅，果见附近一汪清泉。待蹿过去俯身细看，原是之前路过的砍柴人留下的。一尺见方，约半尺深的泉水清澈见底。我等见此大喜过望，遂依次单腿跪地，俯身驴饮。各自饮罢，又洗脸浇头，着实凉爽了一把，复又将驴牵过来暴饮，这才心满意足将木材装车出沟。

沿着山道走了约有五里，汗流浃背，言谈话语间，打量找户人家歇个脚再走不迟。正说着，忽见坡面陡然开阔，立面露出两孔窑。窑外一中年婆姨坐在当院里，正在摊煎饼呢。我迈步上前欠身言道："老乡，砍柴路过，想在您这讨口水喝行么?"那婆姨仰脸刚要搭腔,窑里应声闪出一条汉子,热情招呼:"来来来,屋里水缸里有水,进来喝吧。"我等一看这汉子,吃了一惊。这汉子身高足有一米九,魁伟硕壮,相形之下,我等则显得矮小不堪。我们随老乡进了窑洞,抄起舀子揭开缸盖喝了起来。受汉子的热情感染,我们亦觉如遇故交与他攀谈起来,并顺便参观了窑洞。进了窑内这才发现,这窑洞与众不同。平日我所见窑洞最多两孔相连相通,而今日所见窑洞竟有三进。进到最里间窑洞,里面几乎装满玉米、小米等粮食,外面通联的两孔窑则是住房和灶间。出了窑洞又在树荫下歇息攀谈。热情的汉子和婆姨又拿出一摞刚摊好的煎饼,定要我等品尝。盛情难却,加之刚出锅的煎饼香味儿扑鼻,实在是挡不住的诱惑,遂不再推辞,各取一张大嚼起来。闲聊中方知,汉子一家乃山东人,为了生活,举家来到"回回沟"。陕北这地方山大沟深,地广人稀,特别是"回回沟",人迹罕至,只要肯吃苦,吃喝便不愁。汉子一家在沟里挖窑种地,养鸡喂猪,日出而作,日落而息,却也其乐融融。站在坡上放眼望去,野草间数十只羊时隐时现,若干喜鹊在枝头跳跃,汉子家的一只狗在磨盘下静卧,不时抬头四周张望。我等目睹此景,叹曰:世外桃源亦不过如此也。

歇息已毕,起身辞谢了汉子一家,启程赶路。此时已是后响。深山砍柴已非一次,我们心里明白,必得赶天黑前出沟。因摸黑出沟,一来山道崎岖曲折路面难辨,二来毕竟沟深林密,亦常有狼群出没。说着,脚下生风,只顾前行。我们几个轮换,一个驾辕,一个牵驴。天色渐暗,朦胧可见前方沟口,我们皆松了口气。说话间,刚巧车过一石桥,桥面与车几乎等宽，且并无桥栏。我在车旁手扶车帮，未顾及路面，一脚踩空，跌进桥两侧的沟里，心中暗暗叫苦，只得听天由命了。苍天佑我，沟里既无水也不深，摔得我来了两个前滚翻，于是，就势立起身，紧走了两步赶上车。此时，已然是金乌西坠，玉兔东升。

二

在茶坊插队两年多，已与当地村民融为一家。彼地民俗中所透出的热忱，令人倍觉温暖。一日，队长跟我说：咱们队在茶坊街里，还紧邻去延安的公路，车来人往，是个交通要道。因此，公社要求我们配合"农业学大寨"搞搞宣传。我考虑了一下说：这事儿好办，咱们就在山上弄个标语，这样，南来北往的人都能看到。我站到茶坊街上朝两边山上张望了一下，看到南山上有面大坡，如果写上字应该比较显眼。于是，我回到队里，扛了一把尖镢，提上半桶石灰就直奔南山。等到了地方之后，我先是拿脚步量了量，大体规划了一下，估摸着三米见方一个字，然后字与字之间有个间隔就可以了。继而用镢头直接在坡面上抠出双线笔画来。为了远看更清晰，我采用的是笔画较粗的黑体字。待字抠完后，又略微修整了一下，再提着桶，沿着笔画的走向，将石灰均匀地撒在上面就算大功告成了。等我回到茶坊街往南山看时，"农业学大寨"五个字已赫然在目。

蒲月已尽，荷月渐至，眼瞅着川地里的麦子籽粒饱满，再过些日子就是夏收季节了。恰在这时候，从公社里传来了消息，说是有单位来招工了，我听到这个消息后，倒没有太多想法。原因就在于消息是真是假先另当别论，传来传去的到底是什么单位招工，招工去干什么都说不清楚。再者说了，就算是"天上掉馅饼"，我们公社就有200多知青，难道我辈运气就那么好？我当时觉得这种事儿还是淡定点儿好，为此着急上火也没什么用！于是，便抱定"车到山前必有路"和"天无绝人之路"的念头儿，想着走一步看一步，到时候再说。这种事儿也奇了，你越是不当回事吧，它越是偏偏就来了，甚而容不得工夫让你思考呢！没过几天，就有人带过话来，说是单位招工的人来了，要和大家见见面。我听了以后，琢磨着：既然如此，那就先去看看再说吧！等我回到知青点，才知道大伙已经都到了，招工的同志正和大伙聊着呢。但见招工的同志和知青们热情交谈，气氛融洽如同见到亲朋好友。大伙见到我来了，自然引见介绍。我见招工的同志讲起话来竟是熟悉的北京口音，加之受到场内气氛的感染，顿时觉得亲切许多，犹如他乡遇故知。在闲聊过程中，我多少了解了些情况。这次来招工的同志拢共是三个人，说是汉中100号信箱的。三个人里边儿，有一位是单位军宣队的，大伙都叫他朱队长；一位是单位人事组的，看起来年龄稍大些，人称他为老李，还有一位是随队医生，姓韩。说起这汉中100号信箱，我只知道是北京的一个内迁单位，到底是干什么的，我也没有机会详细咨询，只听大伙私下里猜测说这种有代号的单位应该是保密单位吧。那会儿，我头脑简单，也没见过啥世面就信以为真了。

书说简短，闲话少叙。经过队里推荐、单位面试考察、政审体检之类程序，我被录取了。招工录取之后，我全然没有那么兴奋,原因是我对招工单位的具体情况不是很清楚,再者说了,虽然是离开了插队地点,但还是没有离开陕西啊!从陕北高原出来,又一猛子扎到汉中盆地,而且北有秦岭,南有大巴山,看来,这辈子就走不出山区了么?现在回想起来,我当时怎么会那么傻呢?参加工作这么大的事情,为什么不向招工单位的同志问清楚呢?得亏去的单位情况还算不错,否则,后悔药可是没得吃了。这是后话不提。我那会儿决定去的原因,主要是觉得可以离开农村,而且能到城里参加工作挣工资了,将来能自己养活自己,也好歹能攒点钱孝敬父母、抚养弟妹、帮衬家里了。

说话就要离开茶坊。插队生活倏忽而又让人感到刻骨铭心。我出生在山东,在上海度过儿童时期,小学、中学则是在北京就学,继而在陕北插队,又在汉中和西安工作,前后有20年之久,之后又辗转回到北京工作18年,直至退休。唯有在陕北插队这两年半的经历,至今难以忘怀。我走在茶坊街上,看着这熟悉的一切。茶坊邮局就在我们原先知青点的隔壁,那时候,我有事没事的就去趟邮局,无非是想翻翻有没有亲友的来信。邮局的东边是长途汽车站。车站的斜对过就是粮站。那是我们知青当年来到茶坊后,吃第一顿饭的地方。街南边有队里的大车店。大车店进门以后,是停放大车的院落和牲口棚,临街的房子是供车把式等客人住宿用的。客房里面没别的,就是通铺。住宿所需的被褥,则是根据客人的要求和数量,到街对过的茶坊旅店去临时租用。也想不起是什么原因了,我还曾在大车店里住过呢。在充满小叶子烟草刺鼻的浑浊气味中,我和那些南来北往的各色老客们挤了几晚。记得我等也曾在大车

◆ 能不忆茶坊

店院里，看过公社知青宣传队表演的节目。演的节目是《白毛女》。演到悲惨处，由于演员表演投入，竟至泣不成声，场内观众们亦被情绪感染而唏嘘不已。不过，当时给我印象最深的倒是其中扮演狗腿子的一位知青，其形象及做派实在是逼真，举手投足活脱脱就是个狗腿子，至今回想起来仍令人忍俊不禁呢！大车店的左边是队里开设的钢磨坊，大约是我们来队后第二年开始对外营业的。有了钢磨坊就方便多了，粮食磨面或者拉棒楂时，只需要拿着粮食到钢磨坊直接按比例换面就行了。大车店的右侧是茶坊街上唯一的一家餐馆，餐馆里经营的自然都是些家常菜，原本也没有什么特殊的。但是自打知青来插队以后，南来北往或路过或赶集的知青，都爱到这个餐馆里坐坐，顺便打打牙祭，一来二去，倒是把小店的生意给照顾了。店里其他的菜倒也平常，不过是"猪八样"再辅之以土豆萝卜等菜蔬而已，唯有一道菜在知青中却是小有名气，这道菜就是葱爆海参。据我看来，倒不是因为这家餐馆做的菜有多么好，只是因为在人们的印象中，这种餐馆不过是个乡下的路边小店，居然会有被人们视之为高级菜品的葱爆海参。要知道，这种菜当时在大城市也不多见。想来着实令人有些诧异呢！饶是如此，我来此插队近三年，实在是因为囊中羞涩竟从未光顾过这家饭馆，倒是每每见到不少知青相约进店，猜拳行令，杯盘狼藉地撮上一顿，小子偶尔在窗外窥见，亦颇觉羡慕不已呢！之后，我曾听进店吃过的知青形容，葱爆海参这道菜确实有，只不过是这里的大师傅刀工着实不错，愣将那少许海参用刀切得雪片儿也似薄，烧完以后海参看起来显得还挺多呢！

说话要离开茶坊了。对宛如第二故乡的眷恋之情却油然升起。我立于茶坊西头的崖畔上,俯视那新落成不久的滚水坝,如彩虹般跨越清澈的河水。洛河对岸,长庆油田石油钻井队的钻探井架傲然屹立,给这荒漠的原野带来了勃勃的生机。眺望龟山半坡上的唐开元寺塔依然巍然屹立。小子默然不语感慨良久,古塔虽近在咫尺,竟从未曾登临探访,如今却要踏上征程无缘亲泽,恐此生难偿夙愿了。沿着崖畔往南走,在靠近北校场的地方,我曾种过红苕。小瓜地里小子亦待过两月,当过"掌柜"的。古周峁上种过燕麦,收过小麦和荞麦。水磨房里彻夜磨面、箩面,昏暗的油灯下,伴着那水车带着磨盘轰隆隆的声响,恍惚间就像登上了回北京的列车。茶坊到牛武的路上,小子开过手扶、搞过运输。插队至今,小子深山砍柴,喂猪做豆腐,套牛耕田,除草耙地,碾麦扬场,数九寒天挑粪积肥,烈日炎炎挥汗割麦,当年的北京娃如今也成了陕北的汉子。

　　说话要离开茶坊了,小子竟觉得泪眼模糊依依不舍起来。两年多了,我们刚来这里的时候,也就十七八岁左右,甚至还有年龄更小的。依现在人们的看法,我们那会儿根本就是一群少不更事的娃娃呢。乡亲们对我们这些城里来的娃们,给了无微不至的关怀和照顾。从日常的柴米油盐到生活起居,地里的农活就更是不用说了,样样数数几乎没有不关照到的。几年来,和乡亲们朝夕相处,深切地感受到他们那博大的胸怀,忍辱负重坚忍不拔的性格,朴实谦逊俭省勤劳的内在品质。我辈知青,生活在偏僻的山区,生活在贫瘠的村落,生活在穷苦的农民中间,日日耳濡目染,感受到的这一切,就像是那春风化雨般润物无声地浸濡着自己的心灵。苦难的生活磨炼了我们,

❖ 能不忆茶坊

我们也从背负着沉重生活重担的农民身上，汲取了一种精神品质。听说我们要走了，乡亲们络绎不绝地来看望我们。平时，大伙在一起的时候说说笑笑、打打闹闹的倒没觉得有啥，这回突然间要分别了，就觉得真有些依依不舍。小子不禁叹曰：执手相送别亦难，川口白杨望断肠。溪水难掩离别泪，此去何时君再还。

到我们离开陕北的那天，我们一行 30 人和前来招工的同志是在茶坊汽车站整队点名之后，集中上了长途汽车。如果小子没有记错的话，那天应该是 1971 年 6 月 19 日。上午发车时，生产队里的乡亲们没有出工，都跑到车站送别我们。那依依不舍的送别场面着实感人，至今难以忘怀。站在车里，望着车窗外乡亲们挥动的手臂，小子不禁百感交集，眼泪就像断线的珍珠夺眶而出。别了陕北，盼着荒漠的塬峁沟壑勃发生机，披上绿装；别了延安，盼着贫瘠的山村旧貌换新颜；别了苦难的乡亲们，盼着能早日脱贫致富过上美满富足的生活！茶坊街渐渐远去，终于消失在视野中，留给我的是无尽的思念。

我在"鼓乡"度过的青春岁月

陈 红

走向广阔天地

回京之后,一直到退休赋闲在家,每每与当年曾到延安插过队的知青们在一起闲聊,谈论最多的当然是插队时所经历的青春往事。后来,与我曾在一起插过队的老关说:"安塞腰鼓现在可有名哩。咱们插队那会儿虽然知道腰鼓是怎么个打法,但总感到没有现在的气势大。"我一听,觉得是这么回事。可转念一想:那时候,人都吃不饱,哪有心事打腰鼓。于是,我在"鼓乡"插队的艰苦岁月又一幕幕地浮现在我的眼前。

当年,我插队的地方在安塞县沿河湾公社。从北京出发的时候,我妈怕我在路上受冷,给我做了丝绵裤、丝绵袄,还有一件羊皮大衣。到了安塞,发现这里确实冷。但由于我穿得太厚,上山的时候,有些走不动,两个婆姨架着我,翻过了一座山。一路上,满眼是荒凉的黄土高坡,没有见到一棵像样的树。进村的时候,全村人站在的路边,路下面就是悬崖般的沟壑。我们所在的村子很小，只有十几户人家，高高低低的窑洞依山而建，都是土窑，破破烂烂的。

胡队长把我们女生安置在一个窑洞里，四个人住一个炕。窑洞很小，我们四个人的箱子就放在炕台上。灶台边上还立着一个水缸，里面也放满了水。这一切，都是队长事先安排各家的婆姨为我们准备好的，算是欢迎的前奏曲。

我们刚走进窑洞，老乡已经围在门口看热闹了。他们没有见过从北京来的女娃娃。我们的穿戴、我们的肤色，他们觉得很"洋气"。他们说话我们不懂，我们说话他们也不懂。全村只有队长能听懂普通话，所以，我们大事小事都去找队长。

晚饭的时间到了，队长带着村里的一户人家来接我们到他家吃饭。这家准备的是羊肉扁食，扁食就是饺子，但皮很厚，吃几个就饱了。其实，在这个村子里，只有春节才能吃到扁食。当时，队长说：县里要求每个村都要好好接待知青，家家户户要拿出最好的东西给知青们吃。白面扁食是最好的东西。我后来才知道，他们平时都吃糠咽菜，包点扁食连家里的孩子都不舍得给吃。山区的老乡啊，真是朴实。后来一连半个多月，我们都是挨家挨户地吃派饭，家家都是包扁食招待我们。

刚到农村的时候，我们几个女生是名副其实的手不能提、肩不能挑的娇女。最初，队长安排我们上山砍柴，山里没有大树，只有稀稀拉拉的灌木，我们用镢头把灌木齐根砍下来，用粗麻绳捆成捆背回来。第一天，由队长10岁的儿子胡大毛带着我们。说来也真丢脸，我们几个一天砍的柴，还不如大毛一个人的多。他能背着比人还高的柴火，一步步从山下爬上来。砍好自家的柴，他还抽空给我们砍柴，让我们回去时，每人也能有点收获。我们用这种速度砍柴，恐怕每天连做饭用的都不够。

有一天，出去砍柴的四个男知青到晚上还没回来。我们急的去找队长，队长一听也急了，叫村里的壮劳力都去找。他们打着火把边走边喊，后来，在离村口不远的一片坟地附近，找到了四个男生。原来，他们遇到了磷火。那磷火泛着蓝光，看上去很吓人。四个知青从来没见过这种颜色的火，又偏偏在坟地里遇见，便害怕了。把他们领回来的时候，砍的柴没了，带的东西没了，真是狼狈极了。

队长见我们没柴烧，他就带着我们走了很远的山路去刨树根。看到有一棵朽了的老树根，他给我们把树根劈好，让我们背回家。一个大树根，我们劈了两天，每天都累得双腿打战，浑身酸疼。

一次掏地的时候，男生掏出了一条冬眠的蛇。他们三下五除二地把蛇砍成几段。没想到，这下可惹祸了，蛇是陕北农民心目中的图腾，是财袋子。在地里遇到蛇不能打，要毕恭毕敬地放生。几个岁数大一点的老乡对砍蛇的知青说："你们来接受教育，我们的话你们咋不听，把蛇打死了，今年的收成就没了。"我们说这是迷信，没有那回事，他们更生气了。结果，双方吵起来了。后来，知青们知道老乡有这个忌讳，以后在地里干活，见蛇也就不打了。

开始种地了，我们女生跟着小孩子一起点豆豆。走一步，往犁好的地沟里扔一粒，再用脚把土埋上。所有的耕地都在山坡上，土非常的松，走一步，就扬起像面粉一样的黄土，满身满脸都是，鞋子里也装满了黄土。我干脆把鞋给脱了，地里没有硌脚的石块，光着脚十分方便。忽然，有个老汉说："女娃不能脱鞋，快穿上。"为什么？男人能光脚，女人为啥就不能？"我们这儿自古女人就不能跟男人一样，女人脱鞋光脚是丢人的事。"

锄草了，我把草和谷子分不清。常常把草留下，把苗给锄了。我觉得自己太笨，有时因为把谷苗锄掉气得直哭。可老乡们非常同情我。他们总会说："娃娃们才来。锄地是个细营生，慢慢就分清草和谷苗了。"他们不怨我，反而还安慰我。从此，我对粮食非常珍惜，对农民也很同情，这种情结一直到现在也没有改变。

胡队长是村里为数不多的几个见过世面的人。那会儿，他哥哥在部队上当司令员，是大官。我们和他一起劳动的时候，他却总说，你们以后肯定会回北京的，这地方放不下你们。说实在话，接受再教育谈何容易。当时从思想上和感情上我都不能接受在农村扎根一辈子的说法。胡队长的话给了我希望，他是能理解我们的人。

陕北水土流失非常严重。每天，我们站在高山上看着山沟里的雾气从我们脚下升起，人就像在雾中游。有时，遇上对面山头有人干活，这边的人会向那边呐喊，那边就会飘来一阵阵歌声。陕北人会唱民歌，可以把一个女人从小唱到出嫁，也可以把谁家的婆姨唱得脸红。从他们嘴里唱出来的《东方红》曲调，词儿可不一样。他们干活的时候唱信天游，渐渐地，我们也会唱了。那时没有流行歌曲，每天走在路上唱，干着活儿唱，唱着说话，唱着做饭。歌声使我们忘记了想家、忘记了饿、忘记了疲劳。

打坝是冬天干的活计。常年的干旱和风沙,使陕北农村十分缺水。但一场雨下来,山水会把坡地上的地表土冲到沟里。如果人工在沟前面拦起一个土坝,就可以留住这些地表土,形成一片平坝地,而且土质肥沃,庄稼收成好。我们来之前,这里的人就知道打坝蓄田。

到了冬天,我们每天把山上的土挖到独轮小推车上,一个人推着车往坝下放车,到了坝边上就松手,让车上的土翻倒在坝上。我第一次推车的时候,心里很紧张,不是怕推不动,怕的是抓不住车。好在当时已经锻炼了快一年了,身上也有了力气,胆子也大了。第一次我就成功了。其实,只要掌握了平衡,推车就很轻松。

第一次探亲回家,我妈说我的身体变得壮实起来,嘴也不刁了,人也勤快了。我自己也觉得回北京以后,什么东西都变得那么稀罕,扔什么东西都不舍得。因为陕北的老乡太苦了,就连一张旧报纸他们都稀罕的要留下来糊窗。一年的劳动,让我们知道了农民的生活,体会了劳动的艰辛。我们也想通过自己的努力来改变这里的一切。

感受饥饿

我们刚到村上插队时,国家发的口粮都是没有加工的粗粮。队长告诉我们,玉米放在锅里用热水焖上一晚,第二天队里安排毛驴和石碾子给我们压玉米。当晚,我们就把玉米粒泡上了,结果,碾出来的玉米糁馊了。后来才知道是水的温度太高,再加上碾好的玉米没有摊开晒。馊了的东西是不能吃的。

我找到队长,说把馊了的玉米拿到队里喂牲口。没想到,这句话刚说出口,队长就生气地说:"这么好的粮食咋能喂牲口。你们就这点粮,吃不到月底就要饿肚子。"我们没办法,只好开口向队长借点粮。队长倒痛快,一会儿就给我们提来了一袋子黑糜子面,这是他家唯一的粮食。他家的婆姨给我们蒸了一锅黑面馍,吃到嘴里又苦又涩,好像吃中药丸的感觉。虽然我们都经历过三年困难时期,但同学们谁家也没有断过粮。这往后的几天,我们勉强吃着馊玉米饭和黑面馍,每天还要上山砍柴,肚子饿得咕咕叫。

每天,天不亮男人们要饿着肚子先下地,等家里的婆姨把饭做好了,用罐子盛好挑着送到地头。早饭、中饭都是在地头吃。晚上等月亮出来了,才收工,肚子早饿得前心贴到后脊梁上了。

我们的早饭都十分简单,煮一锅小米粥,切点咸菜,中饭有菜和黄米饭、饽饽之类的干粮。我们知青算一个家,四个女生轮流做饭。从生火开始学,直到擀面条、蒸饽饽、包扁食样样都会。

有一天轮着我做饭。一个男知青说,最近几个月,我就没吃过一顿饱饭。于是,我称出一斤小米,给他专门做了两大碗小米饭,他吃完之后,我问他吃饱了没有?他说,今天还差不多。一斤小米放在今天,够一家三口人吃一顿。可是那时候,男同学正长身体,加上超强的体力劳动,肚子里又缺少油水,别说男生吃一斤小米饭不饱,女生吃起饭来,也是很吓人的。刚来时,老乡说我们吃猫食,后来,哪个女生的饭量都在增大,狼吞虎咽地把几十个扁食一扫而光,男生一顿吃 80 个也不在话下。

到了第二年,我们的口粮要靠自己挣。粮食不够吃,找父母要全国粮票,在集市上买着吃。秋收完了,队长就给我们放假,叫我们回北京。但是,那个总吃不饱饭的男生,因为家里条件差,他没有回家。一个人与老乡一起,天天下地挣工分,不知道在谁家搭伙吃饭,总之,他忍受了一冬的寂寞和艰难。

沿河湾公社有一个供销社和一个饭馆,这是我们喜欢光顾的地方。尽管来回要走 40 多里山路,但是我们也总要找一些理由请假去赶集。到供销社必买一种当地自制的饼干,饼干硬得捣不烂,但也要买。有时,我们还会到饭馆撮一顿,吃个炒菜加一碗肉丝面就十分满足了。

当地的老乡,家家都有一块菜地,唯独我们的菜地里种不出菜来。菜要经常挑水浇,我们谁也没有本事挑水去浇菜。老乡看我们可怜,每到菜长成后,东家给几个西红柿,西家给几个茄子,南瓜豆角也吃人家的。就这样,我们每天都有菜吃。

生命之水

小村半坡山,有十几户人家,百十来口人。全村就靠一股山泉水来养活。

山泉位于村子下的山沟边上。那里有两个人工开凿的石头水池,左边的大池有一尺多深,两尺见方。大池的水满了就自动溢出,流到右边的小池里。这两个水池常年接着从山石缝中流淌出来的生命之水,老乡也严格地遵守着吃水的规则,从来不多取多用。

从村里到泉水池，下山要走一刻钟，上山得四十分钟。每天，村民赶着毛驴，用两个木驮桶从泉水池里把水舀起来，赶着毛驴，艰难地往山上爬。到家后，两个人用肩卸下木驮，把水倒进缸里，这就是一家人两天的饮用水。

村里的毛驴不多，而且都挺瘦。因为常年的劳累，有的驴背上都被磨破了皮。可它们却要担负着全村人饮水的运输重任。所以，要用毛驴，要通过村上选出的一个姓张的"驴官"。这"驴官"可是一个人物。在解放战争时，他跟着部队打到南京。由于没文化又受了伤，一解放，就告老还乡。回到村里，他做了倒插门女婿。我们都知道他管着生产队的驴，但不叫他"驴官"，都叫他张老汉。张老汉对我们关照有加，每天给我们派两次毛驴，他心疼他的毛驴，有时也说点怪话："你们咋能用那么多水，洗个脸能用那么多水？看把驴苦累的。"

用驴脾气来形容一个人倔，还真是很贴切。驮水的毛驴要是倔起来，一点辙都没有。我们从池子里用大水瓢往齐胸高的水驮里灌水，水还没有装满，驴就往回走。在老乡手里听话的毛驴，到了我们手里真是倔死了。所以，老乡一个人驮水，我们必须两个人。驴驮着水往山上走的时候，那就更倔了，走一步，停两步，不是撒尿，就是撅着屁股拉屎。

要是赶上下雨，泥泞的山路就更难走了，毛驴也更不听话。可是，我们一天不去驮水，就要闹水荒了。张老汉在关键时刻，总是亲自带我们去驮水，去之前，也总是让他的毛驴吃饱肚子。由于路滑，小毛驴呼哧呼哧地喘着粗气，有的路段特别陡，需要一个人在前边拉，另一个人在后边推着，帮着毛驴艰难地爬坡。

夏天轮到谁做饭，就是谁大洗的日子。中午，阳光高照。拿着脸盆装上脏衣服、洗衣粉，下到沟里，洗完衣服往大石头上一晾，看看四处没人就开始洗身上，但又不敢脱光身子洗，只能洗胳臂和腿。有一次，我正在小池子里洗脚，却让队里的一个社员看到了："你们女子家怎么能在池子里洗脚，脏了水。"

我和一个女生在水池边也有一次历险。那天，天气很好，我们两个人把洗完的衣服晾在大石头上，忽然看到一只像狗的动物，从沟边上遛过来。我说："这拖着尾巴的该是大灰狼吧。"她说是狗。那时，我们的胆子特别大。不管是狼是狗，我们不理睬它，我们没有出声，悄悄地贴在石头边上，迅速把自己隐藏起来。其实，大灰狼就在我们的眼皮子下边。还好，大灰狼没有理我们，也没有走回村的山路，而是顺着沟走远了。我们悄悄地从石头后边出来，迅速收起半干的衣服就往村里走。快到村口的时候，看到一个老羊倌，我们问他："看见狼没有？"他说："看到了。狼刚才吃了我的一只羊羔。"狼吃饱了，所以没有看我们。

我的小药箱

农村缺医少药。我来延安插队时，带了一套针灸的小钢针和外用的药棉、红药水、紫药水、碘酒。这些东西，组成了一个流动的小医院。来延安插队之前，我还学了几天针灸。

一天晚上，我们已经睡觉了。忽然有人敲窑洞的窗框。我一听是村上的老赵大叔。他着急地说："我大肚子疼得直叫，快不行了，能不能给我去看看?"我累了一天了，真不想爬起来。可是，他说他爹快不行了，我只好穿衣服起身，跟着他去看看。摸黑走了二里山路，走进黑黢黢的窑洞，炕上躺着一个老汉，他疼得直叫，满脸是汗。哪儿疼？指指胸口，我解开他脏兮兮的衣服，用手从心窝往下按，我初步判断是胃疼。我用针灸给他扎了几针，又给他服了颠茄片，老汉一下儿就安静了。

还有一天，一个老乡来找我，说他爷爷病得厉害。我二话没说，和一个同学背起药箱就直奔他家。我给老人量了体温，给他吃了一片退烧药，又让他家人给他在额头上用冷毛巾退烧。时间不长，药起了作用，老人的烧开始退了。

我把这里缺医少药的事情告诉家里以后，我妈妈也总给我寄点需要的药，比如土霉素、黄连素、阿司匹林这种既便宜又见效的药，我的小药箱里面从来没缺过药。

自从给张家老汉看过病以后，他家就对我特别的好，好像我是他的一个大孙女似的。他家有谁过生日，都要给我留点好吃的东西，什么白面馍馍、炸油糕之类的，有时鸡下了蛋也给我煮一个。他们有时还背着我的同学，悄悄在村口等着，直接把我喊到他家去吃好吃的。老汉家穷啊，没有多的食物招待我的同学。我那时也馋啊，每次都乐滋滋地饱餐一顿，回去还不敢跟同学炫耀。

有一个傍晚，一个孩子从崖畔上摔了下来，不偏不斜，头就摔到了一块石头上，当时就不省人事。大人们赶紧扎了个担架，全村去了八个劳力，轮换着抬担架，连夜把孩子送到公社的卫生院。我们村离公社有20里的山路，颠颠簸簸走几个小时，结果，在去医院的途中，孩子去了。如果不走山路，如果抢救及时，孩子怎么能没救呢。这是我最难过的一次，我伤心了好一阵，想起来就掉泪。因为那时，我已经是他的老师了，教了他快一年了，孩子很聪明，已经上四年级了，可惜啊，小山村的孩子长这么大不容易。

  插队的故事，三天三夜也说不完。现在，我们这些"老插"都是60岁开外的人了，但每每相聚在一起，谈起往事，谈起青春岁月，都还激情满怀。趁着身体还可以，我想回到我的第二故乡——"腰鼓之乡"安塞再去转一转，那里留下我青春的足迹，还有我生命的根。

人生的收获

杨伯显

回京已有30多年，但插队岁月依稀如昨。记得刚到甘泉插队时，心中充满了理想。甘泉与延安紧邻，是革命圣地延安的南大门。在圣地的大门口度过的青春岁月，有甘甜，也有辛酸，而这一切，在今天都变成了美好的回忆。

拉沙子

刚到插队的村子，知青们就与村里的老乡很快融为一家。在日出而作、日落而息的艰苦劳作中，我们得到了锻炼，经受了磨砺，还享受到劳动中的乐趣。

给麻子街道班拉沙子，是队里搞的副业。我们拉沙时，用的是毛驴车，而不听话的驴，常常影响效率。驴比起马和骡子来，显得疲沓，不给劲。拉起一架子车沙子，它慢腾腾地走着，毫无生气，极大地挫伤了我的热情。一天早上派活儿，二队队长李万祥对我说："吆驴可以，打驴不行，操心把驴熬（累）了。"可我心想，这一天拉多少趟沙子，驴说了不算。

偶然，在拉沙时，我看到一只马蝇在驴腚处乱飞。也许是驴刚拉了屎，臭味吸引了它们。驴怕叮咬，立即夹紧屁股躬身跑了起来。此时，我突然有了发现：驴尾下部是敏感部位，弄弄那里，驴肯定跑得快！

为了验证我的观察，我从路边拔了一根小草，搔在驴尾处。没想到，这一搔还真有了效果，小毛驴立马就夹紧尾巴狂奔了起来。老乡们不理解这驴是咋了。知青们吆上它，不用鞭子打，跑得这么欢。我用的这套"绝招"乡亲们不知道，我也不给他们说。

第二天上工，李队长不让我拉沙子了。他说："昨晚上不知咋的，驴不吃草，看上去死蔫蔫的。肯定是有了毛病。今天，你到后沟给水库抬石头吧，让驴好生歇上一天。"

花手帕

我们刚到村里时，村上还没来得及给我们打窑洞，我们便暂时住在任老汉家里。

那时，陕北经常刮黄风，风一吹，就将黄土吹到我们的身上、头上，每天回来都要洗头。为了省时省水，我们六个男生一商量，便一齐动手，互相理发，一晚上，我们六个人都剃成了光头。第二天一大早，任老汉的小儿子来窑里取家什，一推门，便连惊奇带好笑地说："大，快过来看。"老任不知儿子让他看什么。进门一瞧，只见六颗光头齐刷刷地一排儿摆在炕沿上，他也一下子笑了。

一天，我们几个收工回到窑里，铺开被子，不知道是谁的被子里掉出来一条花手帕。这种手帕，知青很少用。大家都觉得这手帕出现得有些奇怪，可谁也没在意。

过了几天，不知是谁嘴多，上地劳动时将被卷里掉出花手帕的事说了出去。说者无心，听者有意。当时，在地里劳动的社员在偷偷地笑。

后来才弄明白。那时我们处在懵乎之中，对爱情并不太懂。这条小花手帕是一件"信物"，不知是哪一个女孩子将这个"信物"送了出去，可没得到回应，白白错过了女孩子的一片真情。

那个年代，有很多苦难，但也有很多美好。爱情的传达，在陕北风俗中，多以物相示，其用意纯洁而含蓄，让人回味。

意志如钢

从1935年到1948年，毛主席、党中央在延安生活战斗了13个春秋。在这13年间，中国共产党人在这块土地上孕育了伟大的延安精神。这种精神的形成，与当地民众的性格也有密切关联。在我个人的体会中，延安人性格坚强、纯朴，乐观而又幽默。我们在艰苦的插队生活中，之所以能挺过一道道难关，与延安人这种性格传递给我们的一种精神有关。

有一次劳动到半前晌，快要收工了，突然，我头昏眼花，肚子绞痛，浑身直淌虚汗。我忍了一会儿，觉得不行，便鼓着勇气走到李队长跟前说："李队长，我实在难受，想回去。"李队长看也没看我,一边低头干活,一边给我说:"马上就收工。你没受过苦。这阵怕是饿了,忍忍就过去了。"我根本想不到他不同意我的请求。但在这么多社员面前,我又不好意思自己先跑回去,只得挺着。说来也奇了,就这样坚持了一会儿,肚子不痛了,头上也不冒汗了。

有了这次经历之后,我感悟到:到农村来插队,首先要学会坚强和忍耐。没有这两个看家本领,以后咋办?

1970年夏天,队里要盖牛棚,抽男劳力进清泉沟砍树。夏天树的体内充满了水分,砍倒削枝,刮皮截断,要从后沟湿滑的小路扛出来。碗口粗的湿木七八米长,一百几十斤重,扛着走,这对我来说是一个考验。我们生产组的组长郑玉广看到我身体瘦弱,便悄悄给我说:"扛树时,要用技巧。左肩扛时,右肩也不要闲。用斧把支在右肩上,能让左肩少些压力。行走时,脚趾的五趾一定要并拢,紧紧抠着地面。实在累了,就唱个曲。"那个年月,每个老乡都是超负荷劳作。几天下来,我的肩膀已被树干压得皮开肉绽,泛起水泡。但我没叫一声苦,咬紧牙关,任肩上的血水流淌,继续猛干。社员看了也服气。背后说:"这娃有苦哩,干活不撒奸。"

夏天收麦打场,也是苦活儿。打麦子必须趁太阳红的时候打。头顶烈日,芒刺纷扬,用不了一会,肩背已被烈日烤灼得直冒汗,胳膊也被麦芒扎破。为减少麦芒扎,我索性把长衣裤全脱掉,只穿一条小裤衩。可是,我们大队书记邵登云却若无其事。他把草帽一戴,小曲一唱,置身于热浪和芒刺翻滚之中,那一刻,我终于看明白了,意志是炼出来的。

◈ 人生的收获

火热青春

延安是青年运动的发祥地。在战火纷飞的抗日战争年代，许多有志气的青年纷纷来到延安，他们将青春、知识，无私地奉献给伟大的民族解放战争。上一个世纪60年代末，有近28000名北京知青来延安插队落户，他们将青春的汗水洒在这片曾养育了中国革命的黄土地上。他们与延安人民一道，用自力更生、艰苦奋斗的延安精神来抗击贫穷。

从农村出来之后，我在团县委工作。那时，我经常下乡，参加劳动。看着农村里的许多青年白天劳动，晚上还要学习，组织开展各种讨论和举行文艺演出。他们火热的青春让我很受鼓舞，因此，每年团县委组织的各种活动，我都要把它搞得有声势，有趣味，尽量给艰苦的生活增加一些快乐。

那时，延安青年工作是由一批很有政策水平和人格魅力的领导来主抓。他们工作认真，举止端庄，为青年树立了榜样。每逢县上或地区开团员代表大会，那阵势很是了得。回想自己一生受用不尽的组织能力、逻辑思维能力、文字能力都是在青年运动的发祥地——延安锻炼的结果。

我在甘泉插队、工作整十年。了解了基层农村，懂得农民的心思，现在，公务员轮换到基层挂职锻炼，大学生下乡当村官等，这些办法与我们当年插队虽然不尽相同，但有一点是肯定的，这就是：不论干什么工作，必须要深入实际，而深入实际的最好办法就是要在基层进行锻炼。我作为一个过来人，我

❖ 苦乐年华——我的知青岁月

插队的那几年,是人生中收获最多的几年。作为一个老团干,我有一句话与青年们共勉:只有洒下辛勤的汗水,人生才会有丰硕的收获。

❖ **人物记存**

人物记存

聂新元

我们为了理想,把自己的青春汗水和豆蔻年华奉献给了陕北的黄土地。随着岁月的流逝,我们竟发现,插队的经历,在我们这一代人的心灵上刻下的印痕是这样的深刻,以至我终生都不能将这印痕从心灵上抹去。

像严冬时节在山洼间点燃的篝火,那种暖意时时在心头涌动。在陕北农村插队的岁月里,有艰辛,有苦闷,当然也体会到许许多多的人间真情。

一

我插队的宜川县云岩乡西回村,有两个生产队,王兴章是我们一队的队长。他个头不高,光头,络腮胡子,一只眼睛有点斜视,但二目有神,声如洪钟。他担任生产队的队长,无论干什么总是走在前头。每天早上天不亮,就听见他在窑背上吆喝村民出工的声音。收工后,记工分、组织开会都是他的事。

◈ 苦乐年华——我的知青岁月

我们几个知青都觉得他精力过人。一次，到他家去玩，一进门，才看到他家里的生活十分困难。全家老少三代，就靠他一人来养，家务活主要靠一个老父亲和媳妇来干。王兴章小名叫旭子，我们和他混熟了之后，也不叫他队长，出口就旭子长旭子短的。旭子没事的时候，也常到知青窑里来玩。他对我们的关心尽在不言中。我们没菜了，他叫孩子端一碗来；没柴烧了，他领着社员把一棵枯死的树伐倒，破成劈柴拉来；过年了，家家户户摊"米黄"，知青不会，他又派几个妇女来给我们摊了一天"米黄"。因此，我们有事都喜欢找他。时间久了，彼此之间有了一种默契。我们要种试验田，他不顾一些人的反对，划出一块地，让我们种上了小麦试验田。县上要求办政治夜校，他便立即召集社员，办起了夜校，并让我们当教师。队上有些事，他不方便讲，就由我们知青来讲；我们的事，又由他来讲。有一次，旭子的父亲从崖上跌下来，摔得不轻。抬回家后，两天两夜没睁眼，家里都开始准备后事了。我们两个男知青也几天几夜没睡，帮着料理老汉的后事。没想到，第三天早上，老汉竟奇迹般地醒了过来。为此，旭子一家十分感激我们。山里人对人报恩，总是默默地、充满了温情。旭子经常拍着我们几个男知青的肩膀，赞赏我们的干劲，那目光里充满了友情和爱抚。1971年，在知青中招工时，村上有几个知青被招走了。送别时，旭子竟放声大哭，声唤着被招走的知青名字，其情其景感人至深。我到县委工作后，旭子只要到县上来开会，就一定来看我，每次来，总要带些红枣、核桃等。临走时，还总忘不了叮咛一句："有空回来。"遗憾的是，我离队以后，只在最后一名知青离队时回去看过，以后离开陕北，就再也没有回去，不知旭子现在生活得怎么样。

二

我插队的时候，对村里的几位老人留下十分深刻的印象。这几位老人饱经沧桑；平时话不多，但只要开口说话，总能说在"点子"上。

我们进村后，大队支书介绍给我们的第一位老人名叫王文元。他是新中国刚成立时就入党的老积极分子，担任了十几年的村主任。从老人说话办事的神态上，仍可看出农村基层干部的形象来。当时，王文元老人大概有60多岁，他爱跟我们这些知青说古道今。比如，讲民国二十四年闹红时，我们村也算红区了，红军的马队从塬上开过去，在云岩河南岸的马儿上村杀了一个土豪，在云岩镇与国民党打了一仗等。说到新中国成立后的事，老人为自己曾干过的工作自豪。每次到西坪里去劳动，老人总是指着西坪洼里的一片水平梯田说，那是1958年"大跃进"时，他带领人修下的。到队里仓库领东西，他会指着一堆破旧的农机具告诉你，双轮双铧犁是哪一年政府发的，锅驼机是哪一年政府给买的，马拉播种机又是哪一年买来的。我们这些知青有些奇怪："政府送的这么多好东西，你们为什么不用？"一听这话，老主任脸上马上就呈现出一副严肃相，嘴上嗫嚅着："咱农村人落后，不太会使唤这些东西。"说到"文化大革命"，老主任在当时的条件下，没有公开抱怨过。但在一次闲聊中，老人说："'文化大革命'夺权的人，都是些不正派的人。"听了这话，这让我们心头一震。这大概就是一个长期担任农村基层干部的人对"文化大革命"的评价。

　　另外一个老人是招子他父亲。老人一辈子没有儿子，只有三个女儿。他给大姑娘招了个上门女婿，将二姑娘嫁了出去，家里只剩下一个小女儿。招子的父亲是庄稼行里的全把手，地里、场上，包括家务，样样都行；摇耧、扬场这些技术性强的活，非他莫属。老汉没别的爱好，就是爱唱，唱的究竟是眉户戏还是"信天游"，我至今也搞不清。干活时，只要有人提议说："招子他爸，唱一段吧！"招子父亲的脸上就会绽开一团笑纹，大声咳嗽一声，清清嗓子，亮开黄土高原人特有的嗓门唱开了："正月里采花无有花儿采，二月里采的是迎春花……"这花要从一月唱到十二月，然后又唱到别的曲儿，一口气能唱十几首。干活的人们连声喝彩，老汉也兴奋得红光满面。不过，也有特殊的时候，只要村里来了干部，老汉就不唱了，问他为什么，他总是说："咱唱的是老调调，怕干部批评。"老汉一生与世无争，1976年病故了。

三

　　我们插队时，打交道最多的要数村上的那些后生们。学子、云子、德子、徐兴子、德旭子、巴仑子、二黑子、郭栓子，他们的神情举止，直到今天还浮现在我眼前。

　　我们居住的窑洞成了他们聚会的场所。下棋，打扑克，闲聊，山里山外的事，都是他们打听的对象。尤其是我们讲的大城市里的生活，他们无论如何也想象不出来。因为村里的这些年轻人，几乎没有一个到过县城以外的城市，许多人连县城都

◈ 人物记存

没有去过。知青们说的事情，要不了两天，就会通过这些年轻人的口，传到村里各个角落。由于年轻人的好奇心和上进心，使得他们成了我们搞科学试验、演文艺节目、学政治、学文化的拥护者和参加者。

就说学子吧，他个子不高，只有十六七岁。学子人虽小，却很能干，而且非常懂事，小小年纪就被选为队长。他是我们知青的好顾问，凡弄不清的事，就去问他。我们的菜地就像他家的一样。他经常帮我们侍弄菜地。种了试验田，学子几乎天天去看，看完了就跑到知青窑里来报喜。我们从书上看来的一些操作程序，他也很快就学会了，而且比我们更上心。到了收获的季节，他按品种，一样一样分开，用秤来称，唯恐搞乱了。冬天，大队组织文艺演出，准备欢度春节，知青当然是主力。学子便成了热心的参加者。学子对西塬上的一草一木非常熟悉，用时髦的话来说，可以称之为"生态学家"。什么时候来什么鸟，什么时间逮小动物，他样样精通；什么野果能吃，塬畔洼上哪一棵杏甜，哪里有棵好桃树，他都清清楚楚。

说完学子，再说会子。他是我们大队的团支书，25岁还没结婚。在农村，这个年龄就算"大龄青年"了。会子朴实、能干，村里的男女老少都夸他。无论谁家有了难事要帮忙，会子总会来。知青到了村里，会子便组织了一帮青年人学文化。组建农田基建突击队，演文艺节目，哪里都少不了会子的身影。至今，会子那动人的微笑仍时时在我脑海闪现。

离开陕北愈久，思念之情就愈浓烈。那里的老人，那些曾与我们朝夕相处的年轻人，将会被我们铭记一辈子。

人物三记

关佩珍

插过队的人，对自己的青春岁月感念至深。尤其是人的年龄越大就越怀旧。我对陕北、对延安、对我曾插过队的小山村有着深深的眷恋。自退休之后，一个人常常会想起那里的山、那里的水，那里的风土民情。特别是我在插队时曾给我过我帮助的乡亲们，他们的音容笑貌和举手投足常常会浮现在我的眼前。

庚 寅

我们刚到生产队不久，队长就派人给我们每人送来了一把镢头。镢头把儿是新装上的，木头上还泛着白茬。我握了一握，感到镢把既不光滑，也不直，显然是用刚刚砍下来的树杈做成的。后来才知道，这是庚寅为我们安的镢把。他当时正跟队长郭北海学木匠手艺，这大概就是他的处女作吧！

不久之后的一个阴雨天，我们正坐在窑洞里闲聊，庚寅给我们送来了一张小饭桌。这张小饭桌长约六七十公分，宽不足二尺，只能容两三个人吃饭用。饭桌的用料和做工看上去很粗糙，但这对于我们来说，已经算是一件很奢侈的家具了。说来惭愧，当庚寅给我们送饭桌的时候，我们当时既没有问做饭桌的材料是从哪里弄来的，也没有问做这张小饭桌需要多少工时，二话没说就笑纳了。而庚寅也没有一句邀功请赏的话，甚至连一句完成这个物件后炫耀得意的话也没说。

我离开生产队的时候，是队长派庚寅赶车把我送到五里镇车站。在离别时，庚寅光用眼睛看着我，没说一句话。他把我的一只大箱子放到汽车的顶上，然后一个人走了。

今天，当我回首往事的时候，这一幕幕感人的情景浮现在眼前。我的内心深处总是被庚寅憨厚朴实的神态所感动。从庚寅的身上，我看到陕北人共有的一种性格。

保管大叔

思弥前队的仓库保管个子不高，黝黑的脸庞，走起路来脚有些跛。他有一个闺女嫁到外村，现在，家里只剩下他一个人。他是村里的"五保户"。我们在村里是按单身汉的标准分口粮。有时，知青们和老保管开玩笑："你想要一个半人的口粮，还是想要媳妇？"老人打趣说："当然是要媳妇。"一句话引得男知青哄堂大笑。

保管大叔是村里的播种高手。我们到生产队以后，队里按规定也分给我们一块自留地。自留地里该种些什么呢？我们一点也不懂。这时，保管大叔来了。他给我们带来了萝卜、辣椒种子。并且手把手地教我们在旱塬上种菜。先翻土，再把地平整后撒上种子，然后用脚轻轻地用土把种子盖住，再用脚把土踏平。这样菜就种好了。到了秋天，我们的自留地里长出了白生生的大萝卜。这些大萝卜成为我们餐桌上唯一的青菜，它伴随我们度过了漫长的冬天和青黄不接的春天。惭愧的是，保管大叔帮我们做了那么多的事，可我们没有对他说一句感谢的话。最近，从朋友们口中得知保管大叔已经去世了。愿他在天堂能接受我由衷的感激。

赤脚医生

　　1970年的夏天，我们从北京探亲返回，刚到县城，赶上天降大雨，通往五里镇的班车停班。当时，我们五个女知青情急之下在大路上截了一辆大卡车，恳请司机师傅把我们带到五里镇。没想到司机把五里镇听成了子午岭，等车走到半路，我们发现方向不对，赶快叫停。下车后，我们扛着行李向五里镇走去。

　　好不容易走到五里镇上面的一个小村子。这时，天色已经暗下来，还下起了蒙蒙细雨。我们向村里人问路，村里人告诉我们："这里离五里镇还有好几里路，天马上就要黑了，又下着雨，下山后还要过河，路不好走，不如先住到这里，明天再走吧！"当时，我们回村心切，而且十分倔强，又继续向前走。走出一里多路，开始下山。这时，雨下大了，天完全黑了下来。原本崎岖不平的山路被雨水冲出了深深的沟壑。路面本来就不宽，而且左面是崖壁，右面路边没有任何遮挡，掉下去就会跌入深沟。我们只得顺着水冲出的沟豁向下走。当时，我们身上湿透了，手里抱着行李，在泥泞的路上一走一滑。天更黑了，我们看不清路，也不知道前后的人在哪里。只能靠前面的人喊一声，后面的人赶快答应，这才算是联络上了。正在我们万般无奈的时候，听见身后有脚步声。"你们怎么走到这里？一会儿山上的水下来，太危险了！我带你们走。"他边说，边抓过我手中的行李扛在肩上，还不停地喊着我们："跟上，河里涨水就过不去了。"听到这话，我们更着急了。我的鞋被黄泥粘住走得慢。为了不掉队，我索性把鞋脱了，光着脚走在路上。就这样，一路小跑来到河边。这时，河水已经涨到齐腿深。这个年轻人带着我们过了河，一直把我们送到了五里镇公社的所在地。我们一个个像落汤鸡一样瘫坐在公社办公室的地上。那个把我们带出险境的年轻人没等我们说声谢谢，便悄悄离开了。

第二天清晨，我们在五里镇街上的水井旁，又见到了那个小伙子。他高高的个子，黑红色的脸庞。交谈中我们才知道，他是五里镇街上的赤脚医生。昨天是到一个村上给人看病，在回来的途中遇到我们。我们向他表示谢意，他却憨厚地笑笑说："有啥好谢的。乡里乡情，带个路算得了什么。"

事情过去40多年，每当我向人们讲述这段经历的时候，总想要感谢那些在我们插队时给过我们帮助的每一个人。

回城以后，我通过自己的努力拼搏，在工作和事业上取得了一些成绩。我坚信，这些成绩的取得，离不开插队期间的生活磨砺。

来婵儿

王小强

我到志丹插队的那一年,才刚满 16 岁。在老乡们的帮助下,我学会了干各种农活,练就了一身好苦水。插队插到三年头上,队上要办一所小学。有一天,队长见了我说:"小强,不用受苦了,给娃娃们去当'先生'吧。"我在没有任何思想准备的情况下,就成了一个乡村教师;也就在我拿起教鞭的第一天,我认识了来婵儿。

来婵儿当时是一个只有 11 岁的小女孩。她身材瘦弱娇小,常年穿一身烂衣裳,顶一头乱草似的黄头发。与其他女孩子不同的是,她有一双大眼睛。那双眼睛大得与她那张稚气的小脸几乎不成比例。

山里的孩子要放羊、要喂猪,还要照看比他们更小的弟弟和妹妹。对于上学,他们都不感兴趣。来婵儿能上学,是我用讲故事的办法把她吸引来的。我小时候听过许多故事,听得多了,自然也就会讲。当初,我给孩子们讲的那些故事,他们好像有些听不懂。有一次,我将"东郭先生"的故事讲给他们听，他们听懂了。因为故事里的人物和狼他们都很熟悉。

孩子们都上学之后，我的故事也讲完了。教山里的孩子读书，真不容易。孩子们学多学少、学好学坏，全凭老师的良心。我手把手地教他们拿笔、写字。我之所以能把老师当好，是来婵儿给了我安慰和勇气。她是第一个学会从"1"数到"100"的学生。我布置的作业，她都认真地完成，课堂上的提问，她总是第一个举手回答。她很聪明，也十分顽皮，爱爬树，爱从山坡上向下飞跑。她能把班里最顽皮的男孩子打哭，也能最快理解新课题。

可能是因为这些原因，我格外喜欢来婵儿。我常常在孩子们戏耍时，盯着她那双大眼睛看。每当她发现我在看她时，她总会嫣然一笑。

有一次，我要向她表示一下我对她的好感，就给了她一个作业本和一支铅笔。为了避免引起孩子们对我的议论，放学以后，我把来婵儿单独留下来，把本子和铅笔给了她。在她离开之前，我向她反复叮咛，不要让别的孩子知道我给她本子和铅笔。没想到她刚走出学校，就被一群孩子围在中间。来婵儿拿出我给她的本子和铅笔，让同学们轮流在传看。我觉得伤了自尊心。从那以后，我再也不给她东西了。

两年以后，我离开了这个小山村。当时走得急，没有想起要与来婵儿告别。

一晃过了八年。作为中国社会科学院的理论工作者，1981年，我在甘肃搞农村经济政策调查之后，顺便回了一趟村里。走在村子的小路上，我想起我放过的牛，种过的地，吃过的小米饭，抽过的老旱烟。当然，我也想起了我教过的学生，想起了来婵儿。我走了八年,她今年快 20 岁了,已到了出嫁的年龄。

第一天,我没见到她。我从她父母那里知道,来婵儿今年冬上要出嫁。我还知道,自从我走了之后,她就再没上学。我走进村里时,人们都下地干活去了。自从包产到户以后,村民们中午都不回家吃饭。我来回跑了大半天,才和三个组的老乡见了面。来婵儿在最远的一架山上干活。我没见到来婵儿,心里不免有些遗憾。在后沟老乡家,我吃过饭,已经是后半响了,我走到村口,想看一看我住过的窑洞,没想到一抬头,看见一个姑娘站在窑畔上。

"你是谁?"

"来婵儿。"

"来婵儿?"我又惊又喜。

她穿了一件崭新的的确良外衣,领口上还用黄丝线绣着花边。她和我面对面地站着,我仔细从她身上搜寻旧日的影子。这时,我见到的来婵儿已经变成了一个大姑娘,人不像过去那么娇小,她发胖了,脸晒得黑溜溜的,只是那双明亮的大眼睛,仍然那样招人喜欢。我盯着她看时,她显示出窘迫的神情。

她把我让进窑里。她爹妈都不在。她就像家庭主妇一样忙着给我烧水。我坐在炕上,端详着她,发现她往灶口里添柴时,在偷偷地打量着我。我问:

"你还记得我吗?"

"记得。"

"记得什么?"

❖ 来婵儿

"什么都记得。"

刚说了几句话，窑里又进来五六个小伙子，其中有三个是我的学生。如今，他们都长大了，也赶来和我拉话。

我半开玩笑地问来婵儿："今年冬天准备出嫁，男方给了你多少财礼？"

她红着脸说："哪里有财礼？"蹲在门口的一个后生伸出一个手指头说："给了1000块！"

我们扯着闲话、喝着水。这次回村里来，我带了照相机，我提议给来婵儿照一张相。她说："要照相就到公路上去照。"

我在一群婆姨和娃娃们的簇拥下，走出村子。来婵儿跟在后面。走着走着，她忽然对我说："你身上有没有带自己的照片，给我一张？"可惜，我没带照片。

在公路上，我给来婵儿照了两张相。眼看时辰不早了，我还要抓紧时间往朱家湾赶。我挥挥手，喊了声："再见！"送我的老乡有一大群，但这句话我是说给来婵儿一个人听的。因为我发现她和别的老乡不一样，她的大眼睛里，充满了一种忧郁。

没想到我的告别没有成功。一拐弯，来婵儿又跟了上来。我对她说："你回去吧，你还有事。"她低声说："我没事。"她的情绪感染了我，那一刻，我真的不想走了。

我到了朱家湾，给老乡照完相，谁知我走了没多远，又发现了来婵儿，她一个人藏在路边的枣树后等我。我刚要劝她回去，可是，一看见她那双忧郁的大眼睛，我就不知道说什么好。

从朱家湾到公路边，只有不到200米的一段路。不知不觉间，我有意放慢了脚步。

"你身上真的没带照片？"她怀着一线希望问我。我说："真的没带。"

"唉！"她轻轻地叹了一口气。这声叹息让我很难过。

"我常常去来娃家看你的照片。"来娃家？我有些不明白。来婵儿见我有点疑惑，又说："来娃家窑里的相框上有你的照片。"这时，我才明白了。

我连忙说："来婵儿，你很聪明，但没念下书，真是可惜。"

她回答说："念下书也是受苦的命。"显然，她不喜欢这个话题。紧接着，她小声对我说："昨天，听我妈说你要回来，我一夜都没睡好。今天还不到晌午，我就说我饿得撑不住了，催掌柜的收工。到了家里，听说你到后沟去了，晌午可能要回县上去，后晌我也没去'受苦'，只顾着在窑畔上照。我想我要是再见不上你，我就要后悔死。"说着，她的声音有些哽咽。

我被她的真诚深深地感动了。我犹犹豫豫地对她说："我也没忘记你。"

她听了我的话之后，似乎平静了下来。

过了一会儿，我惴惴不安地问她："你婆家好吗？"

"好啥咧，一样的受苦人。"

"你去过婆家？"

"去年去过一回。"

来婵儿似乎还有许多话要说，但好像又说不出口。我们慢慢地走着，好像害怕打破这沉重的沉默。我凭第六感官感觉到，来婵儿的心情也并不平静。

终于，不能不分手了。她站在公路上对我说："你把你的照片给我邮来，让我有个念想。"

当年，村里像她这样年纪的孩子的学名我全都忘了，但我记得来婵儿，这是她的小名，她的官名叫段玉琴。

我最后看了一眼她的那双大眼睛。我走了，走了很远、很远，回过头，看见她还站在公路边。

这时，我才恍然大悟：她平时劳动，舍得穿新衣服吗？她是为了让我进窑里坐坐，才把里里外外打扫得干干净净。她为了能找机会和我说说话，才要到公路上去照相。她不就是因为珍惜我们这一次相见，才那样无所顾忌。唉，我真傻！我应该对她说些安慰的话。可说什么呢？我应该把身上的钱都留给她，再把我的表给她留作纪念。她除了要一张我的照片，什么要求也没有。她难道不知道我们之间的差别，使我们不可能相爱吗？她根本不懂这些，也不需要懂得这些。她的感情是任何东西都无法亵渎的。她的这种情感没有任何杂念。我不禁问自己：我有资格、有权利享受这份纯洁的感情吗？

我以过来人的心情来体味一下她的痛苦。我像尊重未婚妻对我的爱情一样，尊重一个农村姑娘的感情。她用简单平凡的语言，真诚纯洁的感情，使一个远在北京工作的人和一个山区姑娘之间，实现了跨越时空的、真正意义上的人的平等。

然而，这是多么短暂易逝的一瞬间啊！既没有过去，也没有将来。这一瞬间仿佛使我明白了许多。我肯定还会回去看她的，但是，对于她们的情感，我只能做一个旁观者，我无力改变她们的命运。

　　碹畔上的石磨土炕上的灯
　　拦牛的嗓子回牛的声
　　乡土的场景充满了温馨
　　过往的青春五味杂陈

　　阅历变成了财富
　　苦难丰富了人生
　　但得夕阳无限好
　　无须惆怅近黄昏

插队生活拾趣

中 平

毛主席说过:"什么问题最大?吃饭问题最大!"这的确是一个朴素而又精辟的真理,深为经历过艰苦岁月的人们所折服,插过队的知青自然也不例外。

那时,不要说贫困地区,就是粮食情况相对好的县份,吃饭问题也是困扰知青的头等大事。因为大家即使在食能果腹的条件下,也还存在着一种改善伙食和增加营养的欲求。而这种在如今看来人人都可满足的欲求,在当时却是一种可望而不可即的奢求,需要通过自己超乎一般的灵感和创造才能实现。关于这方面的趣闻轶事,在我脑海中还保存着许多鲜活的记忆。现回忆几个真实的片段,以表对那段峥嵘岁月的一种情思。

吃猪肉,无异天天过大年

1969年初春的一天下午,我从公社办事回来,一进村就听老乡们说,知青们正在杀猪,让我快回去看看。我听后惊诧不已,未及细问就快步走进了我们居住的院落。只见院中架着一口大锅,锅中热气蒸腾,锅底余火未烬,枣树上倒挂着一头已被去掉头蹄、正待开膛破肚的肥猪。这头猪还真不小,看上去至少有150斤左右。它被收拾得干干净净,肉色还发着光亮。我心里禁不住说,还挺专业的,一定又是马老四的杰作。

说起马老四,还真是个能人。他胆大心细,兴趣广泛,有意无意中学会了不少技艺,似乎对什么营生都略知一二,无怪乎许多人都说他是个"万事通"。大家与他相处久了,凡事都相信他的经验判断;我作为知青组长,也很重视他的意见和建议。我们有这样一个现成的生活顾问,确实是我等知青的幸事。

知青们见到我更显兴奋,不待我问,便七嘴八舌地告诉我说,那头猪是他们花5元钱买的。马老四见我面有疑色,便细说了端的。原来那是一家农户的病猪,因突然发病又医治无效已奄奄一息,主家按惯例正待掩埋,却被这伙知青撞见,只花了5元钱便买了回来。按说,知青们都学过生理卫生,又有在大城市养成的卫生习惯,却为何有如此大胆而果断的举动呢?难道他们真的不怕食物中毒?不是,只因为这是马老四拍的板,故而大家深信不疑。当然,还有久违肉香的诱惑。

我凭着自己的常识,审视了一下肉色,还真看不出有什么问题。老四趁机说:"病毒主要在内脏和血液中,这是头活猪,又放净了血,只要不吃内脏,保险没问题。"他是行家,理由又这样充分,我自然无力反驳,更难以面对大家期盼的目光,再说,我的心情不也和他们一样吗?于是,停止了争论,开始和大家讨论如何消受这块仿佛从天上掉下来的馅饼。

◈ **插队生活拾趣**

我记得当日晚饭，就由老四主厨，做了一盆北京风味的土豆烧猪肉。这个菜烧得特好，土豆金黄，肉色红亮，浓香四溢，酥软适口。大家一开始还谨慎地小口品味，随即就转入大吃大喝，一边吃一边还不住声地喊：真棒，真棒！老四吃得面泛红光，细眯着眼睛得意地说："怎么样？我说没问题就没问题吧！"他建议将剩下的猪肉妥善保存，不能一下吃光，要细水长流，大家一致同意。当夜，在老四的指导下，大家一齐动手，对剩余的猪肉进行了仔细的处理。将一部分放到凉窑里冷藏起来，将另一部分切成长条腌起来，将头、蹄、肘酱好备用。

自此以后，约月余时间内，我们日日享受着食肉的快乐。老四也尽展了他的高超厨艺，什么京酱肉丝、葱爆肉片、红烧狮子头等，都做得很正宗，使大家吃得很开心，仿佛天天在过年。那时，我们好像都不自私。在自己享受的同时，还请来串门的知青同享，请来串门的老乡品尝。来串门的知青们自是喜出望外，说我们的生活水平超过了当时的北京。我们心里都清楚，此说并不夸张。因为当时北京吃肉也很困难，每人每月只凭票供应半斤，哪舍得用于如此讲究的吃法呢？老乡们尝后也赞叹不已，并向老四请教具体做法，说以后自家杀了猪也学着试试。

随着猪肉的日渐减少，一个不可思议的奇迹发生了，不少老乡说我们比来时白了、胖了！我们互相审视，也发现彼此的确比来时白了、胖了。我们略一寻思，就明白了其中的奥妙，乃是那些猪肉在我们青春勃发的肌体中产生了神奇的作用。但大家均似有顾忌，皆心照不宣，只归因于当地的水土好而已。

吃鸡肉，夫妻相濡苦亦甘

一个深秋的傍晚，一个叫连生的知青邀我到他家做客。我问他还请了谁，他说就你一位，有好菜但不多，只够三人享用，没敢再请人。至于有什么好菜，他不说我也不便问，只好一路猜测着进了他的家门。

他婆姨也是插队知青，相貌平平却老实厚道，在村里人缘很好。她见我进来，挺着怀孕的肚子笑吟吟地起身相迎。连生怕她闪了身子，动了胎气，招呼我坐下的同时，也急忙招呼她坐下。

连生给我点了一支烟，泡了一杯茶后就进了厨房忙活。我一边与女主人寒暄，一边环顾他们才组成的新家。只见素泥刷新的墙上挂满了喜气的年画，窗花鲜红，喜字带笑，使这原本清寒的厦房充满了温馨。看来，他们生活得很幸福，我从心里为他们感到高兴。

说起他们的结合，还有一段感天动地的故事。男女主人公在才貌上并不相称，男方身材挺拔，相貌英俊，透着精明干练；而女方则身材粗矮，相貌平庸，能力也很一般。但他们却由一见钟情而相伴至今，始终相敬相爱。更为难得的是在插队前，连生已是一名优秀的拖拉机手，有一份为同龄人所羡慕的工作，家庭条件也很优裕。但他为了爱情，不顾父母的反对，毅然决然地放弃了工作，追随女方来到延安插队，并很快结了婚。这在当时被传为奇闻，他却始终无怨无悔。这种结合该作如何解释呢？使人不能不相信男女之间确实存在着一种缘分。

他们在当时虽因过早结婚而处于弱势地位，我却从心底敬重他们，尤其敬重连生对爱情的坚贞。

在我陷入沉思的瞬间，连生已将四碗菜肴摆好，另外还有一瓶土造的烧酒。我细看之下着实吃惊不小，一碗凉拌洋芋丝，一碗素烧萝卜块，一碗粉条烩豆腐，一碗红烧鸡块，这在当时都堪称好菜，能够一并享用，除非是在红白喜事的酒席宴上。那碗鸡肉尤属稀罕，虽然那时鸡并不难买，价格也不算贵，但在那工分值极低、年纯收入不过几十元的条件下，鸡肉自然成了难得一享的奢侈品了，更何况他们成家不久，毫无积蓄，又素以节俭著称呢！

连生似乎看出了我心中的诧异，略显不好意思地说，这鸡不是买的，是拾的。原来，他一大早到南沟岔砍柴，见到半坡的杨树林里有一堆鸡毛和一摊尚未凝固的鸡血，再一细看，竟然还有一个鸡头、一对鸡翅和一双鸡腿，估计是黄鼠狼或狐狸正在美餐，被他的脚步声惊跑了，故有此余物。他拿起一闻，还挺新鲜，就高高兴兴地拾了回来。他随后又客气地说，这肉绝对没问题，你若不嫌弃就多吃几块。我见此物来之不易又少得可怜，哪忍与他们分享。虽说已垂涎欲滴，还是以自己向来不吃鸡肉为由坚辞。他们见我说得恳切，也就不勉强了，开始你推我让地吃了起来。当鸡肉还剩小半碗的时候，连生无论如何不肯吃了，说女人怀孕需要营养，坚持让女人全部吃光。尽管这样，女人还是固执地往男人嘴里送了一块鸡脖。我见此情此景，心头禁不住一热，只要夫妻真心相爱并相濡以沫，无论生活多么艰难困苦也总能找到幸福的感觉。

吃蛇肉，山珍伴酒笑语欢

我插队的最后时光是在拓家河水库工地度过的，那是一段艰苦的岁月，使我至今难以忘怀。当时的口号是："举旗抓纲齐动员，拼死拼活战旱塬。实现水田十三万，五年任务三年完。"这口号的确鼓舞人心，使每一个青壮年都以能亲身参与水库建设为荣。在指挥部的统一部署下，很快集合起14万劳力，按准军事化管理，分战区开始了一个接一个的战役。在这意气风发、斗志昂扬的大军中，知青是一支当之无愧的有生力量。火红的战斗生活使他们的青春绽放出前所未有的光彩。

当时，我们公社的400多劳力编为一个营，下属两个连，分驻香姑河的东西两沟，任务是东西对进地开凿一条1300余米的过水涵洞。

当时劳动是艰巨的，生活是艰苦的。大家以班为单位，分住在山壁上自凿的土窑洞里。睡的是木条捆扎的大通铺，吃的是生产队按人数统一交到灶上的口粮，蔬菜等副食品由灶上用财政补贴统一采购。生产设备除一台发电机组外，最先进的要属架子车，其余都是靠简单工具从事的繁重体力劳动。在总体简单而又繁重的体力劳动中，仍有不少相对可称为技术的岗位，如电工、铁匠、石工、施工员、伙食管理员等，而这些关键岗位，几乎全部由知青担任，由此可见当时组织对知青的重视。我当时担任施工员，说白了就是箍涵洞的大工，经手的石块轻则几十斤，重则上百斤，都要一块块地放到预定位置，至于拆垫木和窑顶灌浆，更是冒着随时可能发生的生命危险。由于这项工作既危险又繁重，故规定每日补助两毛钱和一斤细粮，这已使我感到分外满足。

我们当时因体力消耗过大，饭量也奇大，灶上的馍半斤一个，女的能吃两三个，男的能吃四五个，吃得很饱过一会儿又饿了，这与没油水有直接的关系。因为灶上的菜不是熬萝卜就是熬洋芋，偶尔有点粉条或豆腐就算改善生活了，至于肉，只有逢年过节才得一见。那时的人们不图安逸，只盼有点荤腥，但这已是很难实现的奢求了。于是，有些知青开始自己动手改善自己的生活，如大家凑钱买只鸡，用土枪打只兔子，等等。其中的一件趣事我至今记忆犹新。

那是在一天的晚饭后，我正在灶房前的平场上散步，忽见绰号叫"野驴"、九青、毛子、小周的四个知青，从他们居住的窑洞出来，又沿着山路鱼贯而下，来到我的面前。我见他们个个面带喜色，有的还不停地用舌头舔着嘴唇，似在有所回味，便问他们有什么高兴的事。他们说中午到村里买烟，拾到一条刚被汽车轧死的大蛇，回来剥皮后剖开一看，还有七八个蛇蛋。他们刚将这些蛇蛋煮着吃了，还挺好吃，又将蛇肉用小火煨着，等看完电影后回来下酒。他们对我千叮咛万嘱咐，让我到时也过去尝尝。我忙说自己不吃野味，他们扬长而去。

半夜，我正欲入睡，忽然听到隐隐约约若断若续的欢笑声，遂好奇地出门张望。只见"野驴"他们住的窑洞还灯火通明，笑语中还夹杂着猜酒行令声。我从一个嘶哑干裂的嗓音中，听出了那是我们连的郭副连长。我下意识地"噢"了一声，原来，他们是在官兵同乐，共进蛇餐。

在我的记忆中，类似这样的趣事还很多，想写出来又恐难登知青文化的大雅之堂。后终于悟到,知青文化本不是什么精英文化,而是不折不扣的大众文化,甚至可以说是十足的草根文化,如果舍弃了这些鲜活的生活内容,还有什么魅力可言呢?毕竟形式化、概念化的东西概括不了知青生活的全部,只要以人为本地研究知青文化,就不能忽视这些真情流露、坦直率真的东西。因为它在一定程度上反映了知青对插队环境的适应能力,对生活的创造能力和积极向上的乐观主义精神。一想到此,心中也就释然了。

五谷杂粮细分说

吴皓明

一

要是让我来概括一下当年在延安插队的生活，我想用四个字就够了，那就是"种地吃饭"。自打一开春，扛着老镢上山掏地，直到冬至，没有一日的停歇。每天除了三顿饭，其余的时间就是干活和睡觉，日复一日，年复一年，几乎没有什么新的内容。

我曾经很沮丧，不敢想以后的日子。因为我不知道今后的路如何走。我看着队里的福全老汉，圪蹴在集市边上卖洋芋的样子，我曾和同村插队的一位知青说，几十年后，那个蹲着的人，恐怕就是我。话虽这样说，但当时面对的人生前景，着实让人心寒。其实干农活并不可怕，年轻时也有把子力气，脑子也不笨，没什么学不会的。怕的是，一辈子的生活内容只是为了混口饭吃。

其实，如果粮食够吃，而且还有富余，老乡们也不会把所有的时间都用在地里。陕北历史上多灾,从明末到民国,曾经数次大旱,夏秋无收,千里无人烟。饥荒的阴影如同基因,遗传在人们的血脉里。那种对饥饿的恐惧,也许是他们辛勤劳作的最大动力。

陕北多是山地,劳动强度大,土地又贫瘠,气候是十年九旱,收成自然很低,所以,陕北的农民管自己叫"受苦人"。我后来也在关中农村生活过,那里的自然条件和陕北比起来,真有天壤之别。土地平坦不说,那肥沃的程度,真让陕北人眼馋。都说在关中道上插下个棒槌也能长成个树。此话不假,你若见过关中的麦田,就知道当年刘邦为什么能够打败项羽。那麦子一垅一垅的,齐得像堵墙,密不透风,麦叶油亮黑绿,麦穗结实饱满,一个挨一个,一看就是大水大肥浇灌的结果。到了收割的时候,成百里的麦田金黄耀眼,村庄似乎都被麦子淹没了,光给收麦人吃的蒸馍,在案板上堆得像小山一样高。

反观陕北,就有点惨不忍睹了。即便在麦子成熟的时刻,山坡上也只见淡淡的黄色,几镰下去,麦秆也不够一抱,一亩地收个几十斤,就算不错。这就叫"广种薄收",甭看收成不大,代价可不小,几捆麦子,需要翻山越岭地担回来,中途还不能歇息,否则揉了麦粒,损失就更大了。

种粮不易,吃粮就得十分节俭,若不计划着点,到青黄不接的时候断了顿,那可是要惹出大麻烦的。所以,在陕北的多数地方,人们总是把红薯、洋芋、南瓜、萝卜等与粮食掺和在一起吃的。磨面也用粗箩,尽量出数多一点,生怕糟践了东西。事情也有例外,我插队的村子,由于在塬上,耕地较多,尽管亩产也不高,但总量还是可观,几十年来,丰平有歉,却始终没有断过粮。所以老乡们吃的虽然也是粗茶淡饭，毕竟都是正经粮食，这在陕北，也是稀罕的了。我所在的生产队里的老郭头，请外边的石匠打石磨，到吃饭时候，端上的无非是纯玉米面的发糕和小米粥，那石匠看了，竟半天没敢动筷子，惊诧道，你们就是这样糟蹋粮食？

插队干农活，种庄稼打粮食，构成了我们生活的主体，我们的思想认识也随之发生着变化。城里人眼中的粮食，就是盘中餐，顶多向前推到米和面。而乡下人眼中的粮食，是整个的生产过程。吃到嘴里的每一粒米，都是亲手下种，看着它出苗，拔节，长穗，灌浆，成熟。其间人们要耕地，施肥，间苗，锄草，还要收割，脱粒，扬场，晾晒，然后一袋子一袋子地扛回窑里。吃的时候还得碾，还得磨，去壳，簸皮，筛糠，箩面，缺了哪一项，粮食都吃不到嘴里。

我知道两万多名北京知青来到陕北，无疑是从老乡有限的饭碗里分走了一杯羹。仅就我所在的生产队为例，我们六个男知青组成的知青户，在队里的作物分配上，占据了十分之一。有一年收成好，我们每个人分到的原粮，达到了700余斤。这不是一个小数目，因为我们队里，共有20几户人家，由于我们的存在，老乡们少分了很多的口粮。不过，我在插队的几年中，从未听到乡亲们对此有任何的抱怨。陕北的老乡善良，他们觉得你既然挣够了工分，拿这些粮就是应该的。我们时常提起插队生活的艰苦，其实，老乡们的付出，却很少被人提及。

话题回到粮食上来，插队的前半年，知青们的口粮是政府调拨的，每人每月38斤，后来涨到45斤。这些粮根本不够吃，我们当年正是长身体的时候，农活又重，每顿吃一斤粮都打不住。要说我对饥饿的感觉,最深刻的要属这段时间,甚至超过了对三年自然灾害的回忆。我们每天做饭,都要用秤称出所需的米面,基本上每人每顿只能吃到一个不大的玉米馍,连饭都吃不饱,再来干活,那镢头抡不了几下,肚里就空了,手上没劲,腿上发软,那滋味实在难熬。倒是老乡们看不下去了,让队里借了我们一些粮,这才帮助我们度过了插队之初的难关。

二

陕北虽然穷困,作物的种类却是不少,颇似一个谷物的博物馆,有些品种,在其他地方已经少见,但在这里,还在广泛种植。所以,老乡们的饭碗里,虽然没有大鱼大肉,多数仍是粗粮,却也花样繁多,生出了不少的吃法。

插队吃的第一顿饭,就让我们开了眼,老乡们端上的是一盘黑饼子,硬硬的,吃到嘴里粗涩难咽,我们谁也猜不出这是用什么粮食做的,问过之后才知道,是糜子面。嘴里嚼着硬饼,心里却凉了半截,想着今后就要天天吃这样的饭食,甭说插队要过的思想关,就是这生活关过起来也不容易。后来才知道,不是老乡们不肯把好的给我们吃,这糜子面在老乡心里,就是好东西,它经饿,顶饿的时间长,老乡们是把预留的种子磨了一些,给我们做了第一顿饭。

糜子分软硬两种,也称黄米,学名叫"黍",相传我们的老祖先在四千年前就开始种植了,《诗经》里边都多次提到它。想到我们种糜子吃糜子居然也能和《诗经》联系在一起,辛苦之余倒能获得一点乐趣。糜子的吃法还挺多，尤其是软糜子。贺敬之《回延安》里提到的"米酒油馍木炭火"，这米酒油馍就是用软糜子做的，是老乡们过节待客的上等食物，若是到过年时，家里连这些也没有，那日子就真的过"倒灶"了，叫人瞧不起。米酒很好喝，酸酸的，甜甜的，没什么度数，但喝得多了，也会晕晕乎乎，不知何处是他乡了。软糜子的穗很有用，可以捆绑扫帚，扫炕，扫磨，成为婆姨们手中常用的物件。

和糜子并列的当属小米，也是我们主要的口粮。小米又称"粟"，它的历史比黍还要长得多，是我国最早的粮食作物之一。陕北的小米可是大有名气，色泽金黄，颗粒浑圆，焖干饭，香甜松软，熬稀饭，则清香四溢，尤其是碗上浮着一层晶莹的米油，滑糯爽口，这一特色，竟被用做了一个县的名字。这地方的婆姨，出了名的漂亮，可见"米汁淅之如脂"，对人是有养颜作用的。据老乡说，小米还有一种吃法，堪称美味，那是将小米先用水泡了，到五六成湿，上碾子压成粉，用此粉蒸成发糕，竟比城里卖的点心还好吃，没放一点糖，却香甜可口，入口即化。我们听得心动，便试着做了一回，果然不假，众人吃得口滑，一顿竟吃了差不多半月的粮。看此做法如此奢侈，不敢再试，插队几年，仅此一回而已。小米产量不高，我们平日里，多是用来熬粥，吃干饭的次数也不多。

当然，粮食的主体还是玉米。玉米不似谷子耐旱，所以多数是种在沟地里。在夏天锄玉米是个苦差事，地里密不透风，闷热难耐，更可气的是那玉米伸着带毛的叶子，专在人的赤臂和脖子上划来划去，叫人痛痒不堪。玉米半熟时，下边套种的青豆也结了荚,几个年轻人经常会寻些柴火,偷偷烧来吃,虽然烟熏火燎,半生不熟,但新粮的嫩甜,着实让人口馋,直吃得嘴手皆黑。这事不敢让队长看见,否则会挨骂,说年轻人糟践粮食。玉米成熟了,掰回来,分到各家各户。那时队里没有脱粒机,便把玉米棒子用连着的包皮编成一长串,挂在窑上晾干,阳光照上去,金黄的一片,倒也十分好看。收了工,在窑里歇着,嘴上聊天,手可不能闲着,要搓玉米豆,炕上平时就放一个笸篮,搓了就撂在里面,满了,也就到了该磨面的时间了。

玉米可磨成面或碾成糁,磨前也要先淋点水,让玉米皮湿润一些,太干了不好磨,那面也发燥。面磨好了,还得放在寒窑里边晾着,否则就会焐了,变得十分难吃。玉米面可蒸发糕。我们村的老乡奇怪,管这没有馅儿的发糕叫"团子",不知何故,我也一直没弄明白。插队几年,自己做饭,蒸发糕练成了一把好手,发面用一个瓷缸,放在炕头上,一夜工夫,发得正好,第二天早上蒸时,有时竟连碱面都不用,甜丝丝的,一点也不酸。玉米糁熬粥,黏黏糊糊一大锅,在加点洋芋或红薯块进去,更增添了鲜香的味道,只听得众人喝得山响,菜都不用就。

腊月里,家家户户都要摊"合子",这是用发好的玉米面调稀了,再加上小米面,在个圆圆的小平底锅上摊的圆饼,摊好后趁热折成半圆形。每家都要摊上几笸篮,放到寒窑里冻着,正月里不蒸新馍,全靠吃它。这东西吃起来松软香甜,但不太顶饿,所以,多在农闲时才吃它。

我在城里时,不喜欢吃粗粮,总觉得粗粮难咽,到了乡下方知新粮与旧粮的区别。城里人吃的多是旧粮，早已走了油性，所以乏味。乡下虽然缺油少肉，也没有丰富的菜肴，但就新粮的美味这一项，却是城里人难以享受得到的。

我们队里每年还要专门留出一块地来种高粱，这倒不是为了增加口粮，因为这高粱实在不好吃，甭说人了，连牲口都对它爱答不理的。老乡们种它，主要是为了取那长长的穗秆儿，给婆姨们做蒸笪子和锅盖用。这东西坏得快，每年都得换新的，要是不种这种高粱，婆姨们会不答应。

口粮里的上品，自然当属白面，家家户户把那小麦宝贝似的存着，就像城里人在银行存的钱，不到当用的时候是不会拿出来的。谁家有多少小麦，也就成了光景好坏的象征。谁都知道白面顺口，老乡们有话，说白面捏成驴肾都好吃。只不过当年，小麦稀少，人们只能把顿顿吃面当成了一种奢望。但在乡间，有些日子是必须用到白面的，除了婚丧嫁娶之外，清明节祭祖，家家都要蒸白面馍馍，到坟上供一下，再拿回来大家分吃掉。"六月里，六月六，新麦面馍馍熬羊肉"。新麦下来的时候，再穷也得尝尝鲜儿。八月十五过中秋，要做月饼。我们村的月饼简单，也就是白面饼上压几道花纹，条件好点的家庭，还能放上一点糖。到了过年，就是白面最集中的消费时间，包扁食，做羊肉臊子面，还有走亲戚用的花馍。平日里千省万省，这个时候不能省，要不然，一年到头，过着还有什么劲呢。

我们插队的前半年，把粗粮都吃烦了，好容易等到新麦子下来，几个人一商议，要好好吃一顿面。我那时才知道，陕北人吃面是很少用纯白面的，要加进小一半的蔓豆面。这蔓豆在外地通常是做饲料用，在陕北，就成了白面的替代品。加入蔓豆面后，白面的韧性就少了许多，十分难擀，队里怕我们把面条做成糨糊，特地派了个麻利的婆姨给我们擀面。灶里的火烧得旺旺的，那婆姨将擀面杖舞得上下翻飞，面擀得均匀透亮，下到锅里，长而不断，捞出来，用个大号洗脸盆盛着，再浇上洋芋臊子，端到我们面前。我们几个早等得眼睛都绿了，几筷子下去，如风卷残云，一盆瞬时就没了，那婆姨忙着再擀。就这样吃着擀着，擀着吃着，到放下碗时一算，我们六个人整整吃了六大盆。我自己都觉得奇怪，把那洗脸盆放在肚子上比了一下，它可比我的肚膛儿大多了，真不知是怎么装下去的。

刚才说到蔓豆，陕北还产绿豆、红豆、芸豆、黄豆、青豆和黑豆等。黑豆在别的地方是喂牲口的，人并不吃。而在陕北，由于缺粮，人不得不与牲口争食，竟也将之发展成一种地方特色食品。将黑豆先用水浸了，上碾子压，压成一个个薄薄的小圆片，老乡们称之为"钱钱"，把它和小米在一块煮，就做成了"钱钱饭"。这饭吃起来有油性，老乡们很是喜欢，他们甚至在歌里唱道：只要能吃上钱钱饭，信天游三天三夜也唱不完。黄豆和青豆可做豆腐，我们做过几次，也是先将豆子用水泡，再磨成豆浆，上锅熬，用卤水点，捞出豆花放到一个木盒子里，我能干的活就是狠命地压。新做出的豆腐香味扑鼻，温润可口，我们一边做一边偷吃，待豆腐做完，一小半就已经进肚了。闹得帮我们做豆腐的老乡很没成就感，他不明白，同样斤两的豆子，为什么在我们家就出得少。

三

　　杂粮里边，我最喜欢的就是荞麦，一是因为它好吃，二是因为它好看。收罢小麦，在秋播之前，还能赶着种一茬荞麦。民谚里说，荞麦出土就开花，七十五天就归家。荞麦长得不高，秆儿是紫红色的，花是粉红色的，如果种得多，那满坡满岭，就是一片花海，鲜艳妩媚，风情流淌，在灰褐色的高原上，显得很奇特。就好像你在满耳沉重的喘息声中，突然听到了一曲少女娇嫩的清音。只不过这景色维持不了多久，艳丽之中也带着一种感伤。难怪在陕北的酸曲中，会时常提到荞麦花。

　　荞麦皮是紫黑色的，磨出的面却雪样的白。但下到锅里又变了紫色，好像被墨水染了一般。荞麦面没有韧性，擀不成面条，乡里人用它来压饸饹。荞麦饸饹是一道美味，吃起来顺滑爽口，只不过荞麦产量低，所以吃这道饭，一年中也就那么有数的几回。压饸饹一个人做不来，一般得用三个人，一个专管烧火拉风箱，保持锅里的水一直开着。一个人管和面、下面、捞面，还有一个人专管压。有的饸饹床子很大很重，支在锅上，压饸饹的人得坐在压杠上，用自己身体的重量把面压下去。所以每次吃饸饹，总显得格外热闹，后窑掌里水汽腾腾，风箱拉得像锣鼓点，人们边压边吃，饱了就走人。荞面饸饹最好是配羊肉臊子，我总认为这是最正宗的西部味道。可当年我们哪里有那么多羊肉，平日里有萝卜洋芋做的素臊子浇上，就已经满意得不行了。

如今城里人也喜欢吃荞麦,但基本上吃不到纯的荞麦面,天知道那些包装袋里装的都是些什么东西,反正和我当年吃到的已经相去甚远。

陕北的农户,一般都有两到三孔窑洞,除了住人,专门有一孔用来存放粮食和杂物。这窑洞从不生火,所以也称寒窑,确是存粮的上佳去处。放粮食的东西叫"囤儿",用荆条编成,或圆或方,里边用牛粪与黄土和成的细泥抹平,干后光滑结实,听说还防虫。把粮食放在里边,阴凉干燥,经年不坏。我们的寒窑里,存放了全部的家当,十几个大大小小的"囤儿",占了半个窑;几口缸里,腌着酸菜;地上,还堆着洋芋和红薯。

我不知道洋芋和红薯应不应该算粮食,但在我们的食物中,它们却占了很大的比重。陕北的洋芋产量不高,可品质很好,皮薄肉白,又面又沙,可做主食,如洋芋擦擦,那是把洋芋擦成丝,裹上面来蒸,再蘸着蒜水来吃,倒也别有风味。也可做菜,炒片炒丝。记得有一年,我们有五六个月的时间断了油,每日吃的菜,就是水煮加盐。一天轮到我做饭,切好了一堆洋芋丝,却不想再用水去焯了,便把锅烧热,将洋芋丝倒下去,用锅铲狠翻,竟在干锅里把它炒熟,和干粮一起让送饭的带到山里去。同伴们收工回来,直嚷嚷今天的洋芋好吃,问我向谁家借的油。当我说了我的发明,众人叹息不已。一位同学的家里听说我们干锅炒菜,赶忙寄来了一罐猪油,我们省吃俭用,又支撑了半年。

那年秋季,阴雨不断,陆陆续续下了近一个月,柴火快没了,也磨不成面,只得每日烀一锅红薯,放在那儿,谁饿了就啃几口。红薯好吃,可连着几天只吃它,谁也受不了,胃里发酸不说,这东西滑肠,进得快也出得快,人一有便意,就得马上上厕所,夹都夹不住。

  红薯分了很多,光煮着吃也不行,我们就想到了晾红薯干。把红薯煮熟了,切成片,撂到窑脑的石板上去晒,到半干不干的时候,最为好吃,有点像橡皮糖,有咬头,还甜。我们每日收了工,先去寻几块来嚼。插队时还能有零食吃,这是原来没想到的。

  我们当年是一群十八九的小伙子,正是长身体的时候,农活耗体力,肚子里又没有油水,所以个个饭量惊人,还总觉得饿。人活着都是有理想有目标的,依着状况不同会有大小之分。说出来不怕人笑话,我那时对吃饭的企盼,超过了对理想的追求。在地里干活,眼睛却瞄着山路,就等着送饭的人出现,看到那个摇摇晃晃的人影,心里便欢呼起来,老镢也舞得带劲。

  人们说陕北的饭养女不养男,此话可能有些道理,有的女生,眼看着胖了起来,但大部分男生,都干瘦干瘦的。我离开农村很长时间,还有人非常怜悯地对我说,你这娃身体太弱。

  民以食为天,越穷的地方,人们对吃的欲望越强烈,这可能就是隔了这么多年我还能对陕北的庄稼和饮食记忆深刻的原因。从不适应到适应,当年确实也经历了一个痛苦的过程,这可能就是所谓的"改造"吧。那时的宣传,是把这种不适应,说成资产阶级思想和生活方式影响的结果,是对城里的这帮洋学生进行"再教育"的理由之一。其实,知识青年们对陕北杂粮饮食的习惯,与其说是思想改造的结果,还不如说是对饥饿的一种服从。我后来到过关中农村，发觉那里的人们，对陕北艰苦生活的恐惧，甚至超过了北京城里来的学生，我才知道，这是生活环境与习惯使然，原本与什么阶级思想无关的。

  时代在发展，陕北的生活也好了许多，吃糠咽菜逐渐成为了记忆。只是我有点弄不明白，如今城里人宣传的健康生活新概念，竟与当年陕北的苦日子多方契合，你看，居住在高原，每日上坡下坡，锻炼了腿脚，呼吸着新鲜空气，喝着山泉水，吃着粗纤维的杂粮，缺油少肉，基本素食，照理说已经是理想境界，可人们为什么觉得苦呢。恐怕没有人愿意回到过去，还是要争着往城里边奔，看来富贵时的想杂粮，和吃着杂粮想富贵，是不可同日而语的。

深情忆往感怀多

孙仲荷

我插队的时候，陕北农村的生活十分艰苦。但经过一年的锻炼后，我体会到：再苦的生活，只要你善于体味，也能尝到无穷的乐趣。古人说得好："一庭之内，自有至乐"，更何况农村广阔的天地呢？人只要有意趣、有寄托、有追求，精神就不会寂寞。但在当时的艰苦条件下，意趣又来自哪里呢？我个人的体会是，意趣来自民情之美、自然之美和万物生命之美。只要你肯于接触，善于体察和敏于发现，并在与其和谐相处中不断深化"万物一体"的情怀。

我在农村拦过羊、放过牛、溜过马、喂过狗，还接触过其他各类动物。在交流中熟悉了它们的习性，产生了对它们的挚爱，开阔了自己的胸襟，升华了自己的情感，使我经历了插队生活的乐趣，进而强化了"善待动物、善待生命"的理念。

中国传统文化倡导"天人合一"，现代文化倡导人与自然和谐相处，对这些文化理念，我都能理解和接受。这种文化的自觉，主要与我插队的经历有关。为具体地说明这个问题，我讲述两个插队时与动物有关的小故事。

可爱的枣红马

我插队的第三天,听说队里的一匹老马生了一只小马驹,漂亮得很,大家争着去看。我心里想:不就是一匹小马驹吗,有甚稀罕的?过了大概有半个月,当我无意中见到这匹小马驹时,它已经能满地乱跑,但还时不时地纠缠着老马要吃奶。老马被它吸咬疼了,就四蹄刨地,呼哧有声,但并不发怒,表现出一种母爱。

这真是一匹可爱的小马驹,尾部漆黑,通体枣红,毛色光亮,柔若锦缎。我禁不住伸手抚摸,它似乎也很通人性,很愿意接受我的爱抚。我摸它时,它眯起明亮的双眼,显示出一种很享受的样子。这时,老马也默默地注视着我们,眼中充满了柔情,似在对我表示感激。

我从心里喜爱这匹小马,便经常来看它,有时还给它带一把嫩草。这匹小马与我熟络后,一见到我就撒欢,还用嘴在我身上轻轻地磨蹭。有一次,它竟直立起来,前蹄搭住了我的双肩,两眼亲切地注视着我,待我故作嗔状后,它才羞涩地双蹄落地。

饲养员见我这么喜爱这匹小马,也深受感动。一天,他对我说:"这匹小马转眼十个月了,该训练一下了,你不忙时,可以带它出去溜一溜。"我一听十分高兴,当即把它的脖子拍了拍,示意跟我走。

我望着这匹日渐长大的小马,忽然有了一种想法,这不就是关公的赤兔马么。关老爷挺刀跃马多威风，我何不效仿一下呢？于是，我揪住马鬃，翻上马背，将马后腿一拍，它立刻四蹄奋起，沿着乡村大道飞奔，转瞬就快到了公社。我怕公社干部看见，又策马返回，却不料行至半途，意外情况发生了。这马先是越跑越慢，见我仍不停地拍打，于是，猛地把头一低，使我失去平衡，一头栽在马下。而它也旋即止步，否则，后果会不堪设想。

我这才知道它跑累了，该歇息了，而我却不知体贴，它便与我开了这么一个玩笑。于是，我便示意它吃些路边的野草，我则吸着烟，观赏着山野的景色。一会儿，小马向我走来，我明知它不通人语，还是下意识地问："你吃饱了，可以走了。"我见它轻轻地点了下头，才又飞身上马。转眼之间，就来到了饲养室前的平场上。只见饲养员和老马都在那里焦急地等待。老马浑身躁动，还发出一声长鸣，似在心疼小马负重，更像是对我表示不满。而饲养员却笑呵呵地说我胆子大，本事也大，竟能光背骑马。当晚回到窑里，我感到大腿内侧有些疼痛，脱下裤子一看，双胯竟被磨得红肿，有的地方还掉了皮。

这匹小马转眼长大了，可以干活了。根据饲养员的建议，队长决定由我来使用它。从此，我们开始了长时间的亲密相处，无论是犁地还是拉车，它都很乖巧；而我也摸清了它的脾气。

然而，我们相处的时间并不长，我就要奔赴新的工作岗位了。这对我来说是好事，而我真的要离开的时候，觉得对这里还有许多留恋和牵挂。我留恋的是乡亲们对我的深情厚谊，牵挂的是曾与我朝夕相伴的枣红马。我牵挂它什么呢？我牵挂和担心今后别人是否也能如我一样来善待它。当我与它最后分别的时候,看见它眼中饱含着泪水,我的眼泪也禁不住夺眶而出。老马默默地注视着我,似在对我表示最后的感谢。

我自参加工作后,曾多次遇到村里的故旧。我向他们问长问短,就是不提那匹枣红马。我不是不想念它们,而是一提起那匹枣红马,就会引起我的感伤。

忠实的大黑狗

我们刚插队时,对农村许多事物都表现出天真与好奇。当时,我们最喜欢的还是狗。说来也怪,陕北农村,一般家户都养狗,可我们村里却没人养,这成了我们的一个遗憾。村民赵拴柱了解到我们的心情后,从他舅舅家讨了一只小狗送给我们。从此,我们有了自己的狗。那是一只小公狗,虎头虎脑招人爱。

由于我们爱它、喂它并时常逗它,它也对我们格外亲近。久而久之,它不但在平时与我们同出同入,而且在我们出工时也与我们形影不离。当我们在地里干活时,它就在我们周围跑来跑去,有时跑得不见了,我们打一声口哨,它马上就又回到我们身边。它还爱在草丛中钻进钻出,似在寻觅着什么。累了,就卧在一边休息。

然而,就是这样一条好狗,却因一件意外的小事与我们拉远了距离。原来,一天早晨,我们上工时,由于仓促,误将它锁在窑内。当我们下工后,一打开窑门,顿觉骚臭扑鼻。原来,它被关住后,出不去,只好将屎尿拉在窑里。它好像自知有错，便垂首耷耳，一时不知所措。这虽不是狗的错，却激起了知青们的愤慨。一个叫刘三的男知青更是怒不可遏，猛踢了它一脚，还喝令它滚出去。

这只狗的自尊心很强，自受辱后，便疏远了我们，无论我们怎样努力，也恢复不了与它的亲近。它不但不再进我们的窑洞，我们就是给它喂食，它也是吃过之后就匆匆离去。它虽然还是我们的狗，却明显与我们生分了。这种情况被村民们知道后，也对它产生了同情，家家户户都抢着喂它。它已成为村里的公共狗。夜里一有风吹草动，它就叫个不停。村里人都夸它是条仁义的狗，我们听了心里也很受用。

不幸的是，一天早晨，当村民们在场院发现这条狗时，只见它蜷伏在血泊中呻吟，腹部已被锐器穿透。是谁这么缺德，竟对狗下如此毒手！大家在愤怒之余，分析来分析去，断定不是本村人所为，一定是外来的窃贼干下的这残忍事。知青们赶来后，将它放在一块平板上，用盐水给它清洗了伤口，又敷上从北京带来的云南白药。它的伤势实在太重了，虽经我们百般呵护，还是不见起色，最后竟瘦得只剩下一张皮，若非骨架支撑，一阵风就会被刮走。

社员们都说它不行了，我们也知道它不行了，但却不忍心将它放弃。女知青们坚持给它喂食换药，大家共同期待能出现一个生命的奇迹。狗的生命力的确超强，在大家精心的护理下，它的伤口慢慢愈合，食量逐渐增大，有一天，竟挣扎着站起来了，还摇摇摆摆地走了几步。

人们都说狗有良心，事实的确如此。此狗经此一劫，深切地体会到了我们对它的关爱，于是，它又恢复了与我们的友谊。老乡们也对它更亲近了。

有一天,这只狗突然不见了。我们和村民们到处寻找,也不见它的踪迹。后来,大家一致猜测,这一定是被狗贩子套走了。一想到这只狗的命运,知青们禁不住流下了伤心的泪。我们生活中突然失去了一个亲密的伙伴,使我们倍感惆怅和空虚。

村民们的担心决非多余,不说夜间没有狗小偷难防,就是野狼也会肆虐。果不其然,在一天深夜,赵海家刚养的一头猪被狼叼走了。此后,老赵逢人便说:"若是知青喂的那条狗在,哪会发生这样的事!"

这些事过去已近 40 年了,然而,往事并非如烟。岁月不能抹去我对大黑狗的怀念。当我与战友们谈起这件往事的时候,也曾引起他们的伤感。有插队经历的人,几乎都有这样的共识,与动物相处和与人相处一样,都需要真诚和尊重。

特殊的邀请

荞 麦

我已经记不清接受过多少次亲朋好友的邀请,更记不清品尝过多少美味佳肴,但是40多年前一个孩子对我的特殊邀请,却让我终生难忘。

我插队的第二年,生产队让我到中咀峁小学去教书。我从小就喜欢孩子,再加上我母亲又是一个学校的校长,因此,我二话没说就将此事应承了下来。

第一次来到中咀峁小学,我便体会到这里的贫困与艰辛。这是一个小山沟,村民们种地在山顶,吃水在沟底。一条土路的旁边,有两孔简陋的土窑洞,这就是孩子们的教室。窑洞里用泥土垒起一些土台子,上面架着几条高低不等的长木板,这就是孩子们用来读书写字的桌椅;墙面上用水泥抹出了一个方块,就是黑板。

看到我的出现,十几个早已等候在那里的孩子显得既兴奋又腼腆。几个胆大一点的孩子跑过来紧紧地拽着我,生怕我跑了似的。一个孩子对我说:"老师,我一早就赶着毛驴把学校的水缸装满了。"另一个学生又说:"老师,你不用操心,每天早上我们都会先把水烧开。""我会扫地"、"我能擦桌椅"……看着孩子们天真无邪的小脸,听着他们真诚朴实的话语,我心中充满了感动。

由于贫困,到中咀峁小学上学的孩子都买不起铅笔和作业本。我从十几里外的公社买回来便宜的白纸,装订成练习本。我每次给学生们教完生字之后,先让他们在窑洞外的地上练习,然后再写到本上。在城市,汽车、水壶、高楼大厦这些无须讲解的名词,在他们的脑海中却无法想象,恐怕在梦里都没有出现过。孩子们刻苦学习的精神、强烈的求知欲望让我非常感动。

我是来接受再教育的,可村里的老乡却待我如同亲人。每到中午吃饭的时候,村里各家各户都争着请我去吃饭。一次课间休息时,几个孩子把我围住,这个问:"老师,今天该到我家去吃午饭吧?"那个喊:"谁说的,轮到我家了!"这时,一个叫冬来的男孩子推开其他同学,大声嚷着:"你们都听好了,老师今天哪里都不去,就上我家。"他的话音还未落,快嘴的妞妞就挤了过来:"不行!早上我就和老师说好了,你是后来的。"看着他们争吵不休的样子,我觉得既好笑又好玩。可后来发生的事,却使我再也笑不出来了。

放学的钟声刚敲响,妞妞就跑过来紧紧地拉住我,让我到她家里去吃饭,我答应了她的邀请。等收拾好课本准备离开时,二牛从外面跑进来说:"老师,你快来看,冬来哭上了。"我一愣,这怎么可能呢?冬来是学校里最淘气的孩子,天不怕地不怕，谁有本事能把他招惹哭了？

来到窑外，只见冬来靠在石碾上正用手抹眼泪。没等我走近，他就冲过来拽住我的衣角哭着说："老师，求求您，今天就去我家吃饭吧，要不，我妈把饭又白做了。"我被这突如其来的举动和莫名其妙的话弄糊涂了，忙说："别急，有话慢慢说。"这时，站在一旁的二牛给我说："昨天，东来给家里说您要来，他妈就做好杂面，等了您半天您没能来了；今天，他说一定能把老师请来，您要是再不去，他妈就说他在玄谎。"听了这些话，我还是有些不明白。东来哭着对我说："我家非常贫穷，家里有点细粮，我妈从来不舍得吃。昨天您没来，我妈看着我们把杂面吃了，很是心疼。今天您要是不去，我妈一定以为我还在骗她。"东来这么一说，让我明白了。我为他擦干泪水，将他紧紧地搂在怀中。

我毫无选择地去了冬来家。吃饭时，看到桌上摆着白嫩的豆腐、炒鸡蛋和腌辣椒，还有那一大碗杂面。站在旁边的冬来和他的弟妹用眼睛偷偷地在看着我，却都不肯动筷子。"老师，您不要客气，您就凑合着吃吧。"听着东来妈朴实的话语，看着孩子们瞪大的眼睛，我手中的筷子似有千斤重。我端起碗，将菜倒入冬来和他弟妹的碗中，又将杂面分别挑给他们。看到我的举动，几个孩子先是一愣，然后端起碗大口地往嘴里扒拉。突然，东来趴在我耳边小声说："老师，你要是天天能到我家来吃饭该有多好呀！"这时，我再也忍不住了，大滴的泪水落在碗里。

转眼40多年过去了，不知道东来现在长成什么样子了，也不知道他是否还记得邀请我去他家吃饭的情景。他是个好孩子,我会永远记住他,并祝愿他们全家能过上好日子,永远幸福安康。

插队岁月堪追忆

郎小华

"受苦"一词，在陕北指的就是劳动。这个叫法既简单、又直白。插队的日子过得很慢。那时候也没有什么娱乐，有的只是日出而作，日落而息。就这样到了夏天，我们插队已有大半年了，几个女生感到应该梳洗一番，搞搞个人卫生。

过了几天，队长通知我们到村子对面山上锄地。进到沟里，从山底爬到山顶，多则要走一小时，少则也得四五十分钟。在山上干活，两只鞋里总是被灌满了黄土。山上的黄土松散，所以，老乡们上山劳动时，大部分都光着脚，手里提着两只鞋。

我们村子南面有一条小河叫杏子河，清清的河水自西向东流淌着，河床上露出灰黑色的石板——老乡家的锅台就是用这种石板做的。在我们村靠西边这段河上，还修有一个水坝，水坝上面的水不算深，坝上的路很平，队长就带大家从这里过河。

来陕北之前，我去过景山、香山、八达岭。印象中的山应该是有绿树、灌木林、小路，到了山顶有点"一览众山小"的感觉。陕北的山光秃秃的，一座连着一座，山不高，歌中把它称为黄土高坡。这山给我的感觉是："横看成岭侧也岭，远近高低亦相同。不知大山有多少，如同掉进汪洋中。"开春的时候，这片山地我们曾来过，那时是掏地和播种。这次上山比上次的感觉好了很多。到了目的地，歇了一袋烟的工夫，曙光照在山顶，能看清庄稼与杂草。开始干活了，大家排成一排，一个人领头，大伙依次跟上。到了阳面的尽头，队尾又变成领头的，翻过身来继续锄，自上而下，周而复始。

队长把我们女知青与村里的后生们安排在一起干活。后生们的年龄都比我们小，思想特别活跃，好奇心很强，总是问我们大山以外或北京的一些事情，说笑着，倒也不觉得累。太阳升起来了，云动风起，一阵微风拂过，很是舒服。于是，大家就又谈论起风。至今我还记得："风向东一场空，风向西淋死鸡；风向南冲翻船，风向北发大水。"头顶上的云好像越来越厚，仿佛伸手可触。

晌午了，早晨那一肚子稀饭早没了踪影了。那时候，感觉每顿饭都特别香，尤其是老乡的饭更香。他们的饭虽然稀点，但里面有洋芋、豆角、瓜菜等，比我们的花样多，非常可口。我们只会把小米、黄米或玉米放到锅里煮成"黏饭"，有菜就炒，没菜就算了。有时，我们和老乡换饭吃，老乡们都乐不可支。后来发现，老乡做的饭不耐饱，那一罐子饭把肚子撑得够呛，可过一会儿又饿了。

我们一上午也不知锄了几个山头上的地。下午，当我们到了另一个山顶的时候，风中能闻到土腥味，远处还隐隐约约有闷雷声。这时,队长担心怕下雨,就说:"你们女知青先回吧。"此时没人吭声,沉默了一阵没反应。过了一会儿队长又说:"你们女知青先回吧。"这时,我们还是沉默。队长急了,冲着我们嚷了起来:"一满不听话。"他说话很快,看着队长的样子,我很想赶快走,但是,大家依然没有反应。又过了一阵,只听队长高声说了一个字:"回!"这时,只见山坡上人头攒动,尘土飞扬,所有的人用最快的速度在飞奔。此时,老乡跑多快我们就跑多快。眼看要下雨了,当时心中只有一个念想:快跑。

到了河边,队长催着我们赶快过河。这时,靠村子那边的岸上来了很多人,他们手里都拿着家什。我们留守做饭的同学也来了,拿了一根长竹竿,上面绑了一根粗铁丝,像是钩子。老乡告诉我,这是村民们准备捞柴火。有几个婆姨边走边对我们说:"你们几个女子快回窑里,换换衣服,不要在河边站了。"

这时,听见的不知是闷雷声还是其他声音,只听见老乡们喊了一句——洪水要来了!这时的河水浑了,我们急忙过了河,站在一个安全的地方,好奇地看着逐渐增多的人群。老乡们都显得很兴奋,他们站在河边。这时,一股噎人的土腥味扑鼻而来,随之,又听到一种呼啸声由远而近。

我们怔愣地朝着发出呼啸声的方向望去,发现河道里满是泥浆,泥浆咆哮而来。面对大自然的力量,已无法用任何言语形容,人显得那样的渺小。要不是看见周围的人,我会觉得自己已置身于幻觉。看着滚滚而来的泥浆,泥浆中好像还掺杂着什么东西,仔细看,竟是些猪、牛、羊、西瓜、树、架子车等。我们看得心惊肉跳。刚才如果再晚点，我们也会被这洪水无情地吞噬。这时，只见我们村的那些青壮年都跳进河中去捞柴火。他们的胆子真大。

  一场洪水过后，看村里，家家柴垛见长，收获颇丰。记得是在有一年的夏天，村上有个后生曾经问过我："你们从北京到我们这里，要路经河南省，是不是河南的黄河岸很低。"这个后生的提问在我的脑海里留下了深刻的记忆。后来我查资料，才知道河南封丘的曹岗，这一地段的陆地，确实低于黄河河床。陕北开荒，河南遭殃，早在40多年前他们就知道。可是，当时又能怎么样呢？后来听在陕西省委工作的一位同学说，"联合国粮农组织"在上一个世纪70年代末，应邀到陕北来考察，省上的领导让他们谈谈看陕北适合发展什么。最后的结论是：陕北最好是退耕还林，种草种树。

  当时的陕北，广种薄收，靠天吃饭。遇上大旱之年，山上的庄稼根本没收成，就算风调雨顺的年头，一亩山地也只能收七八十斤粮食。

  2004年，我回了一趟延安，看到延安人民通过退耕还林，生产和生活条件有了很大的提高和改善。交通发达了，山上有草有树了，我们村上家家都有果园，生活过得惬意而幸福。

  40多年过去了，我们都上了些年纪。可一回想起当年延安插队的日子，想起和陕北老乡一起受苦的日子，我们就有万千思绪无法言表。

插队时的赶会与串队

二 河

我们在农村插队时，无不热衷于赶会和串队，而这两项活动又往往是联系在一起的。因为在农村一年四季都很忙，平时不好请假，只能借赶会之机捎带串队，其中的乐趣自是局外人所难体味。

我们公社没有会，要赶会就得到槐柏、土基甚至更远的老庙、三岔等地。这些地方远则几十里，近也得十几里，虽往返辛苦而大家却乐此不疲。

知青们赶过会后，往往不直接返队，还要到附近有知青的队串串，以与多时不见的同学好友欢聚。那时，由于各队经济状况不平衡，致知青插队条件的差异较大，有的较富足，有的很一般，有的粮食缺口较大，加之人情有薄厚，故串队的际遇也不大一样，不乏"乘兴而去，败兴而归"的实例，而我就曾触过这样的霉头。那是插队第二年的早春，正是一些地方青黄不接的时候，我在槐柏会上意外地见到小全。他是我儿时的好友，彼此相念甚殷，相逢自是喜出望外。我曾给他起了个"狮子"的绰号，后竟传叫开了，以致不少人忘记了他的真名。他自插队后又自称"洛川狮子"，加之好勇斗狠，竟在洛川知青中混出了大名。他为人仗义，不忘旧交，见到我很高兴，坚邀我到他队串串。我深感盛情难却，便随他回了队。他队上共有五名男知青，其他四名也与我熟悉，故对我的到来表示了一体的欢迎。但准备晚饭时，却个个面有难色，因为瓮中只剩下一点白面，不够做面条而只能做锅拌汤。原来他们凑合惯了，刚从队上借了二斗麦子，还没来得及磨。小全一看急了，骂他们太懒，转身要到邻家去借，却被我一把挡住，说喝点拌汤就行了。我饭罢再无心逗留，临别嘱咐他们一定要把生活搞好，还邀他们有时间到我队做客，没想到小全第二天就来了。

　　第二天，早晌，我队六名知青全部下南沟种玉米，收工时已个个累得筋疲骨软，加之腹中空空，走起来直是步履维艰。三个女知青直抱怨，说还不如留个人做饭。我也直后悔，一想到回去还得现做饭，更觉饥疲难耐。不料当我们刚翻上坡，却见我们灶间的烟囱冒着袅袅炊烟。我们都感到惊诧难解，因为我们的人都在这里，门又锁得好好的，谁会在家里替我们做饭？及近，只见大门的确锁得好好的，近看两个窑门也都锁得好好的，而兼作灶间的女知青窑洞似有动静，开门却见是小全在灶头忙活。他起身向我招呼一声："大哥，我来了！"大家惊疑不止，忙问他是怎么进来的。他得意地说："我见你们门锁着，又得知你们下地去了，便翻墙进入院内，又从窑面墙的通气孔钻入窑中。"大家一听，不由得瞠目结舌，须知那通气孔距地面有一丈来高，孔径也很小，真不知他是怎样爬上去的，又是怎样爬下来的。其身手之敏捷真是不可思议。我暗想，他若把我们的东西裹挟而去,都不知是谁偷的。当然,我们都熟知他的为人,他诚实而仗义,虽不拘小节却不会损人利己,他这样做无非是把我们视为自家人。

我们见他把面也切好了,臊子也做好了,禁不住一阵欢呼,尤其是那些女知青,纷纷庆幸不用自己做饭了。吃罢饭,小全才对我们细说来意。原来昨天自我走后,他带着本灶知青量了一斗麦子去邻家磨房磨面,按说要磨七茬,前五茬过细箩,箩出的是白面,后两茬过粗箩,箩出的是黑面,最后剩下的是麸子,分别用于擀面、蒸馍、喂猪。却不料有些知青身懒性急,为省事从一开始就主张用粗箩,而且三茬过后就不想再磨了,要混搅到一块凑合着吃。小全虽自知这样不行,但在多数人的闹哄下也只好如此,并连夜发起了面,以备第二天蒸馍。没想到今早将馍蒸好后,大家拿起来一吃,发现面没发起不说,还夹杂着许多生硬的颗粒。虽然他人可以饥不择食,而小全却生气地将馍一抛,气哼哼地来到我这里。我想安慰他,却觉得语言乏力,想留他多住几天,又无助于使他们在根本上解决问题,后灵机一动,决定以现身说法的方式,帮助他解决一下思想观念问题。于是推说我们面也剩不多了,中晌需要再磨一斗,并嘱他好好休息。而他却怎么也不肯休息,坚持要随我帮忙,我便带他去了。

我们队有个规定,社员加工粮食,农闲时可以借给牲口,农忙时只能靠人力自推。我们来到邻家磨房后,我说我推他箩,而小全却说他力气大,坚持他推我箩,一茬茬过得很快,不到两小时就加工完毕。回来后我对小全说,你这么能干,又有这般好苦水,何至于吃夹生面呢?他生气地说,他们丫挺的太懒，光我勤快有什么用？我说："你这么说就不对了，在一个集体里总要有人带头，才能把大家带动起来，而你在他们中威信较高，正应发挥这种作用。"他听后若有所悟，我又说你们年龄都还小，正是长身体的时候，生活搞不好会影响大家的发育，更难以充沛的精力投入生产劳动。他接受了我的意见，并谢绝了我的挽留，当天即赶回队里，带领大家将那斗半成品面粉重又进行了加工，蒸出了一锅又大又白的馍馍。当我再次到他们那串队时，发现他们的生活已彻底改善，据说是小全从中发挥了凝聚作用。由此可见，榜样的力量的确是无穷的。

当我得知不少队的知青点都存在口粮紧张问题时，便嘱本队知青不要在人家那儿吃饭，而人家来时我们则应好好招待，并规定人人都有招待的权利和义务。久之我队知青待人大气也就出了名。

一天傍晚，我们灶上的馍馍刚蒸上锅，便来了四位不速之客，原来是甘石大队的"野驴"、毛子、九青和玉祥。他们在槐柏赶会后返队，一路饥疲交加，想在我灶蹭顿饭吃。我忙说你们来得正巧，馍一会就熟了。可他们实在饿急了，那里耐得住等，纷纷说馍都熟了，他们已闻到香味。我急忙与他们抽烟拉话，以争取那最后的几分钟。我待馍蒸熟后刚一揭盖，他们便饿虎般地扑了上来，一人抓了一个，随即被烫得在两手中倒来倒去，他们也顾不上等菜，每人吃了四五个，便满意地告别而去。

还有一次，东头大队的知青秦平雁、姜北平在土基赶过会后，专程前来看望我。是时天已擦黑，我问他们想吃什么？他们说想吃饺子。这可真让我犯了难。按说有面、有油、有鸡蛋，院里又长着一畦鲜绿的韭菜，包起来本不费难；可他们哪里知道，难就难在韭菜地里杂草很多，就着昏暗的煤油灯根本无法拣擇。却不料他们说不用拣擇，只要洗干净了就行，还说我们这些经过三年自然灾害的人，什么东西没有吃过，有些杂草又算得了什么？我见他们说得不无道理，又见他们吃饺子的欲望那么强烈，便将割下的韭菜洗了个干净，然后切好拌馅，接着一起动手，一会便包了两大苈帘。

当我们每人端着一碗饺子吃的时候，他们连连说香。我问他们是否吃出了野草味，他们说没有；他们问我是否吃出了野草味，我也说没有，他们得意地笑了。由此，我深感我们这些知青虽离家未久，但已能在异乡处处随遇而安。类似这样的趣事还有很多很多，虽都是些琐屑之事，却使人记得分外深刻。

大家通过互串互联，不断加深着往昔的情谊，更在相濡以沫中淡化乡思，平添了许多生活的乐趣。我十分怀念那些曾同甘共苦过的知青伙伴，那时大家那还不太成熟，正因为不太成熟、才显得那么单纯，那么率真，那么可爱。

断黑户

刘道民

大概是在1970年4月的一天,队长通知我们几个男知青随公社的武装干部到大山里去断黑户。

陕北话将"赶"称为"断"。"断黑户"就是将居住在山里没有户口的外来逃荒者赶走。第二天,天刚蒙蒙亮,我们和公社的武装干部踏着露水向深山老林出发了。为了安全,公社的武装干部还带了手枪。经过四个多小时的行程,我们终于在半山腰看见几孔快要坍塌的破窑洞。随着狗的叫声,从破窑洞里出来一个婆姨,她惊奇地看着我们这些陌生人。这时,公社的武装干部为了壮一壮声威,便对着从窑里出来的那个婆姨大声说:"把狗拴好。咬了人就把乱子弄大了。"看见那个婆姨把狗拴好后,我们才进了窑洞。

因为走路走得急,大家都出了一身汗,口渴了,便叫喊着要喝水。只见那个婆姨从旁边的木桶里舀几瓢水,倒进灶台的水锅里,接着又烧起火来。俗话说:忍饿容易忍渴难。大家等不及水往开烧,便用一个大粗碗,从水桶里舀起水大口地喝起

断黑户

来。我端起碗，一口喝下去，立刻感到清凉无比，觉得有一股淡淡的甜味。询问之后，才知道，这是她们经过整整一个夜晚，一滴一滴从山崖的缝隙里接出来的山泉水。这点泉水可是他们全家一天用的水呀！一下子就被我们给喝光了。

山里人老实厚道。当这个婆姨知道我们是从公社来的，也不问什么事情，就朝对面山上喊了几声，不一会，窑洞外就聚集了八九个人。借着婆姨烧火做饭的机会，武装干部大声告诉他们，让他们赶快收拾行李，回各自的老家去。当时，中苏边境战事吃紧，上面要求清理闲杂人员，尤其是对外来人口要进行严格管理，怕有坏人藏在深山里面，给苏修特务发信号。这些逃荒的黑户听了武装干部的话后，便七嘴八舌地解释说，他们的老家都在榆林地区，那里连续干旱，种下去的庄稼颗粒无收。将家里能搜刮吃的东西都吃光了，实在无法生活下去，才跑到这里，开垦荒地种点粮食维持生活，要不然的话，全家就要饿死。从这些黑户的衣着和表情上来看，他们是地地道道的农民。可是，当时有政策，深山里不允许有人居住。我们便来到山里，说服动员他们在短时间里离开这里。

过了大约有五六天，公社的武装干部陪同县里的一名领导，又来到这里。也许是断黑户的工作不力，受到上级的批评。这一次，武装干部的态度非常强硬，他让生产队长和民兵带着我们，再次进山去断黑户。上山前，大家还进行了分工，要挨家挨户去做工作。到了山里，天已经快黑了，可窑洞里一点动静也没有。原来，这些逃荒的黑户看见我们来了，都跑到山里躲藏起来。我们没有办法，只好朝对面山上大声呐喊，喊了好一阵子，还是不见一个人影，大家只好在窑洞门口耐心等待。一直等到天完全黑了下来,才看见几个婆姨挎着装满野菜的筐子从山上走下来。又过了好长时间,又看见几个男人走下山来。等到几户人都到齐了,武装干部便开始严厉质问他们:"为什么还不离开这里?"一个年纪大一点的老者放开胆子讲了一通话。他说:"你们硬要赶我们走,我们回到家里只有死路一条。你们这是把人往死里逼。"也许是这位老人说话硬气,给其他人壮了胆,另外几个男人也都说不要赶他们走。这时,几个婆姨和小孩子都哭了。看到这里,我心里酸酸的。吃过晚饭后,在武装干部的带领下,我们被分到各家的窑洞里去休息。我进了一家黑户的窑洞,看见里面几乎没有什么家具,只有几件简单的生活用品。在昏暗的油灯下,我摸到炕头,衣服也没有脱,一下就睡着了。天快亮时,我被哭声惊动,睁开眼一看,我被眼前的一幕惊呆了:只见一个婆姨和一个十四五岁的女孩子,穿着单薄的衣服,在灶台前一边烤着火,一边哭泣;灶台旁边还烤着几件破烂的衣服。我赶紧坐起来,走到她们身旁,问她们为什么不睡觉。婆姨告诉我说:外面太冷,她们穿得太单薄。有几件烂衣服刚洗过,还要等烤干了才能穿。她又央求我不要赶她们离开这里。借着火光,我看见那个女孩,她长得很漂亮,皮肤很白,两只大眼睛黑黑的,两条辫子油光发亮。那个女孩子可能看见我有些面善,便小声问我:"你们今天走不走?"问罢,又央求我不要赶她们离开这里。我告诉她,要听公社干部的安排。说实在的,我特别同情她们。当时,如果我有权力,我一定把会把她们留在这里。因为我看到她们特别能吃苦。那个婆姨告诉我说:她家里只有两条被子,昨天晚上让我盖了一条,剩下的那条她们娘俩合盖着,可

断黑户

到半夜冷醒了,便只好起来生起一堆火来取暖。她们没有换洗的衣服,粮食也很少。强壮劳力干活时吃干的,平时只能喝稀的。她带着孩子每天都要上山去挖野菜、拾柴草,尽管生活条件特别艰苦,但比老家要好得多。

第二天,吃过早饭后,武装干部又把这几家黑户召集到一起,给他们宣讲政策,并且规定了离开的时间。临走时,他又强调说:三天之后,我们还要来检查,如果再发现你们,就要通知公安局来抓人。当时,我看见这几家黑户的脸都吓得变了颜色。就在我们往山下走的时候,忽然听见有一个女人在哭喊,后来我才弄明白,同我们一起来断黑户的一个"二杆子",嫌这些人赖下不走,便朝一家黑户的锅里甩了一块石头,把人家的锅给砸烂了。我知道此事后,感到这事做得太绝了。

回到生产队后,我就到县城参加知青代表会议,也不知道山里的那些黑户离开了没有。过了大约有半年,我到公社取北京寄来的信件,半路上,我遇到一家黑户的男人,他到公社的供销社买煤油。我问他为什么还没有离开这里,他告诉我:他确实不能回去。回去只能饿死。我们几次进山去撵断他们,他没办法,只好又钻进另一条山沟,继续垦荒种地,维持生活。我看见旁边没有人,赶紧给了他8尺布票、3斤棉花票和家信中夹带的5元钱。直到今天我都有些不太明白,我当时是出于怎样的一种动机,是可怜他们、同情他们,还是其他什么原因。那些布票和棉花票对当时的我来说,用处不大,可那是珍贵的票证,对他们来说可是宝贝呀!我想,我是动了恻隐之心。尤其是他家中的那个小女孩给我留下的印象太深了。

后来我当了工人。有一年,单位学习解放军,搞拉练活动，我因为工作关系，没有参加。听参加活动的人回来告诉我，当拉练队伍经过我们公社时，受到当地社员的欢迎。当年被我们赶断的黑户，现在已经落户到我们的生产队。由于他们能吃苦，其中一名特别能干的黑户，还当上了生产队的队长。听到我们单位拉练要经过公社，他们还专门带上当地的土特产，到处打听我，后来，托别人转送给我，令我非常感动。

许多年过去了，每当我回忆起插队时在深山里断黑户的经历，心里就特别难受。当时的场景，逃荒黑户脸上的表情，尤其是那个小女孩的那双眼睛，总在我眼前闪现。时过境迁，"黑户"对于现在的人来说是一个陌生的概念，可在那个贫穷的年代，他们却是一个群体，一个为了找到一个能吃饭的地方，不惜背井离乡的可怜群体。但愿"黑户"不再有，愿天下苍生都能过上好日子。

进城卖瓜

黄 风

志丹县麻地坪村有一块川台地。当年,我在那里插队的时候,这块川台地是我们村的"自留地"。这块地虽然面积不大,但种的都是高收益作物,比如蔬菜、西瓜、烟叶等。这块"自留地"在村民的眼中,就是给大家谋福利、挣零花钱的宝地。

有一年夏季的一天,刘队长找到我,让我到县城去卖"自留地"种的西瓜。我一听,高兴得不得了。为啥高兴,因为在这一段时间里,我每天不是上山掏地,就是到河堤上背石头帮畔。特别是在烈日下干活时,我会常常回味起北京城一毛五分钱一瓶的北冰洋汽水。那汽水喝在嘴里,有一种爽快感,让人感到舒服极了。从明天开始,我可以暂时不上山"受苦",到县城去卖西瓜,有这等好事,我何乐而不为呢?

第二天,我装了一车瓜进了城。当时的志丹城有两条平行的街道——一道街和二道街。在这两条街道的中段,有一条巷子把一道街和二道街连接起来,这条巷子中间有一块半圆形的开阔地,当时,志丹县城的市场就设在那里。不过,巷子里的市场并不繁华，看上去冷冷清清。

我在市场上支起一个卖西瓜的摊子。没想到，当我往摊子前一站的时候，就感到有些不自在。这种不自在与头脑中根深蒂固的政治理念紧密相连。在那个年代，我们这些来插队的知青都以吃苦为荣，以大干社会主义为荣，以从事小商小贩活动为耻。一个身穿军装的北京知青在县城卖西瓜，这确实是一件令我感到有些尴尬的事。当时，我把西瓜摆到摊子上，还没等到我开口吆喝，就好像有千百双眼睛在盯着我。"这不是麻地坪的知青黄风么？""咦，瞎说，人家是从北京来的复员军人。"这些议论不时地传入我的耳朵，让我越来越感到有些不好意思。我打定主意：从明天起，我还是上山干活，不再进城卖瓜了。

晚上，我拉着剩下的几个西瓜回到村里。见到队长后，我把卖瓜的钱交给了他。队长数过钱后大喜，高兴地对我说："没想到能卖这么多钱。"队长高兴地拉我到他家去吃晚饭，进门后，他吩咐他婆姨多炒些鸡蛋。

晚饭能吃到炒鸡蛋，这让我感到十分高兴。记得我刚到这个村子的第一天，也是在队长家吃的晚饭。队长婆姨端上来一个木盘，上面放着一碗小米稀饭和一碗玉米炒面。那碗稀饭，没有几颗米，准确来说应该叫"米汤"。后来，我听当地乡亲们打趣地说，那是"能照见北京城的清米汤"。清米汤拌炒面，是村上人常吃的饭。他们把清米汤倒在玉米炒面里，一边倒，一边用筷子在碗里搅，直至将玉米炒面搅成团，这样吃起来有点像年糕，但没有年糕那么香，吃到口中很涩。我喝了半碗米汤，只吃了搅起的半块玉米炒面团子，便搁下碗。队长婆姨看

◈ 进城卖瓜

我不再吃了,就把木盘撤了。那天晚上躺下,我怎么也睡不着,因为没吃饱,肚子感到有些饿。从此之后,每次吃晚饭时,不管玉米炒面多么难吃,我也要多吃一些,免得晚上因饥饿而睡不着觉。

队长用炒鸡蛋来招待我,是对我进城卖瓜的一种犒劳。我在志丹插队的第一年还有商品粮吃,而当地农民只有很少的口粮,特别是到了青黄不接的时候,乡亲们只能靠麸子面窝窝或者洋芋、倭瓜、豆角来充饥。粮食紧缺,花钱更困难。那时,一个壮劳力所挣的工分只值几分钱。扣除了口粮钱,到年终分红时,几乎拿不到现钱。我想:我从北京来这里插队,不正是为了改变这里贫穷落后的面貌吗?不正是为了让乡亲们能够过上好日子吗?如果进城卖瓜能为队里创造财富,我又何乐而不为呢?

那天,从队长家回来,我的人生观和世界观好像发生了改变。我从一味崇尚"大干苦干",到对"脱贫致富"产生了兴趣。特别是在第二年,我被村民们选为大队党支部副书记之后,让乡亲们有饭吃、有衣穿,成了我追求的目标。为了这个目标,我跑到康家沟拜山东师傅学烧砖,在村上办起了砖瓦厂。尽管因为办砖瓦厂,我曾被视为是"走资本主义道路"的典型,曾在公社干部大会上作过检查,但我对此无怨无悔。也就在办砖瓦厂的那一年,麻地坪村每家人分了好几百元现金,为此,我很是高兴了一阵子。

第二天,我又装了满满一车西瓜进了城。

人的思想一改变,心情也就好了。卖瓜时,我把每个前来买瓜或看瓜的人都当做是我的支持者和助兴者,我热情地向他们介绍麻地坪的西瓜。想尝的可以尝，想换也可以换，不买也没关系。我的热情宣传，竟然使我的西瓜摊越来越热闹，不少居民、机关干部和在麻地坪有亲戚关系的人都跑来看我，和我聊天，有的成了我的老主顾。对于这些朋友，我也掌握一个原则：秤可以打高一点，但价格一分钱不降。

我的西瓜越卖越快，一车西瓜半天就可以卖完。有时候，队长又派人给我再送来一车。我的西瓜摊似乎成了一个中心，没过几天，在我周围摆摊做买卖的人多了起来，巷子里还真有些市场气氛。

那一年，我在县城卖了20天西瓜，给队上挣了743元钱。就我个人而言，在县城卖了20天西瓜，认识了许多人，通过认识的这些人，还为队里办过许多事。县城的居民因为卖瓜，也给了我特别的关照。记得在第二年，队里派我进城积肥，各家各户都愿意让我去淘粪，有的居民甚至授予我获取他家茅厕资源的"专属权利"。

干一行，爱一行，专一行。说到卖西瓜，也有一定的技术含量。我早就知道，通过观察外形和弹敲瓜体的方式能判断出西瓜的成熟和沙甜程度，但这种判断标准并不是恒定的，不同产地的西瓜能弹出同样的声音，可切开一看，却发现瓤口好坏完全不同。只有熟悉西瓜特性的人，才能通过观察和弹敲，准确地选到好西瓜。志丹人买西瓜，不愿意当场切开一个口子来鉴别，在这种情况下，卖瓜人对西瓜的了解就显得十分重要，因为这关乎信誉问题，丝毫马虎不得。有些瓜敲着声音不对，我就宁可不卖，把它拉回去。麻地坪的西瓜即便摘下来不熟，也可以放熟。有一年，队里给每户分了几个西瓜，我有意挑了

◆ 进城卖瓜

两个不太熟的,放在地窖里,直到冬天才拿出来吃,那个甜呀,哈密瓜都比不上。

我卖瓜卖得顺畅,主要是我们麻地坪的地好。沙地西瓜口感好,色泽鲜,再加上我们种瓜的那块川台地坐落在周河的岸边,因水利之便,西瓜长得又水又甜。我在插队的岁月里,能当一回卖瓜人,这对于我来说,也算是一段难忘的经历。

◆ 苦乐年华——我的知青岁月

我办代销店

陈平俊

小时候,喜欢看母亲翻箱底,喜欢看那些压在箱底的旧式衣服。可那时我弄不明白,为什么母亲明知不会有人再穿这些旧衣服,却依然还把它保留,直到后来,我也开始把自己的旧衣服留在箱底时,我才知道,它们是纪念品,是某种物证。它能告诉我,那遥远的过去并不是梦,能让我感叹一声:"哦,那时候……"

旧衣服中有一件褪了色的红黑格子的土布褂子,是我插队时穿过的。尽管有关的记忆,大都被似水流年磨去,可依稀中,我回想起当年自己穿着那件小褂,挑担行走在延河畔上的样子。那是我,作为大队代销店的代销员,正把收购来的鸡蛋送往公社的供销社。

我插队的地方是延安地区延长县黑家堡公社白家角大队。记忆中,那个代销店是我插队的第二年开张的。当时,我正在村里当饲养员,常在村里,一般不外出。所以,队里就派我兼管代销店。

我办代销店

我们大队有三个自然村：张家湾、张家渠子和白家角。队部设在位置居中的张家渠子，也就是我所在的村。代销店设在大队部院内的一孔石窑里，与我们几个女生住的窑洞相邻。院内是青石板铺地不露土。整座院子整齐有气派，全大队没有谁的住处能比得上。

代销店占的窑洞位于院子的西南角，因为刚好面对一座坐西朝东的平房的南山墙，光线被挡住，窑内总是很暗，白天也常点灯。窑洞一进门，右手是一溜炕，所以，只能把用宽木板搭起的货架，立在窑的里端，我再在货架前拦一条宽木板充作柜台。我每天从柜台下钻进钻出。我个子不大，钻起来不费劲。

店里的货物不多，全部加在一起，不值 500 元。除了盐和煤油，大概也就够装一副货郎担。最大宗的是粗盐和 200 公斤煤油；值钱些的是二三元一条的纸烟和一元一斤的水果糖；其他零星用品，除了小学生用的练习本、铅笔、墨水、小钢笔、橡皮、尺子外，还有煤油灯、油灯罩、灯芯、火柴、发夹、毛巾、梳子、电池、挂锁、肥皂、草纸、粗瓷碗、竹筷、针线、草帽和窗户纸。当时，陕北人住的窑洞，很少有安玻璃的，都是用窗纸糊起来的，所以，窗纸总是很好卖。

顾名思义，代销店就是为公社供销社代卖，由供销社提供货源。为此，供销社不定期地按我销售额的比例，付给手续费，大约隔几个月有 10 元左右。除了代卖货，小店还代收鸡蛋。队里不仅交粮、交猪有定额任务，交售鸡蛋也有任务。以前老乡们嫌去供销社交售鸡蛋太远，所以，便趁赶集时，把鸡蛋带到集市上去卖，这样，定额就常完不成。自从有了代销店，老乡们卖鸡蛋不用跑远路了，任务年年超额完成。

　　有一句并不逗人发笑的俏皮话——乡下人的银行是鸡屁股。就我所知，它一点不夸张，实在贴切得很。当年在陕北这样的穷地方，农民们除了年终分红或卖口猪能见到现钱外，一年到头，手里几乎都没有什么现钱。除了北京知青之外，进我代销店的几乎没有一个是拿现钱的。他们往往都带着鸡蛋。鸡蛋大多盛在篮子里拎来；鸡蛋少的，裹在布包里捧着来。也常有人急急地用碗端着六七个蛋找我来买盐，那大多是临做饭时，发现家里断了盐。那鸡蛋有的摸上去还是温温的，显然是鸡刚下的。年轻的小媳妇、没出阁的大闺女，常在进城赶集之前，拎着几十个鸡蛋上我那儿卖上几块钱，好为自己或孩子在城里扯几尺花"洋布"做衣裳。学生娃娃则常在兜儿里揣几个鸡蛋来"买"本子、铅笔或一角钱六块的水果糖。

　　老乡们不常来打煤油。他们舍不得花钱点煤油灯，通常是20几里远的油矿，挖些黑糊糊的油底子，用它点那种老式的用油捻的油灯。

　　除了大队部，常来打煤油的是北京知青。全大队有近20名知青，男女差不多各一半，分住在三个村。知青光顾代销店自然都用现钱。他们除了买煤油和盐之外，女生们常来买电池。她们一般比较仔细小心，晚上常要用手电。男生几乎个个都抽烟，常来买烟。店里的烟常有四五种，最便宜的和最贵的烟卖得最快。最便宜的是九分钱一盒的"经济烟"，买者多是村里的小青年。知青买的是店里最高档的"飞马"和"黄金叶"。我在代销店的最后一年，成了坚决的"反吸烟者"，在我的小店里推行"禁烟政策"。首先，我拿男知青开刀，不再卖

我办代销店

给他们纸烟。他们徒劳地试着跟我磨过几次，知道我对他们的烟瘾没有同情心后，就请老乡出面，替他们到我这儿来买，但每次都被我识破。很简单，老乡们不会有钱买整条的"飞马"或"黄金叶"。老乡们也不会撒谎。只要我问一句："是不是给×××买的?"他们脸上的表情就全告诉我了。现在想想自己当年很幼稚。男知青们在我这儿买不到烟，仍可以从公社供销社或县城去买。这大概也是他们容忍了我的"擅权"，没有因为买烟问题和我正面冲突的原因吧。

除了每隔十天半月，要占一天上工时间，去公社送鸡蛋和办货外，我经营小店全在业余。在猪场干活时，时间比较灵活，管起来还挺从容，后来，我和大家一样整天出工，再管小店就觉得紧张了。小店只有在我出工前或收工后才能开门营业，常常是收工还没进家门，就有"顾客"守候着了。送走老顾客，回家刚端起饭碗，又会有人来叫。我们四个人住的窑洞与大队部院子只隔一堵院墙，所以，顾客们常常隔墙"呐喊"我。调皮的学生娃娃们有时会爬上墙头，朝我们的窑乱喊乱叫，大有我不马上过去开门就让我们大家不得安宁的架势。

这种"随叫随到"的服务方式，应该说很适合我的代销店。在那个一切都不按钟点、不按星期几来办事的地方，根本无法实行定时服务。所以，这个小店有时让我叫苦，因为我几乎无法知道什么时间是自己的。比如，逢雨天不能出工，我本来想美美地睡一觉，可偏偏这会儿就会来人叫我去开店，把我的觉搅了不说，还吵醒了同窑的伙伴。我们大队是县级学大寨先进典型，白天干了一整天，晚上仍不得闲，不是熬夜政治学习，就是月下夜战深挖地，忙起来一夜常常只能睡四五个小时，白天走路都能睡着。因为太缺觉，脑子总是沉沉地发木。可想而知，雨天不出工时的睡觉机会对我们有多宝贵。

遇上我生病不出工在窑里休息，也得"带病坚持工作"。有一次，我感冒发烧盖着被子发汗，同伴们就把我反锁在窑里，好让我不受打搅。昏睡中，我仍听到有人喊我，好几次窑门外有脚步声近了，又远了。这种时候，同伴们会在收工后替我去照应小店。

除了生病，难免也有别的时候未能"随叫随到"。那多是轮到我做饭，我正手忙脚乱围着锅台转的时候。不能享受做饭乐趣的我，此时容易上火，一听有人叫，便会烦躁地隔墙回上硬邦邦的一句："等会儿，正忙着哪！"多数人会耐心地在等，也有不等的。要是过一会我跑过去，却不见来人。这让我会有些不乐，一边怪自己刚才态度太凶，一边直盼着人家快点再来。

鸡蛋收得四五十斤够装一担了，就得往公社供销社送。鸡生蛋的季节，自然就送得勤些，有时七八天一次，有时十天半个月一次。队里有拖拉机去公社时，也偶尔代我送上一两回，只是路上会颠破不少，不如我挑担子来得稳当。每次，我都是去时挑着鸡蛋，回来挑着货。虽说一趟往返20多里，与平时干活挑八九十斤比，四五十斤的担子就不算什么了，而且，一个人赶路累了，想歇就能歇。我一般是早饭后八九点出发，下午两三点钟返回吃午饭。要是出发晚了，就得带点干粮路上当午饭。有一次，动身时已近八点，我看家里没有干粮，就去邻家讨。当地老乡习惯一次蒸许多干粮吊在窑顶下的篮子里，随吃随拿。邻家大嫂就随手从吊篮里摸出两块玉米面馍给我。半路上想吃时,掏出一看,发现馍馍上有许多绿霉斑。常言道,饥不择食。我只掰去绿霉多的地方,把两块馍吃得一干二净。那时的肠胃也够结实,一点事也没有。

一路上只是怕饿着,不必怕没水喝。沿路常能找到岩缝中渗出的水珠滴在低处岩块上积成的小水窝,水质清凉甘甜。冬天那些渗出的水滴,会形成长长的冰柱挂在石崖下,只需折下一根便能解渴。

到了供销社,接待我的常是一位虎背熊腰的姓兰的年轻人。只要我一到,他总是尽可能先办我的事。办起事来麻利痛快。每次我都先交鸡蛋,然后他领我到供销社门市部,让我直接从货架上选我想办的货。除了煤油和食盐得等队里的拖拉机来办事时顺便运回村,选好的货就放在刚刚装过鸡蛋的筐里,由我挑回去。

回村之前,我不会忘记去公社的邮电所,给自己和别人寄信取信。不知如今那里是不是已有邮递员送信到村里,反正当时没有。外来的邮件只送达公社邮电所,然后得靠来人捎回村里交给收信人。邮电所是知青们最爱去的地方。我在那儿常碰到其他村的知青,尽管不认识,但从言谈举止和衣着上总能辨认出来。

说到衣着,我珍藏在箱底的那件红黑格子土布褂子,是我去公社时常穿的。那块土布,是我大姐在山西参加"四清"时从老乡那儿买来送给我的。母亲把它做成一件对襟小褂,说我干活时穿着正合适。我却舍不得穿着它干活。那时的衣服非蓝即灰,所以,这件黑红格子衣服我很喜欢,怕干活穿坏了,只在出门时穿。正面晒褪了色,自己翻改一下,让原来的里面朝外，接着穿。土布裈配上我那张风吹日晒的黑红粗糙的脸，使我看上去颇像当地的婆姨女子。离开陕北到陕南当工人后，一位与我在同一个公社的男知青告诉我，他以前在公社邮电所见过我几次，没看出我是知青。

去公社我几乎每次都是独往独来，也不感到寂寞，可以体验到一个人自由自在的惬意。当我挑着担子颤悠颤悠地走在延河畔的公路上时，常常是除了自己，看不到第二个人影。耳中只有河水汩汩的流淌声，各种鸟的鸣叫声和庄稼叶的沙沙声。眼前是绿的田野和黄色的山峦，在蓝天白云下，使人心旷神怡，忘记了担子的沉重。这时，我会什么也不去想，任自己陶醉在大自然的宁静中。只有隆隆而过的卡车或从远处山坡上传来的牧羊人的吆喝声，才会偶尔打破这片宁静。这样的宁静，离开陕北后再未享受过。

1972年底招工，我要离开村子时，供销社来人查了账，清点了货，与我把一切都了结清了。当时，队里没确定由谁接手，我甚至不知道它会不会再办下去。可我不敢张口问。我很舍不得离开村子，舍不得离开待我们亲如父母兄弟姐妹的乡亲们，舍不得丢下我的小小代销店，可我又没有勇气留下。

离开陕北转眼已19年。回首四年的插队生活，管理小代销店的经历最让我感到愉快。用时髦的话说，当年那个小代销店使我意识到自己的存在价值。当我从老乡们的手里接过鸡蛋，把他们需要的日用杂货交到他们手里时，我实实在在地体会到自己是有用的。小店能办得顺顺当当，得到大家的欢迎和肯定，又使我得到某种心理平衡。在同灶的四个女生中，我个子最小，体力最差，干农活比不过她们，工分也挣得少，多少

我办代销店

有些自卑。小小的代销店让我看到了自己的另一面，增强了我的自信心。

如果此生有机会能故地重游，我会记得去看看当年的代销店是否还存在。

山野放牛有其乐

直罗老赵

最近，看了一本西安新出的《生态新时代》的杂志，里面讲的都是关于生态文明建设的话题，这一下让我想起了陕北。我曾在陕北南部的富县插队近三千个日日夜夜，那里的山川地貌我都十分熟悉，尤其是我插过队的富县，生态环境十分优美。西川葫芦河两岸，满目青山，一水中流，万千美景，十分迷人。放下杂志，我渐渐地沉浸在对插队岁月的回忆中。

我插队的那个村子，坐落在子午岭山脉的一个小山沟里。当时，村里养着五六十只黄牛，但由于近亲繁殖，牛群已显露出种群退化的迹象，队里决定要重新购买种牛，改造提升牛群的质量。队里千里迢迢买回了一只半大的公牛。当地人将公牛称作"炮牛"。这只外来的"炮牛"因为初来乍到，是不能和老牛群混在一起的，因为这里的老"炮牛"会置小"炮牛"于死地。小"炮牛"要单独放上一段时间之后，等淘汰了老"炮牛"之后，才能与牛群合放。因此，队里让我单独放养这只小"炮牛"。我很高兴地当起了放牛人。放牛虽然辛苦，但

◆ 山野放牛有其乐

比较自由，每天，赶着小"炮牛"爬到村后的山顶，总会站在山顶上，眺望远处起伏的山峦。看得越远，便觉得湛蓝的天空与远处的绿色好像融为一体。我到这个小山村插队，还是第一次发现山上的景色竟是如此之美。起伏的山峦，铺排到天际，草地犹如美丽的绿毯。山坡上，在一片片杨树林和一丛丛灌木之间，有几棵粗壮的杜梨树，就像穿着铠甲的勇士，守卫着这片广袤的疆土。蓝天下的绿色，绿色中的幽静，与我们往日所说的穷乡僻壤有着天壤之别。

我和牛在山上，一人，一牛，一山，简直就是一幅韵味无穷的山水画。除去偶尔的风声，再也不会有任何声响来打扰我们。天上盘旋着的鹰和藏在树丛里的小动物好奇地看着我们。平日里静寂的大山里突然来了两个不速之客，我要陪着这只小"炮牛"，在这座美丽的大山上独处两个月的时间，这也是我自插队以来第一次体味到了大山的无限风情。

大山中的植被完好，树木茂密。那片林地里，杨树和桦树居多，夹杂的还有杜梨树、山楂树；灌木是以楝子树为多，粗大的一般是杠树。丛生的灌木让人很难进入林子的深处，就连牛都不往里钻。可是，越密的林子里隐藏的秘密就越多。我被那隐藏的秘密所吸引。利用放牛的时间，我开始了我的探秘行动。我拿着砍刀，奋力排除挡道的荆棘，在几处密林里开始寻觅。

我按老乡教的办法，在长满苔藓的地方，寻找隐藏朽木的潮湿地点。有时，我要爬着钻进梢林里去细看，有时要蹲下身子去寻找，不小心树枝划破了衣衫，时不时地还会被树刺刺伤。但所有的这些付出都是值得的，都是为了寻找山里的特产——黑木耳!

  我在寻找这黑色的宝物,而我放的牛呢?因为将它带到了一个水草茂盛的好地方,它很高兴地吃着丰盛的美餐。牛的悠闲和我的探秘,组成了一幅人忙牛闲的图景。付出就会有收获。我在十多天的探秘中,找到了五处生长木耳的阴湿地方,并收集了近一斤黑木耳。采摘木耳一定不能摘净,要留下一些碎小的,因为雨后小的木耳就会快速地成长,源源不断地为你提供可采摘的木耳。在寻找黑木耳的过程中,还要注意保护好有木耳的地方,尽量将痕迹掩盖好,避免被别人发现。如果措施得当,这里就是你的木耳"基地"了。每次雨后,这"基地"都会给你提供采之不尽的山货,一年下来,足足能有五六斤呢!不过,采木耳是很辛苦的,采一次木耳最少得半天时间。后来,不知是出了什么差错,我的"基地"被人发现了,我也就放弃了。

  在林中探密的另一个秘密就是挖蘑菇。雨后是挖蘑菇的好时机,但上山路滑,在泥泞的路上行走,虽不危险,但费力气。这时,高腰"解放鞋"发挥了作用。我跟在牛的后边,向有林子的地方赶去,而且还要找到在阴面的林子,只有那里才有可能找到蘑菇。同时要找腐叶比较多的地方。我通过探秘,知道那么三两处固定地点,雨后,我就去那里挖蘑菇。那里的蘑菇多得了不得,大的小的都有,我知道不要那些奇形怪状的,不要那些花里胡哨的,怕有毒。只摘普通的蘑菇,最好的是在腐叶中刚刚拱出点儿头的蘑菇,那是上品,菇肉厚,极新鲜。采摘到的蘑菇必须要及时处理,要不然就会烂掉。处理方法很简单,用开水焯一下,然后晾干,就能长期存放。

❖ 山野放牛有其乐

我将采来的蘑菇带回去就吃了,几乎没有晾制过干蘑菇。木耳都寄回了北京,在当时,那可是稀有的宝物,是馈送亲朋好友的礼品。当北京的朋友知道这些木耳是我自己采摘的他们竟有些不太相信。

山上的日子过得很舒服,美丽的景色在陪伴着我。在视野开阔的山巅,俯瞰蜿蜒的葫芦河在山川中缓缓流动,阳光下映起粼粼波光。和煦的山风吹来的是青草的香,是泥土的香,是林子的香。那沁人心脾的清香让人心旷神怡,让人忘掉所有的烦恼,把自己融入到山的景色之中,融入到山水之中。

每天中午,我就会选择一个阴凉的地方,架起干柴,烤热我带来的饼子,再找点山泉水烧开,喝上几口,就算把午饭吃过了。牛也会很知趣地找个地方去歇息,我就会躺在大山的怀抱中,头枕着绵软的青草小睡一会。

大山上的一切似乎都是静止的,只有那条摇摇摆摆的牛尾巴成了唯一的动态。每到这个时刻,我就尽情地享受自然恩赐。简陋的午餐在美景面前让我忘掉了腹内空空的感觉,我有生以来第一次理解了秀色可餐的道理,真真感觉到"秀色"是可以饱腹的。如此的美景,如此的意境,是上天赐给人类的,让你在大山的怀抱中清醒。鼓起勇气来面对玉汝于成的插队生活。

美丽的子午岭山脉,给人们呈现出这样迷人的风景。坐在北京的家里,想起前几天和朋友一起去游览京郊著名的十渡景区,看到那山、那水,让我回想起我插队的地方。那里的山和水可以说胜过十渡很多,山下的那条曲曲弯弯的葫芦河,以及河上那些各具特色的便桥,比十渡的石桥要更迷人,景色更贴近自然，更有着原始的生态感。富县的西川是陕西人民的财富，那里迷人的景色有它独特的魅力，一旦被人们真正地认识，一定会更加显示出它的娇媚。近年来，我的"插友"们纷纷探访第二故乡，回来后都是赞不绝口地说起那里的生态环境越来越好。

陕北在我心里不仅仅是圣地所在，它更是一个蒙着面纱的美女。在放牛中，悟出了人生，在插队中懂得了生活。说一千、道一万，还是那句话，我爱你——陕北，我爱你——富县，那里是我的第二故乡。

过年的"扁食"山野的杏

王 侠

有些事情，人一辈子都忘不了。

扁 食

1970年春节前，来甘泉插队的好多知青都回北京过年去了。我家里不富裕。回家过年，来回的路费太贵，再说，我家的孩子多，有好几个也在农村插队，一下子都回去了，要给家里增加许多麻烦。于是，我拿定主意，准备在村上过年。

除夕的那天，我上午在羊圈起粪，下午在草料棚铡草，收工后，我赶紧担水，准备做饭。这时，大队支书的婆姨见到我说："担完水来我们窑里吃饭。"我把水倒进水缸里，想了一会，心里很矛盾。说真的，书记的婆姨叫我去吃饭，我有些为难。当时的陕北农村十分贫穷，一年四季吃不上几次白面。书记家并不富裕。他家连老带小，有八九口人。一年只能分到几斗麦。今天又是除夕，我再给人家添上一张口，觉得不合适。

正在我准备自己动手做饭时,书记的婆姨又上门来,死拉硬拽,把我拉到她的窑里。

那天晚上,我在支书家吃了饺子。陕北人将饺子称为扁食。支书家做的扁食馅是酸菜馅和羊肉大葱两种馅。我长时间没打牙祭了,胃口大开,一碗扁食不经吃,就进到肚子里。平时,我吃上一斤黄米饭,才刚八成饱。今天的扁食虽然好吃,但我不敢再吃了,我站起要走,大娘又让她儿媳盛来一碗,还上了一大碗他们自家磨的鲜豆腐。大娘看我有些不好意思吃她家的饭,便耍着敲着我的脑壳说:"瓷猴,你不好好吃,是怕我上北京找你要饭钱?"正在此时,支书从队部回来了,他热情地招呼我,倒下酒,叫我吃好喝好不想家。

几十年过去了,我吃过很多山珍海味,可唯独在支书家吃的那顿扁食让我终生难忘。古人说:一饭尚铭恩。虽然我吃的是一顿很普通的扁食,但是,要知道,当时还不满20岁的我,从北京来到陕北农村,而且是在除夕之夜,能在老乡家吃一顿年夜饭,让我有了一种回家的感觉。

摘 杏

插队时,听说大山里有许多好吃的山杏。快收麦的时候,我就打问杏树在哪里?乡亲们开玩笑说:"山里有杏的地方,都有山神守护着。每年王母娘娘的蟠桃会,就叫人来摘山杏,供各路神仙品尝。想吃杏恐怕是吃不上了。"

放羊老汉老胡看我实诚,对我说:"想吃山里的甜杏,明天就跟上我走。"

◆ 过年的"扁食"山野的杏

第二天,天空晴朗,白云飘逸,我们担着筐、背着包,向安家坪的山里走去。来村上插队一年多了,整天和土地打交道,没空到深山里去,今天算是开了眼。刚走进大山,看到这里到处是奇花异草,我好生喜欢,一会儿摘个花,一会儿揪个草。放羊老汉和一个名叫红子的后生让我不要贪玩,赶快赶路。过了一个山峁,我们看到满山洼都是杏。我跑着摘,可劲吃。他俩说,不要吃多,好的还在后边哩!我不听,只是往肚子里吃。

因为吃得太多,后来看到满树的大白杏我却吃不动了。老胡和红子这时候才开吃。这时,我在山林地走,把鞋都撕扯坏了,我后悔没听乡亲们的话,穿了一双塑料底鞋;刚才没换上草鞋,我又后悔当初没担筐。"不听老人言,吃亏在眼前。"人家陕北老乡在这儿生活了多少年了,他们有的是生活经验。

"山上的哥哥哟是哪达的,我是那杏花村里的。"这时,忽然有美妙的歌声传来。爱逗笑的红子坏笑了几声,就接着和声:"哥哥是这达的人尖尖,愣个楚楚多好看。"上边的一听,又唱道:"一开口就知道是山汉,长得再好没人看。"过了一会,她们来到我们跟前。红子笑着说:"你们是榆林界的吧?"她们点头称是。红子又说:"你们榆林的往这达跑,是看上谁了?"那几个女子说,榆林地方苦,种啥不长啥。原来听说唱歌的女子的父亲是干部,因为吃不饱,"走南路"到甘泉大山里当"黑户"。红子是一个捣蛋后生。今天到山上采杏,遇上几个年轻女子,他便轻狂起来。对着那个唱歌的女子说:"你们刚才说我是'山汉',这里还有个北京人呢,看上眼不?"那几个不信:"胡咧咧哩,北京人跑到这达干啥?糊弄我们瓜女子。"红子又说,你们要有文化的,给你们说了,你们又不信,你们让他说几句话,就晓得哩!那几个女子就说,人家许是,但转一转就又回京城里去了。红子说,那哪能呢,毛主席让他们这些京城里的洋学生就是到山沟沟里来上山下乡的嘛!

"北京后生,给几个妹子摘上几颗好杏,让她们尝尝!"树下的几个榆林女子仗着人多势大,向我进攻了,领头的就是唱歌的那个。她长得十分俊俏,眼睛水汪汪的,一束辫子搭在胸前,肤色白里透红,穿着粉褂蓝裤,她一直盯着看我。我那里受过这般礼遇,慌得不知咋办才好。好在还有老胡和红子,老胡冲着我这边叫道:"给她们摘下来一篮子杏。女子们,把你们那个篮子递上去。"我慌忙接住篮子,在树上摘了一篮杏交给了她们。

老胡和红子也从树上下来。红子向那几个女子说:"你们谁看上这北京娃,今个就归哪个了,看不上我就带回去了。"那边接着说:"当真?"老胡也掺和起来:"当真,君子一言,驷马难追!"那几个女子又回话:"那个北京后生看上谁了?"老胡:"你们哪个最漂亮就是哪个。"我埋怨老胡,而老胡却说,这是好机会。没等我说完,那几个就把唱歌的女子推搡过来,还说她的名字就叫"杏",是初中生。我不敢再多说了,叫着红子和老胡急着要走,他俩也担起筐子起身。那个叫"杏"的真是了不得,大声说:"今个安家坪村上有三弦子表演,你们不要回去了,就盛在村上。"我背着一大袋子杏就是个跑,老胡和红子笑道:"她们吃不了你,看把你吓的!"我们走到一个山坡的转弯时,后边传来"杏"学唱的三弦腔调:"弹起那个三弦定起个音,北京娃跑起来像老鹰。"

我一听,这还了得,赶紧就往村里跑。等我回到村里,那袋子杏成了杏酱!

洪水中的经历

张兆英

1972年大招工之后,我所在的富县张村驿公社芦村沟大队,只剩下我和另外四名知青了。为了生产和生活上的方便,我们五名知青被合并到50里之外的树坡党海村。那里的条件比较好,自然环境也很美。村后的山坡上有大片柏树,围绕着一座据说是东汉初年的"墓中侯";葫芦河在村前绕了一个大弯顺流而下。河边是一块块稻田,村边的地头有枣树、桃树、梨树、核桃树,每到收获季节,各家各户都会分到许多瓜果梨枣,我们知青点每年分到的枣,晒干后要用麻袋来装。

记得是1974年夏季的一天,雨连续下了两天两夜没有停,我和同村知青张铁林闲得无事,正在屋里和几个村民打牌。突然,听到一阵急促的敲钟声,紧接着,又听到生产队长高声喊道:"洪水下来了么,桥要垮了,村中的青壮年们赶快到河边去捞桥梁。"听到喊声,我们几个立刻扔下手里的扑克牌向河边跑去。到河边一看,用粗壮的树干搭建成的木桥,在被上游冲下来的杂物的堵塞和挤压下,不停地摇晃,随时都有垮塌的危险。要想捞到桥梁，必须走过这个危桥，到河村岸宽阔的地段，赶在桥梁漂下来之前抵达下游的河边。看到这种情况，队长和站在河边的老乡们都感到有些危险，便纷纷说："算了，水太大了，有个闪失划不来。"就在这时，我和铁林，还有一个叫红运的复转军人不听劝，一下子冲上了危桥。由于起跑的速度快，我们三人的脚刚刚踏上对岸，桥体便"轰"的一声就垮了。三人转身一看，不觉惊出一身冷汗。

我们刚跑到河边，从上游漂下来的桥梁马上就要到眼前了，我什么都没想，纵身就跳入洪水中。我的水性还算可以。按我的想法，在河里打捞几根桥梁算不上什么难事，可当我抓到桥梁之后，才发现，这家伙又大又沉。费了好大力气，就是将它推不到岸边。借着洪水的浮力，我在河里用劲推，让铁林和红运在岸上拉。弄了半天，才将它推到岸上。捞起第一根桥梁之后，我感到光靠蛮干不行。只有把握好时机，在桥梁快到跟前的一瞬间跳下去抓住它，先把前面的那一头推到岸边，让岸上的一个人按住，我再顺着桥梁游到后面的一头，把它推到岸边交给另一个人，他俩在两头，我在中间用力，这样一来，捞桥梁的速度就快多了。转眼之间，在四五里长的河滩上，已摆放着被我们捞起的 11 根桥梁。这些桥梁，个个粗壮，直径有一尺来粗，长短有两三丈。老乡们为了搭建便桥，也是下了许多苦水才将这粗壮的原木搭建在了河上，细细想来，这桥梁真的让水冲去了，确实是太可惜了。捞起这十几根桥梁后，我们确实感到有些累。上岸后，我的两条腿都已经有些站不稳了。就在这时，看见河中又冲下来一根又粗又长的桥梁，我一转身又跳了下去，可能是太累了，时机没把握好，游到了桥梁前转身时，身体的左侧被桥梁重重地撞了一下。我顺势抓住了桥梁向岸边游去，可由于桥梁太长，我刚把这一头推到岸边，可另一头又被洪水卷到了河中间，我赶紧向那一头游去，反复几次后，也没有办法把它捞上来。就在这时，忽然听到岸上的老乡说："娃呀，不要再往前去了，前面是乱石滩，到那就更危险了。"其实，前面的情况我是知道的。这时，我有些不舍地两手一松，无奈地望着那根又粗又长的桥梁顺流远去。上岸后，我感到身上有些疼，低头一看，左侧的腋下有碗口大的一块紫黑色，已经淤血了。我用手检查了一下，觉得肋骨没事，也就放心了。捞上来的桥梁散乱地摆放在河滩上，等洪水退去后，队里会派人将它拉回去，天晴之后，还要在河上搭建新的便桥。

眼看天色已晚，我们三个人拖着疲惫的身躯向村里走去。走到离村子不远的地方，看到河里漂着一只比脸盆小不了多少的老鳖。葫芦河里的鳖很多，但是像这么大的可不多见。这时，我也不顾疲劳和伤痛，又跳入洪水中去抓这只老鳖。说实话，我并不害怕洪水，可我却怕老鳖咬我。我游到老鳖的眼前，却不敢下手去抓。这时，红运在岸上喊："从后面抓，鳖就咬不到你。"我壮着胆子从后面一伸手，只见一个足有手电筒粗细的鳖头从水里冒了出来。原来，它是头在后、屁股在前顺水往下漂。红运教我从老鳖的后面下手捉，可捉了几次，没成功。我一生气，照着老鳖的盖子就是一巴掌，谁知这一掌把我打乐了。老鳖让洪水呛得根本不往下沉。就这样，我一下一下地把它给打到了岸边，用双手一拱，就给它掀到了岸上。红运他们用早已解好的鞋带将鳖拴牢，脸上呈现出一种满载而归的神情。其实，葫芦河里的水产很多，有好多被呛起来的鱼浮在水面上，只不过鱼太小，捡回去不好收拾。当时，我心想，要是抓条大的就好了。果然，天如人愿，没走多远，就看见河面上有一条一尺来长的黑脊背在浮动。我马上跳了下去，在水里用双手做成一个圆圈状，等鱼头往里钻。因为我知道抓鱼只有抠住鱼鳃才能把它抓到。待它的头刚一进来，我双手一用力，右手的食指就抠进了鱼鳃，到了岸边，把鱼提起来一看，是一条足有六七斤重的大鲤鱼。

这时候，洪水已经平缓了一些，我们三人没费多大力气就游到了河对岸。进村后，老乡们见我们都平安地回来了，马上围了过来。队长询问捞桥梁的情况，我们告诉他，总共捞起了11根，现在摆放在下游的河滩上。队长说："没事，不会有人动的，等水退了之后，让社员拉回来就行了，你们赶紧歇着吧。"

回到知青小院，几个要好的老乡跟了进来，嚷着要吃鱼喝酒，并拿出钱让一个老乡去买酒。这时，我们几个知青，收拾鱼的收拾鱼，弄锅灶的弄锅灶，我累了，什么也不干，搬个凳子坐在旁边，看着那只放在大盆里的老鳖。这时，岁数大一点的赤脚医生宽银给我说：你得拿个盖子把它盖起来，不然它会蹦出来。我赶忙说，你会蹦我信，谁听说过鳖会蹦。宽银看了我一眼说，不信你就等着瞧。没用多长时间，鱼就做熟了，不知是谁又炒两个菜，我们就开吃了。由于没有油，鱼是清炖的，味道还不错。鱼大肉厚刺粗，不太会吃鱼的老乡这次吃鱼谁都没让刺卡着。酒足饭饱之后，各自回家睡觉。临关灶房门之前，我还看了一下老鳖，它静静地在水里趴着，一动不动。

一觉醒来，天早已大亮，到灶房一看，盆里只有水没有鳖。难道鳖真的会蹦？后来才知道，鳖是用爪子抠住盆壁，长长的脖子往上一伸，勾住盆沿顺势往上一爬就逃走了。闲话少说，赶紧找鳖。我到灶房里外找遍没有，到院里犄角旮旯，柴垛下都找过了，也没有。出了院门，往河滩方向找，还是没有。这可是我在洪水里漂了两三里路才抓到的呀，这一跑，我这辛苦可就白费了。可找来找去，就是没找到。没过多少日子，队里将挖好的洋芋入窖，洋芋窖就在我们的院里。入窖时，忽然听到第一个下到窖里的老乡喊，你的老鳖在这里。我赶到窖口，只看到一堆白骨和一个大大的鳖盖，它已经死在窖里多日了。细想想：除了这个洋芋窖没找，其他地方我全都找遍了。看来，我是没这个口福呀！一顿好酒菜，就这样得而复失了。

那条遥远的山沟沟

宋丽红

时光荏苒,人到中年,但我却始终忘不了那条山沟沟;岁月匆匆,往事如烟,唯有那条山沟里的那条小路还在我心中盘旋。

1969年的年初,随着来延安插队的知青队伍,我来到那条遥远、寂静的山沟沟。我在这条小山沟里过了16岁的生日,一直到20岁离开,整整四年半。这条小山沟里留下了我青春的梦想,留下了我青春的记忆。这条小山沟在延安县李家渠公社刘家沟大队,距离延安城有50里路。

那条山沟很窄、很深。山沟的崖畔上,散落着七八十户人家。我们六个知青刚到村里时,就被生产队安排在沟里向阳的一面山坡上,山上有几孔土窑洞,其中的两孔就成了我们的家。

我们住的土窑洞十分简陋。从外面看,只有一扇门,门上有一个小木框,上面糊着纸,算作是窗户。我们刚到村里时,在窑洞前照了一张相,寄给家里。家人看了这张照片后,不相信这是人住的地方。姥姥说：在山崖上挖这么一个土洞洞，人在里面怎么住呀！姥姥不知道，当时的陕北农民大都住在这种土洞洞里。

窑洞里阴冷潮湿，而且黑暗。山沟里不通电，晚上劳动回来，点起小油灯，灯光只能照亮半个窑洞。一天晚上，我在灯下看书，看着看着睡着了，油灯点燃了灯前的书，烧着了我的衣服。睡梦中，我被疼痛唤醒，只见胳膊上还蹿着火苗，我慌了，赶忙下炕把胳膊插进水缸。火是灭了，可我仅有的一件毛衣被烧毁了，胳膊上还燎起两个大泡。

初到村里，我们上的第一课是生火做饭。当时正是农闲时节，村民们一日两餐，为了节约粮食，吃的都是稀饭。当时，村里的人每人每年的平均口粮只有200多斤原粮，去掉麸皮和谷壳，恐怕只够吃两三个月。于是，糠皮、麸子、红薯秧、玉米芯，只要吃了不死人，有啥吃啥。尤其是那些暗红色的高粱米饭，黑乎乎的窝头，吃在口里又涩又苦，实在难以下咽。粮食不够吃，更谈不上吃菜吃肉，哪怕是用清油炒一盘土豆丝都成了一种奢侈。我们唯一期盼的是逢年过节，赶上谁家杀猪，可以买二斤猪肉来解馋。当然，过年时也吃饺子，但饺子馅无非是萝卜或白菜叶，几乎没有肉。我们用手捏出的饺子皮，薄厚不均匀，包成的饺子，没一两也有半两。给我留下最深记忆的是，过年时，村上每家还要炸油馍。这种油馍是用软糜子做的，很黏、很甜、很好吃。俗话说：肥正月，瘦二月，不死不活的三四月。每年到了农历的三四月间，只要粮食不断顿，就算是烧高香了。有时，我们实在馋得不行了，就找机会去一趟延安或李渠公社，钻进小饭馆，买上一碗粉汤和两个两面馍来大快朵颐。

　　有时，连我自己都不敢相信，我们居然能在短时间里适应了这种生活。我们担水、送粪、背麦、种地，真正成了一个农民。记得刚到村上不久，队长给我们拿来斧头、绳子，让我们趁农闲时节，到山上要砍够一年烧火做饭用的柴火。于是，知青们跟着村里几个年轻人，每天钻进山林里，翻沟爬坡，也不怕手脸、衣服被酸枣刺挂破，只要能背回来一捆柴火，哪怕是几个树桩，都觉得十分满意。

　　我们住的地方在半山坡上，坡下有口水井，每天清晨，都要到坡底去挑水。我个子长得没有扁担高。满满两桶水压在肩上，人直不起身子来，只好缩着脖子，咬紧牙关一步一步往前挪，可两条腿还是不住地在打战。后来，我只好每次担半桶水，上一个坡，坐下来歇一歇。

　　为了减少砍柴和担水给我们生活带来的负担，我们尽量少生火，因此，我们窑洞里的土炕经常是冰凉的。为了节省水，我们几天洗一次脸，衣服也尽量不洗或少洗，整天灰头土脸的，像个"山里娃"。也许是因为这种偷懒，一段时期，我全身起满红疙瘩，痒得人难受，很长时间不见好转。由于奇痒，我就用手挠，可挠过之后，身上满是血，血浸在衣服和被褥上。有时，因为脚上的血痂凝固，使袜子穿上脱不下来。村民们看到我这副模样，十分心疼，他们为我找来黄土，然后把黄土块烧热，用来擦身，慢慢地，我的"痒痒"病好了。从此，我也与黄土交上了朋友。

　　我们像当地的老乡一样，每天扛着镢头，日出而作，日落而息，与大自然、与小山沟融为一体。当时，我们实行的是工

❖ **苦乐年华——我的知青岁月**

分制。村上的几个知青都是先从挣四五个工分开始锻炼，到后来成了挣十个满分的壮劳力。陕北人称务农为"受苦"。干农活的确很苦。冬天寒风凛冽，我们担粪上山，粪筐很沉，上坡转弯时又不会换肩，经常将粪筐碰撞得倒在地上，然后再重新揽起，继续往山上挑，几天下来，肩头红肿，疼得火烧火燎。春天，黄风弥漫，我们用镢头翻土播种，因为把镢头握得过紧，手上打起水泡，水泡破后就流血，最后打起茧子。夏天，烈日当头，我们锄地种菜。陕北的山上很少有树，人连个避阴凉的地方都没有。有时候，人干活干得太累，不想吃饭，早上带来的窝头和米汤，到了中午就变馊。秋天是收获的季节，我们把庄稼从山上背回来，甩着梿枷打场，满身满脸都是土。渐渐地，我们习惯了这里的一切。我可以担满一担水上山，可以将水浇在黄土地中，种上蔬菜，插上红薯苗。收工后，我们坐在山坡上，唱着信天游，听着山谷里的回声。冬天，我们刨开冻土，在沟底筑起一条水坝。我们在实验田里，种上高粱的新品种"晋杂五号"，虽然这种高粱难吃，但产量却高。我们从苗圃买来苹果苗，栽到村里向阳的山坡上，到我离开的时候，果树已经开始结果。不久，山沟里通了电，村民的窑洞里有了电灯，地里有了水泵，还买来了拖拉机。

就是在那条小山沟里，我把什么都体验了。我学会干全部农活。队里办养猪场，我去养猪；粉房缺人手，我学会了做粉条。我还当过会计、保管；当过民办小学的教师，还当过妇女队长。我在这个小天地里，虽然受了些苦、受了些累，可精神上得到一种满足。

在插队期间，我有一个体会，越是贫穷的地方，人越淳朴，待人也越真挚。我们插队时，村上的老人们默默地为我们安锄把、磨镰刀，婆姨们教我们生火做饭，小伙子帮我们捆庄稼和柴火，姑娘们帮我们拉碾子推磨。有了这些人的关心和帮助，我们和这条山沟沟似乎也达到一种默契与融和。后来，一同来插队的六个同学有的招工走了，有的上了大学，村上只留下我一个人。也许因为身边有这么多朴实的村民做伴，即使"插友"们走了，我依然生活得很安然，没感到忧虑和寂寞。那年过春节，村上的老乡看见知青都走了，就剩下我一个人，全村人便轮番叫我到他们家去吃饭。这家的饺子，那家面，我将全村的饭几乎吃了个遍。

比起当地人，我毕竟在大城市里还有一个家，还得到有关方面的一些关怀，还有机会参加工作、返城、上大学。而这里的老乡呢？他们一辈子就生活在这条山沟沟里，有的甚至一辈子都没进过省城。说到这里，我又想起我们的村支书，他是村里唯一去过北京的人。当年，他只有40来岁，黑瘦黑瘦，头上长年系着一条脏乎乎的毛巾。他家很穷，拖着四个未成年的孩子。他家就住在我们下面，破旧的窑洞，炕上连张席子都没有。冬天，他将孩子打发出去讨饭，到开春后才让他们回来。我们被书记家的贫穷震惊了，便拿来了我们的粮食，并把自己的零用钱也凑起来给他贴补家用。尽管如此贫穷，可书记干起工作来毫不含糊，他带着大家修梯田，打水坝，后来成了县里的典型。我返京上大学后，他参加了延安地区汇报团，来到了北京，来到了我家。他说，我想不到，你们在北京的生活这么舒坦，让你们在延安受苦，实在是太委屈你们了。

1984年秋，我找了个机会，陪同外宾到延安。之前，我与书记家有过联系。一下飞机，我看到书记的婆姨。她等了我一天，第二天又赶来了。见了我，她只是抱住我哭。我一问，才知道是书记去世了。当时，我感到茫然。她又告诉我，她的大儿子去当兵了，家里承包了一块坝地，年成不错。临别，她送我一袋小米和一袋绿豆，我把它分赠给同行的外国朋友。外国朋友看到我和延安老乡竟有如此厚重的情谊，他们感到惊奇。

插队岁月令人难忘。在这段岁月里，我们有付出，但也有收获。尤其是人的年龄越大，就会想起自己的青春岁月。对于我来说，那条遥远的小山沟沟，已经成了我心中的圣地，成了我魂牵梦绕的精神家园。

❖ 后 记

后　记

　　编完这部印满了知青青春屐痕，倾注着人生苦乐年华的书稿，让人从牍案劳作的解脱中感到一丝的轻松。但转念之间，又有一种挥之不去的意绪在心中萦绕，让人又感到沉重。

　　这是一代人的心灵史、青春史和奋斗史。书中的字里行间，展现出的是知青插队生活的经历和心路历程。虽然这些文字的叙述、追忆有着很强的个人色彩，但我们还是被这些文字的朴素和真诚所感动。收入书中的近60篇文稿，像60枚有着不同切面的彩珠，从不同的侧面，将那个业已逝去的岁月清晰地为我们折射出来，让人在阅读之后，最想表达的一句话是："老插"们，你们不容易！

　　来延安插队的北京知青，是"上山下乡"大潮中特殊的一个群体。说其"特殊"，一是延安是令人向往的革命圣地，到这个地方来插队，很容易被打上红色印记；二是来延安插队的知青有别于"兵团式"的集体下乡，他们是以个体的方式从学校直接走进某一个村落，使个人的情结更容易系在当地乡亲的身上；三是延安黄土地独具特色的风土人情，让来这里插队的知青的人生经历更有色彩。读者会从他们的叙述和追忆中看到

◈ 苦乐年华——我的知青岁月

这种"特殊",读懂这种"特殊"。书中所讲述的每一段经历,每一个人生故事,都为我们还原了土地与人,在那个年代所呈现出的场景。这些场景,散发着一种乡土气息,让人能在这种气息中品尝到那段岁月的"原汁原味"。我们在编撰这本书的过程中,十分尊重叙述者的记忆,而且还尊重他们叙述方式的不同。我们知道,这些记忆一旦变成文字,不仅成了叙述者个人的人生档案,同时也成了一份弥足珍贵的历史档案。正如梁晓声所说的那样:人喜欢回忆自己颇不寻常的经历。不管那是浪漫还是苦难,是人生逆境还是光荣资本。将从苦难和逆境中走过来的经历视为是人生资本,这是无可厚非的事情。

延安的黄土地与北京知青结缘45年了。在这段岁月里,无论是延安当地,还是从这块土地上走出去的知青,他们通过影像、图片、文字等多种方式,真实地记录了这段历史;延安也将这段历史视为是延安红色革命史中的一部分。作为一个对青春往事的叙述者,他们有着怎样的人生经历,就会有怎样的叙述口吻。这本书中的叙述者都已年过花甲,他们的叙述口吻似乎更老到、更舒缓、更客观、更有人生况味,也更有无限沧桑尽在其中的厚重感。这本书里的叙述,自然夹杂着人生的各种追忆,追忆并不意味着怀旧。但是,我们在编撰书稿时发现,怀旧是一种记忆疗法。它要借助从前住过的一孔窑洞、用过的一盏油灯、戴过的一顶草帽,使其成为一个微小的价值核心,并通过讲述,使这些旧器物在讲述中突然变得光芒四射,以此来照亮被现实灼伤的焦虑心灵。

经济发展起来的中国,需要为荒芜的人心寻找出路。这部书的出版发行,或许具有这方面的意义。

◈ 后　记

　　另外在这里要感谢为本书提供资料、图片及文稿的相关县区，尤其是许多知青在收到征稿启事之后，不吝笔墨，惠赐大作，其情其意，令人感念。由于书中的部分文稿是由北京知青曾插过队的县区所提供，其叙述语境受当时环境的限制，故在成书之前对部分文稿作了改动，定稿之后，又通过多种方式与撰稿人进行联系，但有的联系方式已经更换，有的经过联系之后，又没有回音。因出版日期所限，书已付梓，故在此加以说明。

北京知青与延安丛书编委会
2014 年元月 10 日

图书在版编目(CIP)数据

苦乐年华：我的知青岁月／北京知青与延安丛书编委会主编.
—北京：中央编译出版社，2014.3
（北京知青与延安丛书）
ISBN 978－7－5117－2066－5

Ⅰ.①苦… Ⅱ.①北… Ⅲ.①纪实文学－中国－当代 Ⅳ.①I25

中国版本图书馆CIP数据核字(2014)第033956号

苦乐年华：我的知青岁月

出 版 人：	刘明清
出版统筹：	薛晓源
责任编辑：	苗永姝
责任印制：	尹　珺
出版发行：	中央编译出版社
地　　址：	北京西城区车公庄大街乙5号鸿儒大厦B座(100044)
电　　话：	(010)52612345(总编室)　(010)52612335(编辑室)
	(010)52612316(发行部)　(010)52612315(网络销售)
	(010)52612346(馆配部)　(010)66509618(读者服务部)
传　　真：	(010)66515838
经　　销：	全国新华书店
印　　刷：	北京瑞哲印刷厂
开　　本：	787毫米×1092毫米　1/16
字　　数：	276千字
印　　张：	25.5
版　　次：	2014年3月第1版第1次印刷
定　　价：	68.00元
网　　址：	www.cctphome.com　邮　箱：cctp@cctphome.com
新浪微博：	@中央编译出版社　微　信：中央编译出版社(ID：cctphome)

本社常年法律顾问：北京市吴栾赵阎律师事务所律师　闫军　梁勤
凡有印装质量问题，本社负责调换，电话：(010)66509618